貝塞尼家的姊妹

蘿拉・李普曼 Laura Lippman

李靜宜 譯

What The Dead Know

#《貝塞尼家的姊妹》國外媒體書評

「……就一本以如此精巧的招數構成的作品而言，本書達到了不凡的立體效果，其中的角色人物塑造得令人信服且感動。……作者把理智動腦的橋段埋藏於一個高度人性的故事之中，予以獨特地結合，因而這本書滿足了讀者雙方面需求。第一次閱讀這個故事時，你只能全篇屏息讀到結尾。等你再次翻閱，將讚嘆李普曼如此高明地騙過了讀者。」——Janet Maslin，《紐約時報》（*New York Times*）

「一個令人戰慄，混合著犯罪、懸疑、謎團、推理元素的故事，讀者一點一滴緩慢地、精確地拼湊出女孩們多年前的遭遇……這是部精心打造的故事，讀者不禁要頻頻揣測、思索、回溯細節究竟是怎麼湊成一起的。」——Bookreporter.com

「愛倫坡獎得主李普曼以這部精采的非系列小說，證明了她與Peter Abrahams和其他第一流的懸疑作家同等出色……在那名謎樣女人的犯罪與身分上，巧妙的線索指向了令人吃驚卻又合理的解答。曾獲夏姆斯、阿嘉莎、安東尼、尼洛．伍爾夫獎等獎項的李普曼，將以這部絕讚之作擄獲不少新粉絲。」——《出版人週刊》*Publishers Weekly*

「令人心痛的寫實角色，加上深刻的情緒共鳴，這是一部關於『失去』的心理學式研究。……李普曼不僅擴展了類型寫作的可能性，也豐富了美國文學的面貌。」——《費城詢問報》（*Philadelphia Inquirer*）

「遍讀蘇．葛拉芙頓、莎拉．派瑞斯基、派翠西亞．康薇爾每部作品的懸疑書迷，以及渴盼新意的讀者必讀之作。」——*Library Journal*

「故事劇情吸引了讀者注意，但這部作品在人物刻劃方面，包括豐富的細節和描述方式，令人特別印象深刻。……這是處於寫作顛峰的作家完全零缺點之作。」——《華盛頓郵報》（*Washington Post*）

「令人信服的劇情發展和栩栩如生的人物，證明作者歷來獲得的文學榮譽並非虛名。」——*Booklist*

「對於情感上的逃避與躲藏，提供了寫實而強烈的細節描述……一個精采的謎團，一場關於悲傷和失去的深刻探索。」——《衛報》（*The Guardian*）

「充滿情感、有力而深刻，整體表現出眾，令人難忘。強力推薦。」——邦諾書店（Barnes & Noble）

「李普曼寫下的這個故事，闔上書頁後仍讓人共鳴良久。」——《科克斯書評重點推薦》（Kirkus Reviews[Starred Review]）

「蘿拉．李普曼的小說不只是懸疑，而且是深刻探索人心的動人之作。」——華裔推理女作家Tess Gerritsen

「李普曼的文筆洗練動人，觀察力敏銳深刻。」——《芝加哥太陽報》（*Chicago Sun-Times*）

獻給莎莉·費羅斯（Sally Fellows）和朵莉絲·安·諾利斯（Doris Ann Norris）。

活著的人，知道必死；死了的人，毫無所知，也不再得賞賜，他們的名無人紀念。
他們的愛，他們的恨，他們的嫉妒，早都消滅了。在日光之下所行的一切事上，他們永
不再有份了。

——聖經傳道書，9：5－6

第一章

一瞥見水塔，那座宛若太空船駕臨地球、俯瞰著光禿禿的死寂樹林的水塔，她的胃就登時揪緊了。這座水塔在以前全家一起玩的遊戲裡是個重要的地標，雖然並不是那個真正的地標。遠遠望見站在細長腿上的那個白色碟狀物，你就知道該準備了，就像蹲伏在起跑點的賽跑選手，各就定位，預備，我看見了——

一開始並不是個遊戲。搶先瞧見盤踞在外環道彎處的百貨公司，一直是她與自己的祕密競賽，是從佛羅里達開車回家，經過長達兩天的煩悶車程之後，終於得到解脫的象徵。打從她有記憶以來，這趟旅程就是他們每年寒假的例行公事，儘管家裡沒半個人喜歡去奶奶家。奶奶在奧蘭多的公寓既窄小又有股怪味兒，養的狗很討人厭，煮的菜難以下嚥，每個人都痛苦不堪，連她爸爸也不例外。不，應該說最痛苦的就是她爸爸，雖然他裝得一點都不的樣子，而且還不准任何人批評他母親。她明明就刻薄、古怪又不近人情，但是只要有人提到這些字眼，他就氣的不得了。然而，離家越來越近的時候，就連他也無法掩飾那種如釋重負的情緒。每穿過一個州界，他就大聲喊出州名。喬治亞！他模仿雷・查爾斯[1]低吟的聲音吼道。他們找家沒名號的汽車旅館過一夜，在破曉之前離開，快快奔向南卡羅萊納——「快樂沒得比啊！」——接著是長路漫漫、時光難捱的北卡羅萊納和維吉尼亞，這兩個州都各只有一個景點可看：德翰的午餐休息站和里奇蒙城外廣告看板上跳舞的香菸盒。然後，終於到了馬里蘭，美好的馬里蘭，甜蜜的家鄉馬里蘭，只要再五十哩，不消一個鐘頭就到了。今天，她花了差不多快一倍的時間在這條路上牛步，但是現在，車流變少了，車速也恢復正常了。

我看見了——

哈茲勒曾經是城裡最大的百貨公司，每到聖誕節將近，就豎起一根巨大的假煙囪，還有個聖誕老公公，姿勢永遠不變地跨腿抱在煙囪上。他是剛來還是要走了？她從來就不確定。她教會自己要注意看紅色的閃燈，那代表家就快到了，就像船長只要看見某幾種鳥，就知道海岸已近了一樣。這是個祕密的儀式，有幾分像她一路默數著消失在汽車前輪下的破碎軌跡，來緩和並未隨著年歲增長而消失的暈車症狀。早在當年，她就對涉及自身的某些事情守口如瓶。她非常清楚，怪癖和無法克制的強迫性習慣之間是有差別的。因為怪癖或許很有意思，但是強迫性的習慣卻會讓她看起來像，嗯，這樣說吧，像奶奶一樣古怪。或者，真要實話實說的話，是像她父親那樣古怪。但是有一天，這句話卻喜孜孜、無拘無束地

1 Ray Charles，1930-2004。美國知名靈魂歌手，其傳奇的一生曾改編為電影《雷之心靈傳奇》。

蹦了出來，讓她和自己的祕密對話再一次坦露在世人面前：

「我看見哈茲勒了！」

她爸爸馬上就體會到她的意思。不像媽媽她們那樣，爸爸好像一直都能瞭解她話裡的深意，讓她在很小的時候覺得很安慰，漸漸長大之後更覺得和爸爸很親。問題是，他堅持要把她私下慶祝返家的禮讚變成一場遊戲，一場競賽，原本完全只屬於她一個人的儀式，現在卻必須和全家人一起分享。她爸爸最愛分享了，最愛拿走私人的東西，變成公家的。他相信全家人應該進行冗長又漫無邊際的討論（他套用那個年代的時髦名詞說那叫「聊天會」），他也相信在家裡不該鎖門，可以隨便打赤膊，還好她媽媽強迫他戒掉了這個習慣。如果你想保有一些自己的東西——不管是你用自己的錢買來的一包糖果，或是你不想表露的某種感覺——他就會罵你藏私。他會要你坐下，直直盯著你，告訴你說家人是不能這樣的。一個家就是一個團隊，一個單位，一個自己的國度，是她一輩子也擺脫不了的身分裡的一個部分。「我們會關上大門，提防陌生人，」他說：「可是絕對不會對付自家人。」

於是呢，他搶走「我看見哈茲勒了」當成家庭公產，鼓勵家人搶先奪到說出這句話的權利。一旦其他的家人都決定要玩之後，外環道最後一哩的車程就漫長得難以忍受。姊妹倆伸長脖子，綁在舊安全帶裡的身體拼命往前擠。她們只有出遠門的時候才綁安全帶。那個年代就是這樣——只有開長途車才綁安全帶，騎腳踏車絕對不戴安全帽，滑板車是用碎裂的木板和舊滑輪鞋拼湊成的。綁在安全帶裡，她覺得胃輕輕抽動，脈搏加速，為什麼呢？為了搶先大聲說出明明是她最先想出來的答案，為了這虛有其表的榮耀。和她爸爸所有的競賽一樣，這個遊戲沒有獎品，沒有分數。自從不再有必勝的把握之後，她就使出老招數：假裝不在乎。

然而，此時此刻，她獨自一人，只要願意，就能再次擁有必勝的把握，儘管勝利也只是虛有其表，但她的胃還是輕輕抽動，渾然不覺百貨公司早已不復存在，環繞著曾經十分熟悉的立體交叉道周圍的一切，都已完全改變了。改變了，而且，沒錯，變得更沒價值了。原本是嫻靜貴婦的哈茲勒百貨，現在成了俗不可耐的折扣城。對面，高速公路的南側，「良品旅店」已經變成倉儲。從這個位置看不見他們全家每週去吃炸魚薯條餐的「霍華強森連鎖旅館」是不是還在那個十字路口，但她很懷疑。別的地方還有「霍華強森連鎖旅館」存在嗎？那麼她自己呢？答案是肯定也是否定的。

接下來發生的事僅只短短幾秒。仔細想想的話，又有什麼事不是呢。她後來會這麼說，在接受偵訊的時候。冰河紀的發生不過是幾秒之間的事；這樣的例子不勝枚舉。噢，如果絕對必要的話，她可以讓別人愛她。儘管時至今日，這已經不是攸關她生死存亡的必要手段了，但是老習慣還是很難戒得掉。偵訊她的那些人假裝被她惹火了，可是她看得出來，他們大多都對她有好感。截至此時，她對那樁意外的描述都生動得讓人凝神屏息，把司空見慣的事故潤飾得有聲有色。她瞄著右邊，也就是東方，努力回想她童年時代所有的地標，渾然忘了古有明訓：「橋樑可能會先結冰」。她突然有種奇怪的感覺，覺得方向盤好像快從她手裡滑了出去。儘管那時還沒下起雪雨，路面看起來也完全是乾的，可是她的車卻真的衝出馬路，完全沒摩擦力地往外滑。是油，不是冰，她後來才知道，是前一樁意外事故留下來的。路面裹著一層油，在五月稀微的暮光裡完全看不出來。但是該負責清理，該負起責任讓那群和她素未謀面的工人不致怠惰或草草了事的人，怎麼會不知道呢？這天晚上在巴爾的摩某處，有個男人坐下來吃晚飯，對他一手摧毀另一個人的人生毫無所悉，他的無知令她嫉妒。

她抓緊方向盤，用力踩下踏板，但是車子完全不理會她。四四方方的小轎車滑向左側，像轉速器裡的指針一樣狂亂飛轉。她撞上分隔牆，彈了回來，轉一圈，又滑向高速公路的另一側。有那麼一會兒，她彷彿是唯一開著車的人，彷彿其他的車輛和駕駛，全都恭恭敬敬、滿懷敬畏地不敢動彈。這輛老瓦利安——這名字還真是個好兆頭，讓人想起週日漫畫裡的瓦利安王子[2]和他所代表的一切——迅速而優雅地滑動，在交通尖峰時刻車流尾端這些反應遲鈍、牢牢抓緊地面的通勤車輛裡，宛若舞者。

這時，就在她似乎又能掌控瓦利安，輪胎再次接觸路面的那一瞬間，她感覺到右側輕輕地一撞。她擦撞上一輛白色的休旅車，儘管她的車小得多，但是那輛休旅車卻被撞得打轉。這怎麼回事，玩具槍竟然撂倒大象了？她瞥見一個女孩的臉，或者是她以為自己看見了，一張詫異多過恐懼的臉。女孩很詫異，因為在那一瞬間猛然醒悟，任何人平平順順、井然有序的生活都可能在任何時間被任何東西撞得粉碎。那女孩穿著滑雪外套，戴了一副令人不敢恭維的大眼鏡，再加上毛絨絨的白色耳罩，簡直是慘不忍睹。她的嘴巴張得圓圓的，宛如一座紅色的驚喜之門。她十二歲，或許十一歲吧，十一歲，就在十一歲

---

2 Prince Valiant，為Hal Foster的漫畫《*Prince Valiant in the days of King Arthur*》主角，歷險遠征以成為圓桌武士。該漫畫甚受歡迎，多次改編為動畫、電影與電視影集。

的時候——這時，白色的休旅車開始緩緩滾下路堤。

對不起，對不起，對不起，她想。她知道她應該減速，停車，查看那輛休旅車，但是齊聲高鳴的喇叭和尖聲震響的煞車聲在她背後響起，不是她想走，是此起彼落的聲音催著她往前走。不是我的錯！現在每個人都應該知道休旅車是很容易翻覆的。她那輕輕的一撞絕對不會釀成這麼戲劇化的意外。況且，這天是這麼漫長，而她又這麼接近。她的出口是下一個，再往前不到一哩遠。她還是可以併進七十號州際公路的車潮裡，繼續往西開向她的目的地。

但是，一開上通往七十號州際公路那段筆直的長道，她發現自己沒轉進左邊那個寫著「僅限市區車輛」標示牌的方向，而是轉上右邊那條奇奇怪怪沒完工的道路。那條她們家人老說是「哪裡都不通」的公路。每回被問到他們家怎麼走，他們可就跩了：「走州際公路往東，一直開到盡頭就是了。」「州際公路怎麼會有盡頭？」她爸爸就會得意洋洋地談起抗議的故事，說巴爾的摩各地的居民是怎麼串連起來保衛海港沿岸的公園、野生動物和當時看來不起眼的連棟屋。那是她爸爸一生中寥寥可數的幾次勝利之一，儘管他只不過是無足輕重的一員——只是請願書上的一個連署人，只是遊行隊伍中的一個示威者。雖然他很想在群眾集會中慷慨陳辭，卻從來沒被賦予這樣的重任。

瓦利安發出可怕的聲音，右後輪不知刮到什麼東西，可能是被壓碎的擋泥板吧。以她心情激動的程度來看，把車停在路肩下車徒步，真是再合理不過的事。只是這時雪雨開始飄了起來，而且她每踏出一步，就更明白一分：有點不對勁。她的肋骨很痛，每吸一口氣就像有把小刀刺她一下。連皮包都很難像她向來遵奉不渝的教誨那樣揹——貼近身體，別掛在手腕上，免得引來搶匪和扒手的覬覦。她沒繫安全帶，所以在瓦利安裡彈了起來，撞上方向盤和車門。臉上有血，但她不確定是從哪裡流出來的。嘴巴？額頭？她很熱，她很冷，她看見黑色的星星。不，不是星星。比較像是扭曲旋轉的三角形，綁成一串掛在一輛看不見的汽車天線上。

才走了十分鐘不到，一輛巡邏車在她身邊停下來，燈光閃閃。

「後面那輛瓦利安是妳的嗎？」巡邏警員喊她。他搖下乘客席那邊的車窗，但沒冒險下車。

是嗎？這個問題的複雜不是這名年輕員警所能瞭解的。然而她還是點點頭。

「妳有身分證件嗎？」

「當然有。」她說，在皮包裡翻找，但不是在找她的皮夾。為什麼，那——她開始笑起來，意會到事情有多完美。她當然沒有身分證件。她沒有身分，不算真的有。「對不起。不，我——」她還是笑個不停：「不見了。」

他從巡邏車裡下來，想把皮包拿過來自己找。她的高聲尖叫沒嚇著他，反倒嚇壞了她自己。因為他拉著皮包滑過她的左手肘時，她的前臂一陣劇痛。警員對著他的肩膀說了幾句話，請求支援。他從她的皮包裡掏出鑰匙，走回她的車子，探頭進去看看，然後再走回來，和她一起站在終於開始落下的雪雨裡。他對她咕噥了幾句耳熟的話，然後就再也不開口了。

「很嚴重嗎？」她問他。

「等我們送妳去急診室之後，看醫生怎麼說。」

「不，不是我。是後面那邊。」

遠處直昇機盤旋呼嘯的聲音回答了她的問題。對不起。對不起。對不起。但這不是她的錯。

「不是我的錯。我控制不了——但是，我真的什麼都沒做——」

「我宣讀過妳的權利了。」他說：「妳所說的事——也包括在內。更別提妳離開肇事現場有多可疑。」

「我是要去找人幫忙啊。」

「這條路的盡頭只有一個停車轉乘區。如果妳真的想幫他們，就應該當場停車，或者走保安大道出口。」

「在森林公園和溫莎磨坊那裡有家很老的溫莎丘藥房。我以為我可以去那裡打電話。」

她看得出來，這句話讓他卸下心防。她善用精確的名字，以及她對這個地區的熟悉度。

「我不知道有什麼藥房，不過那裡有間加油站。可是——難道妳沒有行動電話嗎？」

「我上班的時候用，私人沒有。我都等到產品的功能齊全，完美無缺之後才買。行動電話常常通訊不良，有大半的時間都得對著電話大吼大叫，這樣一來就沒辦法保護妳的隱私啦。等行動電話的功能像家用電話那麼完善的時候，我就會買一支。」

她聽見爸爸附和的聲音。經過這麼多年之後，他浮現在她的腦海裡，他的一字一句還是像往常那麼斬釘截鐵。別第一個去買任何科技產品。隨時磨利妳的刀。當令的時候才吃蕃茄。妳們兩姊妹要對彼此好一點。有一天妳媽和我都會死，妳們兩個就只能相依為命了。

年輕的警員表情凝重地打量她，是好孩子專門用來觀察不乖的孩子那種敬畏的眼神。他竟然會這麼懷疑她，實在太可笑了。在這樣的燈光底下，這樣的穿著打扮，加上雨淋得她滿頭亂翹的短卷髮服服貼貼的，她看起來很可能比她實際的年齡還小。大家總把她的年齡足足低估了十歲，就連她極其稀罕地盛裝打扮時也不例外。去年剪掉一頭長髮，卻只讓她看起來更年輕。說起她的頭髮還真有趣，到了大部分女人都必須靠化學藥劑才能擁有淺亮豐潤色澤的年紀，她的一頭金髮竟然還不肯服輸地閃亮如昔。彷彿她的頭髮對那段被強迫拘禁在可麗柔栗褐色家用染髮劑之下的歲月懷恨在心。她的頭髮愛怎麼怨恨就怎麼怨恨都無所謂，就像她一樣。

「貝塞尼。」她說：「我是貝塞尼家的女兒。」

「什麼？」

「你不知道？」她問他：「你不記得了？可是我還以為你知道呢，你幾歲——二十四？二十五？」

「我下個星期滿二十六歲。」

她努力想不露出微笑，但是他實在很像個堅持自己是兩歲半而不是兩歲的小小孩。要到幾歲我們才會希望自己不再變老，不再把自己的歲數往上加？頂多三十左右吧，她想，雖然就她自己來說時間還要早得多。十八歲那年，她就已經願意付出任何代價放棄踏進成年，換得另一個重返童年的機會。

「所以，當時你根本還沒出生嘛，在——你很可能也不是本地人，所以別提了，那個名字對你來說一點意義都沒有。」

「那輛車子登記在北卡羅萊納州艾許維爾的潘妮洛普．傑克森名下。是妳嗎？我輸進車牌號碼，這輛車沒有失竊紀錄。」

她搖搖頭。她的故事用在他身上是浪費了。她要等，等某個懂得欣賞，能完完全全瞭解她即將告訴他的這件事有多重要的人。她心裡已經開始暗暗盤算，因為這早就成為她的第二天性了。誰站在她這邊，誰會照料她？誰反對她？誰會出賣她？

在聖阿格涅斯醫院，她繼續刻意保持沉默，只回答哪裡痛之類的直截了當的問題。她的傷勢相當輕微——額頭上有道縫了四小針的傷口，醫生保證不會留下明顯可見的疤痕，左前臂有些擦傷以及骨折。手臂可以暫時固定，纏上繃帶，但是最終還是需要手術，他們是這麼告訴她的。那名年輕的巡警一定把「貝塞尼」的名字傳開了，因為結帳的那個人不停追問她，但是不管他們怎麼刺探，她都不肯再談這件事。在正常的情況下，她會接受治療，然後開釋。但眼前的情況實在太不正常了。警方在她門口派駐一名制服巡警，還告訴她，就算醫院認為她可以出院，她還是不能自由離去。「法律規定得清清楚楚的。妳一定要告訴我們妳是誰。」另一個條子對她說，一個年紀大一點，從交通調查部門來的傢伙。「要不是妳受了傷，今天晚上就得在牢裡過夜囉。」她還是什麼都不說，雖然想到監獄讓她覺得很害怕。不能如她所願的自由來去，被關在某個地方——不，絕對不能再重來一遍。醫生在她的病歷上寫著「珍．杜伊[3]」，括弧（貝塞尼？）她的第四個名字，她算著，也可能是第五個吧。前塵往事，很容易就搞不清楚了。

她對聖阿格涅斯很熟。或者更正確的說，她曾經很熟。那麼多次的意外，那麼多次的造訪。裝螢火蟲的罐子掉了下來，碎片從人行道彈回來，恰恰擊中小腿肚最圓的地方，割出一道傷口。出於善意地拿蒼蠅拍一打，卻打中了發炎的天花痘疤。在矮樹叢裡跌了一跤，害膝蓋開花，傷口深得見骨，露出底下恐怖的血肉模糊。小腿被舊輪胎生鏽的氣塞擦傷了，那個不知是曳引機還是卡車的巨大內胎，是她爸爸為了順應她媽媽的英式作風，特地弄來豎直當成充氣城堡用的。到急診室向來是全家出動，應該說是被爸爸強迫的全家總動員吧——讓受傷的人膽戰心驚，而跟在後面的人乏味無聊。但是之後每個人都能吃到Mr. G鬆軟滑口的冰淇淋，所以到頭來還是值得的。

這和我想像的重返家園不一樣，她想。躺在一片漆黑裡，她允許自憐，她的老朋友自憐來到她身邊，包圍著她。

她這時明白，她早就想過要回來，雖然不是今天。某一天，總有一天，但是要按她自己的意願，而不是遷就其他人的安排。三天之前，她生活中好不容易掙來的秩序毫無預警地跳出軌道，就像那輛豆綠色的瓦利安一樣，完全脫離她的掌控。那輛車——那部機器裡好像躲著鬼魂似的，一路催她往北，穿過

3 Jane Doe，即女性無名氏，男性則為John Doe。

往日的地標，朝著非她所選擇的時刻奔去。在七十號州際公路的出口，在她大可以輕輕鬆鬆往西開向原本的目的地，也很可能躲開事跡敗露的時候，那輛車卻自己決定往右轉，停了下來。瓦利安王子幾乎把她帶回到家了，他一路想辦法哄著她，要她做出該做的事。這就是那個名字之所以脫口而出的原因。這就是原因，再不然就是因為她頭上的傷，或過去三天以來發生的事，或者是因為她掛念休旅車裡的那個小女孩。

止痛藥讓她輕飄飄的。她勾勒著早晨的光景，等她說出她的名字，她真正的名字，這麼多年以來第一次說出口，會是什麼樣的光景。因為她必須回答一個很少有人必須想兩遍才能回答的問題：妳是誰？

這時，她明白，第二個問題會是什麼了。

【第 I 部】　星期三

第二章

Chaper 2

「是你的電話嗎？」

那個睡意猶存的女子瞪著卡文·殷凡特，不知道在氣什麼。他不是頭一遭碰見這樣的情形。他也不確定她叫什麼名字，雖然他有理由相信，再過一兩秒鐘就會想起來。同樣的，這也不是頭一遭了。

不，是這兩件事攪在一起——陌生的女人加上惡毒的眼神，才讓這個早晨在殷凡特的年鑑裡顯得如此特別。「殷凡特年鑑」是他的小隊長叫出來的名詞，而且，他這個頂頭上司老是拉長音調唸「年——鑑」。如果殷凡特和這個女人不是熟到能記住她的名字，又怎麼有能耐換來這種殉道似的怨恨目光呢？他通常得花三到四個月的時間，才能把女人惹惱到這個程度。

「是你的電話嗎？」那女子又問了一次，她的聲音和表情一樣繃得緊緊的，危機四伏啊。

「是啊。」他說，能從一個簡單的問題著手，讓他鬆了一口氣。「絕對是。」

他突然想到，他應該試著把電話找出來，或許還應該接起來，但是鈴聲卻停了。他等著家用電話繼行動電話之後響起，接著才想起他並不是在自己的臥房裡。他的右手還壓在女子的身體下面。他伸出左手在地板上撈啊撈的，找到他扔在地板上的長褲。行動電話扣在皮帶上。他才一抓起，電話就在他手裡震動，發出尖銳的高鳴，又一個惡狠狠的眼神。

「辦公室啦。」他瞄了一眼電話號碼說。

「急事？」女子問，如果他的遊戲玩得更熟練一點，就應該扯個謊，說是啊，當然是，就這樣，穿起衣服閃人。

睡意依舊迷濛的他說：「我的部門裡沒什麼緊急的事。」

「我以為你是條子。」他聽得見凝結在她字句邊緣的怒氣，隱忍未發的怨恨。

「警探。」

「一樣啊，不是嗎？」

「差不多。」

「條子沒有緊急的事啊？」

「常常有。」眼前的就算一樁。「但是我負責的工作──」他突然住口，沒表明自己是個專辦凶殺案的警察，怕她會覺得太有意思了，想再見他，發展長期關係。警察單位多著呢，對這點他倒是不時心存感激。「和我合作的那一類的人呢──他們很有耐心的。」

「你做的是，嗯，坐辦公桌的工作？」

「可以這麼說。」他有張辦公桌。他有份工作。有時候他也在他的辦公桌上做他的工作。「黛比，」終於想出她的名字了，他得努力不露出太過沾沾自喜的樣子。「是可以這麼說，黛比。」

他飛快地環顧四周，想找個時鐘，一面也好好打量他所在的環境。一間臥房，廢話，很不錯的房間，有花卉圖案的藝術海報，還有他前妻，最近一任的前妻，總愛說的「配色設計」，那應該不是什麼壞東西，但是聽在殷凡特耳朵裡就是不對勁。設計就是某種計謀，是為了隱藏某些東西而作的計畫。但是配色設計本來就是陷阱的一部分，如果你仔細想想的話，一開始是個太過昂貴的戒指，接著是秀佛傢俱的循環信用，然後是房屋貸款，到最後——他到目前為止已經遇上兩次了——鬧上巴爾的摩郡法院，讓那個女人帶走所有的東西，留下一屁股債。這裡的配色設計是淺黃配綠色，一點都沒有不協調的感覺，但是卻讓他微微反胃。他把自己的衣服從她的衣服裡揀出來的時候，開始注意到房間裡其他古怪的細節，一些不太有跡可循的東西。對開的窗戶下面有張固定的書桌，箱子似的迷你冰箱上披了件衣服，上面擺了一架小微波爐，書桌上一面小旗子，頌揚著陶森大學的小野貓[4]……。我該死，他想。我該死。

「那麼，」他說：「妳主修什麼？」

那個女孩——真的是個女孩，貨真價實的女孩，很可能還不到二十一歲的女孩，殷凡特不是那種非幼齒不愛的人，但也還是有些標準的。那女孩冷冷瞄他一眼，爬過他身上，用黃綠相間的床單裹住身

4　Towson University，位於馬里蘭州，多項運動團隊如籃球、橄欖球、曲棍球等皆以「老虎隊」（Tiger）為名。

體。她費了一番勁，才把吊在掛勾上那件毛絨絨的浴袍拉下來，披在身上，一直到繫上腰帶，才讓床單滑落。然而他還是飛快地瞄到一眼，想起自己是怎麼到這裡來的。天曉得，他根本不可能被這張臉吸引的嘛，雖然她如果不這樣嘛嘴的話可能會迷人得多。在早晨的光線裡，她實在太過蒼白了，這個黛比，又是個只要沒化妝就看不見眼睛的鵝蛋臉金髮女郎。她從櫃子底下抓起一個桶子，讓他剎時心生驚慌，胡亂猜測。她要拿這個桶子打他嗎？要倒什麼東西到他頭上嗎？但是黛比卻只是怒沖沖地走出房間，往淋浴間去。看來是要洗掉和卡文．殷凡特一夜春宵的所有痕跡吧。真有這麼糟嗎？他決定不留下來等待答案出現。

按大學的標準來說，這個時間還算太早，他差不多快走出宿舍的時候，穿過另一條學生通道，碰見一個身材豐滿有雙大眼睛的女生。撞見這個不知從哪裡冒出來的人，讓她很不安。不僅僅因為他是個男的，而且也因為他穿著西裝，年紀較大，顯然不是個學生，甚至連老師都不是。

「警察。」他說：「巴爾的摩郡。」

他的話並沒有讓她寬心多少。「發生什麼事了嗎？」

「沒有，只是例行的公共安全檢查。記住，要鎖門，避開停車場陰暗的角落。」

「好的，警官。」她一本正經地說。

三月的清晨冷颼颼，校園裡一片荒寂。他在離宿舍不遠的地方找到他的車，停在禁止停車的位置。昨天晚上打算放她下車的時候，他還以為這是一幢公寓咧。前一夜的事又回到他眼前。他到索瑞斯酒館去，因為需要換個地方，不去他通常去而且他同事也去的華格納。吧台的另一頭有群咯咯笑的女孩，儘管他告訴自己，他只是進來喝一杯就走，但沒多久就按捺不住，想從那群妞裡釣上一個。他沒釣上最拔尖的那一個，但是他把到的這個挺不賴的。至少很急著想討好他，在艾利格尼大道上就在他車裡幫他吹喇叭。他開車載她回這幢看起來髒兮兮的中等高度建築，凌晨兩點，萬籟俱寂，兩人沉默不語。他原本是打算等她掏鑰匙開門之後，就按聲喇叭珍重再見的，但是她顯然有更多的期待，於是他就跟著她進到房間，做該做的事囉。他確信自己在睡著之前表現得好極了。那她幹嘛一早起來就沉著臉啊？

一名校警正準備給他的車子開單，但是殷凡特秀了一下他的警徽，那傢伙就退開了，儘管還是一副心癢難耐想吵架的樣子。為了一張罰單吵架，很可能是這個可憐無趣的傢伙一整天的高潮。他看了一下行動電話——南西．波特，他的前任搭檔，急匆匆地低聲在電話裡留言：「你到哪裡去了？」他媽的，他又沒趕上晨間點名了。如果他想要一身合宜稱頭地去上班，那就得在淋浴和早餐之間選一樣。早餐耶，一頓能真正安頓他腸胃的早餐。但他決定，寧可讓胃捱上幾個小時，也不能讓自己臭烘烘，所以他開車回位在西北巴爾的摩的公寓。他可以說自己一直在追查線索……是麥克寇萬的案子，沒錯。這是他沖澡的時候得來的靈感。他在浴室待了好久好久，讓熱水沖打在身上，讓夜晚的惡臭從他的毛細孔散去。他一直在追查那個女孩的前任男友。不是最近的這一個，也不是再之前的那一個，而是前前前任男友。仔細想想，這個點子還不錯。那女孩的凶案很老套，被刀刺死，棄屍在火藥瀑布州立公園，但是手法之殘忍，很少是陌生人會下的毒手。光是拿刀切開她還不夠，凶手還放火燒她的屍體，結果在灌木林引起一場小火，出動救火車趕到現場，若非如此，她很可能就會在那裡躺上許多個日子，許多個星期，許多個月，無人發現。警方找不到屍體的時候市民常覺得很驚訝，但是巴爾的摩都會區雖然發展個沒完沒了，還是有一畝又一畝未開發的地區。不時有獵人絆倒在一堆骨頭上，赫然發現那是五年甚至十年前的被害人。

剛踏進警界的時候，殷凡特也碰到過像這樣的案子，很顯然是樁凶殺案，但卻找不到屍體。那個家族很有錢，關係也很好，有足夠的資源把警局逼得抓狂。一聽說他們要求的事情——搜索，希望渺茫的實驗室工作——會佔掉警局當年度絕大部分的預算時，他們聳聳肩說：「那又怎樣？」一直到三年後屍體才出現，離北岸的高速公路不到十碼的距離，是個膀胱無力的傢伙走到草叢裡尿尿的時候發現的。鈍器擊傷，這是醫學檢驗的結論，所以是凶殺案，沒錯。但是屍體和犯罪現場都已經沒有任何殘餘的線索，從一開始就被鎖定為頭號凶嫌的那個丈夫，當時也已經死了。殷凡特唯一無法釋懷的問題是，那致命的一擊到底是不是意外，是不是司空見慣的那種週六晚上夫妻吵架造成的意外，還是真的有意置她於死。在那個丈夫因食道癌過世之前，殷凡特耗了許多時間在他身上。到後來他甚至相信殷凡特來看他純粹是基於友誼或善意。對失蹤的太太，他裝出一派哀痛的樣子，殷凡特明白，他打心眼裡相信自己是被害人。他心想，他只不過推她一把，撞她一下，並沒比這些年來對她推啊撞的更用力，只是這一次她再也沒站起來了。於是親愛的老公把她包起來，丟在樹林裡，終其僅餘的一生都相信自己是無辜的。你以為他死得這麼快又這麼悲慘，他岳家應該覺得很滿意了吧。但對他們來說這還不夠。對有些人來說，永遠不夠。

殷凡特走出淋浴間。理論上，他只遲了三十分鐘。但是他餓得快吐了，得來速應付不了他。他到貝洛克快餐店去，那裡的女服務生老纏著他，要確定他的牛排與蛋完全合他的意：蛋黃要滑溜滑溜的。他用叉齒壓進蛋裡，讓蛋黃流到牛排上，心裡還是納罕著：「我他媽的幹了什麼事惹火黛比啦？」

「聖阿格涅斯醫院有個喋喋不休的瘋子，說她知道一件陳年的凶殺舊案。」他的小隊長藍哈德特對他說：「去吧。」

「我在忙麥克寇萬的案子。其實呢，今天早上我得在某個傢伙上班之前先逮到他。所以我才會遲到。」

「我總得派人去和她談談。遲到的男生最走運啦。」

「我告訴你說——」

「是啊，我知道你告訴我了。但還是沒理由點名不到啊。混帳東西。」

去年警局人手不足的時候，藍哈德特曾經和殷凡特搭檔，但是等他一恢復全職的小隊長身分，好像就變得更凶悍，時時必須提醒殷凡特這裡是誰當家。

「為什麼？你自己說她是個瘋子！」

「是瘋了，再不然就是胡說八道，轉移焦點，想掩蓋她從重大車禍現場逃逸的事實。」

「她說要幫我們破的是哪個案子，我們搞清楚了嗎？」

「她昨天晚上咕咕噥噥說什麼貝塞尼的。」

「貝塞尼海灘？那個地方根本不在本州，更不在本郡。」

「貝塞尼姊妹啦，你少搞笑了。是很久以前的失蹤案件。」

「你賭她是個瘋子？」

「沒錯。」

「你要我浪費半天的時間——聖阿格涅斯離這裡有多遠哪，全巴爾的摩郡就屬那裡最遠——就只是去找她談一談？」

「沒錯。」

殷凡特轉身就走，被他惹得一肚子火，氣呼呼的。是啊，他是自作自受，活該受這種羞辱，可是藍哈德特根本就不確定他幹什麼去了啊，所以還是不公平。

小隊長在他背後喊他：「嘿，阿文。」

「幹嘛？」

「你知道有句老話說：臉上有蛋5？我一直以為那只是個比喻，可是你今天早上可點醒我了，原來那還是真的咧。你一個早上忙著到處找人問話，就是沒半個人提到你臉上有蛋黃？」

殷凡特伸手摸了一下，發現嘴角有一抹洩露天機的蛋黃痕跡。「早餐會。」他說：「有個線民可能知道麥克寇萬案的線索，我去找他聊聊。」

「你扯謊已經變成自動反應啦？」小隊長的語氣倒也不能說不友善。「還是你在替下一段婚姻預作練習啊？」

5 Egg on your face，指出糗或困窘。

第三章

那個年輕醫生花了好長的時間挑點心，先指著一個炸甜甜圈，然後又換成丹麥甜酥，最後還是要了炸甜甜圈。站在他後面，凱伊・蘇利文感覺得到他充滿期待的喜悅，也知道他作出決定的時候一點罪惡感都沒有。畢竟，他頂多二十六或二十七歲，瘦得像隻獵犬，而且住院醫生的工作也讓他腎上腺素加速分泌。他還要很多年之後才會擔心放進嘴巴裡的是什麼東西——假設他有一天真會擔心的話。有些人，特別是男人，根本不在乎，更何況這個年輕人對吃還很有興趣呢。這個炸甜甜圈顯然是他這天早上的高潮，是熬過漫漫長夜之後所掙得的獎賞。他喜孜孜的樣子那麼明顯，讓凱伊幾乎以為她也挑了個甜點給自己，所以後來一如往常點了黑咖啡和兩包代糖的時候，也就覺得沒那麼對不起自己了。

她端著咖啡到角落的一張桌上，從皮包裡掏出一本救急用的平裝書，安安穩穩坐了下來。凱伊在生活的每一個角落都藏了平裝書——皮包，辦公室，車子，廚房，浴室。五年前，離婚的傷痛還鮮血淋漓時，是這些平裝書開始讓她不必面對自己沒有生活的事實。但是經過一段時間之後，凱伊慢慢明白，她寧可與書為伍，也不要有人為伴。對她來說，閱讀不是退縮的姿態，而是理想的生存狀態。在家裡她必須戒慎小心，不讓書本離間了她和子女之間的關係。她會丟開書本，努力看著葛芮絲和賽斯選擇的電視節目，眼睛卻始終盯著那一大堆垂手可及的書本。上班的時候，在大可以和任何同事一起吃飯喝咖啡的此處，她卻總是一個人獨坐，看著書。同事在背後叫她「反」社會工作者——他們以為她不知道。儘管凱伊的心思好像全在書本上，但是她其實很少錯過什麼。

例如今天早上，她一到醫院，打開辦公室，不到幾分鐘就弄清楚那個珍．杜伊故事的來龍去脈。大家一致認為那個女人是個騙子，因為拼命想脫身而胡說八道，但是她的頭部的確受了輕傷，很可能對記憶功能造成多重影響。精神狀態的檢查是一定會做的，但是凱伊一年多以前就調離那個部門了，所以和她沒有關係。那女人的傷口是新的，和意外有關，但她沒說自己無家可歸或沒有工作，也沒說被伴侶虐待——這些才是凱伊負責的領域。當然，她也拒絕透露自己有沒有醫療保險，但這暫時只涉及行政與結帳的問題。一旦證明她果真沒有保險（凱伊認為照眼前的情況看來有一半的機率），事情就會掉到凱伊頭上。她得負責解決費用問題，想辦法看看能不能透過州政府或聯邦的計畫來支付她的醫療費用。

但是，眼前珍．杜伊還是別人的問題，凱伊也還安安穩穩地待在夏綠蒂．布朗特《簡愛》的世界裡。這是讀書會的本月選書。凱伊並不是真的很在乎她的讀書會，那只不過是她在婚姻瀕臨崩潰時加入的街坊活動罷了。但是讀書會的確提供了合宜的社交藉口，解釋她持續不輟的閱讀習慣。「讀書會。」她可以這麼說，舉起她正在讀的任何一本書：「我的進度還落後了呢。」讀書會本身花在八卦和吃東西的時間比談論手邊的書還多，但凱伊還是覺得無所謂。她不太愛談自己正在讀的東西。談論自己心愛的書中人物，對她來說簡直像在聊朋友的是非。

一群嘰嘰喳喳的醫生在旁邊的桌子落座。年輕的醫生，他們不知道自己有多年輕哪。凱伊向來善於對周遭的噪音充耳不聞，但是那群尖銳清晰的嗓音裡，唯一的女性聲音劃破空氣。

「凶殺案！」

過了一個星期，羅徹斯特先生音信全無。十天了，他還是沒來。

「這在巴爾的摩哪算新聞啊。這裡一年有多少，只有五百件？」

全市不到三百件，凱伊默默地糾正。而在本郡發生的只有十分之一。在簡愛的世界裡，這個年輕的家庭教師和自己的情感苦苦奮戰，因為她知道她不該愛上她的主人。我馬上就收斂情感；實在太奇怪了，我竟然克服了一時的莽撞，竟然矯正了錯誤，不再以為羅徹斯特先生的一舉一動是我該關心的事。

「我爸媽聽到我要來這裡工作的時候嚇壞了。如果要搬到巴爾的摩，幹嘛不去霍浦金斯呢？為什麼不去大學呢？我騙他們說聖阿格涅斯是在很高級的郊區。」

這句話引來自鳴得意的笑聲。聖阿格涅斯是一家財力雄厚的好醫院，員工人數高居巴爾的摩第三位，但是醫院的財富並未惠澤周遭的街坊。更糟的是，近幾年來每下愈況，附近的居民從可靠的勞工階級變成更底層的邊緣人。這個早年因白人遷移而蓬勃發展的近郊社區，不得不面對殘酷的現實，發現市區的問題並未因地圖上想像的界線而卻步。毒品，犯罪——溢出內城，跨越市與郡的界線。有辦法的人搬得越來越遠。而今，市中心區倒是發展起來了，雅痞、空巢期的中年人和炒股致富的華盛頓人決定他們想要海景和高級餐廳，誰在乎那些學校爛得一塌糊塗？凱伊覺得很慶幸的是，在市區眼看著一蹶不振，繼續住在那裡似乎很不切實際的時候，她還是堅持留下位於狩獵脊的房子。那裡的房價翻了三倍，讓她可以靠抵押貸款熬過艱難歲月。至於私立學校的學費則由她前夫負擔。他開起大額支票來很大方，但是對養個小孩的日常開銷一點概念都沒有，根本不知道那些零食啊花生醬、生日禮物什麼的，一年加起來要花掉多少錢。

「我聽說她了，幾歲，四十？」怪腔怪調的強調語氣，顯然表示四十歲已經很老很老了。「她說是三十年前發生的？那，什麼，她十歲的時候殺了人，然後一直沒有告訴別人？」

「我想她沒說是她殺的。」一個比較低沉緩慢的男聲插嘴說：「只說她知道一件沒破的案子。很有名的案子。至少她是這麼說的。」

「哦，就像林白小孩的綁架案[6]？」凱伊不太明白，這名年輕女子是刻意誇張，還是真以為林白綁架案是三十年前發生的。年輕醫生，在專業領域裡如此出色的年輕醫生，對其他的事情有時候卻無知到令人震驚的地步，看得出來他們追求目標時目光有多窄小。

6　一九三二年知名飛行家林白（Charles A Lindbergh，1902-1974）十個月大的長子在家中遭綁架，交付贖金後仍遭撕票，一九三五年德裔移民Bruno Richard Hauptmann因他案被捕，隨即被控綁架撕票，並判處死刑，但他拒絕認罪換取減刑，至處決時仍否認犯案，因此輿論多認為凶嫌另有他人，而成為全球矚目的懸案，推理名家克莉絲蒂亦曾以此案為藍本，作為其知名小說《東方快車謀殺案》之素材。

這時，突然像偏頭痛發作似的，凱伊猛然明白這個年輕女醫生有多麼缺乏安全感。她焦躁的語氣只是一種偽裝，因為她所選擇的職業需要她凡事冷靜超然，而她天生又不是這樣的人。噢，她的日子會很難捱，這樣的生活。她實在應該選擇其他專業，例如病理學，去面對已死的病人。並不是因為她麻木不仁，而是因為她太有感覺了。是個情感的血友病患。凱伊覺得自己像是生病了，疲憊乏力，感冒似的渾身酸痛。彷彿那個陌生女子爬到她的膝上，索求安慰。就連《簡愛》也招架不住了。她抓起咖啡，離開餐廳。

在二十幾歲三十出頭的時候，凱伊一心相信她只對自己的子女有這種猛然閃現的透視力。他們的感覺襲上她的心頭，與她自己的感覺混為一體，彷彿他們之間沒有肌膚阻隔。她體驗過他們的每一個喜樂，每一個挫折，每一個憂傷。但是隨著葛芮絲與賽斯漸漸長大之後，她發現她偶爾也能感受到其他人的感覺。通常都是很年輕的人，因為他們太年輕，還沒學會如何隱藏自己的心緒。但是，在條件許可的情形下，她也能感知成年人的心思。事與願違的是，這種感知共鳴的能力對社工來說反而是負面因素，所以她學會在職場上時時留神。只有在靜謐的時刻，有人趁她不備之時悄悄襲來，才會讓她誤觸地雷。

她回到辦公室的時候，碰見精神科的舒密爾。他正打算在她門上留紙條。被撞個正著好像讓他很懊惱。凱伊很納悶，他幹嘛冒著被碰見的危險親自來找她，寄封電子郵件不就成了。想當精神科醫師的通常就是最需要精神科醫生的人，舒密爾就是活生生的例子。只要可能，他就避免和人面對面接觸，甚至聲音對聲音的接觸。電子郵件對他來說簡直是上天的恩賜。

「昨天晚上有個女人被送進來——」他開口說。

「珍·杜伊？」

「對。」凱伊知道這個女人的事，他一點都不意外，很可能還恰恰相反。他之所以找凱伊，很可能就是因為如此一來就不必多作解釋，也不必多費唇舌。「她不肯接受精神狀態檢查。我的意思是，她和醫生談了幾句，但是一進入正題，她就說除非有律師在場，否則不願再多說。她不想要公設辯護人，但是她又不認識半個律師。」

凱伊嘆口氣。「她有錢嗎？」

「她說她有，但是她連名字都不肯說，實在很難講。她說如果沒有律師在場，她什麼都不做。」

「那你要我……」

「妳有沒有……呃，朋友？常上報的那個女律師？」

「葛羅莉亞·布斯塔曼特？我認識她。我們算不上是朋友，但是都在露絲之家[7]擔任理事。」而且我不是女同性戀，凱伊很想補上這麼一句，因為這肯定就是舒密爾心裡的想法。葛羅莉亞·布斯塔曼特是個性傾向曖昧的女律師，凱伊·蘇利文自從離婚之後再也沒和任何人約會，這兩個人如果認識，那麼下一個推論就是凱伊必然也是女同性戀。凱伊有時候覺得她應該去訂做一個胸章，寫著：我不是同性

7 House of Ruth，倡導並協助婦女兒童防範家庭暴力且提供庇護的慈善組織。

戀。我只是喜歡閱讀。

「對，就是她。或許妳可以打電話給她？」

「在打電話之前，我想我應該去看看這個珍．杜伊。除非她願意開口，否則我可不想打電話叫葛羅莉亞白跑一趟。按葛羅莉亞收費的標準，光跑一趟就差不多要六百塊錢。」

舒密爾微笑說：「妳很好奇，對不對？妳想親眼看看這個醫院的神祕女郎。」

凱伊低下頭，從皮包裡掏出她上回慷慨花大錢帶葛芮絲和賽斯上館子帶回來的薄荷糖。她向來不喜歡舒密爾這種自以為瞭解其他人想法或感覺的看法。這是她轉出他那個部門的另一個原因。你是精神科醫師，又不是精神病患。但她沒說出口，只說：「她在哪個病房？」

在三〇三〇號病房前站崗的年輕警察沒完沒了地盤問凱伊，終於有事可做讓他很興奮，但最後還是放她進去。房裡很暗，百葉窗遮去冬日晴朗的天空。那女人顯然是睡著了，仰躺著，頭很怪異地扭到一旁，宛如汽車安全椅裡的孩童。她的頭髮很短，如果沒有纖巧優美的骨架，留起這種髮型一定很難看。是時尚的選擇，還是化療的結果？

「嗨。」那女人突然張開眼睛說。凱伊諮商過燒傷和車禍的傷患，也碰過臉被男人揍得慘不忍睹的女人，但是這個女人相形之下沒什麼外傷的眼神卻讓她懍然一驚，她曾見過的東西都沒讓她這麼不安過。躺在床上的這個女人脆弱得近乎一碰就碎，不僅僅是一般車禍受害者那種顫慄驚怕而已。這女人活生生是個瘀腫的傷痕，她的皮膚像蛋殼一樣把外在世界的痛苦阻隔於外。和那雙深受傷害的眼睛比起來，她額頭新創的傷口根本不算什麼。

「我是凱伊．蘇利文，這裡的社工。」

「我幹嘛需要社工？」

「妳是不需要，但是舒密爾醫師認為我或許可以幫妳找位律師。」

「我不要公設辯護人。我需要一個好律師，可以把精神放在我身上的律師。」

「沒錯，他們負責的案子很多，可是仍然——」

「我並不是不欣賞他們，他們的確盡忠職守。只是——我需要某個獨立的人。和政府沒有任何關係的人。到頭來，公設辯護人還不是拿政府的錢。到頭來——我爸總是這樣說——他們絕對不會忘記自己靠誰吃飯。政府僱員。他以前是。曾經啦。他很不喜歡那些人。」

凱伊不確定這女人到底幾歲。那個年輕醫生說是四十歲，但她很可能多個五歲或少個五歲。不管怎麼說，年紀都已經大得不該會這樣談論父親，好像把他當成神似的。大部分人過了十八歲就不會這樣了。「是啊……」凱伊說，努力想為她們的談話找個立足點。

「那是意外。我嚇壞了。我的意思是，如果妳知道我當時在想什麼，知道我怎麼會沒看見那段高速公路——那個小女孩怎麼了？我看見一個小女孩。我會殺了我自己，如果……算了，我不想說出來。我有毒。活生生的毒，會帶來痛苦和死亡。是他的詛咒。我逃不了，不管我怎麼做都逃不了。」

凱伊突然想起提莫尼昂州博覽會的怪物秀帳篷，當時才十三歲的她，鼓起勇氣走進去，卻只看到有點怪異的人——肥胖、刺青、削瘦、高大——靜靜地坐著。舒密爾終究還是把她釣上勾了：她之所以到這裡來只是為了滿足一點偷窺欲，滿足想看一看的渴望，僅止於此。但是這個女人對她說話，引誘她，喃喃不休，彷彿凱伊知道，或者應該知道她的一切。凱伊碰過很多像這樣的當事人，講起話來儼然是知名人士，好像他們的生平事蹟全記錄在八卦報紙和電視節目裡。

但是，至少床上的這個女人看見凱伊的存在，比許多只關心自己的當事人好多了。「妳是本地人嗎？」

「是啊，我在這裡住了一輩子。我在西北巴爾的摩長大的。」

「妳幾歲？四十五？」

哈，很傷人耶。凱伊很習慣，甚至很喜歡在鏡子裡或窗戶上瞥見的自己的模樣，但這時她卻被迫思考自己在陌生人眼中的形象——矮矮胖胖的身材，還有那一頭最讓她顯老的及肩灰髮。從體內的任何指標來看，她的健康情形都非常好，但是一個人的血壓、骨質密度和膽固醇，很難透過服裝或隨意閒聊表現出來。「事實上，是三十九。」

「我打算說出一個名字。」

「妳的名字？」

「先別這麼想。我只是打算說個名字……」

「嗯？」

「一個你會知道的名字。或許不知道也說不定。就看我怎麼說，我怎麼講。有個女孩，她死了，大家都不意外。這麼多年以來，他們早就相信她死了。但是還有另一個女孩，她沒死，這是比較難解釋的部分。」

「妳是——」

「貝塞尼家的女孩。一九七五年，復活節週末。」

「貝塞尼……喔，噢。」就這樣，凱伊想起來了。兩姊妹，一起去……去幹嘛，看電影？去購物中心？她看見她們的相片——姊姊耳朵後面紮了兩根光滑的馬尾巴，妹妹紮著辮子——想起襲捲全市的驚慌，孩子們被集合起來，觀賞明明是警告但卻又晦澀不明的影片。女孩們請注意和男孩們請注意。好幾年之後，凱伊才瞭解其中蘊含的警告是什麼意思：莎莉隨陌生的男孩去參加海灘派對，之後，有人發現她走在高速公路上，光著腳，神智不清……吉米的爸媽告訴吉米說，葛瑞和他交朋友，帶他去釣魚，並不是他的錯。他們讓他知道，和年紀較大的男人建立這種友誼並不正常……她上了陌生人的車，從此下落不明。

也有謠言——說遠在喬治亞有人看見那對姊妹啦，捏造的贖款要求啦，怕是宗教狂熱或反文化份子啦。畢竟，派蒂・赫斯特[8]前一年才剛被綁架。綁架案在七〇年代很風行。有個商人的妻子被勒索了十萬美元，在當時算是很大的一筆錢。有個富家千金被埋在一個裝了呼吸管的箱子裡。蓋堤家的繼承人被割掉一隻耳朵[9]。但是貝塞尼家沒什麼錢，就凱伊記憶所及是沒有，沒正式結案的日子拖得越來越久，記得的人就越來越少。凱伊最後一次想起貝塞尼姊妹的案子，很可能是她最後一次去保安廣場看電影的時候，至少是十年前的事了。那時——保安廣場購物中心當時還算相當新，而現在已經成了鬼城了。

「妳是……？」

「幫我找個律師，凱伊。一個厲害的律師。」

8 Patty Hearst，1954~。美國報業集團女繼承人，於一九七四年在柏克萊加大遭左派團體綁架，後竟認同綁匪理念，參與銀行搶劫，震驚美國。

9 以石油致富的美國蓋堤（Getty）繼承人Paul Getty III於一九七三年在羅馬遭綁架，蓋堤家族原拒付贖款，在綁匪割下他一隻耳朵之後，才付出高達一千七百萬美元的贖金。

第四章

殷凡特採烏鴉飛行的路徑，直穿過市區到醫院，沒走外環道繞一圈。他媽的，巴爾的摩市中心真是越來越亮眼了。誰想得到呢？他簡直要後悔十年前沒在城裡買個落腳的地方，不過反正他現在也沒打算買。況且，他是在郊區長大的——在長島的馬薩佩夸——二級公路盤根錯結，公寓社區簡樸低調的帕克維爾讓他住得舒舒服服的。煎餅屋、蘋果蜜蜂餐廳、目標超市、玩具反斗城，加油站，藝品店——對他來說，這才像個家。倒也不是說他想搬回老家去，這個年頭靠警察的薪水根本住不起了。他還是對洋基隊忠心耿耿，也老是一副紐約佬粗魯無禮的模樣，逗得同事好樂。但是他心知肚明，這個城市，這份工作很適合他。他是箇中好手，在警局裡的破案率頗高。「巴爾的摩的龐客音樂是我的第二語言。」他喜歡這麼說。藍哈德特逼他去考小隊長，可是呢——大家總是覺得你該照他們的路子走。當個救火員，他爸這麼說，在我們島上。他的第一任老婆哄著他說，來嘛，和我一起看《法網遊龍》。她想把她最愛的影集、最愛的菜餚全變成他的最愛。她甚至想讓他從巴德（Bud Powell）改聽滾石樂團，從詹姆森威士忌改喝布許米爾威士忌。她彷彿想扭轉時光，把一時天雷勾動地火燃起熱情慾望的婚姻，變成合乎邏輯的天賜良緣。她的作法，讓殷凡特想起高中時代的自己。他當時決定要去上哪所大學——納韶社區學院，沒傷什麼腦筋，因為那是他們唯一負擔得起的學校——然後把資料交給升學輔導老師，讓她的電腦跑出這個校名。就這樣，他唯一的選項變成他的選擇，而不是強加於身上，讓他不得不接受的結果。

他輕鬆愉快地穿越市區，花不到四十分鐘就抵達醫院。但還是不夠快。葛羅莉亞．布斯塔曼特——他所認識的律師裡，無論是男是女，是異性戀還是同性戀，就數她最凶悍——已經站在醫院迴廊了。

他媽的。

「你看起來活像鬥敗的公雞。」那隻酗酒的老蜥蜴說：「你知道，我以前好像從來沒機會用過這個形容詞，但是我現在可看見囉——鬥敗的公雞。喔，不，是活像隻羽冠垂到胸前的藍樫鳥。」

她抓抓瀏海，一綹紅棕色的頭髮底下露出約一吋的灰色髮根。布斯塔曼特還是一貫的邋遢模樣——唇膏完全不理會天生的唇線亂塗一通，套裝上掉了一顆釦子。腳上的鞋子，曾經很昂貴的鞋子，磨損得厲害，腳趾部分都壞了，好像她不停踢著什麼堅硬的東西。搞不好是個警探的脛骨喔。

「她聘了妳啊？」

「我想我們是有個安排，沒錯。」

「到底是不是啊，葛羅莉亞。妳是她的律師？」

「暫時是。只要她保證付得起我的律師費，我就接下案子。」她的眼睛飛快瞄他一眼。「你是來調查凶殺案的，對吧？不是交通事故調查。」

「我才懶得鳥她開那輛車幹了什麼好事咧。」

「如果她和你談談那件凶殺案，我們就放過那件交通事故，怎麼樣？說真的，誰都沒有錯，她嚇壞了——」

「見鬼啦，葛羅莉亞。妳以為妳是誰，他媽的蒙提・霍爾[10]啊？和我談條件，拿誰是藏鏡人來換車禍？條件交換得要檢察官批准的。妳明明知道。」

「這樣啊，那麼或許今天早上我就沒辦法讓她見你囉。她累壞了，頭部又受了傷。除非醫生斷定她的頭傷不會影響記憶力，否則我不確定她能不能和任何人談話。」

「他們昨天晚上就檢查過她了。」

「她的傷口包紮好了，也通過精神狀態測驗了。但是我想請個專科醫師來，一個神經外科醫師。她很可能連自己撞了車都不記得。她可能根本不知道自己離開事故現場。」

「把這些鬼話留到結辯的時候再用吧，葛羅莉亞，先讓我瞧瞧妳手上有什麼東西吧。我得判斷這個案子是不是屬於我們的管轄權。」

「噢，這絕對屬於你們的管轄哦，警探。」葛羅莉亞的語氣有幾分猥瑣，是她對男人說話的風格。剛認識她的時候，殷凡特認為她的含沙射影是一種掩護，是隱藏她性傾向的方法。但是藍哈德特堅持說

10 Monty Hall，1926-。知名的演員與節目製作人，以主持「來談個條件吧」（Let's Make a Deal）聞名。

這是一種極為高段的反諷，是像葛羅莉亞這種洗腦專家不時用來把你腦袋搞糊塗的手法。

「我可以和她談談嗎？」

「談那樁老案子，不談車禍。」

「去妳的，葛羅莉亞，我是凶案組的警探。我會浪費時間去和外環道上撞壞保險桿的人廢話嗎？除非——慢著，她是蓄意的嗎？她想殺另一輛車裡的人嗎？好傢伙，說不定今天我走運了，一口氣清掉兩個案子，太帥了。」他打響手指。

葛羅莉亞瞄他一眼，很厭煩的樣子。「耍幽默的工作就留給你的小隊長吧，卡文。他才是裝瘋賣傻的人。而你是個傻小子。」

病床上的女人眼睛閉得緊緊的，像個裝睡的小孩。房裡的燈光照亮她披散在手臂和臉側的金髮，金色的水蜜桃絨毛，稀疏柔細。眼睛下方深深凹陷，是長期疲憊造成的。那雙眼睛忽地睜開，但馬上就又閉上。

「我好累。」她喃喃說：「我們一定要現在談嗎，葛羅莉亞？」

「他不會待很久的，親愛的。」親愛的？「他只需要第一部分。」

第一部分？那第二部分是什麼啊？

「可是那是最不容易談的部分。不能由妳告訴他，讓我休息嗎？」

他必須說幾句話，不能呆呆地等人介紹他，因為看來葛羅莉亞沒打算這麼做。

「我是卡文．殷凡特，巴爾的摩郡凶案組警探。」

「殷凡特？在義大利文裡是嬰兒的意思嗎？」眼睛還是閉著。他得讓她睜開眼睛，殷凡特明白。在此之前，殷凡特從來沒思索過，眼睛睜不睜開對他要做的事有什麼重要性。當然，他是思考過眼神交會的意義，研究過各色人等利用眼神的方式，有人不敢直視他的眼睛時，他也瞭解其中的意涵。但是他從來沒碰過有人坐在那裡——在這個案子裡是躺在那裡——緊閉著眼睛。

「沒錯。」他說，彷彿他從來沒聽人提起過，彷彿他的兩個前妻沒一次又一次把這個姓丟還給他。

她的眼睛張開了。那雙眼睛藍得如此清亮鮮明，在金髮女子身上是浪費了。藍眼睛配深褐色頭髮才符合他的理想，深淺相襯，讓人忍不住想一親芳澤的愛爾蘭女孩。

「你看起來一點都不像嬰兒。」她說。她的語氣不像葛羅莉亞，絲毫沒有賣弄風情的意味。她不來這套。「好好玩喔，我竟然想到一個卡通人物。穿尿布、戴小帽的大寶寶。」

「休伊寶寶（Baby Huey）。」他說。

「對。他是隻鴨子？還是小雞？還是個嬰兒寶寶？」

「是小雞吧，我想。」或許他們該請個神經外科醫生來給她檢查一下。「妳說妳知道巴爾的摩郡以前發生的一樁謀殺案。所以我必須和妳談談。」

「是在巴爾的摩郡開始的。但是結束——老實說，我不知道是在哪裡結束的。我不確定結束了沒。」

「妳是說有人從巴爾的摩郡開始殺某個人，然後在其他地方完成？」

「我不確定——最後……嗯，不是最後的結局，是壞事在什麼地方發生的那一個部分。當時我不知道我們人在哪裡。」

「妳何不把妳的故事說給我聽，讓我來理出頭緒？」

她轉頭看葛羅莉亞。「大家——我的意思是，有人記得我們嗎？到現在還記得？」

「如果他們當時人在這裡，就會記得。」老蜥蜴的聲音比平常溫柔得多。她對這個女人有意思嗎？她之所以冒險接下很可能不會成立的案子，是這個緣故嗎？有時候想猜透男人對女人的品味就已經夠難的了，更別提要搞清楚女人的品味，可是就殷凡特和葛羅莉亞交手的經驗，她可從來沒有這麼感情豐富的樣子。「或許不記得名字，但是記得聽說過這件事情。不過，殷凡特警探不是本地人。」

「那我幹嘛和他談？」她閉起眼睛，又躺回枕頭上。葛羅莉亞竟然真的聳聳肩，露出「我能怎麼辦」的窘態。殷凡特從來沒看過她對當事人這麼溫柔，這麼掛心。葛羅莉亞很照顧當事人的權益，但是她向來堅持要掌控大局。現在她一副服服貼貼的樣子，做勢要他隨她走出病房到大廳去。但他搖搖頭，立場堅定。

「妳告訴我。」他對葛羅莉亞說。

「一九七五年三月，一對姊妹出門到保安廣場購物中心。貝塞尼姊妹，珊妮和海瑟。從此下落不明。警方有預感她們發生了什麼事，但是什麼證據都沒有。和鮑爾斯的案子不一樣。」

鮑爾斯的案子是十年前的一樁凶案，有個年輕女子失蹤了，所有的人都相信她分居的丈夫是失蹤事件的核心人物，只是無法證實而已。一般的看法是那傢伙僱了人動手，而且很走運的是，找到一個有史以來口風最緊，也最忠心的殺手，一個絕對沒有理由洩露情報的傢伙。一個從沒被逮過，也絕對不會醉醺醺地對馬子吹噓：「是啊，是我做的！」的傢伙。

「她知道是怎麼回事？」

「我聽得見你說話。」躺在床上的女人說：「我人就這裡。」

「聽著，妳想加入談話就請便。」殷凡特說。眼睛閉著時候還能滴溜轉嗎？她的表情陡然一變，馬上成了使性子的少女，只想要爸媽別理她。但是她沒再說什麼。

「事情剛發生的那段時間好像有些線索。有人來勒索贖金。有些，嗯，我想，是我們現在所謂的利害關係人吧。可是後來就沒下文了。沒有實際的證據——」

「珊妮（Sunny）是陽光（Sunshine）的暱稱。」床上的那個女人說：「她好討厭那個名字。」她開始哭了起來，但卻好像沒注意到自己在哭，就只是躺在床上，任淚水淌下臉頰。殷凡特心裡忙著算算數。三十年前，兩姊妹。多大年紀？葛羅莉亞沒說。年紀很小，顯然是，年紀小得足以排除離家出走的可能性，推定為凶殺案。兩個？誰會擄走兩個？這種失敗率極高的狂妄野心實在讓他難以置信。擄走兩個女孩難道不是私人恩怨，不是對那家人洩憤的行為嗎？

「亞瑟．古德擄走了不只一個男孩。」葛羅莉亞彷彿看穿他的心思。「不過，那也是你還沒來的時候發生的。他在巴爾的摩擄走一個報僮，讓他看著……反正，他放走了那個報僮，毫髮無傷。古德後來在佛羅里達被處死刑，犯的是和這裡一樣的罪行。」

「我記得。」床上的女人說：「因為和我們的情形很類似，可是和我們不一樣。因為我們是姊妹。因為——」

說到這裡，她突然崩潰了。她縮起膝蓋，抵在胸前，用沒受傷包繃帶的那隻手臂抱著，哭得像食物中毒之後的哀號一樣。淚水鼻涕縱橫，流個不停。殷凡特開始擔心她會不會脫水。

「這位是海瑟．貝塞尼。」葛羅莉亞說：「或者應該說，很多年以前是。顯然她已經有很多年沒用她的本名了。」

「她這些年都在哪裡？她姊姊呢？」

「被殺了。」屈膝的那個女人幽幽說：「被謀殺了。她被扭斷脖子，就當著我的面。」

「誰幹的？在哪裡發生的？」一直站著的殷凡特拉來一把椅子坐下，他知道自己要在這裡待上好幾個小時，他會需要打開錄音機，錄下正式的口供。他不知道這個案子是不是像葛羅莉亞說的那麼轟動。但是就算她太過誇大案子的知名度，只要消息一走漏，這種故事很快就會變成性變態之類的八卦新聞。他們必須慢慢進行，必須謹慎處理。「妳這段時間人在哪裡，妳為什麼過了這麼久才露面？」

海瑟用右手撐起身體，坐了起來，然後用手背抹著眼睛鼻子，像個孩子一樣。

「對不起，但是我不能告訴妳。就是不能。我希望我從一開始就什麼都沒說。」

殷凡特瞄了葛羅莉亞一眼，是「他媽的怎麼回事」的表情。但她還是無能為力地聳聳肩。

「她不想當海瑟．貝塞尼。」葛羅莉亞說：「她想回到她替自己虛構的生活，把這些都拋開。她姊姊死了。她說她爸媽也死了，我記得的好像也是這樣。不管怎麼樣，海瑟．貝塞尼已經不存在了。」

「不管她叫自己哪個名字，不管她住在哪裡，她自己承認她是一樁謀殺案的目擊證人……妳姊姊幾歲？」

「十五。我才快要滿十二歲。」

「十五歲少女的謀殺案。她不能這樣丟下炸彈，然後就一走了之。」

「沒有犯人可抓。」床上的女人說：「他早就死了。大家都早就死了。這一點意義都沒有。我撞傷了頭，說了一些我沒打算說的話。我們就忘了吧，可以嗎？」

殷凡特作了個手勢，要葛羅莉亞跟他走到大廳去。

「她是什麼人？」

「海瑟．貝塞尼。」

「不是，我的意思是，她現在用的是什麼名字？她住在哪裡？她這段時間怎麼過日子的？帶她來的那個警察說她的車是登記在潘妮洛普．傑克森名下。那是她的名字嗎？」

「就算我真的知道這些訊息——我並不是說我知道——我也沒獲得授權可以告訴你。」

「去妳的授權。法律規定得一清二楚的，葛羅莉亞，就算鬧上他媽的高等法院也一樣。她開著一輛車，發生了車禍，她必須拿出身分證件。如果她不願意配合，那就直接從這裡進大牢啊。」

在那一瞬間，葛羅莉亞矯揉造作的誇張表情全不見了——斜挑的眉毛，要笑不笑的假笑全不見了。奇怪的是，這樣一來她的魅力反而減損不少。「我知道，我知道。但是請耐心聽我說吧。這個女人一路走過痛苦的歲月，她打算把這一生的故事向你坦白，只要你有點耐心。你何不讓她多休息個一兩天呢？在我看來，她是真的很怕揭露自己現在的身分。她必須先信任你，才能告訴你所有的事情。」

「為什麼？這麼大費周張幹嘛？難道她犯了其他的罪被通緝？」

「她發誓說她沒有，她唯一擔心的是——我這可是直接引述她的話喔——成為有線電視上的『本週怪ㄎㄚ』。一旦她承認自己是海瑟．貝塞尼，她所熟悉的那個生活就結束了。她想找出辦法，既告訴你案情，又不必放棄她自己的人生。」

「我不瞭解，葛羅莉亞。這不是我作得了主的。像這樣的案子要循指揮系統往上報的，他們還是可能派我回來把她抓起來。」

「把她抓起來，她就不會給你們貝塞尼的案子。她會說那是車禍之後出現的幻想。聽著，她開的條件會讓你們樂翻天。她不想公開，而你們又很討厭上媒體。只有我是輸家，什麼好處都撈不到，搞不好連律師費都沒著落。」

說到這裡，她的表情一變，睫毛閃呀閃的，嘟起嘴巴活像怪物似的。見鬼了，若說有人像休伊寶寶，那一定非葛羅莉亞莫屬，就憑她那張魚嘴和鷹勾鼻，就當仁不讓了。鷹勾鼻——沒錯，他心裡出現那幅影像。鼻子上的不是鷹勾，是鴨嘴。休伊寶寶是隻不折不扣的鴨子，「去他媽的鴨子」，俗語不就是這麼說的嗎。

第五章

不知道什麼地方有收音機在響。再不然就是鄰近病房裡的電視機。她的房間一片死寂，光線終於褪去，讓她鬆了一口氣。她想起工作。有人想念她嗎？她昨天請了病假，但是今天她根本不知道該怎麼辦。如果要打電話，就得打長途電話，可是她手邊沒有電話卡，透過醫院總機轉接，又不知道會有什麼後果，而如果要走到大廳去打公用電話，就必須先過得了病房門口警衛那一關。話說回來，用電話卡就能掩藏行蹤嗎？她不能冒這個險。她必須保護她僅有的東西，這十六年來建立在某個人死亡之上的生活，正如她生命中的一切，全都拜某個人的死亡之賜才變得可能。無論如何，這才是她真實的人生，是她截至今日所擁有的最長的一段人生。十六年來，她費盡心力才擁有其他人稱之為正常的人生，她不打算放棄。

當然，這也算不上什麼人生。她沒有真正的朋友，只有友善的同事，以及熟得會對她微笑的店員。她甚至沒有寵物。但是她有一間公寓，小而簡樸，打理得整整齊齊的。她有輛車，寶貝Camry，她花大錢買車的理由可正當了，因為她必須通勤上班，就算天氣好的時候也得花上一個小時。最近她都在聽有聲小說，全都是給女人家讀的厚小說，她想。梅芙・賓奇（Meave Binchy），吉兒・高德溫（Gail Godwin），瑪麗安・凱伊斯（Marian Keyes）。派特・康洛伊（Pat Conroy）——他顯然不是個女人，不過都還是同一類的說書人，寫的故事就怕不夠煽情，不夠灑狗血。該死，這個星期六有三卷錄音帶到期，要歸還圖書館。十六年來，她從來不逾期不遲到——帳單，圖書館的書，約會。她從來就不敢。如果錄音帶逾期歸還會怎麼樣？會被罰錢嗎？他們會往上呈報嗎？

說來諷刺，她做的是Y2K相容性的工作，但她長期以來卻生活在擔憂電腦集中化的恐懼之中，害怕機器有一天學會彼此交談，交換意見。儘管她拿薪水就是為了防範電腦系統出差錯，但她還是偷偷植入一個系統破壞程式，洗掉所有的磁帶，毀掉每一點每一滴的集體記憶。蛛絲馬跡散佈各處，等著有心人逐一拼湊。這個女人——她的名字和一九六三年死於佛羅里達的一個小孩一樣。好奇怪喔——因為這個女人，和她很像的女人，名字和一九六二年死在內布拉斯加的小孩一樣。還有這個女人是一九六四年死在堪薩斯的小孩。這一個呢？她是俄亥俄來的，也是一九六二年出生的。

至少，現在不難想起她是什麼人：海瑟・貝塞尼，一九六三年四月三日生。一九六六到一九七八年間住在艾爾貢昆巷。是狄齊崗小學的優等生。在這之前她家住在哪裡？在蘭道斯頓的一間公寓，但是沒有人期待她記得那段時間的事。這是最詭異的部分。不知道她該知道的，反倒記得她不會知道的事。

還有呢？二〇一學校。狄齊崗。一個想當然爾會惹出很多笑話的名字。當時還算是比較新的建築。攀爬架，三種不同高度的單槓，一到六月天就熱得燙手的溜滑梯，漆成鮮黃色的跳格子和正方格柵。還有個旋轉木馬，不是有馬的那種，只是一座搖搖欲墜的金屬遊樂器材。不，慢著，那不是在學校裡的，是在學校附近，某個隱隱約約被禁止的地方。是學校周圍的威克菲爾公寓嗎？在她的腦海裡，首先浮現的是那髒兮兮的軌道，因為她推的時間比坐的多。低著頭，像隻揹著馬具的馬，她排在男生後面，左臂抓在金屬桿上開始跑，讓坐在上面的人樂得驚聲尖叫。她看見自己的腳趾——她需要一點時間才能想起她的鞋子。不是運動鞋，這也是她之所以惹上麻煩的原因。她穿的是上學的鞋子，棕色的，永遠都是棕色的，因為棕色最實穿。不過就算是實穿的棕色也耐不了那個遊樂場的橘色塵土，特別是在四月的雨後。她穿著鞋頭沾著泥塊的鞋子回家，讓她媽媽氣上加氣。

她還能告訴他們什麼呢？那年有八個六年級的老師。海瑟碰到很好的一位，寇格太太。他們參加「愛荷華基本技能測驗」[11]，她的各項指標都是PR99。那年秋天，他們做科學研究。她從葛文斯瀑布撈來螯蝦，放進精心設置的水族箱，但是四隻全死了。她父親的推論是，對向來生活在泥濘髒污溪流中的螯蝦來說，乾淨的水反而讓牠們無法適應，她的這個發現讓她得到一個A。三十年後，她開始有點瞭解螯蝦的感受。人要有自知之明，別癡心妄想，就算一輩子渾渾噩噩，也只能認命。

但是，當然，這不是他們想從她身上得到的東西。他們不想要海瑟・貝塞尼在一九七五年之前的故

---

11 Iowa Basic Skills Test（IBST），為美國廣泛使用的綜合成就評量，針對幼稚園至八年級學生施用，以評估學習成果，並找出學習的問題。其計分方式係透過量尺，建立百分等級（PR值），以比較學生之各項表現。PR99即為表現最為優異的學生。

事。他們要知道的是在那之後三十年的事，瑣碎的細節是無法滿足他們的。她沒辦法用一些趣聞軼事來安撫他們，比方說，她那部方型的小錄音機。那是她獲准買的第一個東西，是因為她遵守他們的規則，過了六個月規規矩矩的生活，證明她值得信任，才獲得的獎賞。他們對她買的錄音機沒什麼意見，但是她同時買回來的那幾卷錄音帶卻把他們嚇壞了。「誰人樂團」（The Who）、「傑索羅陶爾樂團」（Jethro Tull），甚至還有些早期的龐克樂團。她還來不及換掉學校制服，就躺在凹凸不平的絨線床單上，聽著「紐約娃娃」（New York Dolls），後來也聽「衝擊樂團」（Clash）。「關掉。」他們命令她。「鞋子別踩在床單上。」她會乖乖聽話，但每個人都還是嚇壞了。或許他們知道，她就像路．瑞德（Lou Reed）歌裡的荷莉，偷偷計畫要跳上巴士，漫步在曠野[12]。

諷刺的是，他們果真讓她搭上巴士，把她像個犯人似的送走。他們是一片好意。嗯，他是啦。可是她呢？她巴不得她快點滾呢。艾琳向來討厭家裡有她介入——不是因為在外人面前必須虛偽假裝，而是因為在家裡發生的那些活生生的事實。說鞋子不准踩髒床單的是她，堅持音樂要轉小聲到幾乎聽不見的也是她。她對瘀傷不聞不問，不安慰不給藥，甚至連偶爾抗拒而掛彩的時候——裂傷的嘴唇，烏黑的眼圈，蹣跚的步伐——她都不幫忙編造個掩飾的理由。妳自作自受，艾琳無動於衷的態度似乎這麼說。妳自己惹禍上身，而且還毀了我的家。她在心裡吼回去：我是個小女孩！我只是個小女孩！但是她知道最

12 為路．瑞德知名歌曲〈漫步在曠野〉（*Take a Walk on the Wild Side*）的歌詞。

好別和艾琳頂嘴。

音樂淹沒了這一切。儘管音量小得幾乎聽不見，但是音樂能讓所有的東西都消失無蹤——肢體與精神的凌虐；雙面生活，不，實際上是三重生活，所帶來的筋疲力竭；還有他每天早上的滿面愁容。讓事情停止吧，她隔著早餐圓桌默默地懇求他。氣氛如此家常，如此溫暖，如此像她原本以為自己所渴望的一切。拜託，讓事情停止吧。他的眼睛回答：我沒辦法。但是他倆都知道，這分明是一句謊言。事情是他起的頭，只有他才有辦法畫下句點。到頭來，他還是證明自己始終擁有權力可以拯救她，但是已經太遲了。等他放她走的時候，她已經比從牆上摔下來的憨博弟[13]還支離破碎，比艾琳心愛的磁器娃娃的頭還更粉碎。在那個陽光燦燦的秋日午後，她拿起撥火棒一把掃掉艾琳的磁器娃娃。鎮定沉著終於不再，艾琳對著她大發雷霆，尖聲嘶吼，而他卻假裝不知道她為什麼會做出這樣的事。

「他們一直盯著我看。」她說。

當然，真正的問題是，沒有人盯著她看，沒有人看見。每天，她踏進外面的世界，除了偽裝身分用的名字和髮色之外，一無所有——但是從來沒有人注意。她來到早餐桌旁，搞不清楚身體到底是哪個部位在痛，但是每個人卻只對她說：「妳的吐司要塗果醬嗎？」或「今天早上很冷，所以我泡了熱巧克力。」看我啊，羅傑．達特瑞[14]在她的紅色小錄音機裡唱著。看我啊。艾琳在樓梯口對著上面喊：把那

13 Humpty Dumpty，童謠中坐在高牆上摔得粉碎的矮胖人。
14 Roger Daltrey，1944-。「The Who」樂團主唱。

個噪音關掉。她吼回去：這是歌劇。我在聽歌劇。別頂嘴。妳有工作要做。

工作。沒錯，她有很多工作要做，做到晚上都做不完。她有時候會列一份名單，就叫「我最恨的人」，艾琳從來沒低於第三名，她有時候還讓艾琳高居第二名。

至於第一名呢，只有她知道，只有她一個人知道。

【第Ⅱ部】　帶藍吉他的人（1975）

第六章

「帶妳妹妹一起去。」爸爸刻意當著兩姊妹的面說，這樣珊妮事後就不能扯謊耍賴。否則，海瑟知道，她姊姊會點點頭，假裝同意，然後把她丟在家裡。珊妮就愛這樣耍心機。或者應該說她是很想耍心機，只是每次都被海瑟識破詭計。

「為什麼？」珊妮想也不想地抗議。可是她也一定知道，她的抗議還沒出口就已註定失敗。和爸爸爭論是沒有用的，雖然他和媽媽不一樣，不會因為她們頂嘴而不高興。他喜歡長篇大論地替自己的看法辯護，甚至還會幫她們的立場找論點，像個律師似的讓她們的案子能成立，這也是他不時提醒的，說她們以後可以當律師。她們以後想做什麼都可以，爸爸常這樣說。但是只要和他一開始爭論，她們就永遠不可能是對的。說起來就像和他下棋一樣。下棋的時候，他會輕輕搖頭點頭地指點對手，讓女兒避開可能引來連二跳甚至連三跳的致命錯誤。不過，玩到最後，就算只剩下一個國王，他還是會說自己贏了。

「海瑟才十一歲。」在兩姊妹聽來，他用的是講道理的語氣。「她不能自己一個人待在家裡。妳媽已經上班去了，我十點鐘也得要到店裡去。」

海瑟垂頭對著盤子，透過睫毛偷偷看著他們，一動也不動，像隻盯住松鼠的貓。她有點拿不定主意。只要有可能，她通常都會拼命要求更大的特權。她不是個小貝比。她下個星期就滿十二歲了。她應該獲准在星期六下午獨自在家。自從去年秋天媽媽開始工作以來，海瑟每天下午至少有一個小時是自己在家，唯一要遵守的規則是她不准碰爐子，也不能帶朋友來。海瑟很喜歡那一個鐘頭的時間。她可以看她想看的電視節目——通常是《大山谷》（*The Big Valley*）——要吃多少全麥餅乾都可以。

不過，這一點自由是她爸媽迫不得已才給她的。他們原本是要海瑟放學之後待在狄齊崗小學的圖書館，等珊妮來接她的，以前海瑟唸五年級和四年級的時候，他們也都是這樣做。問題是狄齊崗小學三點就放學，而珊妮現在放學搭巴士要花很長的時間，總要過四點才能到。狄齊崗小學校長話說得很白——轉述這件事的是她媽媽，那句「話說得很白」一直在海瑟心裡揮之不去——學校的圖書館員不是保姆。於是，向來不願被誤以為要求特殊待遇的爸媽決定讓海瑟自己待在家裡。如果她可以從週一到週五每天獨自在家一個小時，又為什麼不能在星期六獨自待在家裡三個小時呢？五個小時比三個小時還多耶。況且，如果她今天能爭取到獨自在家的權利，或許她以後就不必浪費一整個星期六在她爸爸店裡無聊得要死，當然就更不必到她媽媽的房地產辦公室啦。

但是，到保安廣場購物中心消磨週六的機會，讓未來長期的可能性相形失色。對海瑟來說，保安廣場購物中心代表了偉大的創新。過去這一年來，珊妮極力爭取，才獲准一個月一次，利用週六到保安廣場去和朋友碰面，一起去看午場的音樂劇。珊妮也去當保姆，一個小時賺七十五分。海瑟希望自己滿十二歲以後也能開始這麼做，只要再等一個星期。珊妮抱怨說，她花了好幾年的功夫才爭取到這些權利，憑什麼海瑟還這麼小就可以享有。那又怎麼樣？這就是進步的代價啊。海瑟不記得她是從哪裡聽來這個詞的，但她據為己有。你總不能和進步抗爭吧。除非是像穿過公園的高速公路之類的事，那你就可以。但那是因為有鹿和其他野生動物的緣故。那是環境問題，是比進步重要得多的事。

「妳今天要嘛帶妳妹妹一起去購物中心，」爸爸又重覆一遍：「要嘛就和她一起留在家裡。妳自己選。」

「如果一定要和海瑟留在家裡，那我可不可以拿保姆費？」珊妮問。

「家庭成員幫家裡做事天經地義，怎麼能向家人收錢呢。」她們爸爸說：「所以妳的零用錢不是用妳做的家事多寡來計算的。妳有零用錢，是因為妳媽和我覺得妳需要有些可以自由支配的收入，雖然我們不一定贊同妳買的東西。家庭是一個整體，是為了大家共同的利益團結在一起的。所以不行，妳照顧妹妹不能拿保姆費。但是妳們如果想去購物中心的話，我可以給妳們搭巴士的錢。」

「唱高調。」珊妮咕噥說，切開她的鬆餅，卻沒真的打算吃。

「妳說什麼？」她爸爸問，聽起來有點危險囉。

「沒什麼。我會帶海瑟去購物中心。」

海瑟好興奮。巴士費用。原本要多花上三十五分的。並不是這三十五分可以買什麼東西，而是這樣一來她就不必花她自己的三十五分，可以存起來。海瑟很會存錢。像動物存糧，她爸爸說，雖然有幾分批評的意味，但是海瑟不在乎。她存了三十九塊錢，裝在一個金屬盒裡，還用橡皮圈綁成複雜的花樣，如果有人想拿走裡面的東西，一定瞞不了她。但是她今天不會帶她的錢到購物中心去，因為這樣一來她就不會有花掉的欲望。不，她會比較價格，研究折扣，等她決定她到底想要什麼東西之後，再帶著生日的禮金回去買。她才不會像珊妮一樣，不時把錢浪費在一時的衝動上。去年秋天，珊妮買了一件品質不佳的緊身針織衫，淺淺的灰白，領口滾著紅邊。第一次下水，紅色的滾邊就像流血一樣掉色，在毛衣背後留下兩道紅印。但那是事先言明不能退貨的特價品，如果不是她們媽媽到店裡去痛罵店員，珊妮就要白白損失十一塊錢了。但是珊妮覺得很窘，連句謝謝都說不出口。

爸爸把盤子放進水槽，吹著口哨走出廚房。他今天早上心情很好，比平常好得多，用鬆餅粉煎鬆餅，甚至還灑上巧克力碎片，是真正的巧克力碎片喔，不是他烹調時慣用的角豆。他也讓海瑟挑想聽的電台，雖然珊妮嘲笑她的選擇，但是海瑟知道，珊妮常深夜躲在房裡聽的也是這一個電台。海瑟知道很多珊妮的事，也很清楚她房裡的動靜。她覺得監視姊姊是她的責任。這也是她之所以喜歡在放學後獨自待在家裡的另一個原因。昨天她就是這樣在姊姊書桌抽屜裡找到巴士時刻表的，十五號路線的星期六班次特別被圈了起來。

海瑟一直在找姊姊的日記，一本摩洛哥皮面的小本子，還配上真正的鎖。但是每個人都知道怎麼不用鑰匙就撬開鎖。她只找到過珊妮的日記一次，在六個多月之前，內容真是無聊到爆。讀著姊姊的日記，她幾乎要替姊姊覺得難過了。海瑟自己的生活有趣得多。或許就是這麼回事：生活有趣的人沒時間寫日記。但是後來珊妮設了局，引誘海瑟談起日記裡寫的東西，就只為了證明除非海瑟偷看她的日記，否則不可能知道校車上發生的事。就這樣，海瑟惹上了大麻煩，雖然她不瞭解到底為什麼。如果家人應該分享所有的東西，那為什麼珊妮就可以把自己的想法鎖起來？

「海瑟只是羨慕姊姊啊。」媽媽對珊妮說：「她想學妳，做妳所做的事。小女孩都是這樣長大的。」

錯了，海瑟很想這麼說。天底下她最不想引為典範的人，非珊妮莫屬。都已經上中學了，珊妮卻連半個男朋友都沒有，比海瑟還不如。校外教學的時候，傑米．阿特曼坐在她旁邊，每回老師要他們男生女生兩人一組的時候，他總和她一起。情人節那天，他給了她一盒惠特曼綜合巧克力。雖然是很小一盒，只有四顆，而且都沒有核果，但海瑟是全六年級唯一收到男生而不是父親送的巧克力的女生，所以還轟動一時。海瑟不需要珊妮來教她做任何事。

她拿起報紙的今日重點精選，讀她的占星解析。再過五天，就會有專屬於她的占星解析。好吧，是屬於她和其他在四月三日出生的人。她等不及要看上面怎麼說。下個星期會有一場派對，在西景巷熱熱鬧鬧舉行，還會有個蛋糕——有白色糖衣和藍色玫瑰的誘人甜食。或許她該買新衣服穿。不，還不行。但她會帶她的新皮包去購物中心，那是從她爸爸店裡預支的生日禮物。木質的把手底下扣著可以更換的三種花色袋子，好讓人搭配衣服用。她選了一個丹寧布配紅色花邊，一個格子花紋，還有一個印著大大的橘色花朵。她爸爸原本沒打算進這款皮包，但是媽媽注意到海瑟很專心看著樣品，所以慫恿她爸爸把皮包列進他二月的進貨訂單裡。而今，這款皮包成為他店裡最暢銷的春季新品，但這似乎只讓她爸爸更不高興。

「跟流行！」他說：「保證妳再過一年就不想拿那個東西了！」

當然啦，海瑟想。明年就會有另一款皮包或其他讓人非擁有不可的暢銷品，她爸爸應該覺得高興才對。儘管才十一歲，但她早就明白，如果大家不是年復一年不停地買東西，店家怎麼可能大發利市呢。

珊妮沮喪得快掉下淚來，眼睜睜地看著她爸爸走出廚房。他今天早上好怪異——煎了鬆餅，讓海瑟聽WCBM，不停哼著歌，甚至還對那些曲子品頭論足的。

「我喜歡這首。」他每聽一首就這麼說：「這女孩——」

「蜜妮．萊普頓（Minnie Riperton）。」海瑟說。

「她的歌聲像鳥鳴，妳不覺得嗎？」他想模仿她的音階，但一點都不像，惹得海瑟哈哈笑，但是珊妮覺得渾身不對勁。做爸爸的人不應該知道像〈*Loving You*〉這種歌的，更不應該跟著哼。況且，她爸爸是全天下最大的騙子。他根本不喜歡這些歌。任何歌曲只要上了排行榜前四十名——任何流行的東西，不管是音樂、電影、電視或時尚——在她爸爸生活裡都不夠格被當成一回事。在書房裡，他的耳機裡播放的是爵士，鮑伯．狄倫，「死之華樂團」（Grateful Dead），在珊妮聽來全和爵士樂一樣沒曲沒調，不知所云。和爸爸與妹妹一起聽音樂，讓珊妮覺得更怪異，好像他們當著她的面看她的日記，好像他們知道她昨天晚上抱著電晶體收音機貼在耳邊上床的時候心裡在想什麼。她的喜好不時改變，但有幾首情歌始終讓她難以抗拒。〈*You Are so Beautiful*〉，〈*Poetry Man*〉，〈*My Eyes Adored You*〉。她在椅子上坐立難安，把鬆餅切得越來越小塊，恨不得跳起來，關掉收音機。

接著，收音機播送〈*No No Song*〉[15]，她爸爸刻意說給她聽：「男人可以奪走的東西很多。我一想到——」

「什麼，爹地？」海瑟撒嬌地問。

「沒什麼。我的女兒今天想幹嘛呀？」

就在這時，海瑟說：「珊妮要去購物中心。」她用含糊不清的娃娃音說。她早就過了該有這種腔調的年齡了，事實上呢，這根本就是裝出來的。海瑟替自己爭取新的自由的時候——例如，騎腳踏車到梧德隆的商店街——她用的是她正常的聲音。但是打算和珊妮別苗頭的時候，海瑟就會用這種小女孩的口氣。即便如此，媽媽還是看穿她了。有一回珊妮聽到媽媽在電話裡對人說，海瑟只有十一歲，卻活像四十歲。她等著聽她的相對年齡會是幾歲，但是媽媽並沒有說。

珊妮把她的盤子擺到爸爸堆在水槽裡的那些盤子上。她想找出個合理的藉口，不馬上動手洗盤子，

15 〈*No No Song*〉是前披頭四成員Ringo Starr的歌曲，詞意為拒絕毒品菸酒誘惑。

但她知道這樣對媽媽很不公平，上了一天班回來還得面對一大堆黏答答的髒盤子。她爸爸從來沒想過該洗盤子，珊妮知道，儘管和其他人的父親比起來，他算是很開明的。鄰近街坊的孩子都叫他「嬉皮」，因為那家店，因為他的頭髮，還有他那輛藍得活像知更鳥蛋的福斯小巴，怪異的程度還不只一點點呢。爸爸雖然會下廚——興致來的時候——還說他「支持」老婆去做房地產仲介的決定，但是有些家事他是從來不碰的。

如果他必須每天洗碗盤，珊妮把吃剩的鬆餅撥進垃圾桶裡的時候想，他就不會這麼死命反對用洗碗機了。她給他看可攜式機型的廣告，解釋說他們不用的時候可以把機器從水槽挪到加蓋的後門廊，但是爸爸說機器太浪費了，會耗掉太多水和能源。但是呢，他卻一直不停給他的音響升級。他的書房是沉思冥想的地方，珊妮抱怨的時候他提醒她。他每天日升日落時分都在書房裡進行「五道」[16]的「火祭」儀式。根據爸爸的說法，「五道」不是宗教，而是比宗教更好的東西。

「妳在監視我嗎？」珊妮問她妹妹。但是海瑟哼著歌，手指捲著一綹頭髮，不知道在高興什麼。媽媽常說，她們兩姊妹的名字該對調，因為海瑟總是開朗快樂，而珊妮卻像薊花一樣渾身帶刺[17]。「妳怎

16 Fivefold Path，發源自印度的新興宗教，以復興吠陀經（Vedas）為宗旨，倡言透過五種方法以追求更幸福圓滿的人生。五道包括：Agnihotra（火祭），於日升日落時分焚油淨化大氣；Daan，秉持人道精神分享資產，減少俗世的物質羈絆；Tapa，訓練心身靈以控制能量，適應大愛的生活；Karma，摒棄物質欲望，全心追求個人淨化；Swadhyaya，透過深刻的自我省察，瞭解我是何人，從何而來，以追求天人合一的大解放。

17 珊妮（Sunny）原意為晴朗之意，而海瑟（Heather）則為野地多刺的植物石南。

麼知道我打算搭巴士去購物中心?」

「妳把時刻表丟在書桌上，班次時間下面還劃了線。」

「妳到我房裡幹嘛?妳明知道妳不該進去的。」

「找我的梳子啊。妳老是拿去用。」

「我沒有。」

「反正啊，」──海瑟快活地聳聳肩──「我看見時刻表，所以就猜到啦。」

「等我們到了那裡，我走我的，妳走妳的。別纏著我，可以嗎?」

「別說得一副我很愛纏著妳似的。打從妳去年在洛克葛蘭的家政課被當掉之後，就只會到勝家縫紉機店裡去翻圖樣書。」

「學校的機器爛透了，因為有太多小孩用過。針老是斷掉。」這是媽媽替珊妮家政課的爛成績找到的藉口，她很樂意納為己用。她只希望其他成績不怎麼樣的科目也能有藉口可找。整天作白日夢是她爸媽所能想得出來最客氣的理由。「沒盡量發揮實力。」是她導師寫的評語。「我在家做的那件無袖小洋裝，媽媽幫我一起做的那件，就做得很棒啊。」珊妮提醒妹妹。

海瑟意在言外地瞄了她一眼。技術上來說，那件衣服做得很好，連最麻煩的部分──胸前的暗針，以及讓花色能完美拼接的布料裁剪──珊妮都做得很好。但是海瑟好像天生就有本領看出珊妮所不瞭解的東西似的，她絕對不會選擇這種厚重得像坯布的料子，還配上玉米穗似的直條紋花色。事後想來，珊妮會出糗根本是意料中事。玉米妹，玉米糰，啃玉米的。但是那天早上她覺得萬事俱備，頭髮梳成兩條馬尾，紮上綠色緞帶，襯出綠色梗子上閃亮亮的金色花穗。連媽媽也覺得她的模樣很不錯。但是她踏下校車的那一瞬間——甚至在有人大喊「玉米球」或「啃玉米的」之前——珊妮就知道這件洋裝是她犯下的另一個錯誤。更糟的是，儘管胸前的暗針縫得一絲不苟，卻只讓上衣緊緊裹著胸部，凸顯了她還沒準備好要擁有的曲線。

「反正，等我們到了那裡，妳不准黏著我。爹地說他五點半來接我們，在外面。所以我五點二十分在卡卡妙爆米花店和妳碰面。」

「妳會買一桶爆米花給我？」

「什麼？當然啦。卡卡妙爆米花，再不然就是三一冰淇淋，如果妳想吃冰的話。隨便妳選。其實呢，我會給妳五塊錢，只要妳保證別煩我。」

「整整五塊錢？」海瑟很愛錢，愛錢也愛東西，但她討厭為了擁有東西而和錢說掰掰。爸媽很擔心她的這種習性，珊妮知道。他們努力想一笑置之，說她是隻小喜鵲，只要看見新穎閃亮的東西就眼睛一亮，帶回家築巢用。但這不是貝塞尼家的作風，珊妮知道爸媽很擔心海瑟。「她有雙太容易取悅的眼睛了。」她爸爸愁容滿面地引用一首描寫公爵夫人的詩[18]說。

18 引自英國詩人勃朗寧（Robert Browning，1812-1889）的〈*The Last Duchess*〉。

「沒錯，這樣妳就完全不必花妳存下來的錢啦。」而且呢，珊妮想，這樣妳就不必打開妳的金屬證件盒，也就不會發現我迫不得已向妳借的錢。所以我給妳的五塊錢其實是妳自己的錢。海瑟不是唯一一個會偷偷溜進別人房間，翻找她不該碰的東西的人。珊妮甚至還破解了海瑟纏在盒子上的橡皮圈花樣。她自找的，誰叫她要當間諜呢。

第七章

汽車旅館房間裡有架自動販賣機，是真的在房間裡，不是在大廳角落或穿堂上。蜜麗安在機器前面流連，試著按鈕，用手指挖著退幣孔，像個小孩似的。糖果棒的包裝紙看起來有點褪色。在這裡花七十五分買一根札格花生糖或克拉克糖果棒，雖然可以在大廳的機器退回三十五分，但是對街的雜貨店還是比較便宜，所以可能已經有好一陣子沒人覺得有必要在房間裡試試買糖果這種新鮮事了。不過，珊妮和海瑟看到這機器一定會很興奮，這麼多被列為違禁品的好東西全擠在一個銀色箱子裡——價錢貴得離譜的糖果棒，只要一搖把手，就是你的了。如果她們曾經住過像這樣的旅館——根本就不可能，因為戴夫喜歡平價汽車旅店和宿營地，他說那是「實在」的地方，同時也是兼有廉價優點的地方——姊妹倆一定會求著要銅板去餵機器，而戴夫一定會氣呼呼地罵她們浪費錢。可是蜜麗安也一定會心軟，然後他就會怪她不站在同一陣線，一整個晚上都不理她。

到這家離他們住的地方不到五哩遠的汽車旅館的夢幻之旅，還會有什麼事發生呢？他們會像在家一樣看電視——兩個女孩各挑一個節目——然後關掉，看書，一直到上床睡覺。如果房間裡有收音機，戴夫可能會轉到爵士電台，或者是聽哈雷先生的週六晚間節目。她想像他們來到這裡躲避暴風雨，就像三年前碰過的阿格涅斯颶風，幾個街區之外溪水暴漲，讓他們暫時被困在艾爾貢昆巷。燈全熄了，但是宛如探險一般，大家就著手電筒的光線看書，聽著戴夫那部裝電池的收音機播報新聞。後來溪水消退，電力恢復的時候，蜜麗安甚至有點失望。

鎖孔裡有鑰匙轉動，蜜麗安嚇了一跳。但是，當然，那是傑福，帶著一桶冰塊回來了。

「嘎羅。」他說。她想了一晌，以為是故作怪腔怪調的「哈囉」，然後才突然明白，他指的是他帶來的葡萄酒。

「要花點時間冰一下。」他又補上一句。

「當然啦。」蜜麗安說，雖然她知道怎麼讓酒加速降溫。把酒瓶放進冰桶裡，然後順時鐘旋轉一百次，不多不少，一百次，成功！——冰涼涼的酒。這是蜜麗安自己發現的訣竅。那天下午兩點鐘，她煩躁不安地抓著酒脖子扭來扭去，下定決心要找份工作。沒錯，他們需要錢——老實說，非常迫切需要，——但是比起錢來，她更擔心的是自己會變成懶散邋遢，成天醉醺醺的家庭主婦，在孩子放學回家吃著點心，談論一天大小事的時候，嗆得她們一身酒氣。

傑福走近她身邊，伸手捧起她的臉。他的手還因為提冰桶而涼沁沁的，但是她沒哆嗦，也沒退縮。一親吻，他倆的牙齒竟撞得好疼，害他們還得調整嘴巴的位置，彷彿他們以前從來沒親過嘴似的。說來好笑，他們曾經想盡辦法在好幾個侷促不方便的地點——辦公室的櫃子裡，餐館的洗手間，他那輛跑車的後座——優雅從容地做愛，而今有了寬闊的空間，有了比起以前寬裕得多的時間，他們卻笨拙的不得了。

她試著甩開心思，像以前那樣屈服在需索傑福的欲望裡，開始奏效了。這是，嗯，他們的第七次了，樂趣仍然多得讓她難以置信。和戴夫做愛向來很沉悶，他彷彿必須做一些讓兩人都索然無味的動作，或意興盎然地追問她一大堆問題，來證明他是個擁護女權的人。蘇格拉底式的性愛，蜜麗安這樣覺得。這樣感覺如何？我這麼做可以嗎？如果換成這樣呢？如果她說給女性朋友聽——假如她有女性朋友的話，不過事實上是沒有——她知道她們一定會覺得她很愛挑剔，不知感恩。況且她也不知道該怎麼表達她的感覺，因為戴夫雖然假裝最在意的是她有沒有得到快感，但她覺得他真正想做的是讓她得不到任何享受。他向來有點憐憫她，就只有那麼一點點。他把自己當成送給她的禮物，送給她這個來自北方，找尋庇護的憂鬱女孩。

傑福把她翻過來，讓她雙腳著地，雙手貼在還鋪得好好的床上，他的手指纏著她的手指，從後面進入她。對蜜麗安來說，這並不是新花樣——戴夫也是《印度愛經》的忠實信徒——但是傑福的沉默和直接，讓一切都變得不同於往。就生理學來說，戴夫解釋——是的，戴夫永遠不停地解釋生理構造給她聽——這個體位不可能讓她達到高潮，但是傑福卻常常辦得到。不過還沒，現在還不行。有一整個下午可以在旅館房間消磨，他們可以慢慢來。或者試著慢慢來。

剛踏進職場的時候，蜜麗安想都沒想過會有婚外情，甚至連辦公室裡的眉來眼去都沒想過。她很確定。性愛對蜜麗安來說並不重要，或者應該說她決定嫁給戴夫時就是這樣說服自己的。她的性經驗極其有限，因為她那個年代的社會風氣就是如此。不只是社會風氣，還有風險——避孕方法並不完善，而且單身女子很難弄到手。然而，蜜麗安認識戴夫的時候已非完璧。老天爺啊，當然不是啦，她那時已經二十二歲，而且還曾經和大學同學訂婚六個月。她和未婚夫的性生活棒透了。套句現在流行的話就是「魂都飛了」，不過呢，蜜麗安的魂倒真的飛了，因為她的未婚夫突然溜得不見人影，連個令人滿意的解釋都沒有，恰恰印證了她母親那番母牛和免費牛奶的預言。

「神經崩潰」，大家這麼說，蜜麗安覺得這個名詞非常貼切。她的神經系統彷彿停止運作。她不停痙攣，所有的身體基本功能——睡眠、進食、排泄——全都毫無預警地故障。一整個星期她可能睡不到四個小時，什麼東西都沒吃。下一個星期，她可能整天賴在床上，只有想到古怪食物的時候才起床，像孕婦那樣非吃到不可——生的布朗尼蛋糕粉，半熟的蛋拌冰淇淋，紅蘿蔔加糖蜜。她休了學，搬回渥太華的老家，她爸媽認為她的問題全都是荒唐度日的結果，和她的大學男友無關，因為他們還蠻喜歡他的，要怪只能怪美國。他們當初就不贊成蜜麗安到美國去上大學。或許他們懷疑這是她想永遠離開加拿大，進而離開他們的第一步。

傑福把蜜麗安整個人推倒在床上。從說完「要花點時間冰一下」之後，他就沒再說半句話，甚至連哼都難得哼一聲。這時，他又把她翻過來，就像給鬆餅翻面那般輕而易舉，把頭埋進她的兩腿之間。這個動作讓蜜麗安有點不自然，這又是她怪在戴夫頭上的另一樁罪狀。「妳是猶太人，對吧？」他第一次嘗試要這麼做的時候問她。「我的意思是，我知道妳不是嚴守教規的人，不過那是你們的傳統，對不對？」她目瞪口呆，只能點點頭。「這個嘛，淨身池[19]還是挺有用的。你們的宗教有很多讓我不喜歡的地方，但是月經過後仔細清洗，對誰都沒有壞處啊。」

戴夫有點反猶太傾向，不過他總是堅稱他的偏見來自於階級而非宗教，是童年經驗所帶來的影響。因為在他成長的那個富裕的社區裡，他是唯一的窮小子。蜜麗安沒求助牛奶浴，但有一段時間，她買的噴霧劑和沖洗液之多，簡直可以稱霸全球。後來，她讀到一篇文章說整個女性清潔用品產業全都是鬼打架，只是炮製出來解決根本不存在的問題的方法。然而，她心裡的陰影再也揮之不去，她覺得身上永遠有血腥味，嘗起來像鏽蝕金屬的血腥味。就算有吧，傑福顯然也不在意。傑福碰巧集戴夫所痛恨的一切於一身——有錢的猶太人，住派可斯維爾，擁有鄉村俱樂部會籍，有幢誇張招搖的豪宅，以及三個被寵壞的小孩。蜜麗安不是個一板一眼的人。她在辦公室見過那幾個孩子，他們還真討人厭哪。但是她之所以選上傑福，並不是因為戴夫所厭惡的一切在他身上恰恰齊備。她之所以選擇他——說起來這樣的決定也的確可以稱之為選擇——是因為他就在眼前，而且他要她。有人要她，讓她高興得想不出來該怎麼說不。

今天見面是很危險的。他們的另一半又不是笨蛋。這個嘛，起碼她的丈夫不是。明天戴夫看週日報

19 Mikvah，猶太教蓄天然清水供教徒淨身的池塘。

紙的時候，會注意到報上沒有房產開放參觀的通告，因為復活節的關係，於是他就會起疑，既然無事可做，蜜麗安週末幹嘛還要到房地產仲介辦公室去？整段關係都很危險，因為不管是蜜麗安或是傑福都不想結束婚姻，也不想攪亂生活。嗯，傑福很可能不想。但是蜜麗安已經不再確定自己想要什麼，也不確定自己到底在做什麼。

傑福越來越耐不住性子了。她通常都來得好快，甚至可以說是太快，但是今天，她就是沒辦法讓思緒沉靜下來。如果她還是一直不進入狀況，向來溫文有禮的傑福就會不管她，追求他自己的享受了。她集中精神在自己身體的那個部位，配合著他的嘴扭動身體，讓互動更順暢，很快的，她就有感覺了。和傑福在一起的高潮就像女高音震破玻璃杯的歌聲一樣，讓她碎裂的是那震動的頻率，而不是尖銳的高音。事後她渾身癱軟，幾乎一動也不能動，但是傑福早已習慣。他把她布娃娃似的四肢在他身體下面調整好姿勢，猛烈地進入她體內，直到完事。

現在怎麼辦？通常他們就只是套上衣服——其實他們以前從來就沒全脫掉過——回去工作，或回家，或到什麼地方去。傑福從塑膠冰桶裡抓起酒瓶。「沒有開瓶器。」他說。竟然有此失誤，逗得他自己挺樂的。他一副滿不在乎的樣子，彷彿是再自然不過的事似的，拿起酒脖子往浴室洗手檯邊緣一敲，然後倒進水杯裡，還撈起幾片隨酒從破裂的瓶口流進杯裡的玻璃碎片。

「我喜歡在床上幹妳。」傑福說。

「我們的第一次就是在床上啊。」蜜麗安說。

「那次不算。」

為什麼不算？她很想知道，但還是沒問。他們的第一次是在一個客戶家裡，褻瀆了他們受託於人的空間，似乎比交歡的事實本身更嚇人。傑福要她一起去看新委售的房產時，她就已經知道他們會上床，但她假裝天真無知。步調快慢是女人決定的，母親探究她崩潰背後真正的原因時委婉地告訴她。蜜麗安喜歡假裝讓傑福掌控一切，就像他在床上擺佈她的身體那般輕而易舉。傑福讓蜜麗安覺得自己很纖弱，輕盈如鳥羽，宛如再次回到少女時期的軀體裡。她的體重並未隨著年齡而增加，但是身體還是變得比以前更厚實，若非注意到兩個女兒的身體腰纖臀窄得那麼不可思議，她永遠也不會面對這個事實。那兩姊妹纖瘦得像可以從腰一折為二似的。

「現在怎麼辦？」她問。

「現在，是指此時此刻？還是指明天，下個星期，下個月？」

她也不確定。「都是吧。」

「現在，這裡，今天，我們會再做一次愛。也許兩次，如果我們運氣好的話。明天，妳人在教堂，承認耶穌的復活……」

「我不上教堂的。」

「我以為……」

「他沒要求我改信基督教。他只告訴我說，他不要讓女兒在任何有組織的宗教裡長大，也絕對不讓她們接觸有宗教意涵的傳統。聖誕樹啦，復活節彩蛋啦。」

她破壞了一條不成文的規定，竟然提到她的女兒。話題很不自然地轉開了。蜜麗安不知道該怎麼去提她真正想討論的主題。我們該怎麼結束？如果我們之所以這麼做是因為想享受性愛的樂趣，那麼我們會同時覺得索然無味，好聚好散嗎？如果他移情別戀，她還會渴望著他嗎？如果情況倒過來呢？這段婚外情該怎麼結束？

蜜麗安直到後來才明白，就在那一刻，他們的戀情已經踏近尾聲了，既平淡無奇又驚天動地。或許向來都是如此吧。一朵蕈狀雲籠罩廣島上空，眾人狂奔過街頭，嚇得呆若木雞，活活被燒死，其中或許有人不是從自己的床上起身，或許有人在他們根本不該去的地方現身。海嘯捲走偷情的戀人，姦夫淫婦被送上火車載進奧斯威茲集中營，又豈是他們戀情釀的禍。

這是她的遺緒，她的前生，是她會一再一再重溫的片刻。每當蜜麗安試著回想她最後一次快樂的光景，她所能想起的就是那一杯飄著銀亮玻璃碎片、溫溫的嘎羅葡萄酒，還有一條灰撲撲的第五大道糖果棒，而那滋味，老實說，已經走味了。

第八章

森林公園大道的巴士候車亭對珊妮來說再熟悉不過了，因為過去三年來，她每天上學都必須在這裡等車，但是這天下午，她覺得自己彷彿是第一次看見這座候車亭似的仔細端詳。雖然候車亭原本的功能很單純——就是讓乘客避避雨，或許還遮點風吧——但是有人就是想不開，硬要加上一些非必要的誇張裝飾，還以為別人會瞎了眼覺得很有吸引力呢。屋頂是暗沉的綠色，媽媽曾想把她們家外牆的木工部分漆成這個顏色，但是爸爸嫌顏色太暗，而爸爸，比較有藝術天份的爸爸，在這種論戰裡總是佔上風。淺米白的磚塊紋理粗糙，而候車亭裡的木條長椅則和屋頂漆成同一色調。

鄰近街坊的男生絲毫不理會修葺候車亭的苦心，用粉筆和油漆在牆上畫滿粗俗露骨的塗鴉。有人隨後想辦法塗掉最不堪入目的部分，但還是有些頑強不屈的三字經和毀謗特定個人的字眼留了下來。海瑟一本正經地仔細查看。

「他們曾經——」她開口說。

「沒。」珊妮馬上說：「他們沒把我扯進去。」

「噢。」海瑟的語氣聽起來像替珊妮覺得很遺憾似的。

「因為吵架的事，所以他們不喜歡我。校車上那些小孩。」

「可是他們又不住在這裡。」海瑟說：「塗鴉的都是住在這附近的人，對吧？」

「去上洛克葛蘭的只有我一個。其他人碰巧不是太小就是太大。那是個問題，記得嗎？『我們有權利，但是他們有實力』。少數服從多數。」

海瑟聽厭了這個她插不了一腳的家族故事，於是在長椅坐下，打開皮包，翻看裡面的東西，自顧自地哼著歌。巴士還要過十五分鐘才會來，但是珊妮不想冒錯過班次的風險。

校車路線引爆的衝突，讓珊妮第一次體會到什麼叫不公平，讓她第一次學到金錢如何戰勝原則。和珊妮搭同一線校車的學生大多都住得很遠，在森林公園大道越過葛瑞森大街之後的另一頭。根據市政府開放註冊入學的規定，學生可以自由選擇想讀的學校，於是他們寧可不唸離家最近那所全都是黑人的學校，而選擇位在市區南端的洛克葛蘭，因為這裡還是白人學生佔多數。由學生家長付費的私人校車服務也因而開辦。珊妮這一站，也就是森林公園大道這座小小的候車亭，是每天早上上學的最後一站，以及下午放學的第一站。整整兩年的時間，對每一個有切身關係的人來說，都似乎是很合乎邏輯的安排。可是突然之間就變得不是了。

去年夏天，這條路線另一端的家長開始抗議說，如果校車不在森林公園大道底端特地為珊妮停一站，他們孩子回家的車程就可以縮短不少時間。為了珊妮，或者就像他們說的，「只為了那一個」，

「只為了那一個學生」。「為什麼只為了那一個學生就要害得大家不方便呢？」他們威脅要另找一家運輸公司，讓這家巴士公司只剩不可能負擔全線費用的「那一個」。珊妮的爸媽嚇壞了，但是又無計可施。如果他們還想讓女兒繼續搭校車——不得不啊，因為他們兩人都有工作——就只好妥協。下午放學時的校車路線就此倒轉。於是，珊妮每天眼睜睜看著校車飛快駛過她住的地方，開往這條路線的起站，然後再沿著森林公園大道往回開，一路以相反的順序放學生下車。既然其他學生的家長贏了，他們理當心存感激，但是珊妮卻發現並不是這麼回事。他們比以前更不喜歡她，因為她爸媽說他們的家長是種族主義者。「N.L.」有個較大的男生罵她。「妳和妳爸媽都是N.L.的人。」她根本不知道那是什麼意思，不過聽起來挺嚇人的。

大眾運輸系統，和梅塞運輸公司不同，是威嚇不了的。如果加上中間停站的時間，到保安廣場要花二十五分鐘，那麼回家也同樣得花二十五分鐘。都會運輸署（MTA）是平等主義，這個名詞是她從爸爸那裡學來的，她喜歡的不得了，因為會讓她想起米高．約克的《豪情三劍客》（*The Three Musketeers*）。明年珊妮開始唸西區高中的時候，就打算用免費的學生月票搭大眾運輸系統去上學。為了預作準備，她爸媽開始准許她去試搭——到市中心，去霍華街和大百貨公司。就因為如此，她才認為她可以不需要知會任何人，自己搭巴士到保安廣場。搭巴士對珊妮來說應該已經不算什麼大不了的事了。

但是從來沒搭過公共汽車到任何地方去的海瑟很興奮，從木椅上跳了起來，一手握著車錢，一手抓著新皮包的提把。珊妮也從爸爸店裡拿了一個皮包，一個有流蘇花邊的皮包，但是她們可不像其他孩子以為的，老是可以從店裡拿不要錢的東西。除非是禮物，例如海瑟的那個皮包，否則她們就該付批發價，因為她們爸爸說，他的「邊際利潤」可是不容打折扣的。「邊際」總是讓珊妮想起打字課的「邊距」。她的打字課被當了，不過並非邊距的緣故。她的問題出在限時測驗，她打得一塌糊塗，錯了一大堆字，最後計分的時候，每分鐘所打的字數竟然是負數。如果沒有時間限制，她打得非常好。

珊妮很納悶，為什麼爸媽非要她在中學選修打字課不可，難道他們認定她以後得靠打字維生。早在六年級，她大部分的朋友都被編進洛克葛蘭的「資優班」，而她只進了「中上班」的時候，她就不由自主地擔心她的未來會趁她心不在焉的時候脫了軌，擔心她會錯失她永遠不知道自己擁有的機會。小時候，外公外婆送了她一套護士遊戲組，給海瑟一套醫生遊戲組。當時，拿到護士遊戲組似乎比較好，因為塑膠套上有個漂亮的女生，而醫生遊戲組上的是男生。珊妮是怎麼對海瑟耀武揚威的：「妳是男生！」可是，或許當醫生比較好吧？或者，起碼有人說妳可以當醫生比較好吧？爸爸說她們以後想做什麼都可以，但是珊妮不相信他打心眼裡這麼認為。

當然，海瑟明年進洛克葛蘭的時候一定會進「資優班」，雖然編班表還沒有公佈。海瑟會唸資優班，而且很可能會唸西區高中的A級課程，也就是說她可以跳過初中最後一年不唸，在九年級而非十年級的時候進高中。並不是因為海瑟比珊妮聰明。媽媽說智商測驗顯示兩姊妹都很聰明，近乎天才。但是海瑟功課很好，就像其他人可能很會賽跑或很會打棒球一樣，她很瞭解規則。而珊妮卻似乎太努力想凸顯自己的創造力和與眾不同，以致表現不佳。儘管她爸媽表面上說他們重視創造力和勇於表現不同遠勝於全A和死背的記憶力，但是珊妮沒能進到資優班時，他們對她的期望卻明顯地萎縮了。這就是她一直很氣他們的原因嗎？她媽媽一笑置之，說這只是一個階段，而她爸爸鼓勵她挺身爭辯——「但是要講理啊」，但這句話卻只讓她更不講理。最近以來，她開始挑戰他的政治觀點，他最愛的東西。可是她爸爸卻還是冷靜的讓人抓狂，把她當成小女孩，當成海瑟。

「如果妳明年選舉打算支持傑拉德．福特，那就去支持吧。」他幾個星期前對她說：「我唯一的要求是妳要有合理的立論，也就是妳必須瞭解他對各種議題的立場。」

珊妮不打算在選舉裡支持任何人。政治有夠蠢的。想起一九七二年，六年級老師在週五舉行的時事辯論上，她為支持麥高文而發表的那番慷慨激昂的演說，她就覺得很難為情。班上二十七個學生裡，只有六個在學校的初選裡投他一票。「因為珊妮，所以我不支持他。」萊爾．梅隆，那個自以為英俊的男生被問到為什麼改變心意時說：「我知道，她那麼喜歡的人一定好不到哪裡去。」

然而，如果演講支持麥高文的是海瑟，班上所有的學生都會追隨她。海瑟對人很有影響力。大家都喜歡看著她，惹她笑，得到她的贊許。就連現在這個公車司機，通常只要有人站在門邊遲遲不上車就會高聲吼叫的司機，也被這個把丹寧布皮包緊緊抱在胸前、興奮的不得了的女孩迷住了。「把錢丟進這裡，小可愛。」巴士司機說。珊妮好想大聲頂回去：她才沒有那麼可愛！但她只是踏上階梯，看著自己的鞋子，兩個星期前買的楔型高跟鞋。今天的天氣其實並不太適合穿這雙鞋，但是她一直想穿，想得要命，今天就是那個大日子！

第九章

復活節前週六的梧德隆大道比平常還熱鬧，川流不息的人潮在理髮店和麵包店進進出出。即將來臨的耶穌復活顯然需要新鮮的波士頓派，以及理淨髮根、露出來光裸見人的脖子，至少這些活在過去的巴爾的摩人還相信非理髮不可。小學也舉行春季嘉年華，很老式的慶祝活動，賣賣棉花糖啦，只要把乒乓球丟進細窄的魚缸口就可以免費得到金魚啦。這是個改變得很慢的城市，戴夫想。身在家鄉，他卻永遠是個局外人。他遊遍世界，一心想到其他地方落腳，什麼地方都好，可是最後卻還是回到這裡。店剛開張的時候，他還覺得自己或許可以把外面的世界帶進巴爾的摩，但是巴爾的摩卻無法接納外面的世界。人行道上這麼多的人，卻沒有半個停下腳步看他的櫥窗，更別說要走進來了。

現在快下午三點了，依據的是對街理髮店那座「該理髮了！」的時鐘，戴夫已經找不出別的事來打發時間了。如果不是答應要去購物中心載珊妮和海瑟，他很可能會收拾東西，提早打烊。萬一有客人趕在營業時間結束之前來怎麼辦？一個有錢有品味，打算買一大堆東西的客人，結果你提早打烊，永遠做不到這個人的生意怎麼辦？蜜麗安老是擔心會有這種情況發生。「就只要一次，」她會說：「只要有一次，有人在還該開門做生意的時間吃了閉門羹，你不但失去了這個客人，而且也不知道他們會講出什麼難聽的話來。」

如果事情真的這麼簡單就好了，如果成功需要的只是早早來，晚晚走，上工時間分分秒秒都認真工作就好了。蜜麗安在職場上沒有足夠的經驗，無法理解她的觀點有多麼天真感人。她依然相信早起的鳥兒有蟲吃，相信龜兔賽跑，相信這一切的老生常談。不過話說回來，她如果不是抱持著這些信念，很可能就不會這麼輕易贊成他開這家店的計畫。因為開店就表示要放棄他在州政府的工作，那份足以保障生活的工作。最近他開始懷疑蜜麗安到底知不知道，不論結果如何她都穩賺不賠。開店要嘛讓他們賺大錢，要嘛就讓她抓住戴夫的把柄，一輩子吃定他。她給過他機會，但是他搞砸了。現在，他們每一次有爭執的時候，總擺脫不了這個意在言外的陰影：我以前這麼相信你／你卻搞砸了。難道她一直希望他失敗嗎？

不，蜜麗安不是這麼會耍心機的人，他很肯定。蜜麗安是他畢生所見最誠實的人，絕不爭功諉過，也不因人廢言。她向來老實承認自己原本並不看好艾爾貢昆巷的這幢房子。這幢搖搖欲墜破敗不堪的老農舍，因為一再翻修而飽受摧殘——添個拱頂啦，蓋間所謂的佛羅里達房啦。戴夫讓老房子恢復原來的骨架，創造簡單又有功能性的建築構造，和沒修葺的廣闊院子連成一氣。每個到過他們家的人都對戴夫的眼光讚不絕口，指著他在旅途中搜集來的各種物品，追問是多少錢買來的，還說如果他開店的話，他們願意花五倍，甚至十倍、二十倍的價錢買。

戴夫把這些話當真。他向來如此。那些讚美的話不可能是社交上的客套，因為從來就沒有人會對戴夫耍這種蓄意討好的花招。恰恰相反——他向來像個磁鐵似的，專門吸引率直得讓人不快的真話，甚至以坦率為幌子的攻訐。

第一次約會的時候，蜜麗安就對他說：「聽著，我很不想告訴你……」這種開場白他聽多了，但是一顆心還是微微下沉。他以為這個帶著加拿大風味與口音，乾乾淨淨的年輕女子會有所不同。她在州政府預算稅收部當打字員，擔任分析師的戴夫花了三個月才開口邀她出來。

「什麼？」

「你的口臭。」

他反射動作似的用手掩住嘴，宛如亞當咬了一口蘋果之後掩住自己赤裸的身體。但是蜜麗安拍拍他還擺在桌上的那隻手。

「不－不－不－我父親是牙醫。這是很簡單的問題。」的確是。介紹他用牙線和漱口水，最後再加上牙齦手術，蜜麗安把戴夫從人人和他說話時忍不住後退（即使只是微微退卻）的生活裡拯救出來。一直到大家不再退避三舍時，戴夫才瞭解他們縮回下巴、垂下鼻子的動作是什麼意思。他很臭。他們不想吸進臭味。他不由得懷疑，之前的二十五年，現在想來也就是那臭味橫溢的二十五年——是不是已經對他造成無法彌補的傷害了。整整四分之一個世紀，看著大家對你避之唯恐不及，你還能期待有人能再擁抱你、再接受你嗎？

他的女兒是他能再度擁有清白紀錄的唯一機會。畢竟，連蜜麗安都認識有口臭的戴夫，雖然只是短短一段時間。兩個女兒把他當英雄似的崇拜得無以復加，讓戴夫竟然蠢得相信她們永遠不會厭棄他。但是時至今日，珊妮簡直把他當成困窘的化身，是活生生的臭屁或噎氣。而海瑟，一如以往那般惹人疼惜的海瑟，也已經開始不時模仿姊姊的冷漠。然而，儘管女兒現在想盡辦法對他敬而遠之，卻無法阻止他瞭解她們。他覺得自己彷彿住在她們頭顱裡，透過她們的眼睛看世界，體驗她們所有的勝利與失望。

「你不懂。」珊妮越來越常對他咆哮。真正的問題是，他確實懂得。

就拿最近對購物中心的迷戀來說好了。珊妮以為戴夫痛恨購物中心是因為那裡強調的是廉價、大量製造的購買樂趣，和他店裡販售的那種僅此一件的手工藝品南轅北轍。然而，他真正討厭的是購物中心對珊妮的影響。那裡對她的吸引力就像高歌的海妖魅惑尤里西斯一樣。他知道她在那裡幹嘛。和他自己十幾歲時在派可斯維爾做的沒什麼不同，沿著瑞斯特頓路來回走，希望有人，有任何人會注意他。他一直是和周圍環境格格不入的男孩，在別人家都雙親俱全的時代，他和單親媽媽相依為命；鄰居盡是富有的猶太家庭，而他卻是個名義上的新教徒。他母親在老舊的品利可餐廳當服務生，所以他們家的財源和他同學父親的慷慨解囊息息相關，那些男人在用餐完畢之際對戴夫的母親作出判決，決定她的小費該多個二十五分，或少個五十分，而每一分每一毫都必須物有所值。不，沒有人公開嘲笑他窮。他不值得花力氣取笑，但這似乎更慘。

而今，珊妮也重蹈覆轍了。他幾乎可以聞到她渴望的氣息。這種近乎絕望的渴求對十幾歲的男生來說已經夠悲哀的了，對女生來說更是絕對的危險。珊妮讓他驚慌。蜜麗安試圖要減輕他的恐懼時，他很想說：我知道。我知道。妳不可能瞭解，男人看見穿著緊身毛衣的女生時，心裡有什麼念頭，妳不知道那種衝動有多麼根深柢固，多麼原始。但是如果他這麼對蜜麗安說，她或許會問，每天他看見梧德隆中學的女生逛過門口，到麵包店、海斯乳品店或知更鳥窩披薩店的時候，他心裡在想什麼。

他並不想對那些少女幹什麼，差得遠了。有時候他想當青少年，或至少是個二十來歲的年輕人。他想擁有漫遊在這個新世界的自由，這個女孩長髮自由飛揚，沒戴胸罩的胸部在緊身印花襯衫下輕盈跳動的新世界。漫遊與看得發愣的自由，就只有這樣。他還在州政府工作的時候，看過太多同事屈服於這樣的欲望。即便是在會計部那個文化落後地帶，也會有人突然留起鬢腳，買時髦的新衣。大約十個月之後——真的，戴夫還做了一張表，預測某人開始留起鬢角之後過了恰恰十個月，婚姻就宣告結束——那人就搬出家裡，住進新的公寓大樓，忙著解釋說，如果他自己不快樂，他的孩子們也不會快樂。鬼話連篇，珊妮一定會嗤之以鼻。在沒有父親的家庭裡長大的戴夫，絕對不會讓他的女兒碰上這樣的事。

「該理髮了！」時鐘上的指針慢慢地爬上四點。他今天營業將近六個小時了，沒半個客人走進店裡來。可能是這個地點被詛咒了嗎？幾個星期前，戴夫和鮑霍夫麵包店裡忙著把餅乾倒進蠟紙袋的一個女店員閒聊。這家麵包店還用老式的天平秤，那種早就被可以一次量個一百磅東西的電子秤取代的天平秤。戴夫很喜歡老式天平那種不精確的優雅美感，頗樂在其中地看著每添上一塊餅乾，天平就往下沉一點。

「我想想喔，」那個店員艾爾西必須踮起腳尖才搆得著秤。「那裡原本是一家五金店，開了好多年。佛圖納多。然後，一九六八年，那個老頭被暴動氣壞了，賣掉鋪子，搬到佛羅里達去了。」

「梧德隆又沒有暴動。是遠在好幾哩之外的地方啦。」

「是啊，但是他還是氣的不得了。所以班尼把店賣給一個賣小孩衣服的女人，可是它們太高貴了。」

「高貴？」

「價錢太貴啦。誰要花二十塊錢買一件寶寶只能穿一個月的毛衣？所以她賣給餐館，但還是不行。那對年輕夫妻根本不知道該怎麼開店，點個西式蛋卷，沒四十分鐘上不了桌。接著是一家書店，但是西景有家高登書店，保安廣場有家華登書店，誰還會來梧德隆買書啊？然後是租禮服的——」

「達特斯。」戴夫說，想起那個圓肩的男子，老是掛條皮尺在脖子上，還有那個害羞的女人，老是躲在一頭天生的灰色長髮後面偷偷瞄著人看。「我就是從他們手上接下店面的。」

「很好的一對夫妻，很講理的人。但是需要正式禮服的時候，大家會去他們以前去過的地方。小禮服是很傳統的。就像葬儀社。你會去你老爸去的地方，而你老爸也會去他老爸以前去的地方。你要開新店，就得去新的社區，一個大家沒有什麼忠誠度的地方。」

「所以，這七年來，至少開過四家不同的店。」

「對啊，那個地方是個黑洞。每條街都有個這樣的地方，什麼店都開不起來。」她連忙伸手掩住嘴巴，蠟紙袋還抓在手上。「對不起，貝塞尼先生。我相信你一定會做得很好，你有那些小……呃……」

「Tchotchkes？」

「什麼？」

「沒什麼。」在一家理直氣壯賣起猶太黑麵包的德國麵包店裡，期待有人瞭解這句意第緒語是太過奢求了，更何況戴夫之所以用這個字，跟本是自虐式的嘲諷。真的是Tchotchkes（小玩意）。他店裡的東西很漂亮，很獨特。然而，就連他透過五道認識的那些家庭，那些一談起精神生活就有志一同的人，也要花很多時間才能接納他的這些物質商品。如果他是在紐約，或舊金山，甚至是芝加哥，這家店一定會大受歡迎。但是他在巴爾的摩，一個他從沒打算要落葉生根的地方。然而，他就是在這裡遇見蜜麗安，在這裡成家立業的。他怎麼能希望這一切沒發生呢？

一陣風灌進大門，輕聲哀號。是一名中年女子，戴夫馬上就放棄期待，覺得她一定是來問路的。但他也很快就發現，這名女子和他很可能差不了幾歲，頂多四十五吧。她的服飾——精緻的粉紅針織套裝配上方形的手提袋——讓他有點摸不清來意。

「我想你們也許有些特別的東西可以用來裝復活節禮籃。」她稍微有點結巴地說，彷彿擔心這家特別的店需要有特別的儀節似的。「可以留下來當紀念品的東西？」

他媽的。蜜麗安建議他多進一些應時的商品，他連理都不理。他在聖誕節會這麼做，當然。但是復活節好像差太遠了。「恐怕沒有。」

「什麼都沒有？」那女人的苦惱程度好像有點太過頭了。「不必一定是復活節的東西，只要帶點復活節的色彩，蛋啊，小雞，或是兔子都可以。」

「兔子。」他重覆她的話。「妳知道，我想我們有一些墨西哥來的木刻兔子。但是放在復活節禮籃裡嫌大了點。」

他走到擺拉丁美洲藝品的架子，輕輕拿下一只兔子雕刻，交給那女人，小心得像捧著嬰兒似的。她伸直手臂，姿勢僵硬地把雕刻拿在面前。這隻兔子線條簡單而原始，是雕刀老練地幾筆揮就的雕像，拿來裝在孩子的復活節禮籃裡當安慰獎實在太可惜了。這不是玩具。這是藝術。

「十七塊？」那女人看著貼在底部的手寫標價問：「這麼平常的東西。」

「沒錯，但是簡潔……」戴夫甚至不想費事把話說完。他顯然做不成這筆生意。但是想起蜜麗安，想起她對他那麼強烈的信心，他再放手一試。「妳知道，我後面的房間裡可能有一些木頭做的織補蛋[20]。我在西維吉尼亞的藝品展售會上找到的，漆成鮮豔的原色──有紅有藍。」

「真的？」這句話讓她興奮異常。「你能拿給我看看嗎？」

「這個嘛……」這個要求讓人為難，因為這表示必須留她一個人在店裡。這是僱不起兼職幫手的後

20 Darning egg，木製或石製的蛋形器具，用以固定織品，以利縫補或織布。

果。有時候戴夫會邀客人一起到後面的房間，表現得一副給他們特殊待遇的樣子，不致因為露出怕丟東西的憂心而得罪客人。但是他無法想像這女人會順手牽羊，或企圖碰他那架一開就叮噹一聲的老式收銀機。「等一下，我看看能不能找得到。」

找幾顆蛋不該花這麼多時間的。在他的腦袋裡，蜜麗安的聲音對他嘮叨——輕聲細語，但是嘮叨就是嘮叨——提醒他需要存貨清單、程序與系統。但是開這家店的用意就是要擺脫這些東西啊，讓他可以不必再被一絲不苟的數字給綁住。他還記得，蜜麗安無法體會這個店名的深遠意義時，他有多麼失望。

「帶藍吉他的人——別人不會以為是家唱片行吧？」

「妳不懂嗎？」

「嗯，我知道這是……刻意搞怪，現在流行的東西。天鵝絨啊，香菇啊之類的名字。不過，還是可能會讓人搞混。」

「這個名字出自華萊士．史蒂文斯[21]。那個也當保險經紀的詩人。」

「喔，寫『冰淇淋皇帝』[22]的那一個啊。當然啦。」

「史蒂文斯就像我一樣——困在生意人軀殼裡的藝術家。他賣保險，但他也是詩人。我是個數據分

21 Wallace Stevens，1879-1955。美國知名詩人，《帶藍吉他的人》（*The Man With the Blue Guitar*）為其一九三七年出版之詩集。

22 〈*The Emperor of Ice-Cream*〉，史蒂文斯知名的一首詩，詩中云「唯一的皇帝是冰淇淋皇帝」。

析師，但那並不能讓我盡情發揮。妳懂了嗎？」

「史蒂文斯不是哪家保險公司的副總裁嗎？他寫詩的時候不是還繼續工作嗎？」

「這個嘛，是沒錯，情況不完全相同。但是我們的感受是一樣的。」

蜜麗安沒再說什麼。

找到彩蛋了，他拿回櫃臺。鋪子裡又空無一人了。他馬上查看收銀機，但他那些少得可憐的現金都還在，迅速查看了一下店裡的貴重珠寶——好吧，精確來說是蛋白石和紫水晶製成的半寶石首飾——發現都還完好如初地擺在玻璃櫃裡。直到這時，他才注意到櫃台上有個信封，寫給戴夫·貝塞尼的。他到後面去的時候，郵差進來又走了嗎？但是信封上沒貼郵票，除了他的名字之外，也沒有其他標示。

他打開信封，發現一張紙條，情緒激動的筆跡，和那個粉紅色套裝女子的語調倒有幾分相似。

親愛的貝塞尼先生：

你應該知道你老婆和她的老闆傑福、鮑格爾坦搞外遇。你為什麼不制止？事情牽涉到小孩。而且，鮑格爾坦先生婚姻美滿，絕不會離開他太太。這就是母親不該去上班的原因。

信末沒有署名，但是戴夫毫不懷疑，這一定是鮑格爾坦太太寫的，也就是說，復活節竹籃的事只是個精心設計的幌子。戴夫對蜜麗安的老闆所知不多，但他知道他是猶太人，傑出的猶太人，很可能在派可斯維爾高中只比戴夫高幾屆。也許鮑格爾坦太太原本打算趁人不注意的時候，把信留在櫃台上，沒想到店裡空蕩蕩的而無法得逞。或者她寫這封信只是個備胎，以防萬一她鼓不起勇氣坦白對他說。最後一句好突兀，彷彿她需要一個更大的社會議題來支持自己身為受害一方的立場。剎那間，戴夫心頭浮現「綠帽」兩個字，拿來戴在自己頭上，他覺得心裡隱隱刺痛，憐憫起這個寫匿名信的中產階級高尚女子。不久之前，本地報紙充斥州長夫人的新聞。從丈夫新聞秘書口中得知自己被離棄的她，堅持守在州長官邸，拒絕搬走。她一心相信丈夫一定會恢復理智。她和這個女人相去不遠——出身西北巴爾的摩，猶太人，身材豐滿，打扮入時，是丈夫事業成功不可分割的一部分。婚外情是男人的特權，不管老婆能不能忍受都一樣。涉入婚外情的女人都是年輕、性感、無牽無掛的——秘書，女服務生，像《仙人掌花》裡的歌蒂．韓。蜜麗安不可能搞婚外情。她是個母親，很盡責的母親。可憐的鮑格爾坦太太。她老公顯然欺騙了她，但是她亂槍打鳥，錯把蜜麗安，近在身邊的蜜麗安當攻擊目標。

他撥了蜜麗安辦公室的電話，電話鈴一直響，但是接待員沒接電話。嗯，好吧，蜜麗安很可能還在外面忙公開展售的事，而接待員今天請假沒上班。他今天晚上會問問她，他本來就應該更常問才對。問蜜麗安工作的事。因為顯然是因為工作的關係，讓她最近變得更有自信。也是因為如此，她臉龐散發光芒，步履輕盈跳躍，深夜在浴室垂淚。

在浴室垂淚……不是啊，那是珊妮，敏感而可憐的珊妮，對她來說，九年級猶如被放逐的酷刑，全都是因為蜜麗安和他企圖與其他家長爭論校車路線的緣故。至少，深夜坐在書房裡，聽見樓梯頂端全家共用的浴室裡傳來啜泣的聲音時，他就是這麼告訴自己的。他坐在書房裡，假裝聽音樂，假裝尊重僅只一梯之隔的那個垂淚女孩的隱私權。

戴夫撕碎那封信，抓起鑰匙，鎖好門，沿街走向蒙納韓酒店，復活節前的週六，梧德隆大道上生意興隆的另一間鋪子。

第十章

Chaper 10

「妳不該這樣黏著我的。」珊妮罵海瑟。帶位員剛把她們兩個拖出電影院，這天不准再進來。「妳答應我的。」

「我擔心妳啊，妳去上廁所一直沒回來，我只是想確定妳沒事。」

這倒也不是謊話，不完全是。海瑟當然是覺得很奇怪，為什麼珊妮會放著《巫山大逃亡》（*Escape to the Witch Mountain*）不看，拖了十五分鐘還不回來。而且她也擔心珊妮會丟下她，所以她跑到外面，查看洗手間，然後偷偷溜進另一邊，正上演限制級電影《唐人街》（*Chinatown*）的放映廳。珊妮耍這個花招想必已有一段時間了，海瑟明白，買一張普遍級電影的票，然後拿上洗手間當幌子，趁人不注意的時候溜進上演限制級電影的放映廳。

她在珊妮後面兩排的地方找個位子坐下，和剛才看《巫山大逃亡》的時候如出一轍。（「這是自由的國家。」剛才珊妮瞪她的時候她蠻不在乎地說。）這次她做得神不知鬼不覺，直到那個矮個子男人拿刀刺進另一個人的鼻子。她忍不住大喘一口氣，聲音清晰可聞，引得珊妮轉過頭來。

海瑟原本以為珊妮不會理她，免得引來其他人對她倆的注意。但是珊妮卻走到她坐的地方，氣急敗壞地低聲要她馬上離開。海瑟搖搖頭，說她沒違反珊妮訂下的規則。她沒跟著珊妮。只是碰巧和她在同一間電影院裡罷了。就像她說的，這是個自由的國家。有個老太太叫來帶位員，兩姊妹都拿不出這部電影的入場券，於是就被趕出戲院。海瑟，不愧是海瑟，立刻扯了個謊，說她的票掉了，但是反應遲鈍的珊妮卻拿出另一間放映室的入場券，也就是《巫山大逃亡》的入場券。真丟人哪，珊妮胸部的曲線這麼可觀，很可能會被認為已經超過十七歲了。如果姊妹倆年齡對調，如果海瑟是姊姊，她一定能馬上讓兩人脫困——面不改色地騙帶位員說她的票掉了，宣稱自己已經十七歲，還辯稱限制級電影規定要有成人陪同，姊姊當然也算啊。如果姊姊不能有個姊姊的樣子，要姊姊何用？看看珊妮，泫然欲泣，就為了一部蠢電影。海瑟覺得她真是腦袋壞掉，明明有那麼多東西可以看，可以聞，可以嘗，卻白白浪費寶貴的購物中心時光坐在這一片漆黑裡。

「反正這部電影也很無聊。」海瑟說：「雖然那個傢伙鼻子被割掉的時候真的很嚇人。」

「妳什麼都不懂。」珊妮說：「這部電影是拿刀的那個人導演的。羅曼．波蘭斯基，他老婆被查爾斯．曼森[23]給殺了。他是個天才。」

23 Charles Manson，1934-。美國惡名昭彰的殺人魔，在一九六〇年代於加州組織邪教，吸引年輕人組成Manson Family，殺害被其宣稱有罪的名人，一九六九年率眾闖入知名導演羅曼．波蘭斯基（Roman Polanski）位於好萊塢的宅邸，以極殘酷的手法虐殺五人，包括波蘭斯基懷孕八個月的妻子莎朗．泰特（Sharon Tate），波蘭斯基因人在倫敦拍片，逃過一

「我們去郝斯柴德百貨吧。或者去褲裝專賣店。我想去看看免燙長褲。」

「長褲哪裡會那麼容易皺。」珊妮說，還有點鼻塞。「別傻了。」

「現在所有的女生都穿啊，而且我們可以穿長褲上學的。」

「妳不該因為別人有什麼東西就想要。妳不能一窩蜂趕流行。」她們爸爸的話藉著珊妮的嘴巴說了出來，海瑟知道珊妮自己連半個字都不信。

「好吧，那就去和諧小屋[24]，不然就去書店。」上回到購物中心來的時候，海瑟偷偷瞄了一本看來像黃色書刊的書，雖然她並不太確定。書裡花了好多篇幅描寫某個女英雄裹在輕薄衣衫下的胸部，那通常是有齷齪場面要發生的前兆。她準備鼓起勇氣偷看封面有拉鍊的書——不是像珊妮那張滾石合唱團唱片上真正的拉鍊，而是讓女人赤裸的身體呼之欲出的裝飾。她必須找一本大一點的書，把小書藏在裡面，這樣看書的時候就不會引來別人的注意。你站在那裡光看書不買，華登書店的店員也不會管你。只要不坐在地毯上，你愛站多久就站多久。可是你只要一坐下來，他們就趕你出去。

「我不要和妳一起做任何事。」珊妮說：「我才不管妳想去哪裡呢。隨便妳去幹嘛，只要五點二十分回來就好了。」

「然後妳會買爆米花給我？」

劫。曼森被補之後供稱曾殺害三十餘人，但屍首多未起出，目前仍在監服刑，終生不得假釋。

24 Harmony Hut，專賣各式新世紀商品，包括禮品、音樂、生活用品等的商店。

「我給妳五塊錢。要爆米花自己去買。」

「妳自己說五塊錢加爆米花的。」

「好啦，好啦，有什麼大不了的？五點二十分回到這裡，妳就會拿到妳的寶貝爆米花。但是不准再跟著我。這是條件，記住了嗎？」

「妳幹嘛這麼氣我？」

「我只是不想拖個小貝比到處走。有這麼難懂嗎？」

她朝向席爾斯百貨那一頭走去，那條有和諧小屋和勝家時尚的通道。海瑟想過要跟著她，雖然有爆米花的誘惑。珊妮沒權利叫她小貝比。她自己才像小貝比咧，動不動就為小得不能再小的事哭得淅瀝嘩啦。海瑟不是小貝比。

曾經有段時間海瑟很愛當小貝比，而且樂在其中。所以海瑟大約四歲的時候，她媽媽懷孕，開始談到「那個小貝比」的時候，讓她覺得很焦慮。「我才是貝比。」她歇斯底里地說，一根手指抵著自己的胸口。「海瑟才是小貝比。」彷彿在他們家，在全世界，都只能有一個小貝比。

那是他們剛搬到艾爾貢昆巷時候的事。這幢大房子讓每個人都能擁有自己的臥房。雖然年紀還小，但是海瑟那時就體會到什麼叫賄賂了——妳可以有自己的房間，但是妳不能再當小貝比了。比起原先的公寓，這幢房子大得多，所以一家四口都可以擁有自己的臥房。這讓海瑟覺得好過一些。就算是新生的小貝比，也不會永遠都是小貝比。海瑟第二個挑選自己想要的房間。她以為自己可以第一個挑，因為她喪失了貝比的身分。但是她爸媽解釋說，因為珊妮年紀比較大，會比較早離家上大學，所以應該優先選擇。如果海瑟真的很想要珊妮挑的那個房間，那麼等她上高中的時候，還能搬進那間去住三年。當時才四歲多快五歲的海瑟已經覺得這邏輯說不通，但又沒辦法明明白白講出反駁的話，而鬧脾氣對她爸媽根本無效。她一鬧起來，她媽媽就說得清清楚楚的：「我不吃這一套，海瑟。」她爸爸說：「妳這種舉動我才不理呢。」但是，就海瑟看來，不管什麼舉動他一概不理。看看珊妮吧。她依照他們的規則行事，乖乖整理好自己的論點，有條不紊地向他們一一陳述，但卻幾乎從來沒爭取到她想要的東西。海瑟就狡猾得多，而且向來無往不利。她甚至還阻止了小貝比來到世間，雖然並不是因為她動了什麼手腳。事實是，那個小貝比不夠強壯，離開媽媽肚子就活不下來了。

小貝比死了之後，爸爸抓住機會告訴海瑟和珊妮，流產是怎麼回事。為了說明，他得先解釋小貝比最初是怎麼到她們媽媽肚子裡的。最讓她們嚇得心慌的是，他竟然大喇喇地講出所有的名詞：陰莖，陰道，子宮。

「媽咪為什麼會讓你這樣做？」珊妮窮追不捨。

「因為小貝比就是這樣製造出來的啊。而且，感覺很舒服。等妳長大，」她父親補上一句：「等妳長大，那樣做感覺很舒服，就算不是為了製造小貝比也一樣。那是很神聖的，一種表現愛的方式。」

「可是……可是──那裡會噓噓。你可能會噓噓在她身體裡面。」

「是尿，珊妮。陰莖知道在女人身體裡的時候不能那樣做。」

「怎麼知道？」

她們爸爸開始解釋陰莖打算生小貝比的時候會怎麼膨脹，裡面又是怎麼出現另一種液體，裝滿稱之為精子的小種子。到後來珊妮忍不住掩住耳朵，說：「好噁，我不想知道。還是可能搞混啊。還是可能噓在裡面。」

「會變得多大？」海瑟想知道。她爸爸攤開手，像比劃捕到的魚有多大似的，但是她不相信。

海瑟上幼稚園之前就已經知道小貝比是怎麼來的，所以進了狄齊崗小學之後，發現要到六年級才上性教育，而且那門課被當成一樁了不得的大事，必須得到所有家長的同意才能上，她真是非常意外。然而，她並沒有炫耀自己的知識，也不引起其他人的注意。這又是另一樁珊妮永遠學不會的事，對事情有所保留是好的，不要碰上每件事都立刻自告奮勇。沒人喜歡愛現鬼。

不過，四年級的時候，海瑟朋友貝絲的媽媽懷孕了，貝絲的爸媽告訴她，是上帝把小貝比放進媽媽肚子裡的。和父親一樣，海瑟無法忍受有人被錯誤的資訊蒙蔽。她在遊戲場的攀爬架下給貝絲上了一堂速成課，詳盡傳授她對傳宗接代所知的一切。貝絲的爸媽很不滿，於是海瑟的爸媽被叫到學校。海瑟爸爸不只沒道歉，還很以海瑟為榮。「我對那種寧可用謊言欺騙自己小孩的人無話可說。」他當著海瑟的面說：「我才不會對我女兒說她做錯事了，因為那是天生自然的事，她說的全是事實啊。」

天生自然最好。這是她父親的最高讚譽。天然的織品，天然的食物，天然的頭髮。開店之後，他把頭留成又蓬又卷的黑人頭，讓珊妮覺得很難堪。他甚至用黑力齒梳梳頭髮，那種握柄頂端是個握緊拳頭的齒梳。事實上，他根本不可能認同免燙長褲，因為那裡面肯定有某些非天然的物質，才能讓長褲畢挺不皺。不過，海瑟還是很有把握可以說服他或媽媽讓她買一條，只要她用的是自己的生日禮金。

她走到褲裝專賣店。珊妮的音樂老師平察瑞里先生在喬丹齊特樂器行裡彈風琴。珊妮暗戀著他，海瑟看過她的日記，所以知道。但是上回她們一起到購物中心來的時候，珊妮匆匆走過風琴店，好像被他弄得很難為情似的。今天他站著，活力四射地彈著〈復活節遊行〉（*Easter Parade*），旁邊圍了一小圈聽眾。平察瑞里先生的臉閃著汗光，短袖襯衫腋下的縫線有塊污漬。海瑟無法想像有人會暗戀他。如果他是她的音樂老師，她絕對會沒完沒了的取笑他。但是，觀眾似乎是真心讚賞他的琴藝，陶醉在旋律之中，於是海瑟也被這樣的氣氛給感染了，坐在附近的一座噴泉邊上。有個歌詞讓她很不解——「你會發現自己在如此純淨的照片中嗎？」——這時，突然有人拉她的手肘。

「喂，妳不應該——」那聲音充滿怒氣，不太大聲，但是刺耳得足以蓋過音樂，惹得站在附近的人紛紛轉頭看。那人匆匆放開她，喃喃低語：「別放在心上。」又消失在購物的人潮裡。海瑟望著他走開。她很慶幸自己不是他要找的那個女孩。那女孩肯定麻煩大了。

〈復活節遊行〉換成〈超級巨星〉（*Superstar*），是木匠兄妹的歌，而不是讚頌耶穌的那首。上個星期，珊妮才剛把她所有的木匠兄妹唱片送給海瑟，說那些歌沒什麼內涵。音樂品味是珊妮身上或許還值得一學的長處，如果她覺得木匠兄妹沒什麼好聽的，那麼海瑟就不確定自己是不是想聽他們的任何一首歌。五塊錢——夠買一張唱片，還有錢剩下。或許她還是會去和諧小屋，去買張……「傑索羅陶爾」。他好像很酷呢。如果珊妮碰巧也在唱片行——這個嘛，美國是個自由的國家啊。

【第III部】　星期四

第十一章

「問題是，」般凡特對藍哈德特說：「她看起來不像叫潘妮洛普的人。」

小隊長上勾了。「潘妮洛普該長什麼樣子？」

「我猜啊，金髮，戴粉紅色貝雷帽。」

「什－麼？」他一個字一個字說。

「以前那部卡通片啊。每個星期六都來一場賽車，誆你相信鹿死誰手還不知道的那部卡通？反正呢，最漂亮的那個就叫潘妮洛普．皮．斯塔普。他們幾乎從來沒讓她贏過。」

「那是希臘文，對吧？我不是想轉移卡通頻道的話題，可是我覺得潘妮洛普好像有個很有名的故事，和什麼紡織還是狗有關[25]的。」

25 潘妮洛普（Penelope）是希臘神話中戰神尤里西斯之妻，為出征的丈夫守貞二十年，日紡壽衣，夜拆壽衣，以拒絕追求者。

「喔，像媽的那個貝特西．羅斯[26]？」

「比那個還早。好幾千年以前啦，混蛋。」

僅僅二十四小時之前，殷凡特還列在黑名單上的時候，他倆的對話會完全不同——說的話很可能沒什麼不同，但是語氣肯定不會這麼友善。昨天，殷凡特也很想要來段這種鬼扯淡的對話，但是鐵定會換來極盡冷嘲熱諷之能事的挖苦，和對他智能的嚴重侮辱。然而，今天殷凡特卻搖身一變成了好孩子。昨天晚上加班兩小時，今天神清氣爽早早坐在辦公桌前，雖然進來之前先到扣押車停車場繞了一圈，但這會兒已經端坐在電腦前面，抓出潘妮洛普．傑克森在北卡羅萊納的駕照資料，快快把那裡的州警傳真來的照片影印一份。

藍哈德特瞇著眼看那張因放大影印而顯得模糊的照片。「那麼，這就是她囉？」

「可能是。理論上。年齡，三十八，並不太離譜，雖然那妞兒說她年紀比較大，很難說耶。頭髮和眼睛的顏色都吻合。照片裡的這個留長髮，真人版的是剪短頭髮。不過醫院裡那個肯定比這個瘦。」

「女人三不五時就剪頭髮。」藍哈德特說，他的語氣有幾分憂傷，好像這個事實讓他很難過。「一到四十歲，有人甚至還會想辦法減個幾磅，我是這麼聽說的啦。」藍哈德特太太是個大美人，不過是偏豐滿那一型的。

26 Betsy Ross，1752-1836，縫製第一面美國國旗的婦女。

「我還是覺得這不是她的臉。照片裡這個看起來有點陰沉狡猾。聖阿格涅斯醫院裡的那個珍・杜伊，她比較溫和。我是說，我相信她是在騙我——」

「當然啦。」幹他們這一行的，看誰都像是在騙人。

「但是我不敢肯定，她到底騙了我什麼，也不知道她的目的何在。假設她不是海瑟・貝塞尼——如果她是潘妮洛普・傑克森還是什麼人的話——被逮捕之後怎麼會知道要翻出這樁三十年前的老案子呢？她又怎麼會那麼走運，剛剛好吻合貝塞尼家女兒的外型呢？」

殷凡特又從電腦裡抓出另一份檔案，是全國失蹤兒童資料庫裡的資料。他原本不知道該怎麼弄這些東西的，但是打一通電話給老搭檔南西・波特，一切就搞定了。檔案裡有兩姊妹最後的學生照，海瑟十一歲，珊妮十四歲。在照片下面，是肖像專家畫的圖，顯示她倆現在可能的模樣。

「她長得像這樣嗎？」藍哈德特用食指敲著海瑟的照片問——在殷凡特的電腦螢幕上留下一個小小的污痕，正好在那女孩的鼻子中央。

「好像是。或許吧。可能是也可能不是。」

「你參加過同學會嗎，大學或高中的？」

「沒。那種事對我沒半點用處。何況我還得大老遠跑回長島，我家都已經沒有人住在那裡了。」

「幾年前，我去參加高中畢業三十年的同學會。大家是都變老了，但是方式不一樣。有的人呢，看起來和以前一樣，只是老了一點。有些人卻完全變形了，男的女的都一樣。就像，你知道，他們已經失去勁頭，不想再嘗試了。有啦啦隊員胖到三百磅，以前的足球明星開始禿頭，掉頭皮屑。我的意思是，和以前相比，他們簡直完全變了一個人。」

「我猜你很得意喔——帶著比你年輕十五歲的漂亮老婆去參加同學會。」

藍哈德特假裝驚訝地揚起眉毛，彷彿他從來沒想過自己老婆很辣，但殷凡特知道，這傢伙對別人偷偷瞥過來的眼神可樂得很呢。

「但是還有第三種類型，只限於女性。」他說：「煥然一新，大有改善，比她們以前好得多。有時候是靠整型手術，但也未必。她們努力健身，染頭髮。完全改頭換面，而且她們心裡明白得很。這也是她們之所以會現身的原因，這樣你們才會知道啊。唯一能看得出來她們年齡的地方是她們的肘彎。」

「誰會看女人的肘彎，你變態啊？」

「我只是說，那是女人唯一無法掩飾年齡的地方。我老婆告訴我的。她有時候拿檸檬敷手肘。把檸檬切成兩半，挖空，裝進橄欖油和粗鹽，坐在梳妝台前面，舉起手臂，活像隻小白兔。」藍哈德特模仿她的姿勢。「我告訴你啊，卡文，那簡直像和他媽的生菜沙拉一起上床。」

殷凡特哈哈大笑。昨天他連作夢都不敢承認，不得老闆歡心讓他有多苦惱。他寧可發飆，也不要忍受不公平的待遇。但是他今天翻身了，搖身一變又成了拿到一件有趣案子的好警探，不容否認，他還真是鬆了一口氣。如果那女人是海瑟．貝塞尼，那麼她帶給他們的就是甜蜜的結案滋味。如果她不是——這個嘛，她肯定也知道某個案件的某些內情。

「讓我特別注意的是，」他翻著從扣押車停車場拿來的資料：「我們扣押的這輛車是兩年前在北卡羅萊納註冊的。潘妮洛普．傑克森已經不住在這個地址了，我追查到她的房東，他說她不是那種會留下轉信地址的好公民。說她是男人要她辭職就辭職的那種女人，淨找些酒保或是服務生的工作。所以，她差不多十個月前搬出那個地方，沒去更新行照或駕照。」

「真是罪大惡極啊。」藍哈德特吹了一聲口哨說：「你在馬里蘭住了多久才去給你的車辦登記？」

「你不會相信的，他們抓跨州沒換車牌的人抓得有多緊。」殷凡特說：「不過呢——你們巴爾的摩人哪，只要搬離市區二十哩，就以為自己已經見識過全世界啦。反正啊，後座有垃圾——漢堡包裝紙，有些相當新的菸蒂，雖然在醫院裡的那個妞不抽菸。如果她是菸槍，一聞就知道，而且她對尼古丁的反應很敏感。那輛車看起來像長途跋涉過。可是沒有行李。有個皮包，但她被逮到的時候身上沒有錢包，沒有現金。只有垃圾和行照。沒有信用卡，沒有現金，怎麼可能走上三百哩，甚至四百哩呢？」

藍哈德特繞過殷凡特，在電腦鍵盤上敲了幾個鍵，來來回回比對著北卡羅萊納艾許維爾的潘妮洛普．傑克森，以及過去與今天的海瑟．貝塞尼。「我真希望我們有像電影裡面的警察用的那種電腦。」他說。

「是喔——然後我們只要輸入潘妮洛普．傑克森的名字和她已知的最後一個地址，她全部的生活就會攤在我們面前。我等不及看他們發明這種電腦。這種電腦和噴射背包。」

「ＮＣＩＣ（全國犯罪資料中心）沒有資料？」

「NCIC沒有資料。沒有軍隊記錄。也沒有這輛車失竊的報告。」

「你知道，」藍哈德特讀著失蹤兒童網站的資料說：「這裡有不少細節。夠讓犯了罪的騙子拿來編故事用，以前也有過吧。」

「是啊，我也想過這樣的可能性。但是有些東西是這裡沒有的。例如，她們在艾爾貢昆巷確切的地址。記得那個逮到她的巡警吧？他說她那時候唸著什麼溫莎磨坊的老藥房和森林公園的。現在根本沒那個地方。但是我到普瑞特的資料室去查過，在那兩個女孩失蹤的時候，那裡的確有一家溫莎磨坊藥房。」

「卡文去了**土叔館**啊？老兄，你是拼了老命要當本月模範員工喔。這個案子的檔案裡有什麼？你去圖書館不就是要搞清楚細節，讓網路伺服器騙不倒你的嗎。」

殷凡特只瞥了他老闆一眼，千言萬語盡在不言中的一瞥，只有老夫老妻，或者在同一個官僚機構共事多年的人才會有的眼神。

「別他媽的告訴我——」

「我昨天下午去的，從醫院出來就去。沒在那裡。」

「不見了？全不見了？他媽的搞什麼啊？」

「該擺那份檔案的地方有張紙條，留字條的是前一任負責的——呃，那個傢伙後來當上小隊長，派到杭特山谷。我追查到他的時候，他乖乖承認，說他把檔案拿去給調查這個案子的前任同事，結果就忘了。」

「乖乖承認？他應該去撞牆。把檔案帶出去已經夠糟了，還交給退休的警察，然後給忘了？」藍哈德特對這種白癡得無以復加的行為猛搖頭。「誰拿走的？」

殷凡特低頭瞄了一眼名字。「崔斯特 V. 韋勞夫畢四世。認識他嗎？」

「聽過。我還沒調到這裡的時候他就退休了，但是重案組辦聚會的時候偶爾會出現。你可以說他很……呃，非典型。」

「非典型？」

「這個嘛，首先呢，他是他媽的四世耶。你可能見過名字叫二世的警察，可是你認識半個四世嗎？而且呢，他家有錢的很，根本不需要工作。檔案是什麼時候拿走的？」

「兩年前。」

「我們最好禱告他還沒死。我們碰過不只一次，某個一頭栽進案子裡出不來的老笨蛋把檔案帶回家，害我們得打遺囑認證官司才能把東西要回來。」

「帥啊，希望我這輩子都不會碰上這種事。」

藍哈德特已經伸手去拿內部通訊錄，開始翻找，然後敲著號碼鍵，追查這個老警察的住址。「哈囉——對，我等著。」他的眼睛滴溜轉。「他媽的在自己局裡還要我等。你想騙誰啊，殷凡特？」

「什麼？」

「一定有些案子弄得你茶不思飯不想的。如果沒有，你要嘛走運，要嘛就是笨蛋。這傢伙手裡抓到的是最火紅的案子，兩個長得像小天使的女孩，星期六下午在購物中心，當著幾百個人的面消失無蹤。要是哪個警察不耗掉一輩子追這個案子，那他連擦我屁股的資格都不夠。」這時，他又回頭講電話。「喂？對。崔斯特・韋勞夫畢。你有他的地址嗎？」藍哈德特顯然又得等了，他左手上上下下地揮動，活像壓著打氣筒的樣子，一直到那人又回到線上。「太好了。謝謝。」

他掛掉電話，笑了起來。

「什麼事這麼好笑？」

「時間剛好啊，你可以走過去。他住在伊登華德，就在陶森城中心商場後面，離這裡不到一哩。」

「伊登華德？」

「退休公寓，很貴的地方，你多付一些錢，就保證可以死在自己床上的那種。就像我說的，他家有錢。」

「你覺得有錢的條子加的班比較多還是比較少？」

「他們大概加班加得多，可是不報加班費吧。嘿，或許你偶爾也該假裝很有錢的樣子，少談一個小時戀愛，多加點班，看看是什麼滋味。」

「就算你那雙藍眼睛送我都不幹。」

「要是我先吻你呢？」

「我寧可賣屁股，拿現金。」

「很好，那你不就成了同志兼妓女啦。」

殷凡特吹著口哨，抓起鑰匙往外走，細細品嘗心滿意足的滋味。

第十二章

「Buenos días, Señora Toles.」（日安，托雷茲太太。）

蜜麗安從陳舊的皮質提袋裡——如果要把這個皮包賣給別人，她一定會說是「忍痛割愛」——掏出鑰匙，打開藝廊的門。她喜歡這個西班牙發音：托-雷-茲，不像英文唸起來像單調討厭的「托爾斯」，那個讓人聯想起費用和支出的「tolls」。不管在墨西哥住了多久，她這個西班牙文版的娘家姓氏還是不沾染歲月的痕跡。

「Buenos días, Javier.」（日安，哈維爾。）

「Hace frío，Señora Toles.」（變冷了，托雷茲太太。）哈維爾搓著他光裸的手臂，全都起雞皮疙瘩了。像這樣的三月天，在巴爾的摩會被認為是上天恩賜的和暖春日，在加拿大就更不用提了，但是按聖米蓋阿言德[27]的標準來看，簡直是冷死了。

27 San Miguel de Allende，墨西哥中部山城，為西班牙聖芳濟教士所建，原名New Spain，後以墨西哥獨立英雄San Miguel與Allende命名，因富藝術氣息，吸引眾多外國人前來觀光定居。

「也許會下雪喔。」她用西班牙文說，哈維爾哈哈大笑。他生性單純，不管什麼事都能惹得他哈哈大笑。蜜麗安很欣賞他隨時隨地都能開懷大笑的本領。曾經，很久以前，幽默感是她個性中最重要的一部分。而今，她很少能逗別人笑，這讓她很不解，因為蜜麗安覺得自己還保有幾分機智風趣的。她不時暗暗在心裡逗樂自己。當然啦，她的機智風趣是針針見血的，可是她這個人本就對憤世嫉俗的事比較敏感，甚至在她還沒真的變成憤世嫉俗的人之前就已經如此。

蜜麗安開始在這裡工作之後不久，哈維爾就整天黏著藝廊和她不放。當時才十幾歲的他自動自發地拿水管沖洗鋪子門外的人行道，擦窗戶，而且還推心置腹地對「turistas」（觀光客）咬耳朵，說這家藝廊是頂尖的，是全聖米蓋阿言德最棒的一家店。店東喬伊．傅萊明對他的存在亦喜亦憂。「有那雙金魚眼和裂顎，他嚇跑的客人大概和他帶來的一樣多。」他對蜜麗安抱怨說。但是她喜歡這個小夥子，他對她的好感似乎是真心誠意的，而不僅僅是看在她偷偷塞給他的小費份上。

「¿Ha visto nieve?」您看過雪嗎，托雷茲太太？

蜜麗安想起她在加拿大的童年，無止無盡的冬天讓她覺得他們一家好像是從氣候宜人的地方被放逐來的。她爸媽為什麼會從英格蘭移居加拿大，她從未得到滿意的答案。她的思緒跳到一九六六年巴爾的摩的那場大風雪，一則詭異的氣象傳奇。風雪來襲的那天剛好是珊妮六歲生日，他們帶她班上的六個小女生到市中心的電影院看《真善美》。他們進電影院的時候陽光普照，萬里無雲。兩個多小時之後，納粹被擊敗了，家族合唱團重享祥和安樂的世界。但是他們一群人走出電影院的時候卻發現，整個城市幾乎變成一片白茫茫。她和戴夫奮力在巴爾的摩的街道穿梭，把每一家的女兒送還給父母——就像送貨那樣送，把小女生抱在懷裡，免得弄壞她們的宴會鞋，交回到焦急等在門口的爸媽手裡。事後他們一講起就大笑，但是當時真的很恐怖，那輛舊的休旅車在街上左搖右晃，小女生們在後座尖聲怪叫。然而在珊妮和海瑟的記憶裡，那卻是一趟大探險。那是圓滿結局所造就的奇蹟。你想把恐怖的故事當成純粹的刺激一再重溫，也沒什麼不可以啊。

「沒，」她對哈維爾說：「我沒看過雪。」

她不時說些像這樣的小謊。這樣比較容易。比起她以前住過的地方，墨西哥需要的謊言少得多，因為這裡到處都是想拋開各種人事物的人。她心中認定，每一個留居此地的外國人扯的謊都和她一樣多。

蜜麗安是在一九八九年的一個週末來到聖米蓋阿言德的，此後可以說就沒再離開了。她當時打算挑一個美國化程度比較低的墨西哥城市定居——而且不消說，當然還得是個開銷比較低的地方，讓她可以完全不必工作，只靠積蓄和投資過活。但是下了火車之後不到兩天，她就再也無法想像住在其他地方的景況了。她回庫埃納瓦卡收拾其餘的東西，打點賣掉寄存在美國倉庫裡的所有家當。買下這幢小房子的時候，她只有一張床和她的衣服。而今，她也沒增加多少東西。除了聽在耳裡溫言暖語的西班牙文版姓名之外，還有些東西也不沾染歲月的痕跡，恆久如新——在空蕩蕩、毫不凌亂的空間裡醒來，四牆刷得粉白，純白的窗簾撲撲翻飛。僅有的幾件傢俱都是松木的。沙提悠（Saltillo）產的磁磚地板沒鋪地毯。蜜麗安公寓裡唯一的色彩是碗碟和廚房用品，有鮮豔的藍色和綠色，是她從藝廊以折扣價買來的。如果決定再次搬家，她頂多花一兩天就可以處理掉所有的東西。她沒打算再搬家，但是她喜歡自己擁有這個選項。

艾爾貢昆巷的房子塞滿東西，幾乎快塞爆了。蜜麗安起初並不在意。最主要的原因是，他們當時留著的許多東西都是兩個女兒的。小孩從來不會輕裝簡行，就算是還不必坐安全椅的那個年代也不例外。她們有玩具、帽子、手套、娃娃、絨毛動物和醜怪的塑膠玩偶。還不止呢，海瑟有一條名叫「巴德」的毯子，每隔一段時間就要失蹤一回，搞得全家不得安寧。不甘示弱的珊妮則有個想像的朋友，一隻名叫費茲的狗。奇怪的是，費茲也像巴德一樣會搞失蹤。事實上，只要巴德不見，費茲也會不見，更怪的是，費茲還是比巴德更難找到。珊妮總是乒乒乓乓地在樓梯上上下下，沉著臉報告牠的下落不明。「不在地下室。」「不在浴室。」「不在你床上。」「不在水槽底下。」就一隻想像的狗來說，費茲需要的關心可真不少。珊妮開始把食物擺在地上給牠吃，跟她說會引來蟑螂和老鼠，她也不肯聽。她留著後門不關，好讓費茲可以到外面去。弄到後來，只要天一下雨，連蜜麗安都開始相信她聞到落水狗的味道了。

結果呢，艾爾貢昆巷的那幢房子也有自己的包袱。這幢在拍賣會買下的房子，讓蜜麗安第一次體會到自己對房地產交易的天份。房子列在「現況交屋」一項下。蜜麗安和戴夫知道這代表著屋裡的各種管線狀況沒有保障，也知道這是「來談個條件吧」式的賭博。但他們當時不瞭解的是，這幢房子不管用什麼方法都不可能清理乾淨。在某個老太太住過許多年之後，這房子有種生命突然消失的感覺，彷彿有外星人長驅直入，擄走所有的地球人一般。桌上有個杯子和茶碟，湯匙擺得好好的，等待著一壺始終沒泡來的茶。樓梯上有本書，好像在提醒某人要記得帶走。陳舊的傢俱罩著防塵套，有些都歪了，等著溫柔的手來扶正。這讓蜜麗安想起布萊伯利[28]的小說〈細雨將至〉（*There Will Come Soft Rains*）裡那幢有生命的十九世紀房宅。全家人都離開了，但房子還活著。

起初，留下來的傢俱像額外的紅利，是意外的收獲。有些傢俱還可以用，杯盤也很有價值——羅索夫特磁器，甚至比蜜麗安請客用的磁器還高級，拿來日常家用實在太過可惜。在後院裡，姊妹倆發現零零星星的茶具組，藏在奇奇怪怪的地方——在老橡木多瘤的樹根裡，在紫丁香花叢下，而且也都只有稍稍鏽蝕。但是這些找到的寶藏很快就變成難以忍受的負擔。搬多少東西進來，他們就得搬多少出去。怎麼會有這麼多東西留下來呢？住進來兩個月之後，有個熱心助人的鄰居自動自發地告訴他們，前任屋主在廚房裡被謀殺，凶手是她的姪子，她唯一的繼承人。

「所以房子才會被拍賣。」那位鄰居堤莉．賓罕說：「她死了，他坐牢，所以不能繼承。」她壓低聲音，儘管兩個女孩根本聽不見，也對這種隔著籬笆的閒話八卦沒興趣：「嗑藥。」

悚然一驚的蜜麗安想說服戴夫拋售這幢房子，就算賠本也在所不惜。他們可以在市區置產，她對他說，知道這對他很有吸引力，在波爾頓丘找幢氣派的連排屋安家立業。當年社區更新計畫的時代還沒來

---

28 Ray Bradbury，1920~。美國知名科幻小說家，作品包括《華氏451度》、《火星紀事》等。

臨，市區也還沒開始重現生機，但是蜜麗安對房地產的直覺向來很準。如果戴夫當時聽她的勸，他們到頭來會有一幢價值高得多的房子，因為在他們巴爾的摩西北角的那個小地方，房地產價格多年來始終未漲。

而且，當然，兩個女兒也還會活著。

這是蜜麗安和自己玩個不停的祕密遊戲，儘管她也知道一點用都沒有。重回往日，改變某件事。不是回到事發的那天。那太明顯，也太容易了。在那天黎明破曉之前，在珊妮決定要到購物中心耗一個下午，而海瑟也求著要和她一起去之前，她們最終的命運就已註定了。但是如果她可以再回到更早一點的日子，那麼命運就可以改寫。如果在蜜麗安的催促之下他們拋售艾爾貢昆巷的房子，如果他們一開始就沒買那幢房子，那麼後來一連串的事情就不會發生了。她很想知道現在擁有那幢房子的是什麼人，現在的屋主是不是知道它招引死神的能力。房子裡發生過凶殺案已經夠糟的了，但如果屋主知道艾爾貢昆巷的來龍去脈……不，就連蜜麗安都賣不掉那幢房子，雖然在她事業的巔峰時期，幾乎沒有什麼是她賣不掉的。

事後諸葛看得清，俗話是這麼說的，但也不見得。女兒失蹤之後，戴夫對他們的過去比他們的當下看得更不清楚。他對其他沒有利害關係的人說，他們的問題，他們之所以招嫉，全是因為他們太快樂了。生活太完美，所以才會遭此厄運。聽戴夫說來，艾爾貢昆巷簡直是如假包換的伊甸園，是某些未知的力量偷偷纏上他們的生活，把罪行強加在他們身上。

媒體也照單全收。當時的人沒這麼憤世嫉俗，資源也比較少。換成今天，一對失蹤的姊妹必然會佔據全國性的新聞頻道，提供一個懸疑故事，好讓那些知道自己小孩人在何處的幸運家長可以安坐家中推理解謎。當年，女孩的失蹤只是地方性的新聞，只在《時代雜誌》的失蹤兒童協尋專欄佔一小塊的篇幅。蜜麗安一再思索所謂的解決方案，如果能引起更多全國性的關注，或許更有助於達成她的期望吧，不過話說回來，不受打擾或許對他們來說比較好。換成是今天，某個愛好推理的部落客可能會花上一整天的功夫揭發蜜麗安不在場證明的真相，更別提快壓垮他們家的債務。三十年前，警方可以保守這樣的祕密，而「衡平信貸」更悄悄地銷掉他們的一胎及二胎房貸。（小孩失蹤，推定死亡？你們可以免費得到一幢房子。）

然而，戴夫的說法——如果是在今天可能會被說是「編故事」——證明對他的生意大有幫助，對她事業的助益就更不在話下。特別是在第一年，那是吸引新顧客的主要因素。每當熟極而流地介紹，說她可以為有興趣的賣家做些什麼，或公司可以為還不夠資格貸款的買家提供什麼樣的資金協助時，總有顧客，通常是太太，凝重地端詳著她。妳怎麼撐過來的？是他們沒問出口的問題。怎麼撐不過來？是蜜麗安沒說出口的回答。我還能有什麼選擇嗎？

她有時會希望戴夫能看見現在的她，在一間和他以前經營的鋪子差不多的店裡工作。他會欣賞這種反諷——蜜麗安，以前這麼討厭「帶藍吉他的人」的蜜麗安，賣著瓦薩坎（Oaxacan）的陶器，和戴夫多年前在巴爾的摩中產階級還沒準備好使用這類餐具之前、就打算說服他們買下的一模一樣的陶器。但是，她需要工作，而且，儘管她並不太喜歡藝廊老闆的品味，但她第一眼就喜歡他這個人。喬伊．傅萊明是個樂天誇張的同性戀男子——和顧客談話的時候是如此。但是蜜麗安一見到他就知道，那不過是他的表演，為了掩飾某種陰鬱與哀傷的表演。假面喬伊，她現在都這麼叫他。「有客人來了。」她會喊他：「該把臉戴上了，我們擺在門口甕裡的臉。」「我準備好了，瑞格比小姐[29]。」喬伊回答，刻意拖長聲音，強調他的德州口音。儘管蜜麗安對喬伊的品味不敢領教，但要賣掉他進的貨，她可是一等一的好手。她的祕訣是她真的一點都不在乎。優美的儀態和玲瓏有緻的身材依舊，一頭黑髮已有幾縷銀白的她，有一股矜持冷淡的氣質，會讓購物客情不自禁地瘋狂採買，彷彿只有這樣才能贏得她的認可，才能證明他們的品味與她旗鼓相當。

這天早上店裡很安靜。雪鳥已經開始北返；復活節帶來的盛況還要再一個星期才會出現。蜜麗安最初是在一九八九年復活節的週末來到聖米蓋阿言德的。純粹是個意外。以前，復活節對她來說只是個世俗的假日，只不過就是她精心組裝的禮籃，以及找出戴夫煞費苦心藏在院子裡的彩蛋遊戲。他們夫妻倆都不是在嚴守教規的家庭長大的。蜜麗安是「猶太人」，戴夫是「路德教派」，但是意義就只等同於她是德國人，而他是蘇格蘭人。雖然有許多人建議她回歸宗教以撫平哀慟，但是女兒失蹤之後，蜜麗安對宗教更加沒有好感。「信仰不能解答任何問題。」她對她爸媽說：「只要求你等待一個在你死後可能會

29 〈*Eleanor Rigby*〉是披頭四一九六六年的作品，歌詞中提及瑞格比小姐活在夢中，在窗前等待，戴上擺在門邊甕裡的臉，不知為了誰。

也可能不會出現的答案。」

不過，蜜麗安向來接觸的宗教是溫文有禮，莊重嚴肅的。就連戴夫奉行的五道都是強調自制，低調。而在墨西哥，宗教還帶有幾分野蠻、非法的色彩。她懷疑這是不是一九三〇年代禁止宗教，天主教被趕入地下的後果。不過呢，她也是定居此地數年，浸淫在諸如亞倫．若定[30]的《遙遠的鄰居》和格雷安．葛林[31]的《化外之路》等書之後，才開始推論出這樣的想法。抵達聖米蓋阿言德那天，她只知道那一大群濃妝豔抹的人彷彿在等待搖滾音樂會開演，於是她出於好奇地加入他們的行列。最後，有一列遊行隊伍出現在眼前，一具栩栩如生得驚人的耶穌人像躺在玻璃棺木之中，由一群身穿黑色與紫色服裝的女人抬著。躺在玻璃棺裡的耶穌讓蜜麗安望而卻步，但是抬棺的是女人，卻讓她很喜歡。那天是耶穌復活的星期五。到了復活節週日，她已經決定要在聖米蓋阿言德落腳了。

週年紀念。有個確定的日期，當然啦，特定的日子——三月二十九，她理當在這天哀悼女兒的。但是，在復活節週五與復活節週日之間的那個星期六，才是讓蜜麗安念念不忘的時刻。事關重大的是那一個週六，而不是那個日期。她假裝那天去上班實在很蠢。就連戴夫，天真如戴夫也看得出來，一個房地

---

30 Alan Riding，出生於巴西的英裔作家，曾任職《紐約時報》等媒體多年，其探討墨西哥的作品《遙遠的鄰居》（*Distant Neighbor*）廣受好評。

31 Graham Greene，1904-1991。英國知名作家，作品類型豐富，一九三九年出版的《化外之路》（*The Lawless Roads*）為墨西哥之遊記。

產女銷售員，就算是鮑格爾坦旗下勤奮程度排名第一的女銷售員，也不必在那個星期六去上班，因為星期天根本沒有任何售屋開放參觀。如果戴夫沒忽視妻子紅杏出牆的歷歷跡證，如果他早個一兩星期搞清楚她在做什麼就好了。但他很可能是怕她會離開他。時至今日，她還是不知道，如果女兒還活著，她是不是會離開。

喬伊很晚才到，老闆的特權。「德州佬。」他說，指著背後的窗外，有一群觀光客用懷疑的眼光研究櫥窗裡展示的東西。他那個口氣，活像老電影裡的西部牛仔驚呼：「紅人！」一樣。「掩護我。」

「你是德州人耶。」蜜麗安提醒他。

「所以我才應付不了他們啊。妳去接待他們。我會在後面。」

蜜麗安看著喬伊消失在布簾後面，那兩片鮮麗的布簾隔開了店鋪與後面的工作室。他滿臉通紅，圓滾滾的肚子在牛津布襯衫底下顯得格外龐大，看起來很不健康的樣子，但是他向來如此。她在一九九〇年認識他的時候，還以為他有愛滋病呢。他中廣的身材變得越來越壯觀，而兩條腿卻還是瘦得像竹竿，搖搖晃晃的。假面喬伊，墨西哥人口中搞民俗藝術的老何。他們打從開始就樂於奉行「不問不答」政策，十五年來一直維持表面的和諧親善。別問我問題，我也不會對你說謊。別把祕密告訴我，我也不會對你說。有一次，在一場冗長的晚宴之後，大家喝得醉醺醺的，被追求了好幾個月的年輕小伙子拒絕的喬伊似乎準備要對蜜麗安傾吐心聲，全盤托出他的祕密。蜜麗安察覺到他的意圖，搶先一步用他顯然需要的祝福擋掉他的告白。

「我們是這麼好的朋友，很多事都不需要多說，喬伊。」她拍著他的手背說：「我知道。我知道。你碰到過一些事，一些你不常談起的事。你知道嗎？你把它擺在心裡是對的。大家都說你應該說出來，可是他們錯了。有些事最好別提。無論你做過什麼，發生過什麼，你都不必對我或對任何人辯解。你甚至不必對你自己辯解。繼續埋在心底就對了。」

隔天早上，在藝廊碰面的時候，她看得出來，喬伊對她的忠告心存感激。他們是好朋友，從來不談重要事情的好朋友，這就是他們的相處之道。

「這是純銀的嗎？」有個德州女人闖進門來，抓起展示在櫥窗裡的一條手鍊。「聽說這裡有很多假貨。」

「要判別很簡單。」蜜麗安說。她翻轉手鍊，讓女人看見證明是純銀的戳章。但是她沒把手鍊交回到那女人手裡，這是她的獨門祕訣。她拿著手鍊，彷彿突然不願割愛，彷彿她突然覺得好想自己留下來。一個簡單的技巧，但卻會讓某些類型的客人瘋狂地想擁有她手裡的那個東西。

事實證明這些德州佬買得起一大堆珠寶，非常典型。然而其中有個女人的品味比一般人好，看上了一件瓜達盧佩聖母[32]的古董祭壇雕飾。蜜麗安發現她很感興趣，就趨前使出拿手絕活，談起雕飾上的故事，那綴滿玫瑰花瓣的披肩如何燃燒自己，變成農夫獻給紅衣主教的斗篷。

32 Virgen de Guadalupe，墨西哥天主教徒所敬拜的聖母，相傳五百多年前，一名墨西哥原住民在墨西哥城外看見聖母瑪麗亞以墨西哥婦女的形象顯靈，預示天主將庇佑墨西哥人民。

「噢，好感人。」那女人聽得心醉。「真的好感人。多少錢？」

「妳真的是連死的都能說成是活的。」喬伊說。那群觀光客已經在哈維爾滔滔不絕的祝福聲中離開了。

「謝啦。」蜜麗安說。隨著那群德州佬離去，她聞到一股微風灌進店裡。「你有沒……今天早上是不是有個奇怪的味道？」

「就只有普通的霉味，我們一到這種冷天就聞得到的啊。幹嘛，妳聞到什麼味道？」

「我不知道。有點像……濕答答的狗。」

不在臥房，珊妮回報說。不在地下室。不在紫丁香花叢底下。不在門廊。當然啦，不在的地方無窮無盡，而實際在的地方卻只能有一個。蜜麗安喜歡想費茲終於跑去找她們姊妹倆，這麼多年來一直陪著她們，像個忠心的守衛。

至於巴德，海瑟那條倒霉的毯子，只留下一塊小小的四方形——和蜜麗安一起來到墨西哥。一片褪色的藍布塊，裝在相框裡，擺在她的床頭櫃上。沒人問起這塊布的由來。如果有人問，她會編個謊言。

第十三章

殷凡特一整天都振奮不已的衝勁，到了伊登華德的車道前面卻躊躇不前了。安養院——不管他們是怎麼稱呼這個地方的，退休社區或輔助住宅，都還是不折不扣的安養院——讓他有點毛骨悚然。他沒右轉開向伊登華德的停車場，而是左轉開向購物中心，朝星期五餐廳走去。已經快下午一點鐘，他餓了。下午一點鐘覺得肚子餓，是他的天生權利。他好幾年沒來星期五餐廳了，服務生還是穿著活像裁判的條紋上衣，那套他向來就不喜歡的制服。裁判——負責計時，確保規則遵行的裁判，怎麼可能帶給他任何樂趣呢。

菜單也同樣讓人摸不著頭緒，一面促銷大堆乳酪和油炸的餐點，卻又在其他的品項上加註淨化碳水化合物與反式脂肪的含量。他以前的搭檔吃每一口東西都要這樣分析，端視她當時正嘗試的節食法而定。計算卡路里，計算碳水化合物，計算脂肪，還有呢，不停計算的美德。「我很乖。」南西會說：「我很壞。」他很懷念和她搭檔的日子，唯一不想再回憶的就是她不停計算每一口放進嘴裡的東西。殷凡特有一回對南西說，如果她以為所謂的壞就是在甜甜圈裡的那些東西的話，那她根本不知道什麼叫做壞。

想起這些——他對女服務生微笑，不是服務他的這位，而是隔壁桌的那位。這是自我防衛式的微笑，「萬一我認識你」式的微笑，因為馬尾綁得高高的她看起來很眼熟。她反射動作似的對他咧嘴一笑，但沒有眼神交會。所以她不是他認識的人。或者——他以前從來沒想過——也許她是忘記他了。

他買好單，決定把車停在這裡，穿過費爾蒙特大道到伊登華德去。那些地方會有什麼樣的氣息呢？不管是像眼前這種超級豪華的公寓，或是只比鄉下醫院稍微好一點的地方，聞起來和感覺起來是不是全都一模一樣：同時太熱又太冷，塞滿東西，房裡有除臭劑和噴霧劑的香味與藥味奮戰。等待死亡的房間。越是奮力掙扎，就像這個地方，大廳周圍有著色彩鮮豔的傳單——博物館之旅，歌劇之旅，紐約之旅——看起來就越明顯。殷凡特的父親在長島的安養院渡過人生的最後幾年。那個地方毫不美言矯飾，有話直說：「你來這裡就是等死的，所以拜託快點吧。」除了實話實說之外，當然還可以有委婉的說法。如果你可以負擔得起像眼前這樣的地方，當然就可以期待有那樣的待遇。至少可以減輕家屬的罪惡感吧。

他在大門櫃台停下腳步。他看得出來，櫃台的女人正在查對他的身分，想知道他是不是固定的訪客。他也打量著她們，但沒看見任何登記簿。

「韋勞夫畢先生在家。」接待員說。

當然啦，殷凡特想。他還能去哪裡？他還能幹嘛呢？

「叫我崔特吧。」那人身上的咖啡色羊毛背心，看起來很貴的樣子，或許是喀什米爾羊毛。殷凡特以為會見到一個年邁虛弱的老人，所以眼前這個整整齊齊、穿著合宜的人著實讓他嚇了一跳。年紀可能不到七十的韋勞夫畢看起來不比藍哈德特老多少，而且一副相當健康的樣子。該死，就某些方面來說，看起來甚至比殷凡特還健康。

「我沒先聯絡就過來，謝謝你願意見我。」

「你運氣不錯。」他說：「星期四下午，我通常都到麋鹿嶺去打高爾夫球，但是這冬天的臨去秋波，害我們只好取消計畫了。你的口音裡好像有點紐約腔？」

「有一點。我在這裡住了十二年，大部分的口音都不見了。再過個十年，我就會成天把什麼『喀水』（開水）『影料』（飲料）的掛在嘴邊了。」

「所謂的巴爾的摩腔是一種勞工階級的口音沒錯，和倫敦腔的來源很像。巴爾的摩有些家族的歷史可以追溯到四百年前，我敢向你保證，他們說話的腔調可不是這個樣子的。」

表面上聽來是純聊天，但骨子裡卻是不著痕跡地說「我的家族很古老，也很有錢」，免得看似隨口提起的麋鹿嶺鄉村俱樂部還不足以讓人知道他的身分地位。殷凡特不禁好奇，這傢伙當條子的時候也是這副德性嗎，想魚與熊掌得兼。一個條子，也是一個從來不讓同事忘記他大可不必做這份工作的條子。

如果是這樣，大家一定恨死他了。

韋勞夫畢端坐在扶手椅上，依據他修剪得乾乾淨淨的頭髮底端那條汗線來判斷，這應該是他慣常坐的位置。殷凡特坐在沙發上，這顯然是女人買的沙發——玫瑰紅，還不舒服得要命。然而，殷凡特一跨進門檻的那一瞬間就已明白，已經有好長一段時間沒有女人住在這裡了。公寓裡有條不紊，維護得很好，但是可以感覺得出來，有些東西不見了。是聲音。是氣味。還有些小地方，譬如安樂椅上那條油脂線。他從自己的住處瞭解到這種感覺。你總是可以看得出來一幢房子有沒有女人常住。

「根據紀錄，你拿走了貝塞尼的檔案。我希望我可以帶回去。」

「我有……」韋勞夫畢好像有點不解。殷凡特暗暗祈禱他沒早衰退化。他看起來健康情況良好，不過，這或許就是他還這麼年輕就搬進伊登華德的原因。但是那雙棕色的眼睛馬上變得精明銳利。「案子有進展了嗎？」

殷凡特設想過這個問題，早就準備好答案了。「大概沒有。但是我們找到一個女人，在聖阿格涅斯醫院。」

「說她知道內情？」

「沒錯。」

「說她是某人？」

殷凡特本能的反應是想騙他。知情的人越少越好。他怎麼能信任這個傢伙，怎麼知道他不會把消息傳遍整個伊登華德，用來當成重提當年勇的機會呢？然而，韋勞夫畢是最早負責這個案子的人。無論檔案記錄得多麼翔實，他的觀點必然還是很有價值。

「不准傳出這個房間——」

「當然。」他爽快地點頭，立即允諾。

「她說她是妹妹。」

「海瑟。」

「對。」

「她提到她這些年人在哪裡，她靠什麼維生，還有她姊姊發生了什麼事嗎？」

「她不肯再多談任何事情。她要求請律師，現在她們兩個都防著我們。事情是這樣的，她昨天一開始鬼扯的時候，是以為自己惹上大麻煩了。她在外環道上出車禍——有人受重傷，應該不是她的過失，但是她從現場逃走了。後來警察發現她在七十號州際公路的路肩上步行，盡頭是停車上下處的那一段公路。」

「那裡離貝塞尼家不到一哩遠。」韋勞夫畢的聲音像喃喃自語，彷彿只說給自己聽。「她精神失常嗎？」

「正式來說並沒有。她接受過初步的精神狀態測試，並沒有問題。但是根據我非正式的看法，她腦袋的確有問題。她說她有個新的身分，有個她想保護的新生活。她說她會把這個案子交給我們，但是不會透露她現在的身分。我怎麼想都覺得還有其他內情。但是如果要套她的話，我們就必須先瞭解整個案子的來龍去脈。」

「我是有這個檔案。」韋勞夫畢說，他的神態有點靦腆——但只有那麼一點點。「大約是在一年前——」

「檔案已經被拿走兩年了。」

「兩年？天哪，不去上班之後，時間也變得不一樣了。我得花點時間才能告訴你說今天是星期四，如果我沒定期打高爾夫球——反正，報紙上有篇訃聞，讓我想起一些事情，所以我就要求找個機會再重新看一下檔案。我不應該留著檔案不還的——我當然知道——但是愛芙琳，我太太，剛好就在那個時候病情惡化……嗯，沒過多久就有另一個訃聞讓我傷神了。我忘了檔案還在我這裡，不過我敢肯定，東西應該就在我的書房裡。」

他站起來，殷凡特早就已經開始盤算接下來事情會怎麼發展了。韋勞夫畢會堅持要自己拿那個箱子，這位老先生表現得一副身強體壯的樣子，殷凡特得想個辦法幫他服務，卻又不開罪他。他在自己的父親身上見識到過這種景況。他老爸還住在馬薩佩夸家裡的時候，老是堅持要幫兒子從車子後車廂裡搬出行李箱。他跟著老先生到書房裡。但是，沒辦法，在殷凡特還沒想出該怎麼做的時候，韋勞夫畢就已經雙手抬起箱子，嗯啊一聲，微微咧嘴，把箱子擺在客廳的東方地毯上。

「訃聞在最上面。」他說：「我很確定。」

殷凡特掀開硬紙箱的蓋子，看見一張《燈塔光明報》的剪報：「羅易．平察瑞里，五十八歲，資深教師。」配上的是一張多年之前的照片，搞不好是二十年前的，這在訃聞版上應該是司空見慣的事吧。死者怪異的虛榮心，殷凡特想。這傢伙有黑色的頭髮，黑色的眼睛，在黑白照片上像一團烏雲，端個架子，儼然自認是夢中情人。第一眼看來，他長得還可以。但是再仔細端詳個幾秒鐘，缺點就一一顯露出來——柔弱的下巴，微帶鷹勾的鼻子。

「肺炎併發症。」韋勞夫畢回憶說：「通常是愛滋病的代名詞。」

「那麼他是同性戀囉？這和貝塞尼家姊妹失蹤的案件怎麼會扯上關係？」

「就像訃聞裡頭提到的，他長期擔任市立和郡立學校的樂團老師。一九七五年，他在洛克葛蘭中學教書，珊妮是他的學生。週末的時候他也兼差表演——在喬丹齊特樂器行賣風琴。就在保安廣場購物中心裡。」

「帥啊，老師，條子，和他們的兼差工作。我們替社會扛起重擔，卻還需要兼差打工。什麼都沒改變，對吧？」

韋勞夫畢面無表情，一副聽不懂的樣子。殷凡特猛然想起，這人很有錢，他從來就不知道靠警察的薪水勉強過活是什麼滋味。你可真好命啊。

「你當時找他問過話嗎？」

「當然。而且，事實上，他還說他記得那天下午稍早的時候，看見過海瑟。她在人群裡，看著他彈復活節歌曲。」

「你說他教過珊妮。那他怎麼會認識海瑟？」

「好像是他們全家去參加過學校的音樂會。貝塞尼家很強調向心力的。嗯，精確來說，是戴夫·貝塞尼很強調。反正啊，平察瑞里說他那天看見海瑟在人群裡。有個男人，大約二十幾歲，抓著她的手臂，開始對著她吼，但是很快就走開了。」

「他一面彈風琴，一面注意到這些事？」

韋勞夫畢微微一笑，點點頭。「一點都沒錯。星期六的購物中心是繁忙、喧鬧的地方。你怎麼會注意到某個只見過一面的人？除非——」

「除非你早就盯上那個女孩。可是他是同性戀。」

「那只是我的妄自推論。」這個傢伙說話的樣子簡直要殷凡特的命，用這種聽起來很有學問的字，卻不帶半點諷刺或自嘲的意味。在這個惹人厭的表面底下，他想必是個很不錯的警察，否則其他人早就把他給生吞活剝了。

「那麼，一個同性戀男子怎麼會對這兩個女孩有興趣？」

「首先，這個案子不見得一定和性有關。性當然是最淺顯的結論，但不是唯一的一個。在巴爾的摩郡有個案子，比貝塞尼姊妹的案子還早幾年，有個男人攻擊殺害一個女孩，因為她的神態讓他想起他的母親，他很痛恨的母親。也就是說，我常想，是不是海瑟那天看見了什麼，看見了她當時並不瞭解，但卻讓那個老師很驚恐的事。如果他是同性戀，當時顯然還沒出櫃，很可能怕被發現之後丟掉工作。」

「那麼，為什麼最後兩個女孩都失蹤了？」

韋勞夫畢嘆口氣。「我一直回想這個問題。為什麼是兩個？你怎麼能擄走兩個？但如果是那個老師，他先抓走海瑟，把她藏在某個地方——比方說廂型車的後座——然後再回來找珊妮，那麼情況就對他很有利。他是她的老師，她認識而且信任的人。如果他要她跟他走，她很可能想也不想地就照辦了。」

「你有沒有突破過他的心防，讓他改變說詞？」

「沒有。他的說法始終如一，不在場證明也像說謊的人那樣始終如一。也許他那天下午和某個十幾歲的男生在購物中心的洗手間吹喇叭，怕事情洩露出去。無論如何，他的說詞始終未改，現在他也已經死了。」

「我想你也查過她爸媽了？」

「爸媽，鄰居，朋友。你在檔案裡都看得到。還有些勒索電話，宣稱女孩在他們手裡。什麼都沒找到。幾乎要讓人相信這是超自然的外星人綁架。」

「既然你這麼仔細地讀訃聞——」

「總有一天你也會。」韋勞夫畢微微一笑，一副怎麼樣都佔上風的樣子。實在讓人很火大。「比你以為的還快。」

「我猜你知道她們爸媽住在哪裡？我查不到他們的下落。」

「戴夫在我退休那年過世了，一九八九年。蜜麗安搬到德州，然後到墨西哥。有一陣子她還寄聖誕卡給我……」

他站起來，走到一個打磨得光滑晶亮的傢俱旁，殷凡特覺得那是一張仕女書桌，因為很小又不實用，卻有好幾十個小抽屜，狹小傾斜的桌面，連部電腦都擺不下。這位老警察或許需要提醒才能想起貝塞尼的檔案在他這裡，但是聖誕卡在哪裡，他卻是一清二楚。**老天哪**，殷凡特想，**我才不管藍哈德特怎麼說咧。我希望一輩子都別碰到這種案子。**

這時，他突然想起來，他已經碰到了。他想起自己坐在這裡，腳邊有一整箱的陳年遺物。他看見三十年後的自己，把箱子交給另一個警探，把珍．杜伊的故事說給他聽，說她是怎麼捉弄了他好幾天，結果全是一場騙局。一旦你踏進像貝塞尼姊妹這樣的案子，你怎麼可能真的脫得了身？

「信封早就不見了，所以就算有回郵地址，我也沒辦法告訴你。但是我記得那個城——聖米蓋阿言德。看見沒？她這裡提到了。」

殷凡特仔細看那張卡片，一隻綠色鑲花邊的鴿子縫貼在精緻的羔羊皮上。裡面，印著紅色的FELIZ NAVIDAD（新年快樂），底下還有幾行字跡。**收信平安。無論如何，聖米蓋阿言德似乎已是我的家了。**

「什麼時候收到的？」

「至少有五年了。」

殷凡特一眼就看到日期。「她們失蹤的第二十五年。」

「以蜜麗安來說，這可能是潛意識的。她很努力壓抑那段回憶，想繼續過日子。戴夫恰恰相反。他把自己活在世上的每一天都明明白白地奉獻給兩個女兒。」

「所以她是在他去世之後才搬走的？」

「是在——噢，不對，是我的錯。我太太說這叫『根深柢固，自以為是』，以為我知道的事你也都知道，可是這些東西明明都只藏在我自己心裡。在女兒失蹤幾年之後，蜜麗安和戴夫就離婚了，她恢復娘家的姓，托爾斯。就算在事發之前，他們的婚姻也不算美滿。我喜歡戴夫。事實上，我還當他是個朋友。但是他並不懂得欣賞他從蜜麗安身上得到的東西。」

殷凡特摸著卡片，端詳著這位老先生的臉。但是你很欣賞，對不對？韋勞夫畢之所以把卡片存放在他隨時可以想起的地方，並不單純只是因為覺得有工作未完成。殷凡特很好奇那位媽媽長什麼模樣，她是不是和女兒一樣，是開朗嬌小的金髮美女。某種類型的警察——就像韋勞夫畢這種人——會迷上身陷苦難的貌美女子。

「我想這裡也有就醫紀錄？」

「有是有啦。」

「什麼意思？」

「戴夫對醫生有些，呃，很有意思的看法。在他看來，少即是多。他的女兒沒切除扁桃腺，就我所知，他在這方面遠遠走在時代潮流前面。也不照X光，因為他相信即使是少量的輻射線也具有危險性。」

「你的意思是——」他媽的。

「沒錯。牙醫紀錄的確包括一組X光片，是珊妮九歲，海瑟六歲的時候照的。就只有這樣。」沒有成人牙醫紀錄，沒有血液資料，甚至連血型都沒有。殷凡特什麼工具都沒有，連他一心期待在一九七五年的資料裡可以找到的工具都沒有，更別提二〇〇五年了。

「有任何建議嗎？」他問，把盒子蓋回紙箱上。

「如果你那位珍．杜伊的故事和檔案裡的資料沒太大出入，就去找蜜麗安，帶她回來。我會把一切賭在她的母性直覺上。」

是喔，你或許還想再看一眼你的舊愛，你現在可是個鰥夫囉。

「還有呢？」

韋勞夫畢搖搖頭。「沒。我必須——如果你瞭解我的感覺，只要看看這個箱子就知道了。這很不健康。我所能做的就只是讓你帶著箱子離開，不求你帶我去醫院，偵訊那個女人。我太瞭解那兩個女孩了，她們的生活，特別是最後一天。從某些方面來說，我對她們的生活，比對我自己的生活還有把握。或許我對她們太瞭解了。如果能有一對新眼睛去看那麼多年前攤在我眼前的事實，豈不是很棒嗎？」

「聽著，我會把你當成圈內人，如果你願意的話。不管怎麼樣，我都會打電話給你，把結果告訴你。」

「好啊。」他的語氣卻有幾分不確定這樣好不好的味道，讓殷凡特覺得自己像端酒給一個發誓該戒酒卻始終辦不到的傢伙。說不定他不該理這個老警察，如果可能的話。殷凡特想，隨著老案子重新浮出水面，他一定更無法自拔。但是韋勞夫畢看著窗外，凝望天空，好像對天氣的興趣遠超過失蹤已久的貝塞尼姊妹。

第十四章

「海瑟……」

「什麼事，凱伊？」

聽到她的名字，海瑟的臉剎時亮了起來。單單聽到名字就像回到家，就像久別重逢。她為什麼這麼久都不願用這個名字呢？她究竟人在哪裡，又發生了什麼事，讓她不能也不願在多年前就重新申明自己的身分呢？

「我很討厭這個差事，但是有很多問題必須釐清。出院計畫，保險——」

「我有保險。真的有。醫院會拿到錢的。但是我還不能告訴妳帳號和證件號碼。」

「當然啦，我瞭解。」凱伊頓了一下，思索自己說的話，這是她每天說的話，也是其他人成天掛在嘴邊的口頭禪。不假思索就脫口而出。但很少是真心話。「其實呢，我並不瞭解，海瑟。」稀微的希望之光重新燃起。「不管發生什麼事，妳在這裡都是個病人。妳害怕嗎？妳想躲開某個人嗎？也許妳想和精神科的人談談，找個對創傷後緊張失調有經驗的人。」

「我和他們談過了。」海瑟露出厭惡的表情。「一個怪里怪氣的小個子。」

她對舒密爾的評價讓凱伊不得不認同。「他負責的是基本的精神狀態檢測。但是如果妳想詳細檢查其他……其他的問題，我也可以安排。」

海瑟露出一抹憂鬱的微笑，有幾分嘲諷的味道。「有時候妳說起話來一副醫院歸妳管的樣子，好像妳叫醫生幹嘛，他們就幹嘛似的。」

「不，不是這樣的，只是因為我在這裡待很久了，快二十年，在很多部門都做過……」凱伊結結巴巴的，好像被逮到說謊話，再不然就是她過度誇大海瑟話裡的含意，才會有這種反應。初步的精神報告指出，依據臨床定義，海瑟神智清楚，但對人沒有特別的同理心或興趣。然而她很注意周遭的事物，凱伊開始明白，她可以很快地觀察到精微的細節。怪里怪氣的小個子。那就是舒密爾，一語中的。妳說起話來一副醫院歸妳管的樣子。她很注意周遭的事物，然後拿來對付別人。

葛羅莉亞·布斯塔曼特晃了進來，外表還是一副邋遢樣，但是雙眼明亮，炯炯有神。

「我們在談什麼呀？」她問，在房裡唯一的椅子上落座。她語氣輕快，不帶一絲酸味。

「出院。」凱伊說。

「凱伊。」海瑟說。

「有趣的話題。」葛羅莉亞說：「我指的是出院，不是凱伊。雖然凱伊本身也有引人入勝之處。」

她的微笑是不是隱隱有些挑逗意味？她是不是把凱伊請她幫忙誤會成是引誘？是不是有人真的知道葛羅

莉亞的「性」向，還是這只是無的放矢的謠言，就像大家在凱伊背後講的那些話一樣？

「我撞到頭了。」海瑟說。她變得暴躁起來，是小孩鬧脾氣的舉動。「我的手腕斷了一根骨頭。我為什麼不能留在醫院裡？」

葛羅莉亞搖搖頭。「小可愛啊，就算妳頭斷了，他們也還是會想辦法把妳從這張貴死人的病床上趕走的。這張小床收費和麗池卡爾頓飯店的套房一樣貴。何況妳又不肯告訴我們保險公司的資料，醫院當然更想盡辦法趕妳走囉，免得被帳單壓死。」

「畢竟沒有保險的病人膳宿費用是比較高的。」凱伊又恢復她那自矜自持的語氣。「說起來這也是浪費病床。在正常的情況下，像海瑟這樣的病人會留院觀察一夜，因為有頭部創傷的緣故。但是沒有任何醫療的理由讓她繼續留在這裡，這個問題必須解決。」

「每個人的時鐘都滴滴答答響囉。」葛羅莉亞說：「醫院的，我的。現在唯一不擔心帳單問題的就是卡文．殷凡特警探。他今天早上告訴我，如果海瑟拒絕在大陪審團面前出席，她可能會因為肇事逃逸被關起來。我頂多只能想辦法弄成在家拘禁。」

海瑟從病床上跳起來，這個動作讓她痛得皺起臉。「什麼地方——我不去監獄，不去看守所。我死了。我死定了。」

「不用擔心。」葛羅莉亞要她安心。「我提醒那個警察，把失蹤的貝塞尼姊妹抓去關起來一定會釀成軒然大波，馬上曝光。」

「可是我根本不想曝光，妳怎麼能利用這個來要脅他？」

「我知。妳知。」她瞥了一眼凱伊。「現在她也知道了，無論如何。我相信妳不會到處去嚼舌根，凱伊。我來是為了幫妳的忙，所以這是妳欠我的。」

「我絕對不會——」

葛羅莉亞繼續往下說，根本不在乎凱伊想說的是什麼。如果能知道葛羅莉亞・布斯塔曼特精神狀態測驗的結果一定很意思。

「結果那個男孩傷得並不重。情況看起來一定很糟，所以他們本來擔心是脊椎受傷。可是他已經從休克創傷急救中心轉到加護病房了。」

「男孩？」海瑟皺起眉頭問。

「坐在被妳擦撞然後翻覆的那輛休旅車裡的男孩。」

「可是我看見一個女孩——我很肯定，我看見的是女孩，一個戴兔毛耳罩的女孩……」

「車裡沒有女孩。」葛羅莉亞說：「只有一個男孩被送進休克創傷急救中心。」

海瑟在病床上坐直起來。「我沒擦撞任何車子。是開休旅車的人撞了我，他反應過度了。那不是我的錯。」

「如果妳沒離開現場，還把撞壞的車子留在路邊，」葛羅莉亞面無表情地說：「這個案子就會簡單得多。但是我們要推說是頭部受傷的關係，試試荷莉．貝瑞[33]的辯護手法。」

「誰？」凱伊問，另兩個女人瞪著她看，彷彿她是個不折不扣的怪胎。

葛羅莉亞坐在海瑟的床角。「眼前比較迫切的問題是，警方還是堅持要妳先提供駕照上所登錄的名字和地址。沒有這些資料，妳就可能因為這樁車禍而坐牢。到目前為止，我還在想辦法說服他們，高速公路上的碰撞事件，其實也不能說誰真的有錯，比起身為刑案重要證人的可能性來說，妳被當成是車禍被告的身分還真是微不足道。只是他們還是不肯罷休。我們還得丟一些資料來餵他們。妳不當海瑟有多少年啦，海瑟？」

她閉上眼睛。她的皮膚白皙光滑，眼皮薄薄的，看起來宛如塗上藍粉色的眼影，輕輕塗上一層。

「海瑟在三十年前失蹤了。我最後一次改名字——已經十六年了。這是撐得最久的一次。我當這個『我』的時間比其他的『我』都來得久了。」

「潘妮洛普．傑克森？」凱伊問。她知道這是海瑟星期二晚上住院時，警員填寫的名字。

「不是。」海瑟厲聲回答，剎時睜開眼睛。「我不是潘妮洛普．傑克森。我甚至不認識潘妮洛普．傑克森。」

「那怎麼——」

33 指的是電影《鬼影人》（*Gothika*）中的情節，荷莉．貝瑞飾演的精神科醫師夜間開車回家途中，為避開突然出現在馬路中央的小女孩而出車禍，第二天醒來卻發現被關在精神病院中，並被控殺害丈夫，但她完全不記得。

葛羅莉亞舉起手，擋下凱伊的問題，讓人無法不注意到她的指甲有多粗糙，鑽石戒指有多黯淡。如果連凱伊的眼睛都看得出來黯淡無光，那件珠寶肯定真的很髒。

「凱伊，我信任妳，真的。而且我需要妳的幫忙。但是妳必須尊重我們之間的界線。有些事情只能有海瑟和我知道，暫時的。如果──永遠都只是如果，妳必須瞭解我說的只是暫時的推論──如果海瑟是非法持有目前的身分，那麼我就會要她援引第五修正案──不自認犯罪，來保護這個資料。她努力保護生命，我努力保護她的權利。」

「很好。不過，如果我沒有足夠的資料，就更難幫她了。」

葛羅莉亞微微一笑，不為所動。「我並不需要助手，凱伊。我需要有人能在事情理出頭緒的這段時間裡，保證找到地方讓海瑟住。住處，或許還有公共協助，短期的。」

凱伊沒費事問葛羅莉亞為什麼不借錢給她的當事人，或者帶她回家。這種事情是律師的大忌，沒見到豐厚的律師費送到面前就接下案子，已經違反她的工作準則了。

「葛羅莉亞，妳實在太搞不清楚狀況了。馬里蘭打從……該死，一九九〇年代初期就不提供單身成人資金援助了。而且不管要申請什麼東西，都需要證件。出生證明，社會安全號碼。」

「受害人援助網絡呢？有沒有什麼聲援團體可以把海瑟塞進去的？」

「他們都只提供精神上的協助，而不是資金協助。」

「警方就是這麼盤算的。」葛羅莉亞說：「海瑟．貝塞尼沒有錢，沒有地方可去──除非坐牢。為了不坐牢，她只好說出她住在什麼地方，做些什麼事。但是海瑟不想這樣。」

海瑟搖搖頭。「到了現在，我替自己創造的生活是我僅有的一切。」

「妳必須瞭解，」凱伊說：「這有多麼不可能。」

「為什麼？」孩子氣的問題，孩子氣的語調。

葛羅莉亞回答說：「貝塞尼姊妹的案子是那種會引起高度注意的案子。」

「可是我告訴過妳們啦，我不想當那個女孩。」

笨蛋，凱伊不由自主地想起一個很久以前的電視節目，有雙大眼睛、活力四射的瑪洛·桑馬斯（Marlo Thomas），一個闖蕩大都會的小鎮女孩。總算有個她叫得出名號的明星了。

「妳不想當妳自己？」葛羅莉亞問。

「我不想再回到我想盡辦法逃離的生活，我不要每個人都當我是怪胎，當我是焦點人物——就像落跑新娘，像中央公園的慢跑者[34]，還是其他什麼人。聽著，我耗了許多力氣，才掙到今天這樣只能算是半正常的環境。我還是個孩子的時候，就被帶離開爸媽身邊。我看見……很多事情。我沒唸完大學，我一個工作換過一個工作，最後才找到適合我的工作，讓我擁有每個人都視為理所當然的那種生活。」

「海瑟，別傻了，妳還是有得到資金援助的機會，只要妳能說服他們。妳的故事就是商品。」葛羅

34　一九八五年Trisha Meili在紐約中央公園慢跑，突遭攻擊，被強暴毆打，身受重傷，此案震驚美國，後有五名黑人少年被捕定罪。Meili後將遭遇寫成《*I am the Central Park Jagger*》一書。

莉亞的微笑有點諷刺。「起碼我認為是。我對妳很有信心，相信妳就是妳說的那個人。」

「我是啊。隨便妳問我家裡的什麼問題吧。戴夫．貝塞尼是菲莉西亞．貝塞尼的兒子。菲莉西亞結婚沒幾年就被老公拋棄了，她在品利可餐廳當服務生，喜歡人家叫她『波波』，而不要聽起來像個老祖母的稱呼。她退休之後搬到佛羅里達，住在奧蘭多附近。我們每年都去看她，可是從來沒到過迪士尼世界（Disney World），因為我爸不准。我爹出生於一九三四年，死於，我想，一九八九年。至少，他的電話線是那時被切掉的。」她滔滔不絕地說，彷彿怕其他人有機會開口說話或問問題。「我當然還是很注意的。我媽，蜜麗安，可能也死了，因為完全沒有她的下落。和她的加拿大身分有關也說不定。無論如何，完全沒有她的紀錄，我查過的地方都找不到，所以我猜她也死了。」

「妳媽媽是加拿大人？」凱伊呆呆地問，但葛羅莉亞說：「但是妳媽還活著，海瑟。起碼那個警探是這麼想的。她五年前住在墨西哥，他們正在想辦法追查她的行蹤。」

「我媽……還活著？」海瑟臉上悲喜交集的表情出奇美麗，宛如夏日晴空雷電乍響，讓老太太點頭說：「魔鬼打老婆囉」的那種雷電。凱伊從來沒見過這麼極端的悲痛與喜悅，努力想融而為一。喜悅，她可以理解。眼前這位海瑟．貝塞尼以為自己是個孤兒，除了一個名字和簡短的故事之外，一無所有。然而她母親還在世。她並不孤單。

但是也有忿怒，是那種不相信任何人的猜忌。

「妳確定？」海瑟追問：「妳說她五年前在墨西哥，可是妳確定她現在還活著嗎？」

「最早的那個警探似乎是這麼想的，可是這倒是實話，他們還沒找到她。」

「如果他們找到她……」

「他們很可能會帶她過來。」葛羅莉亞刻意盯住海瑟的眼睛，凝望著她。那是吹蛇人的眼神，能想像嗎，這個微有怒意的吹蛇人身上穿的是皺巴巴的針織套裝。「一旦她來到這裡，海瑟，他們就會做DNA檢測。妳瞭解，妳知道事情會怎麼發展嗎？」

「我沒說謊。」她的語氣悶悶的，無精打采，好像在暗示扯謊實在太費勁了。「她什麼時候會到？」

「要看他們什麼時候找到她，還要看到時候他們怎麼跟她說。」葛羅莉亞轉頭對凱伊說：「醫院能不能讓海瑟住到，比方說，她媽媽來？我相信她會很高興接女兒回去。」

「不可能，葛羅莉亞。她今天一定得離開。管理部門的立場非常清楚。」

「妳這樣剛好中了警方的計，讓他們可以借力使力，趕快擺平這件事，強迫海瑟跟著他們的時間表走。如果她出院的時候沒有其他安排，他們就會把她抓去坐牢——」

海瑟低聲呻吟，那聲音恍若來自另一個世界，渾然不似人聲。

「露絲之家呢？她能去那裡嗎？」

「那是受虐婦女的庇護所，而且妳和我一樣清楚，那裡客滿了。」

「我被虐待。」海瑟說：「這難道不算數嗎？」

「妳說的是三十年前的事，對吧？」凱伊心頭湧起一股很不合宜的渴望，迫切想弄清楚這女人到底發生了什麼事。「我很難認為——」

「好，好，好，好，**好**。」儘管海瑟的話聽起來像是同意妥協，但她的頭還是搖得像波浪鼓似的，剪得短短的金色卷髮隨之跳躍舞動。「我會告訴妳們。我會告訴妳們，妳們就會知道我為什麼不能去坐牢，知道我為什麼不相信那些人不會傷害我。」

「別當著凱伊的面說。」葛羅莉亞下達指令，但是海瑟的情緒已經被挑了起來，不可能停下來。她不知道我在這裡，凱伊想。或者她知道，但是不在乎。是信任還是不在乎，是想對凱伊傾吐心事，還是想點出凱伊對她來說無關緊要？

「是個警察，可以了吧？有個警察來找我，說我姊姊出事了，要我趕快過去。所以我就去了，他就是這樣抓住我們兩個的。先是她，然後是我。他把我們鎖在廂型車後面，把我們帶走。」

「有人假裝成警察。」葛羅莉亞澄清。

「不是假裝。是個真正的警察，巴爾的摩本地，這個郡的警察，警徽啊什麼的都有。雖然他沒穿制服——可是警察也不是隨時都穿制服的。麥克．道格拉斯和卡爾．麥登在《舊金山街頭》（*The Street of San Francisco*）影集裡也是不穿制服的。他是個警察，他說不會有事，所以我相信他。那是我犯過的唯一一個錯誤，相信那個人，從此毀了我的人生。」

隨著最後兩個字「人生」，海瑟長久壓抑的情緒也潰堤而出，她開始放聲大哭，赤裸裸的情緒奔放，讓葛羅莉亞不禁後退，不確定該做什麼。凱伊能怎麼辦呢，任何一個有血有淚的人能怎麼辦呢，就只能繞過葛羅莉亞，試著安撫海瑟，還得記得要格外輕柔，因為她左手腕的暫時性骨折，因為她車禍過後的全身疼痛。

「我們會想辦法的。」她說：「我們會替妳找個地方，我認識一些人——我家附近的一家人，去渡春假不在家。妳至少可以在那裡待個幾天。」

「不要警察。」海瑟哽咽說：「不要坐牢。」

「當然不要。」凱伊說著，一面和葛羅莉亞四目交接，想知道她贊不贊成她的解決方案。但是葛羅莉亞只是微笑，沾沾自喜，得意揚揚。

「這下子，」律師說，她的舌頭抵著下唇，是凱伊所曾見過最名副其實的「咂舌」動作。「這下子我們可有施壓的著力點了。」

第十五章

再多一夜。再多一夜。每個人都說她在醫院裡只能住到今天，但是她卻從他們身上多爭取到一個晚上，恰恰證明她始終相信的：每個人都說謊，不時說謊。再多一夜。有一首很難聽的流行歌曲就叫這個歌名，很多年前的歌，講一個被拋棄的愛人苦苦哀求最後一次的歡愛。仔細想想，這實在是流行歌曲常有的主題。在清晨，輕撫我。如果你不愛我，我也無法讓你愛我。她從來就搞不懂這個。她年紀比較輕，還嘗試約會的時候——大大出乎意料的是，她竟然一次又一次慘敗——男人總會在幾個月之後離開她，彷彿他們可以從她身上聞到腐臭的味道，彷彿他們發現了她隱藏起來的銷售期限，明白她腐爛得有多嚴重。然而，每當男人和她分手的時候，她最不想要的就是再多一夜。她有時候砸東西，有時候痛哭。有時候哈哈大笑，如釋重負。但她從來不會苦苦哀求再多一夜，不求清晨的撫觸，不求憐憫的歡愛，無論想要或不要，你都得維護僅有的尊嚴。

她慢慢地下了床，無處不痛，她的身體已經察覺到左臂難以倚靠，連一下下都不行，所以得靠右臂拎起褲子。身體這麼快就適應了，真是太難以置信了，竟然比心還快。這些天來，她的心智變得非常不可靠。是不是車窗裡根本就沒有另一張臉孔，而是我把看見的那個男生當成是女生了？她走到窗邊，拉開窗簾，凝望著窗外的景色——停車場，遠處烏糟糟的市區天際線，尖峰時刻九十五號州際公路擁塞的車道。到窗邊來，夜晚的空氣好清甜哪！她腦海裡浮現一行詩句，是修女們的遺澤，她們相信你可以靠著背誦提升智力。高速公路好近，距離不到一哩。她可以到那裡，豎起姆指，搭便車回家嗎？不行，那她就變成二度逃脫的慣犯了。她得咬牙撐過去。但是怎麼撐呢？

她擔心的倒不是謊言。她可以繼續扯下去。是其中的一些實話讓她陷入險境。為了活下去，高明的騙子能不講實話就絕對不講，因為通常讓你出差錯的都是實話。早在養成改名習慣的時候，她就已經學會拋開過去的一切，創造全新的身分。但是今天下午，面對坐牢的威脅，就像頭一個晚上有可能被逮捕的時候一樣，她嚇得輕舉妄動。她一定要說點什麼。宛如神來之筆，她告訴他們那個警察的事，把卡爾．麥登捲進這團混亂裡。怪異的是，像這樣天馬行空的細節反而讓其他事情顯得更加真實。但是，卡爾．麥登不能讓他們就此滿足。他們會吵著要一個真正的名字，而她打算要交出某個東西，某個人。

「對不起。」她輕聲對著夜空說。

她不確定自己比較擔心誰，是死去的還是活著的人，也不知道誰帶來的風險比較大。但是，起碼你可以唬住活著的人。你騙不了死人。

【第IV部】PRAJAPATAYE SVAHA. PRAJAPATAYE IDAM NA MAMA.（1976）

火祭經文必須以梵文誦唸，不得翻譯成其他語文……

火祭經文須以音律調和的語調誦唸，讓聲音的震動迴響全家。聲音不能太大或太小，必須不疾也不徐……透過經文誦唸，體會身心靈合一的感覺。

——節錄自五道修行要義之日升日落火祭儀式遵奉指南

第十六章

就快日落了，戴夫從冰箱裡抓起印度牛油，往書房走去，留崔特在廚房的餐桌旁，和蜜麗安一起喝著裝在馬克杯裡的茶。他們甚至沒打算開口，就只是啜著茶，茫然瞪著眼睛。經過一整天的訪談，每個人都筋疲力盡，聲音沙啞了，雖然主要都是戴夫一個人在談。蜜麗安順著戴夫，而警探根本不太開口。有時候，戴夫覺得韋勞夫畢的沉默讓人很安心。行動派的人本來就該寡言少語。但有時候他也懷疑，寡言未必是智者。不過，現在對他們來說，崔特已經是個熟人了，就像他們嚷著不想費事養狗多年之後收養的一頭名門迷途犬。

在書房裡，他盤腿坐在地毯上，這條地毯不算是標準的祈禱毯——除了獻供的銅壺之外，火祭對於儀式中的其他物品並沒有特別的要求，這也是最吸引人的地方——這條地毯是他多年前大學畢業之後，到印度旅行時買的粗棉織毯。當時他母親還住在巴爾的摩，他不顧她的抱怨和懷疑，把一大堆寶貝寄運到她的公寓。「這些箱子裡是什麼東西？」他一回家就挨她罵：「毒品？如果警察找上門來，我是不會替你扯謊的。」

他在壺裡放進壓實的牛糞片，加進浸了牛油的樟腦，然後再擺進其餘的糞片和米粒，仔細查對手錶的時間，看看日落的那一刻是否已經來到。

「Agnaye Svaha。」他唸道，獻上第一份塗上牛油的米粒。「Agnaye Idam Na Mama。」

常有人以為「五道」是他浪跡天涯的另一個紀念品，但是戴夫第一次聽到這個名詞是在西北巴爾的摩的一場派對上，當時他已經和蜜麗安結婚，在州政府工作。派對在老蘇德布魯克一幢漂亮的維多利亞式宅邸裡舉行，去參加的人竟然大多都和五道有關係。儘管派對主人赫伯與艾絲特拉．透納住的地方離他母親以前的公寓不到兩哩遠，但是戴夫在派可斯維爾成長的階段，從來不知道有這樣的房子存在，更別說要認識像他們那樣的人了。透納夫婦親切而低調，戴夫認為他們的高貴莊重是來自於五道的修為。過了好一段時間，他才知道他們女兒惹出的麻煩，也才知道艾絲特拉健康不佳的狀況。雖然蜜麗安對這對夫婦始終懷有疑慮，還說他們是利用那天晚上釣信徒，但他們是在戴夫問到在這麼溫暖的春季夜晚，屋子裡怎麼會有一股甜甜的煙味時，才提到五道的事。他當時以為（也希望）那股煙味是大麻，因為他和蜜麗安都迫不及待地想嘗試一下那個滋味。但是那股香味是日升日落火祭儀式的味道，幾乎已經炙烤得滲進房宅的骨子裡去了。艾絲特拉．透納對他們說明那股氣味，以及那個味道與五道的關係時，戴夫就一心認為那是變成另一對透納夫婦的方法——像他們一樣和藹可親，泰然自若，住在一幢美麗卻不浮誇的房子裡。

至於蜜麗安，她說火祭讓房子聞起來有股屎臭味，如假包換的屎臭。搬到艾爾貢昆巷之後，她堅持要戴夫在書房裡進行儀式，而且要關緊房門。儘管如此，蜜麗安還是對牛油留在牆上的油漬耿耿於懷，因為那層薄亮的印子無論用什麼方法都去不掉。現在，戴夫懷疑，就算他在餐廳的桌上燃火焚油，蜜麗安連屁都不會放一個。她再也不罵他了。他幾乎懷念起那個滋味了。幾乎。

靜下心來，他逼自己。集中精神在你的經文。如果不能讓自己全神貫注，又何必進行儀式呢。

「Prajapataye Svaha。」他說，獻上第二份供品。「Prajapataye Idam Na Mama。」

現在，他必須凝神冥想，直到香火熄滅。

記者三三成組地來——三家報社，三家電視台，三家電台，三家通訊社。每一組總有個記者追著要獨家新聞，要和戴夫與蜜麗安私下聊聊，但是崔特告訴他們說貝塞尼夫婦只願把講過多次的故事重新再說一遍，讓不同性質的媒體各採訪一次的時候，那些比較年輕的記者都假裝可以理解。無一例外的，每個記者都彬彬有禮，很親切，在門墊上擦淨鞋子，對改裝過的農舍讚不絕口，雖然過去一年裡房子的改造工程沒半項完工。他們的語氣溫和，他們的提問審慎。有個十三頻道的年輕女子看著女孩照片的時候，竟然真的掉下淚來。那不是襯著天藍色背景的大頭學生照。電視台的代表對戴夫和蜜麗安解釋說，那兩張學生照已經出現過太多次，「失去效果」了，換張照片應該會比較有幫助。他們選了戴夫擺在書房的一張快照，是她們到四十號公路迷霧森林玩的紀念照。海瑟坐在一個大蕈菇上，翹著腳，珊妮雙手叉腰站著，假裝她覺得一點都不好玩。但那是美好的一天，就戴夫記憶所及，珊妮陰晴不定的青春期脾氣很少發作，每個人都相親相愛，一團和氣。

報社記者是那天最後一批登堂入室的媒體大軍。對女孩失蹤之後每天見報的學生照，他們不覺得有什麼不妥。但是他們卻堅持要替戴夫和蜜麗安拍張照片，要他們坐在茶几旁，面前擺著那兩張裝框的學生照。戴夫好怕看見明天報紙上的那張人物照——多麼拙劣的謊言哪，他攬著蜜麗安肩膀的手臂，他倆身體之間的距離，他們彼此迴避的臉。

「我知道剛開始的第一個星期，接到過一次勒索贖金的要求。」日報《燈塔報》的記者問。「結果證明是假的。過去一年有沒有類似的事情，無法追查的死胡同？」

「我不知道——」戴夫看著蜜麗安，但是她除非被逼得沒辦法，否則就不開口。

「我並不是要你透露任何可能妨礙調查的線索。」

「我們還接到其他的電話。不是勒索贖金。比較像是……辱罵。猥褻的電話，雖然和我們一般想的不太一樣。」他摸摸蓄起鬍子（或者應該說是他正嘗試蓄鬍子）的下巴，瞄了皺起眉頭的崔特一眼。「你知道，或許你不該寫進去吧？警方認為那只是某個病態小孩的玩笑。他不認識我們，也不認識我們女兒。沒什麼意義。」

「當然啦。」《燈塔報》的記者很同情地點點頭說。他大約四十歲，曾經在越南擔任戰地記者，也在《燈塔報》的海外分社——倫敦、東京、聖保羅——服務過。他是第一個抵達的，一開口就滔滔不絕地自我介紹一番。他的經歷應該是一種安慰，戴夫猜，是一種保證，因為能擔任這些職務的必定是頗有成就的專業人士。但是戴夫卻無法不覺得，這人其實也是在自我安慰。失蹤的姊妹和戰爭或外交政策都沒關係。他看起來像個酒鬼，鼻子上布滿縱橫交錯的血管，臉頰泛著很不健康的紅暈。

「一通勒贖電話——在戰爭紀念廣場的那通——他們查出是誰打的嗎？」問話的是《光明報》的記者。人長得嬌小，脾氣挺大的她剪了一頭俏皮的短髮，身穿迷你裙，看起來一副大學沒畢業的樣子。愛慢跑的人，戴夫想，看著她結實的小腿肚抵在那張直背椅底下的橫桿上。元旦過後，他開始跑步，但那並不是他新年新願的一部分。就像被某種看不見的聲音召喚似的，他那天早上起床，套上運動鞋，就到黎金湖去，繞著網球場和迷你火車軌道跑了起來。他跑到克里米亞，巴爾的摩與俄亥俄鐵路公司（B&O Railroad）創辦人家族蓋的那幢避暑莊園，經過相信她女兒是被邪魔纏身的那座老教堂。他現在一天可以跑上五哩，但他比較喜歡剛開始跑步的時候，舉步維艱，每一次喘息都必須凝神專注的那個時候。現在他只要花個幾分鐘，就可以達到所謂跑者的高潮，心緒也可以再次自由奔騰，但是不管怎麼展翅高飛，他的思緒最後卻永遠停駐在同一個地方。

「不……我……不——聽著，沒什麼新的東西。對不起。已經一年了，還是沒有新的進展。對不起。我們之所以和你們談，是希望你們的報導可以喚起某些人的回憶，或許可以讓某個知道線索的人看到……對不起。」

蜜麗安瞥了他一眼，那種眼神只有配偶能心領神會：別再道歉。他的眼睛回答：妳開口，我就閉嘴。

記著們似乎沒注意。他們知道嗎？崔特告訴過他們嗎——不列入紀錄，當然——把家裡所有的祕密全說出來，讓記者相信他們和女兒的失蹤沒有關係？此刻，戴夫幾乎希望能把所有的事情全都抖開來。在情況好的時候，他知道這不是蜜麗安的錯。不管蜜麗安人在哪裡——在開放參觀的房宅，在艾爾貢昆巷家裡，在汽車旅館，在汽車旅館，在他媽的汽車旅館——都不可能救得了女兒。況且，那天他也在酒吧裡消磨了大半個下午，雖然他想辦法讓自己起身開車，到購物中心接女兒的時候，只晚了不到五分鐘。一想到那天下午的感覺，他的胸口仍然一陣劇痛。生氣，以為女兒漫不經心，遲到了。驚慌，不過是那種安心篤定，「很快就會過去，到時候我可以再發火」的驚慌。過了四十五分鐘之後，他去找購物中心的保全人員詢問，他現在一想起來還滿懷感激，因為那個胖得不像樣的保全人員陪他一起走過迴廊，低沉的男低音溫和地提出各種可能性。「也許她們搭巴士回家了。也許她們是想拿購物指南，所以走回辦公室那邊去了。也許她們搭朋友媽媽或爸爸的便車回家，以為她們回家之後還來得及打電話到店裡通知你。」

戴夫牢牢抓住那個保全人員的話，當成是承諾，開著他的福斯小巴回家，一心相信女兒在家等他，結果卻只見到蜜麗安。實在是太怪異了，看著她，想和她對質，但是突然之間，她的紅杏出牆卻像是微不足道的小事，可以暫時拋在一邊。蜜麗安鎮靜得驚人，打電話報警，同意讓戴夫回購物中心繼續去搜尋，而她待在家裡，以防萬一她們回來。晚上七點，他們還認為女兒遲早會出現。很難形容他們的期望，他們的希望——當時似乎也是他們的權利——消逝得多麼緩慢。然而情緒仍有起伏，得不到確切的答案，讓戴夫的想像力不時起起落落，編造遙不可及的結局。這分明是肥皂劇的情節，所以為什麼不能有肥皂劇的結局呢？同時失憶，一個古怪的希臘富翁帶走了戴夫的女兒，她們毫髮無傷，住在巴伐利亞的古堡裡。有何不可呢？

無論蜜麗安有什麼罪孽，准她們到購物中心去的是戴夫，儘管蜜麗安一而再再而三地要他相信他並沒有做錯，但是他還是怪罪……她。他一直心狂意亂，苦惱不安。當時，他以為自己擔心的是生意，但事後想來，他知道自己早已發現婚姻出了差錯，他的潛意識早已接收到訊息，卻不知道該如何詮釋。如果他那天心安神定一些，如果他更注意兩個女兒，他或許會明白，她們年紀還太小，不該享有這樣的自由。是蜜麗安讓他心神不寧。

他對傑福．鮑格爾坦和他太太沒有任何罪惡感。在蜜麗安自動自發陳述實情之後，他們兩人被警方傳去複訊。畢竟，下午三點的時候，雪瑪．鮑格爾坦人在戴夫店裡，而鋪子距購物中心只有不到三哩。結果呢。汽車旅館甚至更近。戴夫恨傑福，但是更恨鮑格爾坦太太。傑福上了他老婆，可是鮑格爾坦太太……哼，鮑格爾坦太太用她那張蠢透了的紙條，把所有的事都怪在戴夫頭上。胖婆娘。如果她讓老公快樂，他搞不好就不會去煩蜜麗安了。

「有任何嫌疑犯嗎？」戴夫看著崔特，希望獲得許可，獲得鼓勵，可以把鮑格爾坦夫婦的事說出來。崔特搖搖頭，雖然動作很輕微。這只會攪亂一池春水，崔特每回都這樣對戴夫說。戴夫一再遊說崔特，想把所有的事——每一件事——都公開，因為他相信每一絲每一毫的實情都事關重大，因為坦然相告不僅僅本來就是理所當然的美德，而且也是知道他女兒到底發生什麼事情的必要手段。大眾知道得越多，就擁有越多可以幫助他們的工具。或許鮑格爾坦太太僱了某個人。也許傑福．鮑格爾坦一手安排孩子的綁架事件，強迫蜜麗安繼續和他維持關係。也許是他的計畫出了某些差錯。坦誠以對，戴夫辯稱，就能得到報償。他們應該把所有的東西都攤開來，管他結果會怎麼樣。

或許這就是崔特認為記者訪談時他該在場的原因。戴夫看不出有任何其他理由。在調查行動展開的最初幾個星期，幾乎什麼線索都公開——發現海瑟的皮包，指稱看見女孩們在不同州（南卡羅萊納、西維吉尼亞、維吉尼亞、佛蒙特）與不同狀況（活著笑著，游泳嬉鬧，吃漢堡，蹦蹦跳跳，咯咯笑）的電話。可笑的是，這些異想天開的人比惡作劇還糟。他們以為他們的幻想幫得上忙，結果帶來的卻只有痛苦。

「你是不是——你可不可以——」輪到《星報》的記者，後腦杓有頂帽子，繫條窄窄的領帶，不折不扣的復古形象，他字字斟酌的樣子讓戴夫知道他要問的只有一個問題：「你還是抱持希望，覺得女兒會活著回來嗎？」

「當然。希望最重要。」同時失憶，巴伐利亞的古堡，一個溫文爾雅的怪人，想要一對金髮女兒，絕對絕對不會傷害她們。

「不。」蜜麗安說。

坐在房間角落裡的崔特悚然緊張起來，好像覺得應該介入調停。這位警探終於察覺到什麼了嗎？他可能知道戴夫在那一瞬間直覺地想打他老婆耳光嗎？過去這一年來，他已經不只一次壓抑他的這種衝動。記者們似乎也嚇壞了，彷彿蜜麗安打破了哀痛逾恆的父母某些不成文的行為準則。

「請原諒我太太。」戴夫說：「她很情緒化，而且這段時間很難熬——」

「我又不是個吵著要奶嘴卻要不到的小孩。」蜜麗安說：「我今天不會比昨天或明天更情緒化。我很希望我是錯了。但是此時此刻，如果我不接受她們已經死了的可能性，我怎麼活下去？我怎麼能繼續活下去？」

蜜麗安情緒爆發的時候，戴夫注意到，記者並沒有寫筆記。他們就像其他人一樣，本能地想保護蜜麗安，推斷她的出言不遜全都是哀痛作祟。記者應該都是憤世嫉俗的，或許他們的確也是，在報導水門事件之類的醜聞與陰謀時的確憤世嫉俗。但在戴夫的親身經驗裡，他們卻是他所見過最天真，也最樂觀的人。

「對不起。」他說，雖然他不知道這次為什麼要道歉。

發作過後，蜜麗安也點點頭，雙手環抱肩膀，一副想要戴夫攬住她肩頭的樣子。「很難熬。」她說：「既要繼續懷抱希望，又擺脫不掉哀痛。無論怎麼做，怎麼說，我都覺得自己背叛了女兒。我們只是想知道啊。」

「在一天裡面，你們是不是有某個時刻不去想到這件事？」

這個問題讓戴夫卸下心防，部分是因為這是個新的問題。你如何繼續過下去，你如何不去想到這件事？這些都是他熟悉的問題。但是，他曾經不想他的女兒嗎？按理來說，這樣的時刻必定不少，但是他現在拼命想卻怎麼也講不上來。他準備晚餐的時候，還是會考慮女兒喜歡什麼，不喜歡什麼。又是肉塊啊？下午塞車在紅燈前停下來的時候，他會想起他們有一回談到附近的社會安全部，為什麼每天下午四點有這麼多員工塞在路上。等我們老了以後他們會給我們錢？酷耶！如果他開始想他有多恨傑福·鮑格爾坦，他有多想守在他派可斯維爾的住宅外面，等他走到外面的環形車道拿早報的時候，用福斯小巴撞倒他——那還是和女兒有關，不是嗎？每當他打開信箱，拿出他的《紐約》雜誌，看見封底的蘭姆酒廣告，就會想起那矯揉造作的舊瓶新裝有多吸引海瑟，而珊妮則是讓每週的拼字比賽惹得咯咯笑。這世界上的萬事萬物——女孩們在後院蓋的那個搖搖欲墜的斜頂小屋，排水溝裡那個閃亮亮的綠色健力士啤酒罐，蜜麗安那件舊舊的藍色浴袍——全讓他想起女兒。大家都說他不能永遠都陷得這麼深，說傷痛總會過去，但是他想帶著這樣的感覺過下去。他隱隱蓄積的怒火，宛如點在窗邊的燈火，等待女兒找到回家的路。

即使是在此刻，他的心思也不停奔馳，壓倒了火祭的箴言。他曾經小心翼翼地嘗試對其他遵奉五道的人提起這個問題。艾絲特拉·透納當然早就過世了，而赫伯在她死後遠走北加州，說他必須切斷所有的關係才能繼續往前走。戴夫曾為了女兒的事打電話給他，但有人提起他以前在巴爾的摩的生活，似乎讓他隱隱不滿，所以話鋒一轉，結果談的全是他，他千奇百怪的希望幻滅與失憾。「我就是找不到方向，老兄。」他一再說。但是對赫伯來說，所有的一切全都是化外之物──當然艾絲特拉除外。甚至連赫伯自己女兒的過世也被簡化成某種精神考驗，是他該死的「旅程」的一部分。

巴爾的摩還有其他遵奉五道的人，過去十二個月來，他們對戴夫格外親切，帶來一盤又一盤讓蜜麗安漠然說是「永遠送不完」的素食菜餚。然而在他試著提到他們共同的信仰體系或許還不足以讓他渡過難關時，就連這些朋友也好像很失望。如果他不能在每日的冥想中澄清心靈，代表了什麼意義呢？在找回必要的專注力之前，他應該放棄嗎？或者他還是應該在每天日出日落時繼續嘗試，放空腦袋，擁抱當下呢？他現在就是這麼做的，日落儀式已近尾聲，但他還是什麼都想不起來，找不到任何的寧靜或滿足。相反的，他開始覺得火祭就像蜜麗安向來認為的那樣──是屎臭味，是滿書房牆壁的油煙。

火熄了。他把餘灰裝在袋裡，準備用來當肥料。他慢慢走回廚房，給自己倒了一杯葡萄酒，給崔特一小杯威士忌，然後彷彿突然想起似的，也給蜜麗安倒了一杯葡萄酒。

「說真的，崔特──有什麼進展嗎？回過頭去看這一年，你能說我們知道了些什麼嗎？」他覺得自己心胸很開闊，竟然用了「我們」這兩個字。私底下，戴夫覺得條子儘管親切認真，卻都蠢到極點。

「我們排除了好幾個可能性。那個洛克葛蘭的合唱老師。以及呃……其他人。」就算沒有外人在場，崔特也從來不會談到鮑格爾坦的醜事，免得蜜麗安難堪。一想到條子們那麼慶幸蜜麗安對外遇的事坦然相告，一想到那個星期天晚上她自願把事情全盤托出時他們多麼贊許地點頭，戴夫就恨不得去死。誠實的蜜麗安，坦白的蜜麗安，把自我保護與保留的本能拋到一邊，只要可以找回女兒，要她做什麼都可以。但是，如果當初蜜麗安沒那個本領去偷雞摸狗——如果她沒搞這亂七八糟的婚外情——那她就沒有任何東西需要隱瞞。戴夫當然也沒有。

然而，一開始撒謊的是戴夫，略過鮑格爾坦太太來訪的事不提，吞吞吐吐地解釋他為什麼決定提早關店，到街角的酒館去喝一杯。頭幾次接受警方偵訊的時候，他很緊張，也很猶疑，眼睛在房間裡到處瞄來瞄去。是因為這樣嗎？是因為警方這麼注意戴夫怪異的行為，所以推定他是犯人嗎？他們現在當然不承認，不過戴夫很肯定，他當時一定被當成嫌疑犯了。

「你唸過經了？」崔特對戴夫的日常生活已瞭若指掌。

「是啊。」戴夫說：「又一天，又一個日落。再過三百六十五個日落，我們是不是還坐在這裡，再說一遍故事，再一次希望有人能來？或者過了第一年之後，就開始越來越多年才做一次週年紀念？五年，十年，然後二十年，然後三十年？」

「三百六十六。」蜜麗安說。

「什麼？」

「是潤年，一九七六年。所以會多一天。從女兒失蹤之後，已經三百六十六年了。我是說天，三百六十六天。」

「喔，真有妳的，蜜麗安，連多一天少一天都算得清清楚楚的。我猜，畢竟妳比我還愛她們。只是今天是二十七，不是二十九。記者需要一點時間來寫好報導，登在星期一的報紙上，因為星期一才是真的滿一週年的日子。所以正確來說是三百六十四天。」

「戴夫——」這是崔特在他們生活中真正的角色，與其說是警察，不如說是和事佬。但是戴夫已經覺得懊悔了。一年前——嗯，三百六十四天前——他認為失去妻子會是他人生的一大悲劇。趴在蒙納韓酒館的吧台上，他經歷過戴綠帽的丈夫通常會有的情緒——忿怒，報復，自憐，恐懼。他曾經想到要和蜜麗安離婚，如果離婚，他有信心可以爭取到孩子的監護權。結果，他留住了妻子，卻失去了女兒。

若有選擇——但是他沒有選擇的機會。碰到這樣事關重大的事，誰能真的有選擇呢？但是，如果有人要他選，只要能讓珊妮和海瑟回來，他想都不想就會犧牲蜜麗安，而且可以理解的是，她也會對他做同樣的事。他們的婚姻是一座苦澀的紀念碑，紀念著他們失去的女兒，他們能做的其實極為有限。

他對崔特道晚安，帶著酒到後門廊去，望著掛在後院一顆矮樹上的輪胎鞦韆，還有籬笆附近的那一堆樹枝樹幹。女兒還小的時候，很愛在後院蓋堡壘，用樹枝樹幹搭斜頂棚子，從後院的另一邊挖來苔蘚當「地毯」，貯存蔥草和蒲公英當食糧。好幾年前，女兒們就已經大得不玩這種遊戲了，但是她們蓋的最後一座堡壘，到上一個冬天都還在，最後經不起積雪的重量和水氣才垮掉了。戴夫覺得自己彷彿住在一幢斷枝殘株搭成的房子裡，彷彿被釘在尖銳的枝幹梢頭，而苔蘚早就死了，貯存的野蔥也早就沒了。

第十七章

終於獨處——再一次獨處，自然而然，像歌裡唱的，那首珊妮十一歲時一聽再聽，聽得讓大家都抓狂的歌——蜜麗安走近水槽，把她那杯酒倒進排水孔。她對酒精不再有什麼興趣了，可是戴夫根本不關心這類事情。要注意蜜麗安近日喝的酒少了多少，戴夫就得承認自己多喝了多少，他對這一類的自我瞭解沒有興趣。

水槽就在正對後院的大窗戶下，是房屋改裝期間蜜麗安唯一要求做的更動。戴夫原本的計畫是讓水槽面對鋪著墨西哥磁磚的防濺牆，但她一看見就說，女人一定得有一面位在水槽上的窗子。這是她母親的耳提面命，蜜麗安也一再灌輸女兒這個原則。她想起海瑟擺設著創意玩具娃娃屋的模樣。她組裝起來的這幢沒有屋頂的長方形藍木房舍，和海瑟替自己挑的維多利亞式華麗宅邸迥然不同。娃娃屋裡甚至還有用實心硬木製成的丹麥摩登傢俱。「水槽一定得擺在女人面前。」海瑟第一次組裝好之後，橡膠娃娃媽媽對橡膠娃娃爸爸說。海瑟記錯了她的話，但蜜麗安並沒糾正。娃娃是這套組合玩具裡唯一不耐久的東西，就像普通的橡膠製品一樣，不可避免地會舊，會壞，臉上的油彩會磨滅。但是房子和傢俱都還好好地收在海瑟櫃子裡，等著……什麼？等誰？

大體上來說，女兒的房間都還保持原貌，雖然蜜麗安最終還是扯掉布織品去清洗，重新鋪了海瑟那張丟得亂七八糟皺巴巴的床，和珊妮那張整整齊齊幾乎一絲不紊的床。兩個女孩都用自己的睡相當藉口來吵著不鋪床。「我一睡還不是又亂了。」海瑟說。「你根本看不出來我睡過。」珊妮說。最後達成妥協：床還是得鋪，從週一到週五都不例外，但週末可以不鋪。一連好幾個星期，蜜麗安看著那兩張沒鋪的床，心裡覺得很安慰，因為那證明女兒還打算睡在上面，證明新的一個星期還會來，帶著她的女兒一起回來。

事發過後——不，「事發過後」不是個正確的說法，因為那指的是一樁具體的事件，某種明確的東西。就他們的情況來說，什麼是「事發」，什麼又是「過後」呢？在最初的四十八小時，什麼都還不知道，什麼也都有可能的那段時間，蜜麗安覺得自己彷彿被推進了一條冰冷湍急的溪流，她唯一的本能是要在驚嚇中活下去。她什麼都沒吃，也幾乎都沒睡，她在體內灌滿咖啡因，因為她必須隨時準備好，保持警覺。在最初的那段時間，她唯一想到的是，答案就要浮現了。電話一響，大門一敲，所有的事情就昭然若揭了。

結果呢，她的期望竟然是這麼大而無當。

韋勞夫畢警探——對她來說，他當時還不能熟得叫「崔特」，而只是警探，只是個警官——韋勞夫畢警探覺得她實在很勇敢，很無私，能在那個週末結束之前就自動坦承當天下午的行蹤。「與生俱來的本能是撒謊。」他對她說。「再小的事都一樣。妳一定很難相信，大家都想也不想的就對警方撒謊。」

「只要能找到我的女兒，有什麼關係？如果不行……又有什麼關係？」

這是女兒失蹤之後的那個週日。最初的二十四小時，最初的四十八小時——每個人對極其關鍵的機會之窗似乎都有一套經驗法則。但每個人的看法似乎也都是錯的。根本沒有法則可言，蜜麗安後來發現。例如，他們不該拖了一段時間才報警說女兒失蹤了。打從接到他們打的第一通電話，警方就不敢掉以輕心，派員警到家裡來，然後到購物中心，陪著蜜麗安和戴夫穿過週六傍晚漸漸零落的購物人潮。其他人也都伸出援手。電影院的帶位員記得兩姊妹——記得她們買了《巫山大冒險》的門票，卻想偷偷溜去看《唐人街》。聽到這件事，蜜麗安心裡湧起一股以珊妮為傲的自豪。溫馴乖巧的珊妮，竟然會偷溜去看限制級電影——而且還是這麼好的一部電影。蜜麗安不知道她還有這一面。等再見到珊妮，她不會生氣，一點都不會。事實上，她會拿著電影表和珊妮一起坐下來，問她還有沒有其他想看的限制級電影。柯波拉，費里尼，荷索[35]——她和珊妮會一起成為藝術電影的同好。

那個星期六晚上，她還許下了什麼承諾呢？她要回頭去找尋某種精神生活。不是戴夫的五道，搞不好是猶太教，或者到迫不得已的時候加入神位一體會[36]也可以。而且，她不會再拿戴夫的修行大作文

35 Werner Herzog，1942-。德國導演，為新浪潮運動的重要成員。

36 Unitarian Church，否定三位一體的基督教教派，強調上帝只有一位，而非傳統基督教的三個位格（聖父、聖子與聖靈），並致力調合宗教與科學的歧異。

章，也不會再嘲笑他是因為嫉妒帶他入門那些人的物質財富才決定投身精神修鍊。她雖然很感激透納夫婦，但是戴夫把他們奉若神明，卻也讓她無法苟同。他們對貝塞尼家的慷慨大方純粹出於自私，和表面上看來的情況完全背道而馳。

還有其他的許諾。她會當個比較稱職的母親，燒好吃的菜，少靠外賣中國菜和馬利諾披薩。會更用心清洗女兒的衣服。也許該重新裝潢珊妮房間，作為宣告她明年踏入高中生活的儀式？海瑟房間牆上貼的《野獸國》（*Where the Wild Things Are*）書頁還美麗如昔，但她是不是大得該脫離那個階段了呢？當年蜜麗安買了兩本《野獸國》，拆開裝訂線，一頁頁上膠貼在牆面，讓整本故事一覽無遺。她們三個可以一起去西景的跳蚤市場和紫心商場，找些舊傢俱，漆上鮮豔時髦的顏色。但是質地精良的織品可沒辦法用其他東西權充，所以她要等明年一月，百貨公司舉行所謂的「白色拍賣」時才去採買——

那天傍晚，蜜麗安滿腦子都是這些念頭，然而，就在那時，她看見了那個藍色的丹寧布手袋，那個在停車場幽微燈光下宛如一塊污漬的手袋，猛然用天旋地轉的一擊，把她從未來帶回現實。她失聲哭喊，跪倒在停車場上，但那名年輕的警員拉住她。

「別碰，太太。我們應該——拜託，太太。我們有一定的程序。」

小女孩老是掉東西。皮包，鑰匙，髮帶，教科書，外套，毛衣，帽子，手套。掉東西是童年的天性。光是掉了皮包就足以讓海瑟——頑固，重視物質的海瑟——不肯回家，一而再再而三地沿著走過的地方尋找。「妳是不是怎麼也想不通，」僅僅幾個星期之前蜜麗安才問過她：「為什麼丟掉的東西總是在妳最後才找的地方找到？」海瑟只要一聽到這種玩笑話就樂的不得了。但是實事求是的珊妮就只是說：「不然會在哪裡。」

跪在停車場上，蜜麗安拼命想伸手抓住那個皮包，彷彿那就是她的女兒，但是年輕的警員一直拉住她。上面有個印記——一個腳印，一個輪胎印。海瑟一定會很生氣。這個皮包還有另外兩個袋身，但是丹寧布的這個是海瑟的最愛。他們可以拿去換貨，不責怪她輕忽大意。明天他們可以玩找復活節蛋的遊戲，雖然姊妹倆都說她們今年已經太大了。其實呢，是珊妮說她年紀已經太大，別費事了，海瑟也忙不迭地附和。特別的尋蛋遊戲，有巧克力，也有驚人的寶藏。蜜麗安可以到海斯去買糖果蛋，但是晚上這個時間，她要上哪裡去找寶藏呢？購物中心再過大約二十分鐘就要關門了。說不定她可以到「藍吉他」，自己去找戴夫的存貨，誰在乎赤字有多嚴重啊。她會找些珠寶和玩具和陶盆，用來栽剛剛冒出芽來的水仙和番紅花。

生命自此未再像那一刻那麼鮮明。隨著日子一天天過去，找到答案的可能性一天天縮減，蜜麗安的感覺也變得遲鈍了。女兒不可能毫髮未傷地回來。女兒不可能活著回來。女兒不可能……完好如初，蜜麗安用這個含意廣泛的委婉說法來涵括從性侵害到真正肢體傷害的種種可能性。但是，要過了好長一段時間，大家才開始想到可能再也找不著兩姊妹了。

蜜麗安之所以一心等著要找到女兒，她很清楚，不僅僅是因為她拼命想知道到底發生了什麼事，還因為她打算在事情塵埃落定之後離開戴夫。他們女兒的悲劇——悲劇的歸罪究責，悲劇的沉重負荷——

就像房子、傢俱和店鋪一樣，是婚姻的共同財產。她必須知道來龍去脈，才能把一切分割清楚，一人一半，乾乾淨淨，公公正正。但是如果結局永遠不出現呢？她就必須留在戴夫身邊嗎？就算她該背負起女兒死亡的責任——即使是在最陰鬱黑暗的時刻，蜜麗安也無法相信在任何信仰體系裡的任何上帝，會殺死兩個女兒來懲罰紅杏出牆的母親，倘若真有這樣的上帝存在，蜜麗安絕不願和他或她或它扯上任何關係——難道她一定得在這樁婚姻裡服無期徒刑嗎？他們的婚姻生活早就步入末途了，只剩下從女兒身上得到的喜樂。她還必須留在他身邊多久？她到底欠戴夫多少？

她看著自己映在水槽上方窗戶裡的倒影。女人一定得有一面位在水槽上的窗子，她母親這麼說。洗碗太無聊了，所以一定要有風景可看。就她所知，這是她母親唯一提出來過的要求。當然，她母親從來沒質疑過為什麼女人該洗碗，作飯和打掃，更從來沒想過要在家庭以外的地方找到自己的一方天地。蜜麗安這一代的女人開始有許多要求，但是她母親，在渥太華過得很辛苦的母親，除了一扇窗戶之外別無所求。蜜麗安有樣學樣。白天站在這裡，她可以看見佔地廣闊，草木繁茂得近似荒野的後院。這種荒野的景觀是細心營造的幻象。蜜麗安照顧院子，就像養育女兒一樣，任隨本性發展，尊重原本就長在那裡的東西——忍冬，薄荷，天南星——絕不勉強種些不該種的東西——例如玫瑰啦，繡球花啦。她添上的都是些毫不唐突，可以和諧共處、長成茂密濃蔭的多年生植物。

然而，只要太陽一下山，窗戶上就只剩下她自己的臉。蜜麗安看見的那個女人形容憔悴，但魅力猶存。她不難找個新的男人。事實上，過去這一年，她對男人的吸引力比起從前還猶有過之。崔特暗戀她，太明顯了，並不只是因為她是個飽受痛苦折磨的女人。知道蜜麗安的婚外情，這個他全力捍衛的祕密，讓他覺得很刺激。她是個壞女人。而韋勞畢夫雖然是個警探，卻似乎沒有太多和壞女人交手的經驗。

其他男人不知道韋勞夫畢所知道的祕密，卻還是被蜜麗安身上那種清晰可聞的末日與毀傷的氣息所吸引。她疲累不堪的眼睛明明白白地說：「我玩完了。」說來嚇人，真的，竟然有這麼多男人無法抗拒遭逢厄運摧殘的女人。是的，她很容易就可以再找個男人。但她不想要其他男人。她想要的是一個離開的理由，一個毅然絕然的理由，讓她可以上樓收拾行李，開車離開，而不至於成為其他人眼中冷酷、悖情違理的女人，因為她竟然在丈夫最需要她的時候，掉頭棄他而去。那個如此恢廓大度、如此不存芥蒂地原諒了她的丈夫。然而，如果一直要讓人記得他的寬宏大量，那麼這種態度又算得上幾分寬宏大量呢？

她會再等六個月。也就是到十月。但是去年秋天，戴夫在十月很不好受——宜人的季節，萬聖節，化妝打扮的鄰居小孩。十一月，十二月？接下來的假期更是痛苦。一月是珊妮的生日，然後是三月，滿兩週年，下一個星期就是海瑟的生日。離開，永遠都不會有恰當時間的，蜜麗安想。只不過是一個時間罷了。就快了。

她想像自己在高速公路上，開往……開往德州。她大學時代認識的一個女生定居奧斯汀，對那裡自由輕鬆的生活方式讚不絕口。蜜麗安看見自己坐在車上，往西開，然後向南穿過維吉尼亞，開過綿長的謝南多厄河谷，經過他們曾經帶女兒一塊去的景點——盧瑞鐘乳石岩洞，天際線公路，蒙提西羅——越走越深入內陸，一路開往阿賓頓，直到田納西。她打了寒顫。喔，沒錯，阿賓頓是另一個有人說看見女孩出現的地點。一個善心的線報，但是這種幫不上忙的好管閒事比純粹的騙局更讓蜜麗安不安。

在找得出理由怨恨的事情裡頭，蜜麗安最不能忍受的就是她個人的悲劇竟然變成眾人的悲劇，讓其他人都自稱深受影響的悲劇。看看今天的那些記者吧，裝出一副瞭解她內心感受的模樣。偽稱目擊的人只不過是另一種變形罷了，大家都想要分享所有權，好像「貝塞尼姊妹」是個公共資源或財富，如同史密森博物館裡的那顆「希望之星」[37]，因為價值太高，不容一個家庭單獨擁有。當然啦，那顆鑽石據說是受了詛咒。

希望之星讓她想起李察·波頓送給伊麗莎白·泰勒的那顆大鑽石。蜜麗安還記得曾經和珊妮與海瑟一起在「我愛露西」節目裡看見這對一度眾人豔羨的佳偶。每回看見露西·鮑兒總是讓蜜麗安微微有些不安，這麼一個美麗的女人，不該靠裝瘋賣傻來贏取注意。美麗本身就是存在的理由——如果你還懷疑這個事實的話，不妨看看伊麗莎白·泰勒吧。但是女孩們很愛露西，把她當成討人喜愛的姑媽。這位喜劇女演員在許許多多個下午帶給她們歡笑，在某種意義上來說，也像是在某個華盛頓頻道模糊不清的節

37　Hope Diamond，現存最大的藍鑽石，重達45.52克拉，為法國探險家於印度購得，輾轉於歐陸與美國富豪家族中典藏，十九世紀中葉為Hope家族擁有，故名為「希望之星」。這顆鑽石據傳多次為擁有者帶來厄運，一九四九年由珠寶商Harry Winston捐贈華府史密森（Smithsonian）的國立自然歷史博物館。

目上陪她們一路長大。雖然兩姊妹覺得目前播出的晚間秀缺乏了「我愛露西」最初的那種神奇魔力，卻還是忠實收看。蜜麗安記得在那一集節目裡，露西試戴伊麗莎白・泰勒的戒指，卻脫不下來。接下來當然是嬉笑胡鬧，惹得大家眼睛圓睜，嘴巴大張。

大家也都像這樣試戴蜜麗安的痛苦，學她的樣子，簡直是希望他們這種興沖沖的勁頭，能讓她覺得受寵若驚。但是，等時間一到，他們就可以輕輕鬆鬆地擺脫掉，一點問題都沒有。他們就這樣脫掉痛苦，還給她，繼續過著他們無災無難，波瀾不興的生活。

第十八章

花了好一番功夫苦苦哀求，承諾保證，討價還價，她終於爭取到去參加派對的機會。她吵著說——這個嘛，不能說是吵，因為氣呼呼地提高音量是不被接受的行為——她說如果老是回絕學校裡的邀約，會顯得很古怪。她應該要當個普普通通的孩子，因為其他孩子都去參加派對的啊。叔叔和嬸嬸（他們要她在公開場合這麼叫他們）最念茲在茲的就是不讓其他人覺得他們很古怪。因為他們隱藏的這些祕密，也因為他們說的這些謊言，所以她很可以理解。然而她不明白的是，他們怎麼有辦法瞞過自己。他們怎麼可能不知道自己有多怪異，怎麼可能不知道自己的行徑有多偏離常軌？房子外面的世界是一九七六年，什麼事都可能發生的七〇年代已經過了一半。什麼事都可能發生，就連像這樣的小鎮也不例外。戰爭結束了，總統被逼下台了，因為大家都急著想要改變。大聲疾呼，上街遊行，有人甚至勇敢捐軀。她想到的可不是越南戰場上的士兵。她從來沒想過他們。她想到的是肯特州大[38]，她真希望事件發生的時

38 Kent State，位於俄亥俄州的州立大學，一九七〇年五月四日，該校學生為抗議越戰，與國民警衛軍發生衝突，有四名學生遇難，稱為「五四事件」（May Fourth Event）。

候自己能多關心一點，不過，當年她年紀實在還太輕。那不是年輕女孩能理解的事，更不要說關心了。

然而，她現在卻很關心。在圖書館裡，她找到一本《時代》雜誌，裡頭有張照片，一個女孩蹲在一個男孩身邊。那是個逃家的女孩，被困在不該去的地方，卻就此踏進歷史。那張照片變成某種希望：她可以逃走。她可以找到歷史。要是她找到了歷史，要是她可以做一件夠大、夠重要的事，那麼她或許就可以得到寬恕。

但是，眼前的這一刻，她高高興興地在鎮上一幢屋子的地下室裡參加派對，等著看「在天堂的五分鐘」遊戲會不會叫到她的號碼。剛開始玩的時候還有點爭執，並不是因為有些女生不想玩——每個人都好想玩呢——而是因為大家爭執不下，不知道兩個人該在櫃子裡待多久。有人說該待兩分鐘，引的是「你在嗎，上帝？是我，瑪格麗特」那個遊戲的例子。還有人說應該待七分鐘，因為聽起來很正點：「在天堂的七分鐘」。「我們折衷一下吧。」派對主人凱西主持公道。凱西是個很受歡迎，個性也很好的女孩，她輕輕鬆鬆地擺平爭議。如果凱西說我們可以玩「在天堂的五分鐘」，那肯定沒問題的。

門外的世界還有另一件事，是叔叔和嬸嬸所不知道的：性愛，到處都有性愛，就連這裡，年紀這麼輕的人之間，特別是年紀這麼輕的人之間，也無所不在。醫生遊戲，轉瓶子遊戲，現在的這個「在天堂的五分鐘（或兩分鐘，或七分鐘）」，都是。性總是最先出現的，比喝酒、嗑藥都來得早，雖然在這裡大家都不屑嗑藥。太像嬉皮的行徑了。她的同學們都一路摸索著踏進青春期，懵懵懂懂，跌跌撞撞。

然而，她是唯一一個安安穩穩在羽絨床鋪上有過全套性愛的人。她很確定，但並不是因為她膽敢和別人交換心得。如果她把家裡的生活告訴別人，他們一定會把她帶走，結果只會變得更糟。

很難想像在白天，在週六午後接吻。性是黑夜的活動，陰森森，靜悄悄，在每個人都假裝沒聽見彈簧吱嘎叫的房子裡，床架搖晃，悶聲捶打著牆壁，宛如波浪拍打碼頭。波浪拍打碼頭……她在安納波里斯參加蛤蜊節。她八歲。穿著橘色配粉紅的褲裙。她不喜歡蛤蜊，但是喜歡慶祝活動。每個人都好快樂，在她只有八歲的那年。

而今，她是個從俄亥俄來的遠房姪女，套著一個她討厭的不得了的名字：露絲。如果她非有個新名字不可，為什麼不能用葛蒂莉亞或潔拉汀，像《清秀佳人》裡的安[39]替自己選的名字一樣呢？可是叔叔說選擇不多，露絲已經是他能弄到最好的名字了。露絲真有其人，曾經是，但她只活到三、四歲，就因為火災，全家人一起在一個叫貝克斯雷的地方燒死了。露絲的出生日期和她不一樣，所以他們沒讓她上對年級。她原本以為會因為重唸一遍而覺得很無聊，但是她的新學校「小花聖龕」比她原來的學校嚴格。她不確定是因為修女還是小班制的關係，或許兩者都有吧。學校功課那麼多，害她沒辦法抽出時間來學會她的新身分所該知道的事，她很擔心有人會問她俄亥俄的事，而她卻答不出來——首府啦，州花，州鳥什麼的。但是從來沒有人問起。她的新同學都是從小一起長大的，不知道該怎麼應付陌生人。而且他們也被告誡過，不准對露絲提起她家人在俄亥俄發生的慘劇。

39 Anne of Green Gables，加拿大作家蒙戈馬利（Lucy Mud Montgomery，1874-1942）以孤女Anne為主角創造的系列故事，曾多次改編為電影與電視劇，廣受歡迎。

有個女孩，在老家一定會被叫腦殘的女孩，只不過在這裡沒人這麼叫就是了。那個女生問起三八的事。

「三八？」

「燒傷的啊？」

「哦，傷疤。」她只想了一秒鐘。說謊已經成為她的第二天性了。「在妳看不見的地方。」

她很後悔這麼說，因為這話傳到學校的男生耳朵裡，他們就開始議論紛紛，看誰會第一個看見她隱密的傷疤。就連今天，提議要玩「在天堂的五分鐘」的時候，她還看見傑佛瑞指著她，捶了比爾手臂一拳，壓低粗啞變聲的聲音說：「搞不好你能看到露絲的傷疤咧。」她知道傑佛瑞喜歡她，也知道他的揶揄是一種調情的方式，但是她已經厭煩得不想在乎。若說「小花聖龕」的女生不知道怎麼和新來的女生相處，那麼男生肯定知道，或者自以為知道。他們喜歡她，神祕、拒人於千里之外的露絲，有著沒有人該提起的悲慘過往。她很擔心他們會聞出她身上性愛的味道。雖然她每天早晚都沖好長時間的澡，還因為井水有限與天然氣的花費被狠狠教訓一番。

「四十七！」比爾大叫。那是她的號碼。其他的孩子鼓譟起來，不管叫到誰都是這樣。她盡可能端起高貴的儀態往櫃子走去。她知道比爾跟在後面，對著她背後的那些哥兒們扮鬼臉。自信的男生都是這副德性，她再次提醒自己。

這個櫃子其實是個食品儲藏間，是凱西媽媽擺夏天醃漬罐頭的地方。蕃茄，辣椒和桃子盯著他們看。這些罐頭讓她想起恐怖電影裡的罐子，《科學怪人》裡那些泡在鹽水裡的大腦。艾碧。艾碧・諾摩[40]！拿來當化名多好啊！嬸嬸也醃東西，她做的果醬和蜜餞棒透了。蘋果，梨子，梅子，櫻桃——不，別想起櫻桃樹。地板上有個很大的保冷箱，他們坐下來，屁股挨著屁股，羞怯，手足無措。

「妳想做什麼？」比爾問。

「你想做什麼？」她反問。

他聳聳肩，彷彿覺得眼前的情況很無聊，彷彿他什麼都見識過，什麼都做過。

「你想吻我嗎？」她大膽一試。

「嗯，我想是吧。」

他呼出的氣息裡有蛋糕和洋芋片的味道，挺好聞的。他張開嘴巴，但沒試著把舌頭伸進她嘴裡。而且他雙手一直垂在身體旁邊，好像很怕碰她似的。

「不錯。」她說，雖然是客套話，但也是實情。

「妳想再來一次嗎？」

「當然啦。」他們有五分鐘呢。

這一次，他把舌尖探進她雙唇之間，留在那裡，連氣都不敢喘一下，彷彿以為她會抗拒，或把他推

---

40 Abbie Normal，《科學怪人》（*Young Frankenstein*）電影裡被保存在罐子裡的大腦。

開。但是沒有，她忙著別讓嘴巴反射動作似的張得大大的，引他的舌頭長驅直入。她現在早就訓練有素了，她技巧精湛，懂得如何讓夜裡的活動加快速度完成。露絲，那個真正的露絲，如果沒在四歲的時候死於火場，會怎麼做呢？露絲會懂什麼，會怎麼做呢？比爾的舌尖抵在她的下唇，活像一片吃的東西或一絲頭髮，讓她想伸手拂開。但她就只是讓它靜靜待著。

「妳還想做什麼？」比爾抽身退開，喘口氣問。

他不懂，她頓時明白。他根本搞不清楚有多少事可以做，就算只有五分鐘也無所謂。在那一瞬間，她考慮要教他，但她知道這會惹禍上身。等他們的五分鐘終於結束，其他人敲著門，尖聲怪叫，害他們忙著整理根本就沒脫掉的衣衫時，比爾仍然天真無知。天真無知，她多希望自己也是如此。凱西的媽媽站在樓梯上喊著說，該回家了，於是她就不必叫別人的號碼了。

「派對好玩嗎？」叔叔問。

「好無聊。」她說。她說的是實話，她知道他聽了會很高興的實話。如果派對很無聊，也許她就不會再想去參加。她到外面和其他人混在一起，沒有家人盯著的時候，他很擔心。只要一出門，他就不太相信她。況且，她也喜歡讓他開心。他用他自己奇特的方式支持著她。屋裡一個人都沒有，連狗都沒有，那幾隻粗野骯髒，什麼本領都沒有，只會弄髒外套，口水流得她大腿到處都是的狗。

「我想出去一下。」她說。

「這麼冷耶？」

「只是轉一下，不走遠的。」

她走到果園，到那棵櫻桃樹下。這個時節很難看出樹上冒出的到底是新芽呢，或只是三月暮色帶來的滿懷期待，讓灰綠色的樹影看來宛若新生的希望。

「我今天親了一個男生。」她對樹，對稀微的暮光，對土地說。周遭的景色並無特別之處，但是這一切的平凡普通，卻讓她覺得自己或許可以再次變得正常普通，她可以再回頭，搞定所有的事。總有一天。

她是露絲，貝克斯雷的露絲。三、四歲的時候，全家死於火災。她跳出二樓窗戶，跌斷腳踝。因為住院的關係，所以她比同年齡的孩子低一個年級。不對，她沒晚讀一年。她只是那年沒辦法做學校功課。而且俄亥俄的學校和這裡不同。所以她才會不知道一些她該知道的東西。

是的，她是有傷疤，但是不在你們看得見的地方，就算她穿的是泳衣也看不見。

【第Ｖ部】　星期五

第十九章

「我做不到。」她說：「我就是做不到。」

真是怪異，有些東西會從學校一路纏著你不放。殷凡特一直都不是個好學生，但是有一陣子對歷史很感興趣。星期五早上，在珍．杜伊的病房裡——他堅持要把她想成是珍．杜伊，這個念頭比以前更強烈——殷凡特想起以前聽過的路易十四的事跡。還是路易十六。不管啦，反正他記得有那麼幾位國王要僕人看著他們更衣，用來樹立他們的權威。更衣，沐浴，天曉得還有什麼。當年在馬薩佩夸才十四歲的他，並不信這個說法。還有誰會比赤身裸體或上大號的人看起來更沒權力呢？但是這天早上看著珍．杜伊的動作，歷史課學的東西又回到他腦海裡。

並不是說她為他寬衣解帶——絕對不是。她還穿著醫院的病袍，瘦稜稜的肩膀上披著鮮豔的披肩。然而，她忙著差遣葛羅莉亞和那個不知道叫什麼名字的醫院社工，一副皇后的派頭，動作舉止彷彿都當他不在場似的。如果他不是一開始就知道她的事——這個念頭又纏著他不放了——他一定會斷定她是個有錢的臭婆娘，至少是個爹地的心肝寶貝，一個習慣我行我素的人。對男人和女人都有一套。瞧這兩個人，爭先恐後地搶著服侍她。

「我的衣服——」她開口，眼睛瞄著入院時穿的衣服，連卡文都看得出來她為什麼不想再穿上那一套衣服。那是一套休閒服，寬鬆的上衣，配上瑜珈褲，在本地很熱門的「Under Armor」牌子，但有一股腐敗的氣味——不是明顯的酸臭味，而是那種穿著睡覺、穿得太久的味道。他很好奇，在車禍發生之前，她到底開了多少哩程。一路從艾許維爾開過來？可是妳既沒皮夾又沒現金，是怎麼加油的？她可能把皮夾丟出車外嗎？葛羅莉亞一直努力把車禍過後發生的事形容成單純的驚慌失措，因為腎上腺素作祟釀成的錯誤決定。但是你也可以反駁說整件事都是經過精心算計的，她之所以逃離事發現場，是為了讓自己有時間可以編故事。

這女人一聽說州檢察官認為她若不願面對大陪審團就只好入獄，就把故事渲染成警察犯案。結果呢，州檢察官果然大驚失色，同意讓她不入獄，只要葛羅莉亞擔保她不會離開巴爾的摩就成了。殷凡特不得不承認，想從葛羅莉亞身邊逃走的人必定膽識過人。單單為了律師費，葛羅莉亞就會緊追這個女人不捨。

「帕塔波斯可大道有救世軍。」那個社工說。凱伊，是這個名字沒錯。「真的，那裡有些很不錯的衣服。」

「帕塔波斯可大道。」神祕女郎那種莞爾、追憶的語氣，聽在殷凡特耳裡竟有幾分俏皮。「我記得那裡以前有家賣海鮮的折扣店。我們家都是到那裡去買螃蟹的。」

他抓住這句話。「你們跑這麼遠來買海鮮，從西北巴爾的摩過來？」

「我爸很會殺價。殺價，還有……癖好。你知道，何必開十分鐘車去買蒸好的螃蟹，反正只要開個車越過市區，一打就可以省個一塊錢，況且還有故事可說呢。說到這個，那裡是不是也有個地方，賣那種沾糖粉的酥炸青椒圈的？」

凱伊搖搖頭。「我是聽人提過啦，可是我在巴爾的摩住了一輩子，還沒在哪家餐廳的菜單上見過這道菜。」

「沒看過並不代表那個東西不存在啊。」她又擺出皇后的架子，抬起下巴。「這麼多年來，我就坐在這麼明顯的地方，還不是沒人看見。」

很好，她終於踏入正題了。他們本來就該談這個問題的。「妳的外表完全沒變嗎？」

「可麗柔染髮劑讓我的髮色變得深了一些。我想要染成像《清秀佳人》的安那種紅頭髮，但是沒人管我喜歡什麼。」她迎上他的目光。「我猜你不是蒙戈馬利的書迷。」

「他是誰？」他乖乖地問，知道自己被擺了一道，讓這三個女人有機會嘲笑他。他還承受得了這樣的笑聲──甚至還能用來增添他的優勢。讓她以為他是個白癡。如果葛羅莉亞和凱伊奉派去買衣服，豈不是太棒了？但是他這輩子還沒碰過這種好運道呢。「說真的──」

「我開始長大。」她說，好像早就料到他要說什麼。「雖然每個人都知道只要我還活著，就一定會長大，但是我想，也就是因為這樣，所以從來沒有人認出我來。嗯，除了一個人之外。」

「沒錯，妳姊姊。她怎麼了？從這裡開始講起好了。」

「不，」她說：「不是她。」

「葛羅莉亞說妳有些事要說。關於某個警察，事實上。今天早上我被叫來，就是想知道妳是不是準備好要告訴我一些事了。」

「我可以說個大概。但是我還不太肯定，是不是應該談細節。我覺得你好像不是站在我這邊的。」

「妳說妳是被害人，一個被綁架的人質，而且妳暗示妳姊姊已經被殺了。我幹嘛不站在妳這邊？」

「看吧，就是這樣：妳說。我說我是，而不是我是。你的疑神疑鬼讓我很難信任你。不只這樣，你還會想盡辦法把這個對你局裡不利的故事變得不可信。」

她命中要害了，但他不想讓她稱心如意，看見他有多苦惱，看見這件事是怎麼把局裡搞得天翻地覆的。「不過就是講話的習慣嘛，沒什麼其他用意。別想太多。」

她舉起右手，沒裹繃帶的那一手，摸著頭髮，接著他的目光。他倆的眼睛玩起膽小鬼遊戲，看誰先讓步，直到她眼睛一眨，眼簾彷彿疲累了似的拍飛。但是他還是嗅到她的意圖，覺得她是故意要他有勝利的幻覺，覺得她明明可以撐得更久的。精心之作，這個，不折不扣的精心之作。

「我認識一個女孩——」她閉著眼睛，說。

「海瑟．貝塞尼？潘妮洛普．傑克森？」

「高中時代認識的，我還和他在一起的時候。」

「在哪裡？」

「等一下。等適當的時間。」眼睛睜開了，但盯著他左邊的牆面。「我認識一個女孩。她很受歡迎。啦啦隊長，品學兼優。但是很甜。大人都很欣賞的那種女孩。她常約會。年紀比較大的男生，大學男生。那裡——在那個地方——有一座湖，小男生小女生常在晚上跑到那裡去約會，喝酒，鬼混。她爸媽不喜歡她在車裡待得太晚，讓那些不太有經驗的小夥子載她經過那幾條路。所以他們和她談條件。如果她帶約會對象回來，回他們家，他們會尊重她的隱私。她和她約會的對象可以自己待在娛樂室裡。沒有宵禁，也可以喝啤酒，只要不喝得過頭就行了。反正他們本來就可以越過州界去買酒的，當時喝酒的法定年齡是十八歲。在娛樂室裡，他們可以喝啤酒，看電視，知道——這樣她就不必大叫「殺了他！」或「強暴！」了——爸媽不會進來。她爸媽待在兩層樓之上，在他們的臥房裡，尊重她的隱私。你想會發生什麼事？」

「我不知道。」該死，我才不在乎呢。但是他得假裝在乎。這個女人沒人注意，就像沒有水一樣，活不下去。

「她什麼都來。什麼都做。她吹喇叭的功夫簡直爐火純青。她失去童貞。她爸媽還以為他們很清楚呢，他們以為給了她自由，她反而會自制而不敢用。他們以為她不會把他們的話完全當真，以為她會擔心他們跨進門來。所以，這個女孩，這個甜美受歡迎的女孩，就在她爸媽的娛樂室裡演起A片來，而且她的名聲還一點都沒受影響。」

「這是妳的故事？」

「不是。是個關於觀感的故事，你在眾人面前是一回事，在私底下又是另一回事。現在我不是個公眾人物。我沒沒無聞，沒人認識，平凡普通。但是，等我告訴你我碰過什麼事，你就會覺得我很髒。真的。你一定會。啦啦隊長在地下室愛怎麼搞就怎麼搞。但是小女孩，那個沒想辦法逃離綁架和虐待她的人身邊，每天晚上被強暴的小女孩，卻很難理解。她一定是自己很愛吧，否則幹嘛不逃呢。對不對？什麼當過條子的傢伙，全是鬼扯。」

「我是個警察。」他說：「我不會怪被害人的。」

「但是你會給被害人分類，對不對？你會有差別待遇，比方說，被老公打死的女人，和被對手幹掉的毒販，你的態度就不一樣吧。這就是人性。而你是個人——對吧。」卡文瞄了葛羅莉亞一眼。在他的經驗裡，她每次都把當事人管得緊緊的，不時干涉，引導訪談的方向。但是，她卻放任這個女人盡情演出。事實上，她好像還被這女人給催眠了。「我想幫你，但是我想保留我僅有的一點正常生活。我不想變成這個星期新聞頻道裡的頭號怪胎。我不想要警察在我現在的生活裡到處刺探，找鄰居、同事和老闆問話。」

「那麼朋友呢？家人呢？」

「我沒有朋友，沒有家人。」

「可是妳知道我們正在找妳媽媽，蜜麗安，她在墨西哥。」

「你確定她還活著？因為——」她住口不講。

「因為什麼？因為妳以為她死了？因為妳估算她死了？」

「你和我講話的時候，為什麼從來不叫我的名字？」

「什麼？」

「葛羅莉亞叫我的名字。凱伊也是。但是你從來不叫我，什麼名字都不叫。你剛剛提了我媽的名字，但是你從來不叫我的名字。你不相信我嗎？」

她聽得很仔細，比大多數人都仔細。你一定得很用心聽，才能在別人的話裡挑出略而不提的字。她說的沒錯——要他叫她海瑟，門都沒有。他不相信她，就這麼簡單，打從第一次見面，他就咬定她是個騙子。「聽著，這和相信、信任或同情都沒關係。我喜歡照證據辦事。總有一些東西是可以證實的，但是妳到現在什麼都沒給我。妳為什麼那麼肯定妳媽死了？」

「在我十八歲的時候——」

「哪一年？」

「一九八一年，四月三日。拜託，警察先生，我知道我自己的生日。這可真是個奇蹟，因為我這輩子有過這麼多不同的出生日期。」

「網路上就查得到海瑟．貝塞尼的生日。在新聞報導裡就有。每個人都知道，海瑟失蹤的日子，就在她十二歲生日前幾天。」

她沒費事去回答她不想回答的問題，更加證明她的精明。「反正，滿十八歲的時候，我開始自力更生。斷絕關係，送上巴士，給了一份可愛的臨別禮物，然後莎呦娜拉。」

「他放了妳，就這樣？關了妳六年，然後揮手再見，不管妳到哪裡去，也不怕妳告訴任何人？」

「他每天都告訴我，我爸媽不要我了，沒有人在找我，我無家可歸，我爸媽已經離婚，搬走了。到最後，我開始相信了。」

「可是，妳十八歲的時候發生了什麼事？他為什麼放妳走？」

她聳聳肩。「他沒興趣了。我變得……隨著時間過去，我變得比較沒有可塑性了。雖然還是在他的掌控之下，但是會開始反抗，開始提出我自己的要求。所以該是讓我靠自己過日子的時候了。我坐上巴士——」

「在什麼地方？」

「別急。我還不想告訴你我從哪裡上車。但是我在芝加哥下車。四月的時候好冷。我從來不知道四月會冷成這樣。市區裡熱鬧的不得了，正在遊行歡迎剛回來的太空梭太空人。我還記得從巴士站走出去，到了市中心，發現慶祝活動的高潮才剛過，我已經錯過了最精彩的部分。只剩下滿地的垃圾。」

「這個故事不錯，我覺得。這是真的，還是比喻？」

「你很聰明。」既是讚美，又是侮辱。

「我不該聰明？因為我是警察？」

「因為你很英俊。」他不由自主地臉紅，雖然這也不是第一次有女人稱讚他的相貌。「有好有壞啦，你知道。男人覺得漂亮的女人很蠢，可是女人對某些類型的男人也有這樣的看法。最糟糕的事莫過於有個長得比自己漂亮的男朋友。所以你永遠當不了我的男朋友，殷凡特警官。」

葛羅莉亞打從開始就像個眼神呆滯的怪物石像，這會兒卻清清喉嚨，打破令人尷尬的沉寂。或許她比殷凡特更覺得這些話怪誕不經吧。

「海瑟的確有些想給你的東西。」葛羅莉亞說：「模擬事實（factoid），讓你可以追查，可以對她所供稱的事情建立進一步真實性的東西。」

「她何不作個口供呢？」他問：「日期，時間，地點。綁架她，殺了她姊姊的那個男人的名字。她和他一起住了六年。推論起來，她總應該知道他該死的名字吧。」

病床上的那個女人──他已經不知道該怎麼想她了──跳了起來，目光幽幽一閃。「你知道模擬事實其實不是真的嗎？至少，原本的意思是這樣的。這個名詞的意思呢……唉，意思也隨時間而改變了，所以字典裡頭的定義也把『不重要的事實』列了進去。這讓我很失望。我覺得語言應該堅守陣線，不該自我墮落。」

「我不是來談語言的。」

「好吧，就談你要的吧。開八十三號州際公路往上走，過了賓州州界，第一個出口，轉到修瑞柏利。那裡以前沒怎麼開發，街道名稱說不定已經改過了。但是那裡有座農場，就在一條叫什麼『舊鎮』

的路上。那條路從葛蘭洛克通到修瑞柏利，可以一直開到約克。農場用一個郵政信箱收郵件，但是車道末端也有個信箱，號碼是一三三五〇。車道有一哩長，大概啦。房子是石頭的，門漆成大紅色。還有一座穀倉。離穀倉不遠的地方，有一座果園。在那裡可以找到我姊姊的墳墓，就在一顆櫻桃樹下。」

「那裡有多少棵櫻桃樹？」

「好幾棵，不過也有其他的樹，蘋果和梨子，還有幾棵山茱萸是種來添顏色的。過了一段時間之後，我趁沒人注意，在樹幹上隨手刻了一個圖案。不是她的縮寫。那樣會被看出來的。就只是小小的一圈X。」

「我們談的是三十年前的事。樹可能早就不見了。房子也可能不在了。地球是會轉動的。」

「可是地產紀錄還在啊。如果你去查我給你的那個地址，我相信你會找到一個名字，可以拿來和巴爾的摩郡警局人事資料交叉比對的名字。」

「幹嘛不直截了當告訴我，那個對妳做這些事的傢伙他媽的叫什麼名字？」

「我要你相信我。我要你去看那座農場，看他在紀錄上的名字，拿去和你檔案裡的名字比對。我要你找到我姊姊的遺骸。然後，等你找到他的時候——如果你找得到他，就我所知，他可能已經死了——你就會知道這都是事實。」

「妳何不和我們一起去，指給我看呢？那不是比較簡單，比較快嗎？還是妳既不想要簡單，也不想要快呢，小妞？妳到底在閃躲什麼？妳的目的是什麼？」

「有一件事，」她說：「我絕對不做。就算已經過了快二十五年了。我絕對不要再看見那個地方。」

他相信——但只相信這句話。她臉上的恐懼不是裝出來的，她肩膀抖得好厲害，連披肩都掩不住。光想到要去那裡就讓她受不了。無論她星期二晚上的目的地是哪裡，絕對不會是賓州。

但是，這還是不能證明她就是海瑟．貝塞尼。

第二十章

海瑟皺起鼻子，就在踏進佛瑞斯特家門檻的那一瞬間。

「我對貓過敏。」她對凱伊說，好像當凱伊是呆頭呆腦的房地產仲介，「這不行。」

「可是我以為妳瞭解——我告訴過妳，我兒子賽斯替這家人照顧花草和寵物賺零用錢。」

「我想我只聽到花草的部分。很抱歉，可是——」她轉頭打個噴嚏，儀態優雅、沒口沫鼻水橫飛的噴嚏。其實呢，是像貓兒似的噴嚏。「只要幾分鐘，我就會全身發紅浮腫。我不可能住在這裡的。」

她的臉頰看起來真的發紅了，眼裡閃著淚光。凱伊跟著海瑟退回屋外，站在房子大門口的粗石門廊。一名黑人婦女帶著女兒從街上走過，那個女孩騎著裝有輔助輪的兒童腳踏車，一身鵝黃背心裙配同色鞋子，打扮隆重得嚇人。那個媽媽穿的則是互補色的芹菜綠。她轉頭打量站在門廊的兩個女人，顯然很懷疑她們。是個鄰居。叫辛西亞什麼的。佛瑞斯特太太提過，她是個隨時注意街頭巷尾風吹草動的女人。有個鄰居會替她看房子，佛瑞斯特太太說，若不是有花草和菲利克斯，那隻貓，她出門旅行根本不必擔心家裡。凱伊揮揮手，希望能讓那個女人放心，但是她沒揮手，甚至也沒微笑，只瞇起眼睛，草草點個頭，彷彿是個警告。我看見妳了。如果有事發生，我一定會記得妳。

「唉，這下我可進退兩難了。」凱伊說：「妳不能住在這裡，可是我又不能帶妳回醫院。沒有其他地方——」

「牢裡不行。」海瑟說，她的聲音嘶啞刺耳，不過也可能是貓的影響。「凱伊，妳一定要瞭解，為什麼指控警察的女人會覺得那裡不安全。無論我人在哪裡，都有警察守著，實在很難受。庇護所也不行。」她補上一句，好像猜到凱伊的下一個問題似的。「我就是受不了庇護所。太多規矩了。我不太受得了規矩，受不了有人叫我做這做那的。」

「緊急庇護所，那種每天釋出床位，先到先住的庇護所確實是這樣。但是也有中程的安置處所。不太多，但是如果我打電話——」

「行不通的。對我來說行不通的。我習慣自己一個人。」

「妳沒和別人住在一起過？我是說，自從……」

「自從我離開農場之後？嗯，我搬去和男朋友住過一兩次。但是不適合我。」她嘴唇半啟地微笑。

「我有親密關係的問題。想也知道。」

「那妳找過治療師？」

「沒有。」她惱羞成怒了。「妳怎麼會這麼想？」

「我只是以為……我是說，從妳用的術語猜的。是因為妳過去的遭遇嗎？似乎……」

海瑟在門廊坐了下來，儘管凱伊透過鞋底感覺到寒意與潮濕，好像也別無選擇，只能和她一起坐下，和她平起平坐，而不是高高在上地俯視著她。

「我要跟個刺探別人隱私的遜客[41]談什麼？遜客又能跟我說什麼啊？我還不到十二歲，就被奪走了人生。我姊姊就在我的面前被殺死。事實上，我覺得我應付得很好。在七十二個小時之前，我一直過得好好的。」

「過得好好的是指……」

「我有工作。不是什麼重要或引人入勝的工作，但是我做的很好，衣食無虞。週末，天氣不錯的話，我就騎騎腳踏車。要是天氣不好，我就從食譜裡面挑一道菜，一道有挑戰性的菜，想辦法做出來。我失敗的次數和成功一樣多，但那是學習過程的一部分。我租片子。我看書。我——妳不會說那是快樂。我很早以前就放棄快樂了。」

「滿足？」凱伊想起離婚之後她覺得自己有多可悲，她有多輕易就講出不快樂，傷心，以及沮喪這些字眼。

「很接近。不是不快樂。我只希望這樣。」

「好悲哀。」

41 Shrink，心理醫師的俗稱。

「我活著。就已經比我姊姊好多了。」

「可是，妳爸媽呢？妳曾經想過他們會有什麼感覺嗎？」

海瑟舉起兩根手指，輕拍著發紫的嘴唇。凱伊以前就注意到她這個動作。彷彿她的答案就在唇邊，就在嘴巴裡，準備跳出來，但她得先想想一切後果。

「我們可以保密嗎？」

「法律上的嗎？我沒有立場——」

「不是法律上的。我知道妳在法庭上會被強迫說出妳知道的事。但是我不打算進法庭。葛羅莉亞說我甚至不必和大陪審團談。以個人的身分，我們能保密嗎？」

「妳是說，妳能不能信任我？」

「我不會扯得那麼遠。」海瑟本能地認為她的話很傷人，很不友善。「凱伊，我不信任任何人。我怎麼能呢？但是說真的，就憑我這樣貨色，妳能說我不是成功的例子嗎？看看我吧，我每天起床，我呼吸空氣，我餵飽自己，我去上班，我做好工作，我回家，看亂七八糟的電視，然後第二天再起床，重來一遍，而且從來沒傷害任何人。」——說到這裡，她的嘴唇開始抖顫——「從來沒故意傷害任何人。」

「車禍的那個孩子會沒事的。腦部沒有受傷，脊椎也沒有受損。」

「腦部沒受損。」海瑟酸溜溜地重覆一遍。「只斷了一條腿。噢，真有他的！」

「對這件事，那個父親就算不必負大部分的責任，至少也該有一半的責任。想想他有多痛苦。」

「老實說。這讓我很難受。其他人的痛苦。我上班的時候，老聽到有人談他們的痛苦啊困難的，聽得我快爆炸，好像那些恐怖、脆弱的東西就要從我的內臟裡爆出來，像科幻電影那樣。其他人對痛苦的看法真是淺薄得可以。這個父親，好吧，他可以把發生的事怪在自己頭上，自責得要死。但是他是因為我犯的錯誤，才會有這樣的反應——」

「錯誤是路況造成的，那可不是妳的錯。」凱伊提醒她。

「話是沒錯，但是……妳會認為前一個發生意外的人——更不要說沒把高速公路路面清理乾淨的那個差勁的工人——妳會認為他們也脫不了干係嗎？不會，絕對不會。冤有頭債有主，不管公不公平都一樣。」

無論海瑟原本打算對她透露什麼事，她們都已經離題了。凱伊懷疑自己能不能再把她導回正題。她並沒有非知道不可的興趣，她這回很肯定。她覺得自己很可能是海瑟身邊最沒有利害關係也最近似盟友的人。警方，葛羅莉亞——在他們眼裡，這個女人並不是最重要的。但是凱伊不在乎她現在的身分，也不在乎能不能解開她的失蹤之謎。

「我們可以守密。」她說，想起最初談到的話題。「妳可以告訴我，我不會說出去，除非牽涉到傷害妳或其他人的事。」

又是個悽然的似笑非笑。「每個人都會留條後路。」

「那叫道德。」

「好吧，這是我的祕密：我一獨立之後，就開始追查我爸媽的下落，追了好幾年。我爸很容易找，因為他還住在老房子裡。我聽說他搬走了，但是他沒有。可是我媽——我找不到我媽。其實，我是找到她了，但是十六年前又失去她的消息了。我推斷她死了，但是我沒太認真查，沒採取任何行動，雖然我知道該怎麼做。我一心以為她死了，很詭異吧，因為我開始相信他們告訴我的，說她不在乎，她不想再見到我。」

「妳怎麼會相信呢？」

她聳聳肩，像個青少年，像凱伊自己的女兒，葛芮絲。

「至於我爸，」她說，甚至沒費事回答凱伊的問題。「至於我爸，有一天……嗯，我不想談細節。有一天我知道他沒住在原來的地址了，我無法想像他會搬走。那應該是一九九〇年左右吧。他當時應該才五十幾歲。我開始胡思亂想，因為，妳知道，那一定是心臟病或癌症。我一直無法釋懷，想我一定也活不過五十幾歲。現在，他們說我媽還活著，可是我根本無法相信。對我來說，她老早就死了。而在她心裡，我很可能也早就死了。事實是，我雖然好想見她，但是也很怕見到她。因為她不可能是這麼多年來在我記憶裡的那個人。而我也不可能是她記憶裡的那個人。」

「妳有沒有——對不起，這個問題可能不太妥當。」

「沒關係。問吧。」

「妳有沒有看過網路上的那些畫像？那些猜想妳現在長得什麼模樣的畫像？」

這回的微笑是真心的，不帶諷刺意味。「很嚇人吧？竟然這麼像。不過不是套在每個人身上都行得通的。我是說，有些人會變胖。噢——對不起。」

若不是這聲道歉，凱伊根本不會把她的評語套在自己身上。海瑟這種孩子氣的冒冒失失，凱伊之前就注意到了。

「聽著，」海瑟已經忘了自己的失言。「我知道妳賺的錢不多，可是妳能不能送我去住汽車旅館，老牌的連鎖旅館？四十號公路上的舒適旅店可能不在了，可是還有別的店。妳可以刷卡付帳，我想我們應該花不了幾天就可以搞定的，到時候我會還妳錢。嘿，搞不好我媽會還妳錢喔。」

這個想法似乎逗得她很樂。

「對不起，海瑟。」凱伊說：「我孩子和我過得很拮据。而且這樣做不對。我是個社工。有些界線是我不能跨過去的。」

「可是妳又不是我的社工，不算是啦。妳只不過是幫我找到葛羅莉亞。我們得等時間來證明管不管用。」

「妳不喜歡葛羅莉亞？」

「和喜不喜歡沒關係。我只是不確定她個人的利益和我的利益有沒有衝突。如果非選不可，妳想她會選哪一個？」

「當事人的利益。葛羅莉亞是個怪人，我敢保證，她很愛曝光。但是她會按妳的方式做事。只要妳別騙她。」

又是那個動作，手指輕輕敲著嘴唇。這讓凱伊想起從前小孩玩的印地安遊戲，就是用手像這樣拍著嘴唇，發出征戰的吶喊。她很好奇，小孩還玩這種遊戲嗎，或者敏感性的升高已經讓這種遊戲畫下句點了。有些文化偶像的確已經消失了。例如阿力．歐普[42]，那些拖著老婆頭髮到處走的穴居原始人，會有誰真的懷念這些東西嗎？漫畫裡的安迪．喀普和芙蘿[43]還在嗎？她已經好幾年沒看漫畫版了。

「別這樣嘛，凱伊。一定有辦法可想的。」

「或者我把菲利克斯帶回家？」

「不行，這個地方到處是貓毛和皮屑。如果妳和小孩搬過來，我去住妳家呢？」

海瑟理所當然地提出這個建議，讓凱伊很為難。她不認為這是非份的要求，當然更不覺得古怪。凱伊向來不太輕易用上臨床診斷的名詞，但是海瑟的確有幾分自戀。不過，這或許也是她必要的生存之道。

「不行，賽斯和葛芮絲不會同意的。他們和大多數的孩子一樣，是習慣的動物。不過——」她知道

42 Alley Oop，美國知名的漫畫，以穴居原始人生活為背景，書名即為主角之名。自一九三二年開始連載，曾多次改編成電影與電視劇。

43 Andy and Flo，為英國漫畫家Reginald Smythe所創的漫畫人物，為一對勞工階級夫婦。漫畫自一九五七年開始在《每日鏡報》連載，廣受歡迎，曾轉載至五十餘國。

自己正踏在界線上。該死，她正要跨過好粗的一條線，答應去違反紀律，給自己的工作惹來一大堆麻煩。然而，她還是勇往直前。「我們有個小房間，在車庫那邊。沒有暖氣，沒有空調，但是在這個時節，沒有暖氣應該不算什麼問題。那裡原本是當辦公室用的，不過有張長沙發，一間有淋浴設備的浴室。或許妳可以待在那裡，至少待到妳媽媽來。」

不過是一兩天的功夫吧，凱伊推斷。而且，她也不是海瑟的個案負責人，正式說來不是。頂多只能算是幫葛羅莉亞一個忙。況且，她不能眼睜睜看著警察把海瑟關起來。對一個青春歲月幾乎都被監禁的女人來說，坐牢會是毀天滅地的災難。

「妳想她很有錢嗎？」海瑟問。

「什麼？」

「我媽。我們以前不是很有錢，恰恰相反。但是既然她住在墨西哥，好像是有錢人耶。搞不好我還是個女繼承人呢。我一直很想知道，我爸的生意和那棟房子，在他死後到底怎麼處理的。我看過那些法律清單。妳知道，沒人申領的銀行戶頭和保險箱？可是我從來就沒找到我的名字。我猜他不能把我的名字列進遺囑，因為每個人都以為我死了。我不知道我們的大學基金怎麼了，不過那也不太多就是了。」

凱伊感覺到石頭的潮濕滲進她的裙子，然而她的手掌還是發熱冒汗。

「現在，你們說她要回來了。我要打電話給葛羅莉亞。看看她有什麼想法。或許我明天應該自願去找警察，把所有的事情告訴他們。到時候，我敢說他們就會準備好要相信我了。」

Chaper 21

第二十一章

小寶寶們漂過螢幕。不，不是小寶寶們——只有一個寶寶，那個寶寶，在新千禧年裡只有一個寶寶舉足輕重。快跑啊，耶穌，卡文想，安德魯．波特二世進城來了。而他那位如今堪稱電腦專家的媽媽，不停把他的影像灌進電腦，所以只要一進入休眠狀態，小安迪就開始表演幻燈秀。安迪是個小嬰兒，被塊頭大得不可思議的父親抱在懷裡。安迪吃東西，安迪看圖畫書，安迪蹲在聖誕樹下。他的臉蛋和龐大身軀完完全全得自父親基因的真傳，但是卡文寧可認為在他蹲著的姿勢裡，看見了南西．波特甜美的懷疑主義。你說是有個傢伙送禮物來給我的？這對他有什麼好處啊？那這棵樹又和整件事有什麼關係啊？

「賓州的檔案紀錄真是亂七八糟。」南西說，她移動了一下游標，小安迪不見了，電腦螢幕又出現存檔的網頁。「也可能是我搞不懂他們是怎麼弄的。在馬里蘭，我只需要地址和郡名，就可以追查過去的產權資料。但是，我在賓州找不到這樣的網頁。你給我的那個地址，我只找到一條線索，那個地方的所有權屬於一家LLC，但是幾年前賣掉了。」

「LLC？」

「股份有限公司，某個人的小生意。梅塞公司。什麼生意都做，從生產製造到清潔服務都有。可是我們的人事資料裡沒有梅塞這號人物。所以我們要找的可能是前一任地主。」

在成為媽媽之前就豐潤可人的南西，現在老是嚷著自己胖得嚇人，但卻似乎也沒真的為體重問題擔太多心。她回來上班之後，要求調去負責陳年的老案件，讓殷凡特暗暗不以為然。在他看來，那是讓人望而生畏的工作，成天鑽研老舊檔案，看能不能交上好運找到突破——目擊證人在經過這麼多年之後決定說出真相；另一半已心力交瘁，不願再守著祕密。他可以瞭解，新手媽媽為什麼會想要份準時上下班的工作，但他還是不能確定，那到底算不算是真正的警察工作。無論如何，南西對電腦很有一套，不必離開辦公桌，就有辦法弄到她想找的資料。「微物之神」，藍哈德特有一回就這樣讚美她，她現在可以從一大堆資料裡找出最微小的細節，就如同她過去可以在百步之外就瞧見一顆彈頭那樣。她很少碰上障礙，但是老舊的奇斯通全州紀錄保管系統卻讓她不斷兜圈子。

「也許是白費力氣吧，」南西點出地圖，讓他看位置時，殷凡特說：「可是我還是會去，看看有什麼線索，訪查一下鄰居。」

「三十年前。二十四，如果像她所說的那樣，是一九八一年離開那裡的。會有人在同一個地方住那麼久的嗎？現在還會有嗎？」

「只要有一個就好。搞不好有個好管閒事又長舌的老傢伙，剛好有銳利得像刀片的記憶力和一本相簿呢。」

卡文往北走，日正當中的時刻，南下的車子竟然川流不息，讓他嘖嘖稱奇。藍哈德特就住在這個方向，不時抱怨通勤的辛苦。聽他講起來活像打仗的樣子，一場每天開打的戰爭。那幹嘛要這樣啊？殷凡特聽厭了他的抱怨時曾問。得到的答案都是一樣：孩子啦，學校啦，沒小孩拖累的男人不會懂得的問題。

儘管他也差點有。他和第一任老婆，曾經有過虛驚一場。至少在證明她沒懷孕之後，他們是把那次意外當成是虛驚。虛驚一場，危機解除。當時他並沒有真的這麼想，但是後來婚姻破裂的時候，他的確開始這麼認為。老實說，他曾經燃起一點點希望，偷偷在心裡扮演爸爸的角色，而且感覺很不賴呢。煩惱不安的人是泰碧莎，她憂心她在房貸仲介公司的工作，擔心會對她從事房地產過戶的計畫造成影響。所以她才會說那是虛驚，而且對於防範工作也越發謹慎。然後她不再和他做愛，他開始欺騙她。到底是誰先開始的，在他們離婚時變成雞生蛋或蛋生雞的問題。讓殷凡特最火的是，泰碧莎明明承認他說的是實話，是她不和他上床之後，他才到處搞女人的，但是卻死也不承認這中間有任何因果關係。

「你必須為婚姻奮戰。」她對著他大吼：「你應該直接找我談，或要求去作諮商，或者想一想怎麼讓我覺得——再像個女人。」最後這句話到底是什麼意思，他並不太肯定，但他想或許和足部按摩有關吧，再不然就是泡泡浴和突如其來的驚喜禮物。「我是在為婚姻奮戰啊！」他吼回去：「我是在和妳談啊！我坐在這裡諮商，而且請記住，我的健康保險還不負擔這筆費用呢！」

但還是結束了，她下的決定。無論他走到哪裡，離婚的故事都一樣。真正想離婚的都是女人。沒錯，是有些渾蛋，不在乎任何人的情感，為了新的對象拋棄老婆的傢伙。但是在殷凡特的經驗裡，這種徹頭徹尾的渾帳東西實在少之又少。他認識的離婚男人，大多和他自己一樣，犯了錯，但卻一心一意想保住婚姻。藍哈德特的第二段婚姻讓他表面上看來極其擁護美滿婚姻，但他也老是說諮商是老婆準備離開你的第一個徵兆。「對女人來說，婚姻關係就像下棋。」他說：「她們可以綜觀全局，計劃該怎麼走。畢竟她們是皇后啊。我們是國王，不管怎麼看都侷限在一個角落裡，只能在整場他媽的棋局裡採守勢。」

殷凡特和他的第二任妻子派蒂沒費事去尋求諮商。他們開門見山，不惜負債，各自僱了他們負擔不起的律師，發揮三寸不爛之舌，去爭奪微不足道的財產。他再一次慶幸沒有小孩。派蒂不是聖經的信徒——她根本什麼信徒都不是——如果有小孩，不等所羅門王下令，她早就把小孩一切為二了。只是她不會從頭到腳切為兩半，而是會從腰部切開，把下半部，也就是把屎把尿的部分，分給殷凡特。而這些事，他早就知道了。早在那天站在教堂裡——因為先前已結過兩次婚的派蒂最知道該怎麼替自己張羅婚事——他就已經明白，這是個天大的錯誤。看著她走過紅地毯，彷彿眼睜睜看著一部卡車向他壓來。

不過呢，性事很棒。

一跨過賓州州界，八十三號州際公路的路況瞬間急轉直下，速限陡降十哩。然而，他還是可以瞭解，為什麼有些巴爾的摩的勞工階級選擇住在足足四十哩遠的此處，並不僅僅是為了比較低的稅賦。宛如波浪起伏的田野美麗非常，沿途盡是琥珀色的穀田。他轉下第一個出口，參考南西從網路上列印出來的指南，沿著一條彎彎曲曲的道路往西走，然後轉向東北。有家麥當勞，一家Kmart百貨，一家沃爾瑪百貨（Wal-Mart）——這個地區房子蓋得很密集。他的疲累裡隱隱有幾分擔憂。在這片欣欣向榮的區域裡，如果還有四十英畝地沒被開發，豈不是太詭異了。

什麼都沒有。雖然他明明已經找到一三三五〇的這個街區，但他還是多開了幾哩，經過葛蘭洛克地產公司才折回來，希望他是弄錯了。沒有，這個地址現在已經是個開發案了，允諾提供「佔地廣袤的主管級宅邸專屬社區」的開發案。這裡所謂的「廣袤」顯然是指佔地一到兩英畝。而「專屬」的住宅，從還未長成的樹苗和略嫌原始的景觀來判斷，應該只有兩到三年的歷史。至於主管級嘛——停放在車道上的車輛多是中階經理人類型的，速霸陸，豐田冠美樂，克萊斯勒吉普車。在真的是有錢人住的開發案裡，必定會有一兩部凌志，或一部賓士。有錢人不必為了擁有起居室和雙車庫搬到這麼遠來。

至於果園呢？早就不見囉。就算原來有，也早就不見了。

「這簡直是太方便了！」他高聲對自己說，用的是從以前「週六夜間現場」學來的那種語調。她說不敢回到這裡來時的那種驚慌，當時看來非常有說服力，但現在他不禁懷疑，她是不是只是不想自找麻煩，再一次假裝失望。他記下開發這片產業的公司名字。他會找本地警方查對，看看開挖時是不是曾經發現骸骨，再讓南西去Nexis上交叉比對。巴爾的摩郡和約克郡或許轄區緊鄰，但是在這裡發現的骸骨和馬里蘭的任何案件都不吻合，也是極其合理的，更不要說是三十年前失蹤姊妹的案件了。可是，好像沒有什麼全國性的骨骼資料庫，「你的骨頭在此」之類的，讓你一輸入資料，就會跳出符合你搜尋的所有失蹤人口案件。

他撥了南西的行動電話。

「有什麼發現嗎？」她問：「因為我——」

「這個地方已經開發了。可是我有個想法。妳能不能查一下約克郡——我不知道妳會用什麼詞——比方說『約克郡』和『骨頭』，再加上街名之類的。如果那裡以前有座墳，他們整地的時候一定會發現，對不對？」

「噢，你是說布爾型（Boolean）搜尋？」

「布阿什麼啊？」

「別管了。我懂你的意思。聽著，我弄到一些東西，現在正穩穩的坐在我的辦公桌上呢。」

南西弄來穩穩坐在她辦公桌上的東西，殷凡特覺得他還是不提為妙。因為南西的屁股這一陣子來可大了不少。「是嗎？」

「我想辦法找到產權紀錄了。地契是在一九七八年過戶給梅塞公司的，前一任的地主是史坦．丹罕。丹罕的確是本郡的警察，竊盜組的小組長。一九七四年退休了。」

在姊妹倆失蹤的時候已經退休的警察。但是，對小孩來說，現職與退休之間的差別沒多大意義。然而，對局裡來說，還是有點難以消化。一點點啦。

「他還活著嗎？」

「名義上是。他的退休金支票寄到卡羅郡的一個地址，在史凱斯維爾附近。那是個輔助生活安養中心。根據那裡的人告訴我，他其實沒輔助就活不下去。」

「什麼意思？」

「他三年前診斷出阿茲海默症。他幾乎不知道自己是誰，也搞不清楚日子。據醫院說，沒有親人在世，入院時也沒有聯絡人，但有個授權的律師。」

「名字？」

「雷蒙·赫茲巴。他住在約克。所以你回來之前最好先去找他一趟。抱歉囉。」

「嘿，我喜歡在外面到處跑。要是我有辦法在辦公桌前面坐一整天，就不會來當警察了。」

「我也是啊。不過事情是會改變的。」

她的語氣聽起來有那麼一點沾沾自喜的味道，不過那完全不是南西的作風。說不定她只不過是把過去用來對付槍靶的工作習慣，轉變成悄然無聲的觀察罷了。很公平啊。

到了約克附近，高速公路路況變得更糟，卡文很慶幸他不是開私人的車子來被賓州坑坑洞洞的道路糟蹋。這位律師，赫茲巴，顯然是龍困淺灘。他是那種州際公路上設有廣告招牌，還把維多利亞式宅邸改裝成辦公室的律師。圓嘟嘟，閃亮亮，穿著粉紅襯衫，打花彩的粉紅領帶，配上他粉紅色的臉頰還真好看哪。

「史坦．丹罕差不多是賣掉地產那時候來找我的。」

「那是什麼時候？」

「五年前，我想。」

新的地主想必很快就脫手，很可能大賺一票。

「對他來說是一筆橫財，但是他有先見之明，知道要為長期打算。他太太過世了——我的印象是，如果她還在世，他就不會想賣掉地——他告訴我說他沒小孩，沒有繼承人。他買了幾個我推薦的保險產品——長期照護，幾筆年金。都是透過城裡另一個人處理的。唐納．雷奧納德，是我扶輪社的朋友。」

而且你海撈了一大筆佣金，殷凡特想。

「丹罕曾經要求你對任何刑事案件提供意見嗎？」

赫茲巴被這句話逗笑了。「就算他有，你知道我也不能透露的。保密義務。」

「但是就我瞭解，他現在沒有行為能力——」

「是啊，他病情嚴重惡化了。」

「如果他死了，難道沒有人可以通知嗎？沒有稍微親近的人或是朋友？」

「就我所知沒有。但是最近有個女人打電話給我，打聽他的財務狀況。」

聽到這件事，殷凡特的腦袋裡簡直快像茶壺嗚起汽笛了——一個女人，對錢有興趣。「她告訴你她的名字嗎？」

「我很確定她告訴我了，但是我得要秘書查查行事曆，確定一下日期和名字。她……很不客氣。她要知道誰列在他的遺囑上，如果有的話，以及他有多少錢。當然啦，我是不能告訴她的。我問她，她和丹罕先生有什麼關係，她就掛我電話。我很懷疑，打電話來的是不是安養中心的人，她搞不好想趁他還清醒的時候，在他的遺產裡撈點好處。因為時間不多了。」

「時間不多？」

「丹罕先生二月的時候轉到安寧照顧，意思是安養中心認為他頂多只能再活六個月。」

「他會因為癡呆而死？這有可能嗎？」

「肺癌，他四十歲的時候就戒菸了。我得說啊，他真是我所認識的人裡面，最倒霉透頂的人。賣地賺了好大一筆錢，卻被健康給打敗了。這事給我們一個教訓哪。」

「什麼教訓啊，說真的？」

卡文並不想賣弄聰明，不過赫茲巴顯然沒料到他有此一問，突然說不出話來。「哎，這——我不知道，好好掌握每一天吧。」他最後說：「把人生活得精彩盡興。」

感謝你的真知灼見啊，老兄。

他離開律師事務所，開著車子一路蹦蹦跳跳地回馬里蘭州界，心中仍暗暗納罕，根據秘書的紀錄，那個打電話來的女人說她是珍・瓊斯，這麼有創意的名字還真是巧合啊。電話是三月一日打的，不到三個星期之前。一個陌生女子，查問一個老警察的財產。她知道他快死了嗎？怎麼知道的？她一直在考慮對那個老頭提起民事訴訟嗎？她得知道她姊姊的謀殺案沒有追訴期限才行。

但是她也會知道刑事案件沒錢可拿。

他還是覺得這一切都太方便了——老農場，不在了，天知道那個據說曾經存在的墳墓下落如何？那個老頭，也等於不在了。

一跨進馬里蘭州，他就掏出行動電話，打給韋勞夫畢，想問他有沒有聽過丹罕這個人，雖然藍哈德特調內勤工作也還不到十年。沒人接。他決定再打給南西，看看她有什麼斬獲。

「殷凡特。」她說。她的手機螢幕上一定馬上秀出他的名字，讓她可以立即辨識來電者身分。電話再也沒有半點神祕色彩了，這是他還待適應的事實。

「律師有一些還算有意思的消息，可是丹罕這條線索看來差不多是死胡同了。妳現在是貝塞尼案的頂尖專家囉？」

「差不多啦。想辦法找到老媽——她以前在奧斯汀的那家房地產公司知道怎麼和她聯絡。沒人接電話，也沒有答錄機，可是藍哈德特還在想辦法找到她。工程浩大喔，雖然——」

「我們應該先把她擺到一邊，等我們確定再說。」

「話是沒錯，可是，殷凡特——」

「我是說，她一定很想要相信，所以我們必須控制好情況。如果我們有可能誤導她，就不該浪費她的時間。」

「殷凡特——」

「最起碼最起碼，她必須瞭解我們不能打包票，那個——」

「殷凡特，閉嘴，安靜一秒鐘聽我說。我靈機一動，把潘妮洛普．傑克森的名字輸進Nexis新聞資料庫裡試試手氣。你不會這麼做，對吧？」

見鬼啦。他最恨南西這樣佔他上風了。「我做過犯罪搜尋，就像妳那樣。還有Google，但是有好幾千條。這名字太普通了。況且，就算她上過什麼新聞，我有什麼好在乎的？」

「她的名字出現在幾條喬治亞的新聞裡。」一陣沉默，南西敲著鍵盤，找出她已存檔的資料。「《布倫斯維克時報》。去年聖誕節。有個男子在平安夜遇害，調查結果裁定是意外。他的女朋友，當時在家，名叫潘妮洛普．傑克森。」

「可能是巧合。」

「可能是。」南西同意，透過行動電話不穩定的訊號都可以感覺到她的揚揚得意。「但是那個死掉的男人呢？他名叫東尼．丹罕。」

「那老頭的律師說他沒有繼承人，他五年前這麼說的。」

「那裡的警方聽說——從他女朋友那兒聽來的——沒有必須通知的近親，因為東尼的父母親都過世了。不過年齡吻合啊——他死的時候五十三歲，他的社會安全號碼開頭是二一，所以是在馬里蘭核發的。丹罕一家在搬到賓州之前，很可能是住在馬里蘭的。」

「但是三十年前，他二十三歲。他當時很可能不住在家裡了。」而且現在又死了，死於意外。只要沾上這個案子，這個女人，為什麼個個都落到沒命的下場呢？以她過往的事蹟來看，她擦撞的那家人能活得好好的還真是命大。「該死，他可能應召入伍了。妳查過軍隊紀錄了嗎？」

「還沒。」她承認，讓他有點小小滿足，雖然小得可憐。我想到紀錄了，妳沒有。

「布倫斯維克到底在哪裡？怎麼到那裡去啊？」

「小隊長幫你訂了西南航空的班機到傑克森維爾，七點鐘起飛。布倫斯維克大約要再往北一個小時。潘妮洛普．傑克森在一家餐廳工作，穆雷特灣，附近有個叫聖西蒙島的渡假村，但是她一個月之前辭職了。她很可能還在那個地區，只是不住在同一個地址了。」

或者她人在巴爾的摩，玩著鬼祟的把戲，耍得大家團團轉。

第二十二章

「妳確定這樣可以嗎？」

「當然。」她說，心想，去吧，拜託，去吧。「我可以照顧賽斯，如果他不想去的話。」

「太棒了。」男孩連忙說。雖然凱伊說：「不行，不行，我不能要妳負這種責任。」妳說的是不會冒險吧。但是沒關係，凱伊。我也不要和小孩單獨在家。我之所以這樣說，只是要讓妳別懷疑我罷了。

「如果我待在妳家裡看電視，沒關係吧？」

她看得出來，凱伊並不想讓她這麼賓至如歸。凱伊不信任她，她不信任是對的，雖然她自己並不知道。凱伊有一番內心掙扎，但是她的正義感終於勝出。噢，她好愛凱伊。凱伊很可靠，總是做善良的事，做對的事。當凱伊這樣的人一定很不賴，但是善良和正義是她負擔不起的奢侈品。

「當然沒關係。妳需要什麼就別客氣——」

「吃完這麼棒的晚餐之後？」她拍拍胃：「我一口都吃不下了。」

「只要在醫院待過兩天，就連溫府餐廳都算是人間美味了。」

「我們家以前都去溫府吃中國菜呢。噢，我知道那已經不是同一家店，也換老闆了。但是我還記得我們以前開車去那裡的事。」

凱伊狐疑地瞥她一眼。她的謊言扯得太過，太用力了嗎？但這是事實啊，這個部分是事實。或許她已經到了她說的謊言比她講的實話更可信的階段。這是不是在謊言裡活得太久的結果？

「鴨醬。」她說，很謹慎地不露出太得意的神情，也別說得太快。「我以為鴨醬是從鴨子身上流出來的，就像牛奶從牛身上流出來一樣。所以我就想，如果我們一大清早到葛文斯瀑布附近的梧德隆去，很早很早，一定能看見華人在擠鴨醬。我想像他們戴草帽——噢，天哪，我們叫那個帽子是苦力帽。真是糟糕，我們有種族歧視。」

「為什麼？」賽斯問。她喜歡他，他還有葛芮絲，除了自己之外，最喜歡的大概就是他們兩個了。大部分的小孩她都討厭，其實應該說是怨恨吧。但是凱伊的小孩好甜，有從母親身上遺傳或學來的善良本質。他們也很黏凱伊，或許是離婚的後遺症吧。

「我們當時不知道啊。三十年後，你可能也會對比較年輕的人說類似的話，對你現在所說，所做，所穿，所想的一切東西，他們一定都不相信。」

她從賽斯的表情看得出來，他並沒接受她的說法，但是他太有禮貌，不會反駁她。他們這一代會搞定一切，會把所有的東西弄得妥妥當當的，解開所有的謎團。畢竟他們有iPod啊。這好像讓他們認為一切皆有可能，他們可以像控制和管理音樂那樣控制自己的人生，只消轉動一個小軌輪就成了。沒錯，甜心。只等著設計出一個大遊戲機，一個數位錄影機（Tivo）的嶄新世界。無論你想要什麼，何時想要，隨時都沒問題。

「我們不會超過一個小時的。」凱伊說。

「別擔心我。」或者，像叔叔常說的，「別玩瘋了，去吧。」

獨自一人在家，她打開工作室裡的電視，強迫自己看了十分鐘蠢到難以置信的節目。小孩老是丟三落四忘東西，她知道，但是開車離開十分鐘之後，除非是很重要的東西，否則爸媽不會再折回來拿。電視節目進第二段廣告的時候，她打開家用電腦。沒有密碼。沒有密碼。沒有密碼，她心中禱告，果真沒有密碼。速度緩慢的小戴爾電腦大門洞開。她會留下行蹤，無法避免，但是有誰會想來這裡追查？她加快速度，透過網站查看她的電子郵件，找看看有沒有急件。然後寫了一封電子郵件給頂頭上司，解釋說因為發生意外，以及家裡的緊急事故——絕對不假，她是回家了啊——所以臨時出城。她把信發出去，然後關掉電子郵件程式，以防萬一上司正在網上，十萬火急地立刻回信。接著，儘管她覺得這樣很危險，但還是在Google的搜尋引擎裡輸入：「海瑟．貝塞尼」。

才剛輸入「海」，Google就跳出她完整的名字。為什麼，凱伊這個好管閒事的小東西。過去這幾天她已經做了許多額外的功課。不知為什麼，知道凱伊也沒多高貴多有用，也有基本的好奇心，竟然讓她覺得好過一些。她檢閱搜尋過的項目，很好奇凱伊找到了哪些資料，但全都只是一目瞭然的網頁，最基本的資料。凱伊進了《燈塔光明報》的檔案庫，但是因為要付費而作罷。沒關係，她對那些報導還記得一清二楚的。還有個失蹤兒童網站，有年代久遠的詭異照片，基本資料。還有個讓人毛骨悚然的部落格，是俄亥俄一個男子架設的，以解開貝塞尼姊妹謎案為職志。太好了。

凱伊不過是個社工，她怎麼會以為凱伊有管道進入某些祕密的政府資料庫，儲藏機密檔案的資料庫。當然，根本沒有這樣的地方存在，倘若有，她早就可以憑自己的力量找到，而且駭進去了。從好幾年前，她就已經試遍了所有能用的電腦資源了。

她很不情願地下了線，關掉螢幕。她懷念她的電腦。在此刻之前，她從未思索過她與電腦的關係，也從來沒對自己承認過，她一天耗了多少個小時在盯著電腦螢幕。此時此刻想來，這種自知之明倒也沒讓她覺得可憐兮兮的。恰恰相反。她喜歡電腦，喜歡電腦的邏輯和有條不紊。過去幾年，她對各種關切網路的言論嗤之以鼻，什麼網路可以用來接觸未成年少男少女啦，什麼網路會增加兒童色情照片的流傳啦，好像電腦盛行之前的世界有多安全似的。如果她的失足是起因自網路的聊天室，她爸媽就會有機會找到她了。然而，她卻是在一個人來人往的世界裡，和某個人一對一的談話，所有的麻煩就由此而起，一段簡簡單單的對話，任何人都想像得出來的，最天真無邪的對話。

妳喜歡這首歌嗎？

什麼？

妳喜歡這首歌嗎？

是的。她其實並不喜歡。那不是她喜歡的那種歌，但是他們的對話——對話裡還有些別的東西，讓她希望永遠不要結束的東西。是的，我喜歡。

第二十三章

然後，終於，電話響了。

這是蜜麗安事後對那一刻的回憶。早在事情發生的當下，她就已經開始編織回憶了。後來她告訴自己，就在她擺餐具準備吃晚飯的時候，那沉悶單調的電話鈴聲響起的那一刻，她就已經察覺這通電話的來意了。可是，事實上是要再過幾秒鐘，等電話另一端的那個男人清清喉嚨，用奇特的巴爾的摩腔，那古怪刺耳，但是經過這麼多年之後，聽在她耳裡卻還是如此熟悉的巴爾的摩腔開始講話的時候，就在那一刻，她知道了。

他們找到她們了。

他們找到屍體了，很可能是她們。

牢裡又有個瘋子開始講個沒完沒了，拼命想談條件，或只是要博取注意。

他們找到她們了。

找到屍體。很可能是她們的屍體。

牢裡的瘋子講個不停，但是不妨聽聽看。

她們被人找到了。

珊妮。海瑟。戴夫死了，可憐的戴夫，沒能活著看到故事的結局。或者，他是幸運的戴夫，不必聽到他從來就不願意承認的事實？

他們找到她們了。

「蜜麗安．貝塞尼嗎？」就是「貝塞尼」這三個字洩露了天機。只有在那個案子裡，她還保留著「蜜麗安．貝塞尼」的身分。

「是的。」

「我是哈洛．藍哈德特，巴爾的摩郡警局的小隊長。」

找到她們了，找到她們了，找到她們了。

「幾天前，有個女人出車禍，警方到了現場之後，她說——」

瘋子，瘋子，又一個該殺千刀的瘋子。又一個腦筋壞掉，不在乎惹出多少痛苦傷害的瘋子。

「說她是妳的女兒。小的那個，海瑟。她說她是妳的女兒。」

蜜麗安的心爆炸了。

【第Ⅵ部】　電話良伴（1983）

Chaper 24

第二十四章

電話在清晨六點半響起，戴夫不假思索地抓起話筒。他早該知道的。就在上個星期，料到有這通一年一度的電話，於是他到保安大道上那家威爾森去買了一部「電話良伴」（Phonemate）答錄機。那家店的售價應該是比較低的，只是戴夫從來也無法確定，因為他沒耐心去一家家比價。不過，身為零售業的同行，雖然規模小得多，戴夫倒是對他們如何能透過維持最少的銷售人員和不在店內堆積存貨來減少經常開支很感興趣。購物者記下他們所要買的商品編號，在這邊排隊取貨，在另一邊排隊結帳。或許訣竅就在於，這套繁複的系統能讓大家相信他們是真的買得划算。在隊伍裡等來等去——總值得一點代價，對吧？蘇俄人排隊買衛生紙，美國人大排長龍買答錄機、電動沖牙機和十四K金項鍊。

答錄機是新產品，是隨AT＆T解體之後異軍突起的科技產物，而今，突然之間，每個人都得要有一部——錄下傻里傻氣的留言，故作風趣，甚至還要高歌一段。結果證明美國是個孤獨得要死的地方，每個人都擔心漏接一通電話就會改變自己的命運。舊的戴夫，以前的戴夫，會想盡辦法不對這種機器低頭，就算不得不，也是能拖多久就拖多久。但是，凡事都有可能性哪，有人或許只打那麼一通電話，就從此再也不打了。況且，還有一些你不想接的電話，機器能讓你先聽聽看，再決定要不要和活生生的人談。但是戴夫還沒想好該怎麼讓這部機器發揮功用。一旦你讓某個人知道你偷偷聽著打進來的留言，你怎麼還能不接那個人的電話呢？或者你就只能假裝你不在家？說不定最好是永遠不接電話。他花了快三個小時去錄他的語音訊息：「我是戴夫．貝塞尼，我現在不在——」不盡然是事實，他不喜歡說謊，連對陌生人都不例外，但是他更不願意讓騙子有可乘之機。「這裡是貝塞尼家——」這裡沒有貝塞尼一家人，只有一個貝塞尼，住在這幢越來越疏於照料的房子裡，什麼東西都沒壞沒破，但什麼東西也都沒正常運作。「我是戴夫。嗶一聲後請留言。」一點創意都沒有，但能用就好。

電話良伴設定在電話鈴響四聲之後開始運作，一夜無夢（他現在覺得這是很大的福份）睡得迷迷糊糊的戴夫茫然伸長手臂，抓起話筒。就在舉起話筒到耳邊的那一瞬間，他想起了今天的日期，想起他之所以買答錄機的唯一原因。來不及了。

「我知道她們人在哪裡。」一個男人的聲音，刺耳，微弱。

「去你的。」戴夫說，用力摔下電話，但是來不及了，那聲音已經掄拳飛來，狠狠的一拳。

電話是從四年前開始打來的，每次都一模一樣，起碼說的話是一模一樣的。但是聲音聽起來每年都不一樣，戴夫知道每年一度打電話來的這個人一定為過敏所苦，影響了他的音質。這個猥瑣的傢伙今年聲音比較沙啞嗎？今年春天想必來早了，花粉早就到處飄。這傢伙是他專屬的土撥鼠[44]。他的電話良伴。

戴夫很盡責地把日期、時間和通話內容記在他擺在電話旁的拍紙簿上。韋勞夫畢警探說他應該舉報所有的東西，甚至包括掛掉的電話，但是儘管戴夫作了記錄，卻從來沒對韋勞夫畢提過這個特別的春之祭。「讓我們來決定什麼重要，什麼不重要。」過去八年來，韋勞夫畢對他說過好多次，但是戴夫沒辦法那樣過日子。他必須一一區別，就算只是為了讓他自己保持神智清明吧。他發現，希望是讓人無法與之共存的情緒，是需索無度、惡毒妄為的同伴。愛蜜莉．狄金遜稱之為有羽毛的東西[45]，但是她的希望纖巧優美，安安穩穩地棲在心頭。而戴夫．貝塞尼所知道的希望雖然也有羽毛，卻更像是葛里芬（Griffin），有發亮的眼睛和尖利的指甲。不，是爪子，他糾正自己。葛里芬頭像鷲鷹，身體是猛獅。戴夫．貝塞尼版的希望坐在他胸口，爪子探進探出，刺得他的心臟鮮血模糊。

他至少還可以在床上窩一個小時，但是想再睡著是不可能的。他起床，慢慢晃到外面拿報紙，開始燒水泡咖啡。不管蜜麗安怎麼催他改用電動咖啡機，戴夫還是堅持要用濾滴壺泡咖啡，等到迪馬喬（Joe

44 美國傳統以土撥鼠預測春天來臨的時間，據傳每年二月二日，土撥鼠會出洞，如果天氣晴朗，土撥鼠見到自己的影子，則代表冬天還要延續六週，便會再回洞裡冬眠。反之，當天若多雲無影，則代表春天即將來臨。

45 美國詩人Emily Dickinson（1830-1886）的詩〈*Hope is a Thing with Feathers*〉中說：「希望長著羽毛，棲息在我們的靈魂裡」。

DiMaggio）的廣告開始大力放送的時候，兩個人更是鬧得不可開交。現在的戀食癖者，在戴夫看來簡直是頹廢的階級。那些人又開始回頭用老式的方法煮咖啡，只不過他們用的是一種圓頂的小機器磨咖啡豆，轟隆隆的聲響成為誇張的儀式，簡直是給美食拜物教用的超大型按摩器嘛。看吧，他把滾水注入濾壺的時候對隱而不見的早餐伴侶說，我早告訴過妳了，什麼東西都會流行回來的。

他始終維持著和蜜麗安一面吃早餐一面談話的習慣。事實上，從她離開之後，他還更喜歡和她談話呢，因為不會有衝突，不會有嘲諷，也不會有質疑。他大放厥詞，蜜麗安默默地贊同他所說的每一件事。他想不出來還有什麼更令人滿意的安排了。

他掃過《燈塔報》的地方版。沒提到今天這個日期有什麼重要性，其實也早就料到了。第一年有篇報導，第二年也有，然後就再也沒有了。第五年不知不覺地來了又走，讓他很不解。她的女兒什麼時候才會再得到重視？十年，二十年？在他們的銀婚紀念日，或金婚紀念日？

「媒體已經竭盡所能了。」就在上個月，和他一起看著員警在芬克斯堡附近的老農場挖洞的時候，韋勞夫畢還對他這麼說。

「可是，就算只從歷史的觀點來看，事情發生的……」這裡的鄉間景色好美。他以前怎麼從沒來過芬克斯堡，看看隱藏在這遜斃了的名字底下的美景呢？但是，高速公路直到最近才延伸到本郡的這個區域。在道路闢建之前，根本不可能住在這裡，到城裡工作。

「到了這個節骨眼，只能指望逮捕行動了。」韋勞夫畢說。隨著時間一刻刻流逝，洞越挖越多，警探已經不抱希望了。「有某個知道某些事的人，會想用來當交換條件的籌碼。搞不好就是那個傢伙本人。如果他早就因為犯了其他罪被關起來，我也不意外。很多沒破的案子最後也都真相大白啦——艾頓・帕茲[46]，亞當・華許[47]都是。」

「他們都是後來的。」戴夫說，好像討論的是嫡長子的問題。「而且亞當・華許的父母至少還有屍體。」

「他們有一顆頭。」韋勞夫畢愛咬文嚼字的天性又來了。「屍體一直沒找到。」

「你知道嗎？事到如今，就算只有一顆頭都好。」

提供芬克斯堡農場這條線索的電話很可信。首先，打電話的是個女人，一般來說，精神失常的女人沒男人那麼多，她們不會故意捉弄女兒可能已經遇害的家庭來出氣，女人的瘋狂不是這種類型的。何況，打電話的還是個鄰居，一個留下全名的女人。她說有個名叫萊曼・塔納的男人在一九七五年春天搬到附近，就在兩姊妹失蹤前沒多久。她還記得那個復活節週日，女孩失蹤隔日，他一大清早就洗車，好怪異，也讓她印象深刻，因為氣象預報說會下雨。

---

46 Etan Patz，一九七九年在紐約曼哈頓失蹤的六歲男孩，是第一個照片印在牛奶盒上的失蹤兒童，案情廣受矚目，但始終未破案。其失蹤的五月二十五日已訂為全國失蹤兒童日。

47 Adam Walsh，一九八一年在佛羅里達的Sears百貨遭綁架殺害的七歲男童，凶嫌雖坦承犯罪，但因警方遺失重要證物而未被定罪。Adam的父親於案發後致力申張保護被害者權益，並主持「頭號通緝犯」電視節目。二〇〇六年美國國會通過「亞當・華許兒童保護與安全法案」。

韋勞夫畢說給戴夫聽，他們問她為什麼會在八年之後還記得這些細節。

「很簡單。」那個女人，依芳．葉普雷斯基說：「我是東正教徒——羅馬尼亞東正教，但我上的是城裡的希臘東正教教堂。在我們的教曆上，復活節和你們的日子不一樣，我媽以前老是說，他們的復活節每年都下雨。是真的，通常都下雨。」

然而，她一直到幾個月之前才再想起洗車這件怪事。幾個月前，萊曼．塔納死了，把農場留給幾個遠親。依芳．葉普雷斯基那時才想起來，她鄰居在社會安全局工作，辦公室離購物中心很近，而且他剛搬到隔壁來的時候，好像對她的女兒有異乎尋常的興趣。他家的產業地界上有個老墳場，很多買家都因為這樣而打退堂鼓，但是他一點也不在意。

「他還大張旗鼓的準備種莊稼，租了曳引機，把整片田全犁過，然後就什麼都沒再種過了。」葉普雷斯基太太說。

巴爾的摩郡警局僱了推土機。

工作人員正在挖第十二個洞的時候，另一個鄰居很好心地通風報信說，葉普雷斯基太太很不高興，因為她丈夫想買這塊地，但是塔納的繼承人不肯賣。葉普雷斯基夫婦不是騙子，不完全是。他們開始相信自己編的故事。你明明出了好價錢，那人的繼承人卻不肯賣——為什麼，一定有蹊蹺。天氣預報說會下雨，他卻洗車。那不就是那兩個女孩失蹤的時候嗎？一定是他幹的。希望，一整個星期以來歇息在戴夫肩上的希望，又回到他的胸口，利爪探進探出。

因為早餐只有一杯黑咖啡，所以吃早餐，看報紙，洗杯子，到準備上樓換衣服，前後只花了二十分鐘。還不到七點。一年裡有三百六十四天，他讓女兒的房門緊閉，但是這一天，他總是打開來，讓自己稍稍憑弔一番。他覺得有幾分像藍鬍子[48]的故事，只是情節恰好相反。如果有個女人和他一起在這幢房子裡——對他來說簡直難以想像，但理論上來說是可能的——他一定會禁止她踏進這兩個房間。當然，她會違抗他，背著他偷偷溜進去。但是她不會找到他歷任前妻的屍骨，她找到的是保存他兩個女兒在一九七五年四月生活的時空膠囊。

海瑟粉紅配白色的房間裡，《野獸國》裡的麥斯環繞世界，尋找野獸之島，最後回到家裡卻還是吃晚飯的時間。幾個青少年的偶像人物躲在麥斯底下的牆面上，都是咧嘴露齒的男孩，看在戴夫眼裡全是一個樣兒。隔壁，珊妮的房間就比較像是青少年的房間，只留有一絲童年的痕跡：她六年級做的海洋生物作業還掛在牆上。她辛辛苦苦用十字繡做出一幅海底世界的景色，這個作業拿了A，但是老師打分數之前盤問了蜜麗安好久，因為不相信是珊妮自己做的。有人質疑女兒的天份、女兒的說法，讓戴夫好生氣。

有人或許會以為這兩個長時間關著沒整理的房間一定很髒，有霉味，但是戴夫卻發現房裡清清爽爽

48 童話故事裡的藍鬍子娶過七任妻子，都離奇失蹤，後再娶新妻，並禁止她打開家裡的七道房門，然而新妻子禁不住好奇心的誘惑，打開房門，發現藍鬍子殺妻的事實。

的，生氣蓬勃得驚人。坐在房裡的床上——這個早上，他像童話裡的金髮女孩[49]那樣冒冒失失地試過這兩張床——你一定會覺得床的主人在夜色來臨前就會回來。就連警方，有段時間考慮過她們有離家出走可能性的警方，也不得不承認，從房間的狀況看起來，她們是打算回來的。沒錯，海瑟帶著她所有的錢去購物中心是很奇怪，但或許這就是惹出麻煩的關鍵。會為區區四十元傷害一個孩子的大有人在，找到她皮包的時候，錢已經不見了。

當然，警方一排除兩姊妹離家出走的可能性之後，就輪到戴夫有嫌疑了。那次的偵訊非常不公平，非常拙劣，還因為誤導辦案方向而浪費了關鍵的寶貴時間，但是直到今天，韋勞夫畢從來沒認錯，更沒道歉。戴夫後來知道，在這種案件裡，家人總是被當成頭號嫌犯，但是他生活裡的某些特殊狀況——搖搖欲墜的婚姻，瀕臨倒閉的鋪子，蜜麗安父母親成立的大學信託基金——卻讓警方的指控格外顯得居心叵測。「你們以為我為錢殺了我自己的女兒？」他衝著韋勞夫畢問。警探沒把他的話當成個人恩怨。「我什麼想法都還沒有。」他聳聳肩說：「因為有問題，所以我想找到答案。就這樣。」

直到今天，戴夫還是不能確定哪一樣比較糟：是被懷疑為了金錢動機謀殺女兒，還是被指控謀殺女兒以報復紅杏出牆的妻子。蜜麗安表現得一副很高貴的樣子，迫不及待地把祕密一股腦說給警察聽，但是她的祕密也為她和她的情人提供了完美的不在場證明。「如果是他們做的怎麼辦？」戴夫問警方：

49 Goldilocks，童話中迷路闖進三隻小熊家裡的金髮女孩，喝了熊的粥，睡在他們床上。

「如果是他們做的，然後陷害我，好讓他們可以私奔，怎麼辦？」但是這個情節連他自己都不相信。

蜜麗安離開他，他並沒太在乎；但是她也離開巴爾的摩，卻讓他對她的敬意蕩然無存。她不夠強壯，無法和錐心刺痛的希望共存，無法和鎮日在他耳邊低語的不可能的可能性共存。「她們死了，戴夫。」大約兩年多前，他們最後一次說話的時候她說。「我們唯一能期待的是，官方正式發現我們早就知道的事情是真的。我們唯一能希望的是，事情並沒有我們想像的那麼恐怖。只希望抓走她們的那個人開槍打死她們，或者沒有折磨她們。只能希望她們沒被性侵，沒——」

「閉嘴，閉嘴，閉嘴，**閉嘴！**」這差點就變成他這輩子對蜜麗安說的最後幾句話。但是他倆都不想這樣。他道歉，她也道歉，這才是他們最後說的幾句話。向來喜歡新東西的蜜麗安去年弄了一部答錄機。他偶爾打去，聽聽她的聲音，但從沒留言。他很想知道，蜜麗安是不是就在旁邊聽著留言，如果她聽到他的聲音是不是會接起電話，很可能不會。

依據馬里蘭州的法律，他最早可以在一九八一年提請推定女兒死亡，經法庭審理之後，就可以將她們的大學基金帳戶解凍。但是他對她們的錢沒興趣，更沒興趣透過法庭來證實他最深的恐懼。他把錢丟著不管。這下大家可都眼見為憑了吧。

或許是個好人家偷走她們了，那隻希望的葛里芬在他耳邊低語。和平軍的好人家，把她們帶到非洲去了。再不然就是她們偶然遇見一支自由奔放的樂團，像凱西那幫人的年輕版，於是一起上路，做你如果沒有小孩也一定會去做的事。

那麼，她們為什麼不打電話？

因為她們恨你。

為什麼？

因為孩子恨父母啊。你恨你的父母。你最後一次打電話給你媽是什麼時候？長途電話又沒那麼貴。

然而，我只能二者擇一嗎？她們活著，但因為恨我所以不打電話？還是她們愛我，但是已經死了？

不，這不是僅有的兩個選擇。還有另一個可能，她們被鍊條鎖在某個瘋子的地下室——

閉嘴，閉嘴，閉嘴，閉嘴。

終於到了該去藍吉他的時間了。鋪子還要三個小時才開門，但是開店之前，有很多事情可以做。在他這一生充滿諷刺意味的際遇裡，這是最痛苦的一樁。隨著女兒失蹤所帶來的曝光率，他的店也開始生意興隆。起初，大家來看哀痛的父親，卻只看見麵包店那位效率極高也很有同情心的汪達小姐。她自願貢獻時間，堅稱戴夫不僅終究會回來工作，而且必須回來工作。看熱鬧的人變成買東西的人，而且口耳相傳的力量非常驚人，讓他的生意好得超乎他卑微的夢想。到最後他還真的擴大營業，增加一排衣服和小型家飾品——抽屜櫃，掛牆面的裝飾盤。他從墨西哥進口的東西現在變得非常熱門。那隻木刻兔子呢？鮑格爾坦太太不屑一顧，無法想像竟然要付十七元去買的那隻兔子。舊金山一家增設民俗藝術區的博物館開價一千美元要戴夫割愛，因為那是極有價值的藝術品——是一位在瓦薩坎的大師早期較不具匠氣的作品。他沒賣，只出借參加開幕展。

他在前門廊停了下來，迎著日光喝酒。林木的枝葉還相當稀疏，以正常時間運作的世界還有幾個星期才結束，這個時節的早晨有種苦中帶甜的清澈澄亮。大部分人都歡迎日光節約時間，但是戴夫向來認為那是很不划算的買賣，失去像這樣的早晨，換得下班之後額外一個小時的日光。早晨是他最後一段快樂的時光。大概啦。那天早晨他一直想辦法快樂起來，把注意力集中在女兒身上，因為他知道蜜麗安忙著別的事——他只是還沒準備好去面對那是什麼事。他忙著分散自己的注意力，扮演超級貼心的老爸。海瑟吃這一套，相信了。珊妮——珊妮沒上當。她知道他根本心不在焉，沉浸在自己的思緒裡。如果他沒失神，如果他沒想也不想地堅持要珊妮帶海瑟一起去。如果——但是他想改變什麼？死一個而不是兩個女兒？那是《蘇菲的選擇》[50]。雖然戴夫很愛史帝隆的《納特．透納的懺悔》[51]，但是《蘇菲的選擇》讓他讀不下去。史帝隆不得不用納粹大屠殺來解釋發生在父母親身上最悲慘的事。大屠殺——還是不夠的啊。和失去子女相比，六百萬人喪生又算什麼呢。

他坐上那輛老舊的福斯小巴，這是他無法放棄的另一個紀念物，是他的郝薇香小姐[52]存在的另一絲遺跡。「希望」躍上乘客席，在牠抓個不停的利爪之下，陳舊的塑膠內裝斑駁碎裂。葛里芬膽綠色的眼

---

50 《*Sophie's Choice*》，美國作家William Styron（1925-2006）的作品，描述在集中營裡，納粹強迫蘇菲在兒女中作出一死一留的選擇。

51 《*The Confessions of Nat Turner*》，William Styron一九六七年的作品，獲普立茲獎。

52 Miss Havisham，狄更斯作品《遠大前程》中濟助主角皮普（Pip）的富有老小姐。

晴轉到戴夫身上，提醒他要繫緊安全帶。

我是生是死有誰在乎？

沒人在乎，「希望」承認。但是你一死，還有誰會記得她們？蜜麗安？韋勞夫畢？她們的老同學，有幾個已經大學畢業的那些同學？你是她們僅有的一切啊，戴夫。沒有你，她們就真的完了。

第二十五章

沒人知道蜜麗安很愛一樣東西——「我不敢相信這是優格」店裡的花生核果優格。其實呢，她當然相信那是優格。她甚至相信這東西不像其他人以為的那麼健康，也相信裡頭含的卡路里和其他東西一樣都是卡路里。「我不敢相信這是優格」所標榜的其他優點，不管是明示或暗示，蜜麗安都不會上當。可她還是喜歡吃，這會兒她就想吃的不得了，好想繞點路去買。這天很暖，按她的標準而非德州的標準來看，是個炎炎夏日，熱得讓人有十足正當的理由可以在巴頓泉消磨一個下午。蜜麗安好想請一個下午的假這樣做，再不然就一路殺到湖邊去，可是她有兩個約，要見克拉克斯維爾的可能賣主。

然而，她竟然考慮（就算只是一下下）要開車到公共泳區去，這個念頭讓她有點不安。她已經在這裡落地生根了。如果她不小心一點，很快就會和本地人一起唱和：「可是你真該早點搬過來住的，以前哪——」，無止無盡地哀嘆以前奧斯汀有多時髦，多快樂，生活是多麼輕鬆容易啊。成天懷念著那些以前存在的地方——阿瑪迪羅，自由餐廳。看看瓜達魯普街和大街吧，今天她連個停車位都找不到。她得忘了優格，繼續去趕她的約會。

她打個哆嗦，開始回溯思緒，想找出是哪一個念頭讓她惴惴不安。停車——奧斯汀——巴頓泉湖。去年秋天湖邊發生凶殺案，兩個女孩陳屍在一片正興建豪宅的建築工地。兩個女孩——不是姊妹，但光是案件的輪廓就讓她不得不注意——沒人想得出有什麼可能的動機。比其他人更精於從新聞報導字裡行間找出線索的蜜麗安，知道警方是真的沒有任何情報，但是她的朋友們卻用最乏善可陳的事實編出各種千奇百怪的陰謀論。深受電視薰陶的他們期望案件發展成一個故事，可以解釋得通的故事，來讓他們滿足，雖然她那些熱心的奧斯汀朋友從來沒用過這個字眼。他們念念不忘奧斯汀的改變——老居民說是「突變」，而把財富賭在這個快速成長的城市的新居民則認為是蓬勃發展——凶案真正的根源就在發展的現象。兩個女孩都是本地人，那種騎腳踏車到處跑的女孩，早在那個地區還沒變得炙手可熱之前就住在附近。據新聞報導說，她們從以前就常在特拉維斯湖旁邊的那個小灣和朋友一起玩，也看不出有什麼理由要因為蓋起一棟新房子就止步了。在蜜麗安看來，這兩個女孩被熟識的人殺害的可能性比較高，但是警方偵訊了工地的屋主和那裡的許多工人。

聚焦於新與舊，發展與現狀的衝突，蜜麗安這些奧斯汀的朋友並不明白，他們真正想撇清的是他們自己與罪行之間的關係，他們是要把單一的恐怖行為擴大而為——多討人厭的字眼——事出必有因。這在以前是絕對不會發生的，當然啊，在自由主義風行的奧斯汀絕對不會發生。奧斯汀的自由作風是這麼甜美，這麼可靠，讓蜜麗安都不得不開始懷疑自己到底有多自由派了。

就拿死刑來說好了，前一年德州才重新恢復死刑。她的同事和鄰居都議論紛紛，說德州迫不及待地跟在猶他州後面把人送上刑場，實在太不得體，也太丟人現眼了。雖然到目前為止，總共也才只有兩個人行刑。蜜麗安從來不加入這些討論，因為她怕自己會太激動地主張死刑，最後甚至不惜把她最不願意搬上檯面的親身經驗拿出來當王牌。自從七年前來到德州之後，她就找到了難能可貴的自由，不再扮演受難的母親，不再扮演哀傷可憐的蜜麗安・貝塞尼。事實上，她也已經不再是蜜麗安・貝塞尼了。她是蜜麗安・托爾斯。就算有人知道貝塞尼姊妹的事，就算大家在不斷揣測特拉維斯湖雙屍命案時提過她們的名字，也沒有人想到其中的關連。她甚至刻意掩藏她在巴爾的摩的那段過往。婚姻不美滿，撐不下去，沒有孩子，謝天謝地，出身渥太華，比較喜歡這裡的氣候。這是大家所知道的她。

曾經有過一些時刻——喝醉了酒或大口暢飲的好友聚會，通常是在深夜——她會興起找人傾訴的念頭，可是絕對不找男人。雖然她發現找男人上床實在易如反掌，但是她根本不想要男朋友，什麼樣的男朋友都不要，而這種坦露心跡的舉動卻很可能會惹得男人對她動真情。不過她交了女性的朋友，包括隱隱提及心中祕密的蘿絲。蘿絲三十七歲，是個主修人類學的學生——奧斯汀好像到處都是打定主意一輩子當學生的人——有一回在派對結束之後待得很晚，說動蜜麗安和她一起到後院去泡熱水池。兩人喝掉一瓶葡萄酒之後，她開始談起貝里斯的一座偏遠村落。她曾經在那裡住了好幾年。「那裡非常超現實。」她說：「在那裡住過幾年之後，我已經不確定魔幻寫實到底是不是一種文學風格。我覺得，那些傢伙描寫的分明全是事實。」她提到強暴，很隱晦的，但是蘿絲話裡似乎全省略了人稱代名詞，所以無從判斷她到底是受害者或只是個無力採取行動的旁觀者。她和蜜麗安繞著各自的往事篝火起舞，優美的身影綽約掩映，任憑對方作出她喜歡的結論。但是後來她們沒再談起這麼私密的事，讓蜜麗安大大鬆了一口氣，或許蘿絲也是吧。事實上，她們也幾乎沒再見過面。

下一個紅燈，蜜麗安翻開她放在前座的名牌記事本，瞄一眼第一個約會的地址。街上有個男人盯著她看，她知道自己是個一手打造自己成功的女人，而且不僅僅是表面的成功。沒錯，憑著一點點錢起家的她，現在財務狀況很不錯。駝色的記事本，瓊安凡斯（Joan Vass）的針織套裝和鞋子，有空調的紳寶汽車——點點滴滴的細節讓她可以用道地的奧斯汀風格展現自己的成就。但是蜜麗安覺得更有意思的是，她創造了一個全然不同的人。蜜麗安．托爾斯可以輕鬆度日，無論做什麼事，都沒有看不見的悲劇如影隨形。光是要讓蜜麗安．貝塞尼留在心裡已經夠困難的了。蜜麗安．托爾斯是一層糖衣外殼，把所有亂七八糟的東西包起來，勉勉強強裹住的糖衣。

「會融掉耶。」海瑟抱怨，伸手讓媽媽看她那沾滿橘色、黃色、紅色和綠色的手掌。「他們怎麼可以這樣騙人？」

「所有的廣告都是騙人的。」珊妮說，十一歲的她還真是有智慧。「記得我們在『模特兒米莉』漫畫書上訂的那一百個娃娃嗎？那麼小一個。」她張開手指，比出娃娃有多小，謊言有多大。

車子還打著空檔等紅燈，蜜麗安的目光落在日期上：三月二十九日。就是這個日子。這個日子。第一次，她可以不知不覺地踏進這一天，沒提心吊膽地數日子。第一次，她沒在連夜惡夢中渾身大汗地驚醒。說來要歸功於奧斯汀的春天如此不同，三月底的此刻已近乎炎熱了。也要歸功於復活節再一次提前，早早來了又走。復活節通常是個象徵，復活節一過，她就踏進她自以為是安全的季節。如果她們還活著——天哪，如果她們還活著，珊妮已經二十三歲，而海瑟也快滿二十了。

但是她們沒活著。如果說她還對任何事情有把握的話，那麼就是這件事了。

一聲喇叭，又一聲，再一聲，蜜麗安幾乎是盲目地往前衝。她很努力想擠出幾個理由，讓珊妮和海瑟會很慶幸自己沒活到今天的理由。雷根當總統？但是她很懷疑，這兩個女孩才不會為了避免這事而犧牲自己的生命呢。不過，聽在蜜麗安中產階級的耳朵裡，音樂真的是比以前好。服飾也不錯，兼具舒適與流行的風格，起碼有些服飾的路線是如此。她們也會喜歡奧斯汀的，即使本地人覺得這個地方已經毀了，毀了，毀了。她們可以在這裡付比較低的學費上大學，去俱樂部玩，去「瘋狗與豆子」吃漢堡，到瑪納尼塔嘗什錦炒麵餅，到喬格喝冰凍瑪格麗特，到同時標榜有機（散裝小米）又強調奢靡品味（五種不同的白黴乳酪）的「食品天地」購物。長大了的珊妮和海瑟會和她一樣幽默，蜜麗安心想，會和她一樣瞭解奧斯汀人有時候多麼荒謬，又多麼可愛。她們可以住在這裡。

而且死在這裡。大家也都死在這裡。他們在建築工地被殺害。他們在山丘村農場通往市場彎彎曲曲的小路上酒駕車禍身亡。他們在一九八一年戰士紀念日週末河水瞬間暴漲，把街道變成一片汪洋的大洪水裡罹難。

蜜麗安暗自相信——或者是暗自說服自己——她女兒命中註定要遭謀殺。就算她可以回到當時，改變那天的情況，她能做的也不過是延後悲劇發生的時間，重塑悲劇發生的形式罷了。她女兒打從一出生就已烙下印記，烙下蜜麗安無法控制的命運。這就是身為養父母的怪異之處，總覺得她無從控制血緣上的因素。當時她以為這是正常的，因為她所面對的事實是血緣上的父母親——絕不是「親生的」父母親，雖然在善良的奧斯汀還會聽到這種不得體的表達方式——更難以接受的事實。只要是涉及她女兒的事，她就什麼都無法控制。

當然，對她還算有利的是，她認識珊妮和海瑟的家人，她們的外公外婆：艾絲特拉和赫伯．透納。蜜麗安覺得很有罪惡感，因為她第一次聽說他們家的故事時，對他們的印象很不好：他們漂亮的女兒莎莉在十七歲的時候離家出走，嫁給一個她爸爸不贊成的對象，後來又不願爸媽伸出援手，於是事情一發不可收拾，再也無法挽回。那應該是一九五九年，是私奔還代表浪漫冒險的年代——架在窗口的梯子，一定會被逮到的年輕情侶，只是最後總是贏得父母的祝福。在那個年代，電視上的已婚伴侶睡在各自的單人床上，性遮遮掩掩的，讓年輕人以為他們必須用沒人開口討論的感情和激情去自行探索。蜜麗安知道。蜜麗安記得。她自己並沒比莎莉．透納大多少。

其他的部分是她自己拼湊出來的——出身自不同階級，粗魯鄙俗的情郎，透納夫婦反對，雖然莎莉怪他們勢利，但其實他們也是出於愛女心切的本能。離家出走，嫁給壞小子的莎莉自尊心一定很強，強得讓她在婚姻變得越來越暴力之後，不願打電話向父母求救。珊妮剛滿三歲，海瑟還是個小嬰兒的時候，她們的爸爸開槍殺了她們媽媽，然後自殺。透納在得知女兒死訊的同時，才知道自己有一對需要照顧的外孫女。

很遺憾的是，就在一個月之前，他們剛知道艾絲特拉罹患癌症。

自願收養這對姊妹是戴夫的主意，而蜜麗安雖然懷疑他的動機——她認為戴夫比較在意的不是那兩個女孩，而是和艾絲特拉扯上關係——但她很樂意。年僅二十五歲的她已經流產過三次。眼前有兩個漂亮的小女孩，等待著他們，兩個不需要經過冗長領養手續的女孩。透納夫婦身為姊妹倆的監護人——據大家所知，他們也是姊妹倆唯一的親人，幾年之後更得到進一步的證實，因為韋勞夫畢警探很努力追查過她們父親是不是有親戚——可以把監護權轉讓給貝塞尼夫婦。手續很簡單。聽起來或許很殘酷，但是在艾絲特拉終於過世，赫伯一如他們預期遠走高飛之後，蜜麗安如釋重負。姊妹倆太容易讓他想起摯愛的女兒和妻子。蜜麗安慶幸他離去，但也因此而看不起他。什麼樣的男人會不想成為孫女生活的一部分？即使在知道他們故事全貌的今天，她還是揮不去最初對透納夫婦的惡感。她不喜歡赫伯對艾絲特拉那種寵愛備至的呵護，不喜歡赫伯再也不能去愛或關心任何人的軟弱無力。看來莎莉之所以離家出走，只是因為蘇德布魯克那幢漂亮的房宅裡滿溢著赫伯對艾絲特拉的愛，讓她無處容身。

姊妹倆從來不知道事情的來龍去脈。她們知道自己是被收養的，當然，儘管海瑟一向不願相信，而珊妮則假裝記得她根本不可能記得的事。（「我們在內華達有個房子。」她會對海瑟說：「有籬笆的房子。而且還有一匹小馬。」）不過，就連「實話實說」，「有話直說」的戴夫都沒辦法告訴女兒全部的事實——私奔的年輕情侶，她們爸爸的暴怒，葬送兩條生命，只因為莎莉不願拿起電話向父母親求救，離開那個她爸媽一開始就不贊成的丈夫。蜜麗安一向主張不必讓女兒知道這些事，但戴夫則認為要在她們踏進成年的時候才透露，大約十八歲左右吧。

但是讓她覺得更不安的是，在據實以告之前，戴夫為女兒所編織的美麗幻想。

「說點另一個媽媽的事吧。」珊妮或海瑟會在睡覺時間說。

「這個嘛，她很漂亮——」

「我長得像她嗎？」

「很像，一模一樣。」是真的。蜜麗安在透納家看過莎莉的照片。莎莉同樣有一頭飄逸的金髮，纖細的骨架。「她好漂亮。她嫁給一個男人，搬到別的地方去住。但是發生了意外——」

「車禍？」

「差不多的事啦。」

「那是什麼事？」

「沒錯。是車禍。他們出車禍死了。」

「我們也在場嗎？」

「沒有。」但是她們在。這個部分讓蜜麗安擔心。兩個女孩在家裡被找到，海瑟在搖籃裡，珊妮在遊戲欄裡。她們在另一個房間，但是她們看見什麼？聽見什麼了？萬一珊妮記得比內華達養小馬的房子更貼近實情的事怎麼辦？

「我們在哪裡？」

「和保姆在家裡。」

「她叫什麼名字？」

戴夫會繼續編造各種細節，到最後簡直變成蜜麗安前所未聞的驚人大謊言。「等她們十八歲的時候，我們就把實情告訴她們。」他說。

想想看，事實竟然也有最低年齡限制，就像喝酒或投票權一樣。唉，戴夫和蜜麗安真是一對忙碌不休卻技藝不精的水獺，忙著築起權充的水壩保護他們的所有祕密，努力想擋住小溪的涓涓細流，卻渾然不知地震已在眼前虎視眈眈。到頭來，他們的謊言還是被公諸於世，只是沒人注意，在這個後啟示錄的時代，這麼多斷垣殘壁四處散落的時代，還有誰會注意這麼枝微末節的事？在艾絲特拉和赫伯來找他們幫忙的那天，蜜麗安以為她是給了這兩個無辜的小生命一個嶄新的開始。但是到頭來，卻是兩個女孩給了她重新創造自己的機會。她們走了之後，她也失去了自己的那一個部分。

去他媽的，她想，猛然違規左轉，我要去巴頓泉。但是她在下一個路口又轉回原本的路線。奧斯汀房地產市場景氣開始轉壞了。她連失去一個客戶的風險都擔不起。

第二十六章

「妳算得比收銀機還快。」「瑞士殖民地」的經理藍迪說。

「對不起？」

「新的收銀機會計算找零，讓妳不必心算。可是妳不靠收銀機，我看的出來。妳總是搶先一步，席維亞。」

「是席兒。」她說，拉拉袖子，他們強迫她穿的這套瑞士小姐服裝，有背心圍裙加上泡泡袖。所有的女孩都很討厭這件衣服挖低的領口，害她們彎腰從玻璃櫃裡拿乳酪和香腸的時候老是露出胸口。冬天的時候，她們在衣服裡加上高領衫，可是現在，四月都快到了的現在，實在很難有合理的藉口穿高領上衣。「是席兒，不是席維亞。」

「可是妳根本不會包裝。」他說：「我從沒看過有誰像妳這樣，一拿起塑膠紙就不知道該怎麼辦。而且妳不知道該怎麼推銷。如果他們買夏季香腸，妳就該推銷芥末。他們想買小禮籃，妳就該建議他們買大一點的。」

我們又沒佣金可拿，她很想說，但她知道那是不對的。她拉起右邊的袖子，左邊的袖子就滑下來，拉起左邊的袖子，右邊就滑下來。太好了，讓藍迪可以盯著她的肩膀看。

「妳不需要這個工作啊，席維亞？」

「席兒。」她說：「這是普莉席拉的簡稱，不是席維亞。」她很努力想把這個新名字變成自己的名字。她是普莉席拉．布朗，二十二歲，這是她身上的證件所記載的——一份出生證明，一張社會安全卡，一張州身分證，但是沒有駕駛執照。

「妳真是被慣壞了，對吧？」

「對不起？」

「妳沒什麼工作經驗。妳說妳唸高中的時候不准去打工，而妳現在……什麼？」——他瞄了一眼面前的那張紙——「在費爾法斯克社區學院？老爹的寶貝女兒，哦？」

「什麼？」

「他給妳大把的津貼，所以妳不必工作。慣壞妳了。」

「我想是吧。」噢，沒錯，他絕對把我慣壞了。

「嗯，現在生意清淡。從聖誕節過後就開始清淡了，妳一定要瞭解。所以我得減輕負擔……」

他充滿期待地瞥了她一眼，這是她最害怕的時刻。自從被迫自力更生之後，她一次又一次地陷入這種情況，努力想用她認為是「正常」的語言交談。這些字句和她所懂的語言或多或少相同，但是她卻很難理解其中的意涵。每回有人話說一半，期待她接口把話說完，她就很害怕，怕她的反應會脫離常軌，引來其他人的疑心。例如，現在，她想說：「……加一條低卡食物的銷售路線。」但是這顯然不是藍迪所謂「減輕負擔」的意思。他的意思是——喔，該死，她被開除了。再一次。

「妳不是個有親和力的人。」他說：「妳很聰明，但是妳不該來賣。」

「賣？我哪裡是出來賣的啊？」她淚光閃閃。

「我的意思是賣東西的售貨員。」他說：「這是個工作的頭銜。售貨員。」

「我可以做的更好……賣東西和包裝。我可以——」她抬頭，透過淚濕的睫毛看著藍迪，不再哀求。他不是她可以擺布的人。她這方面的直覺向來很準。「今天即時生效？還是我要做完表定的時間？」

「隨便妳。」他說：「妳想做完最後四個小時，就做吧。如果妳不想做，那今天就沒錢拿。」

整整一秒鐘，她考慮要脫下制服，穿著內衣大搖大擺地走出去。她以前在電影裡看過有個女演員這樣做，效果十足。但是，此時此刻沒有人可以為她的解放喝采。白天的這個時間，購物中心空蕩蕩的，問題就出在這裡。有良心有幹勁的售貨員要怎麼把乳酪賣給根本就不在這裡的人呢。有人得滾蛋，她就是最適合的人選——最資淺，最不適任，也最不快樂。她不是個有說服力的售貨員。其實呢，她還想要客人別買呢，特別是乳酪，因為她光是包裝都覺得想吐。

這是最近八個月以來，她丟掉的第二份工作，理由全都一樣。不是個有親和力的人。不是個自動自發的人。看不出來有進取心。她很想頂回去，這種最低工資的工作哪裡需要什麼進取心。她知道該怎麼撐過一個小時，該怎麼熬過漫長的時間。她比她所認識的其他人更能耐得住無聊。這樣還不夠嗎？顯然不夠。

去年十一月，店裡為了應付聖誕旺季徵聘員工，她去面試的時候就發現藍迪不會對她有什麼好感。她不對他的味。他是同志，但這並不是原因。只要可以避免，她絕不會利用性。不，有些人會對她有反應，有些人不會，她從很久以前就不再想搞清楚為什麼了。唯一重要的是，在必要的情況下，她可以辨識得出來誰是她可以操縱的人。叔叔用他自己的方式想辦法照顧她，而嬸嬸則討厭她。大家似乎都在見到她之後的幾分鐘裡就下定決心，然後再也不改變心意。

「你知道嗎？」她對藍迪說：「既然被開除了，我今天就不做了。我星期五會回來拿剩下的支票，到時候你就可以把衣服拿回去。」

「妳今天沒工資可拿。」他說。

「沒錯，你說過了。」她當著他的面一轉身，大紅裙子飛了起來。

「要乾洗。」他在背後喊她：「衣服要乾洗！」

她走進購物中心，悲哀破敗的地方，大部分的生意都被西邊那間比較新也比較耀眼的泰森廣場給搶走了。但是這座購物中心搭地鐵比較方便，這也是她選擇在這裡工作的原因。她沒有車。其實呢，她根本不會開車。這是叔叔不肯教她的事。等他們都認為離開是唯一能保護她的方式時，也已經沒有時間學了。即使後來有了穩定的工作，她也不敢奢望花錢去上駕訓班。她只好繼續住在有大眾運輸系統的地方，再不然就得找到可以教她的人。一想到要有什麼樣的關係，別人才會願意教她開車，她就不寒而慄。並不是說她從來沒有自然的性衝動。她很愛看《衝鋒飛車隊》（*The Road Warrior*）裡的梅爾·吉勃遜。事實上，如果非不得已的話，她還覺得那是她可以應付得很好的世界，一個只有一項貨品，每個人都因他而存在的地方。或者是因她而存在。問題是，性向來是她用來保護自身安全的方法，自衛的手段。好吧，好吧，我做，別再傷害我了。現在對她來說，這已經是可以拿來交易的貨幣，她不知道該怎麼扭轉回來了。比方說，如果藍迪是異性戀，她現在很可能早就跪在他面前了，儘管那是她最後的一道防線。比較好的手法是先答應，久久再履行一次。這一套對她在芝加哥披薩餐廳的老闆很管用。直到他老婆有一天走了進來。

叔叔給了她五千美元和一個新名字時，她以為她會在某個城市終老一生。城市裡比較容易隱姓埋名，擁擠的人潮與建築讓她覺得安全。她選了舊金山——正確來說應該是奧克蘭——但是很不適合她。慢慢的，幾乎是不知不覺的，她一步步往東走。鳳凰城，阿布奎基，維契托，又回到芝加哥。最後，她在維吉尼亞北部落腳，阿靈頓有城市的規模與活力，而且還有個變動不居的額外好處，因為太多人來來去去，所以沒有人會強迫你交朋友。她住在水晶市，這個名字讓她覺得好好玩，聽起來好假，像科幻電影裡的地名。巴爾的摩離這裡不到五十哩，再過去三十哩就是葛蘭洛克，但是對她來說，波多馬克河寬廣遼闊，無法航行，就像大海，像大陸，像銀河。她甚至連對華盛頓特區都敬而遠之。

在人跡罕少的購物中心裡，她找張長椅坐下，把蓬蓬的裙子兜攏在臀部，然後又攤開來，只為了看裙擺生氣勃勃地彈飛。購物中心——這可是她懂的語言了。無論走到哪裡，購物中心總是有些令人寬慰的相似點。有些購物中心閃閃發亮，高科技，活力四射；有些，就像這一座，卻帶點哀傷，充斥著被拋棄的感覺。但是有些東西是到哪裡都一樣的——空氣裡飄著太過甜膩的餅干與肉桂味，新衣服的氣味，還有百貨公司香水櫃的香味。

她晃到電動玩具區，那是她打發休息時間的地方。她玩小孩玩的遊戲——「小精靈小姐」和「青蛙過街」——她玩得越來越好，好得可以只花一兩塊錢就打上一個小時。她開始摸清裡面的模式，不管裡頭的可能性有多千變萬化。在這個時間，離放學還有好幾個小時，電動玩具區裡只有她一個人，而且她知道自己看起來好怪異，一個身穿瑞士小姐服裝的年輕女人，搖著操縱桿，讓黃色的團塊吞掉小圓點。她今天打「小精靈小姐」打得很順，打到小精靈與精靈小姐的約會和追逐，但是還來不及看到小小精靈進到車廂來，她就用完她的最後一條命了。[53]她很少在這台機器上見到小小精靈寶寶。程式設定得總是快那麼一剎那，以十萬分之一秒為計算單位的遊戲根本難以克服，卻會騙你上當。

她用身上最後的一個二毛五買了一份《華盛頓星報》，在地鐵上讀徵人廣告，偷偷把手伸進皮包，吃了幾顆違禁的M&M巧克力。地鐵上嚴禁飲食，但她就喜歡挑戰愚蠢的規定。她給自己找了理由，說

53 Ms. Pac-Man，以小精靈女朋友為主角的電玩遊戲，除了經典的吃點數之外，還穿插兩人感情加溫的片斷，最後還有小小精靈的誕生。

是可以作為練習，等她真正需要耍詐的時候就派得上用場。她也希望可以找出收費系統的漏洞。地鐵依據搭乘的路線收費，在出口的地方需要車票才能出站。翻越閘口不是她的作風，但是票價還是有可以動手腳的方法，只是未必比較便宜。

她原來並不打算這麼做。不打算偷偷摸摸。她根本就不需要再這麼做的。她有個新名字，因此也有了新生活。「清清白白的，」叔叔對她保證：「一個重新開始的機會，沒有人會來煩妳。妳想做什麼都可以。而我會一直在這裡等妳，如果妳真的，真的需要我的話。」她無法想像還會需要他。她希望永遠不要再見到他。她伸手摸臉，但馬上就放下來。手上有塑膠和乳酪的味道。她根本沒上到班，卻還是有塑膠和乳酪的味道。

回到她的小套房公寓之後，她把衣服拿到地下室的洗衣間。才不管藍迪怎麼說咧，這種衣服哪需要乾洗。他說的全是屁話。她把強度調到最高，讓衣服洗了一小時，渾然忘了這種公寓洗衣機的威力有多強。衣服縮小了好幾個尺碼——是十二歲穿的吧，再不然就是侏儒。藍迪很可能會用這個當藉口，扣下她最後一筆工資，然後還是交給某個可憐的女孩穿，好讓男客人買他們的蠢乳酪時享受一點刺激。去他的。她把衣服丟進垃圾桶，回樓上去做她的功課。統計學還欠一篇報告，但是那個教授是個老頭，她和他說話的時候，他的手抖得好厲害。他已經放她一馬了。

【第Ⅶ部】　星期六

Chaper 27

第二十七章

喬治亞州的布倫斯維克有股怪味兒。起初殷凡特想怪到自己的想像力上頭，因為他反射動作似的討厭油滋滋的南方諸州。他二十出頭剛到巴爾的摩的時候，受夠了文化震撼，但是他慢慢適應了，甚至還開始喜歡上巴爾的摩。靠著薪水和加班費，警察可以在巴爾的摩好好過日子，不像在長島那樣。這裡的消費水準可能比巴爾的摩來得更低，但他可不想要轉調到這裡。這裡沒地方可去，布倫斯維克好臭。

他從外面一踏進鬆餅屋的時候，女服務生一定馬上看見他皺起鼻子的樣子了。

「化學藥劑。」她壓低音調說，彷彿提示進入祕密俱樂部的暗號。

「花雪妖姬？」他實在很難理解這裡的人說的話，不管他們說得多慢都一樣。

「化－學－藥－劑。」她又說一遍：「你聞到的味道。別擔心，你很快就會習慣的。」

「我可沒時間習慣這裡的任何東西。」他給了她一個迷人的微笑。他喜歡端東西給他吃的女人。不管姿色有多平庸，有多沒吸引力，就像眼前滿臉雀斑、胖嘟嘟的女孩，他還是很愛她們。

前一夜抵達布倫斯維克已經快十點了，去探查潘妮洛普．傑克森和她男友住的那個區域太暗也太晚了。但是他今早去見本地消防督察時順道到那條街上轉了一圈。雷諾德斯街看起來雜亂不堪，至少東尼・丹罕生前住的那一段是如此。那裡正處在可以好轉，也可能變壞的臨界點。不過呢，在殷凡特眼裡，布倫斯維克大部分地區看起來都是這樣，彷彿正緩緩滑下絕望的深淵，或正準備從長期的衰退中重新振作起來。不適合我啊，他隔著艾拉默租車公司提供的噴泉水霧，端詳著這個城市，這麼想著。但是一靠近水邊，柔和甜美的微風輕輕拂來，他想起在巴爾的摩春天才正要開始呢，於是想通了。這裡的氣候比較溫和宜人，所以這裡的人也是。他挺欣賞的——天氣啦。

「喔，那個案子保證是意外啦。」本地消防局的督察說。這個名叫偉恩・托利佛的男子約殷凡特在他吃早餐之後喝杯咖啡，正合殷凡特的意。他不喜歡邊吃飯邊討論公事，因此很高興可以全心全意吃這特別的一餐：一大盤蛋、香腸和穀片，吃得他心滿意足。「她當時在前面的房間看電視，他在臥房，抽菸喝酒。他睡著了，煙灰掉在床邊的小地毯上，那個地方——」他兩手一揮，宛如撒著隱形的五彩碎紙——「就毀了。」

「她有什麼反應？」

「煙霧警報器故障了。」托利佛扮了個鬼臉。他有張圓圓臉，臉頰紅潤，很和善的樣子，雖然頭都快禿了，但是年紀很可能不像外表看起來這麼大。「大家都覺得我們是擔心過了頭，才會要他們每六個月換定時器的時候順便換電池，可是最好是永遠別碰上喔。反正呢，那天是平安夜，天氣很冷，她走到哪裡都帶個小暖爐。因為電視擺在那個有整面落地窗的舊房間裡，沒有中央空調。她注意到有煙的時候，已經來不及了。她告訴我們說她衝到門邊，先感覺到熱氣——那是正常的反應——然後才看到門已經燙得沒辦法碰。她說她捶了門，高聲喊他的名字，然後打一一九。窗戶封死了——違法的當然是房東啦。但是那傢伙醉成那樣，恐怕連掙扎的機會都沒有。我猜想，在她還沒搞清楚發生什麼事之前，他就算還沒被煙嗆死，也已經去了大半條命了。」

「是這樣囉。」

托利佛聽出殷凡特話裡有幾分批評的意味。「沒有觸媒。只有一個起火點，在地毯上。我們檢查過她。檢查得很仔細。還有一件事讓我們不得不相信——她沒從那個房間拿走任何一樣東西。她所有的衣服都燒光了，不管有過什麼首飾也全沒了，而且他好像沒留半毛錢給她。恰恰相反。他有一筆年金，一死就沒得領了，所以她平常從他身上撈的錢也沒了。」

「年金？」約克的律師說史坦．丹罕賣掉農場之後買了保險年金，所以兜得攏。不過他也說，那老頭沒有任何親戚在世。

「他按月領一筆錢，可以領十年。你也知道，球隊選手薪水好的不得了吧？他們都是簽約拿年薪的。比這個好多了，當然。他拿的錢不多——照他的生活型態來看，只夠他們兩個過普普通通的日子。他們很愛狂歡啊，那兩個。你以為他們已經大得不來這套了，以他們的年紀來看——他都五十幾歲了——可是有人就是永遠長不大啊。」

這句話帶著幾分悲哀，好像托利佛有些親身經驗似的，某個他心愛的人永遠長不大，讓他很頭痛。

但是殷凡特不是來找托利佛聊天的。

「對他們兩個，你還知道什麼其他的事嗎？」

「那……那個地址啊，我們警局的弟兄很熟。有人投訴太吵。懷疑有家庭暴力，但是電話是鄰居打的，不是她，而且他們說打起架來誰比較慘還難說咧。因為她很潑辣，是北卡羅萊納州山村裡來的那種鄉下女孩。」

什麼事情都是相對的。如果這個傢伙會叫某人是鄉下女孩，那她一定真的俗爆了──編繩腰帶，黛西鴨，不折不扣的艾莉．梅．克蘭佩特[54]。

「她在雷諾德斯街這個地址住了多久？」

「不確定。官方文件上找不到她的名字──房租契約，水電費帳單，全都是他的名字。他已經在那裡住了五年左右。他開卡車，但是沒固定替哪一家公司工作。據鄰居說，他是在路上碰見她，然後就帶回家了。他沒什麼大錢，但是總有辦法搞到女人。她已經是第三個了，鄰居說的。」

「你們給他做了毒物篩檢沒？」

又一個屈辱的眼神。「做了。的確是醉得不醒人事，還有一點安眠藥的成份，其他的就沒有了。那傢伙和許多開卡車的人一樣──他開工的時候依賴藥物保持清醒，才能掙錢，等回家之後就需要別的東

54 Daisy Duck是唐老鴨的女友。Elly May Clampett是一九六〇年代走紅美國的電視影集《豪門鄉巴佬》（*Beverly Hillbillies*）劇中主角女兒。該劇描述西維吉尼亞一家人因發現石油一夕致富，遷居加州比佛利山，鬧出種種笑話。

西來讓自己鎮靜下來。他前一天才剛回來。」

「可是……」

「聽著，我知道你想怎麼解釋這個案子。可是我懂火。我這麼說不過份吧？便宜的地毯上有根菸蒂。如果是她放的火，你知道她得先算計多少事情，得要有多鎮靜嗎？是啊，點根香菸丟在地毯上是很容易，但是她必須確定他不會醒過來，對吧？她必須站在那裡，看著火燒起來，等到變成煉獄之後才打電話。如果火沒點著，她不能再丟第二根，因為我們會找出破綻。對吧？她還得祈禱鄰居沒看見——」

「那天是平安夜。有多少人會在家？」

托利佛氣呼呼地不理會這句話。「我見過那個女人。她沒那麼老謀深算，沒本領耍這種花招。她死命要往屋裡衝，害消防員得拼命拉住她。」

但是，房門燙得沒辦法碰的時候，她卻很鎮定地沒衝進房裡去。

托利佛再次察覺到殷凡特沒說出口的話。「在危急的時候，人真的可以非常冷靜，非常鎮定。那是自我保護的作用。她救了自己一命，但是等她一想起他在裡面，一知道他真的走了，她就控制不住了。我聽過一一九的報案電話。她嚇死了。」瞎死了。大家都很愛取笑殷凡特隱隱約約的紐約口音，非常輕微的口音，彷彿只是映照實物的影子。

「她現在人在哪裡？」

「我不知道。房子被查封了，所以她沒住在那裡。可能在城裡，也可能離開了。她愛做什麼都可以。她很自由啊，又是白人，滿二十一歲囉。」

殷凡特以前聽過這段話，可能是在電影或電視節目裡，而且不是最近的事。如果是在現在的工作場合，這句話肯定會被當成輕率失言，落得要去和人事輔導員面談的下場。只是托利佛好像不覺得這種調調已經過時了。不過話說回來，殷凡特自己的老爸和叔伯們還更不懷好意地說過更過份的話。

離開鬆餅屋，他思索著，是什麼原因讓東尼．丹罕往南遷，為什麼他最後會在這裡安家落戶。單單天氣這個理由就已足夠。而且，既然開長途卡車為業，這傢伙也不像有什麼雄心壯志。丹罕出生在一九五〇年代初期，那個年頭大學還是可唸可不唸的。在六〇年代，只要能加入還不錯的工會，連高中沒畢業都不難糊口。根據南西追查的紀錄，東尼．丹罕並不是退伍軍人，但自稱是海瑟．貝塞尼的那個女人說她住在農場的那段期間，他是不是也住在家裡，則不甚清楚。她沒提到家裡有其他人在。可是，老問題，她除了地址和史坦．丹罕的名字之外也沒提到其他事。她到底想不想要他們去找出東尼的線索啊？潘妮洛普．傑克森又扮演什麼樣的角色呢？

相片不會騙人：巴爾的摩的女人不是潘妮洛普，不是駕照相片裡的潘妮洛普。可是她是誰呢？如果潘妮洛普是海瑟．貝塞尼，而這個女人偷走她車的時候，也偷走了她的人生故事怎麼辦？那麼，潘妮洛普人在哪裡？他只能希望雷諾德斯街的老鄉們能指認這個神祕的女人，可以解釋她和這些人的關係。

殷凡特回到雷諾德斯街開始探詢潘妮洛普．傑克森和東尼．丹罕的事時，南方的待客熱忱馬上消失無蹤。當然啦，他碰到的第一個男人或許很想幫忙，但是那人西班牙文說得比英文好，而且一瞧見殷凡特的官方證件就嚇得退避三舍。不過，他還是點頭指認了潘妮洛普．傑克森在北卡羅萊納州駕照上的相片，說：「Si，Si，是潘妮洛普小姐。」然後對另一個女人的照片聳聳肩，一副不認識的樣子。東邊的鄰居是個有五六個孩子的大塊頭黑人婦女，只嘆口氣，好像對這種事情司空見慣，沒空再多理會其他的事。「我過我的，他們過他們的。」被問到知不知道潘妮洛普．傑克森的下落時，她說。

燒焦的藍色房子另一邊，有個年紀比較大的男人拖著竹耙，在黃綠色的草坪上抹去冬天的遺跡。一知道自己是和官方人士打交道之後，原本冷冷淡淡不愛搭理的他，馬上變得很客氣。

「我實在不想這麼說，可是我寧可要房子燒得只剩空架子，也不要那兩個人再回來。」那人，亞隆．帕立許說：「這樣說很不厚道——而且我也不希望他們發生這種悲劇。可是他們很惡劣。唉，打架，吵鬧。還有——」他壓低聲音，好像提起難以啟齒的事。「還有啊，他把他的小貨車停在前面的草坪上。我找房東抱怨過，可是他說他們都準時付房租，不像那些墨西哥人。可是我覺得墨西哥還是比較好的鄰居呢，只要你把美國人的規矩好好講給他們聽就成了。」

「打架，吵鬧——他們兩個？」

「經常喔。」

「你有報警嗎？」

他緊張地環顧左右，好像有人會偷聽似的。「匿名的。好幾次。我太太甚至想找潘妮洛普談，可是她說不關我們的事，不過她說話的時候倒是挺客氣的。」

「這是她？」

帕立許瞧著駕照上的相片，那是南西放大列印出來的。「好像是。雖然她本人比較漂亮。個子小小的，但是身材很好，像個小洋娃娃。」

「這個女人看起來眼熟嗎？」他有張「海瑟．貝塞尼」的照片，是第二次偵訊時用數位相機拍的。

「不，從來沒見過。天哪，她們看起來還真像啊，對不對？」

是嗎？殷凡特看著那兩張照片，但只看到表面的相似之處：頭髮，眼睛，或許還有身材。雖然他不喜歡也不相信海瑟．貝塞尼，但是他看見她有一絲潘妮洛普．傑克森所沒有的脆弱。傑克森看起來像是個很難對付的奧客。

「她談過自己的事嗎？我指的是潘妮洛普．傑克森。她從哪來？東尼從哪來？他們怎麼認識的？」

「她不是那種喜歡聊天的人。我知道她在聖西蒙島工作，一家叫穆雷特灣的餐廳。東尼偶爾也在島上工作，接不到長途卡車工作的時候。他在一家園藝服務公司打些零工。可是他們當然沒辦法住在島上啦。」

「為什麼不行？」

殷凡特的天真惹得亞隆．帕立許發笑。「價錢啊，孩子。在島上工作的人幾乎沒人住得起那裡啊。

這個房子，」他指著這幢側面漆成藍色，有三間臥房的牧場風格房宅焦黑的殘骸：「值二十五萬哪，只要你把它抬起來，往東搬個五哩就成了。聖西蒙島是百萬富翁住的地方，海洋島甚至還更貴呢。」

殷凡特謝謝帕立許先生，走進那幢沒上鎖，火災氣味未散的房子。他看不出來這棟房子為什麼被當成廢墟封鎖起來，因為燒毀的部分大多侷限於臥房。房東可能想藉機多要一點保險費吧。

通往臥房的門膨脹卡住了，但他用肩膀頂住，使盡全力推開來。托利佛說過，東尼．丹罕在還沒被火燒傷之前就死了，因為吸入過多煙霧致死，但是他的肌膚有段時間被燒得像烤肉一樣滴油爆炸，那幅景象實在讓人揮之不去。那股味道也還在。殷凡特站在門口，努力想像。你膽子鐵定很大，才敢這樣殺人——把菸蒂丟到地毯上，等著火燒起來。就像托利佛說的，如果沒燒起來，你也不可能再丟第二根香菸。如果那傢伙醒過來，你最好可以想辦法說服他說這純粹是意外，你只是剛好走進來，如果他不時好好揍你一頓，你可得藝高膽大才敢冒這個險啊。你也得克制自己，不去拿任何心愛的東西，讓所有的東西付諸一炬。你得一直站在那裡，站到快被煙嗆到了，然後才關上門，洗洗臉，把被火燻得流淚的眼睛弄乾淨，然後回到房門口，等到你確定再也沒有人可以救房裡的那個男人一命。

巴爾的摩的那個女人，不管她叫什麼名字——她做得到，他深信不疑。可是他也確信，她不是潘妮洛普．傑克森。這是他唯一擁有的事實。我不認識潘妮洛普．傑克森，她曾經說。但是，如果真的不認識，豈不是該有不同的口氣嗎？我不認識什麼潘妮洛普．傑克森，我不認識半個潘妮洛普．傑克森。那你他媽的是怎麼弄到她的車子啊？她用知名刑案的破案線索當幌子，迴避回答問題，然後還給一個警察誣陷罪名。她丟給他們的東西還真不少——目的何在？她到底想隱瞞什麼？

他走出房子，離開雷諾德斯街。那是幢悲哀的房子，從還沒失火之前就是。兩個不快樂的人和挫折與失望共同生活的房子。充斥著爭吵與辱罵的房子。他看得出來，因為他曾住過這樣的房子，兩次。認真說來——應該是一次吧，他的第二段婚姻。他的第一段婚姻還可以，在沒失和之前都還可以。泰碧莎以前是個甜美的女孩。如果他現在遇見她……可是，他永遠不會見到她了，不會再見到他十二年前在碼頭鼠輩酒館一見傾心的那個泰碧莎。在他眼裡，她已經消失了，已經變成一個把卡文．殷凡特當成騙子，當成花花公子的女人。他偶爾會碰見泰碧莎——就這一點來說，巴爾的摩真是個小地方——她總是很有禮貌，很文明，和他一樣。有時甚至還很友善地笑談他們的婚姻，好像那只是一段意外層出不窮的汽車之旅，一段愉快的災難。過了十年，他們可以寬宏大量地看待自己的年少輕狂。

然而，她眼裡還是有一層從未真正消失的薄膜，一抹失望的光澤。他願意付出一切的代價，只願再一次看見當年的泰碧莎，用第一次在碼頭鼠輩酒館邂逅時的眼神看他的泰碧莎，在他還值得她欽佩與尊敬時的泰碧莎。

從西方旅館大廳拿來的宣傳折頁上有一張寫道，聖西蒙島上有個堡壘之類的東西，於是他決定先到那裡去殺時間，等潘妮洛普．傑克森工作的那家穆雷特灣餐廳開始準備應付晚餐的人潮時再去查訪。對參觀歷史景點所帶來的失望，他早就習以為常了——他才十歲的時候就去過阿拉莫[55]——可是佛雷德瑞卡堡所在的位置根本什麼建築遺跡都沒有。行動電話響起的時候，他正盯著佈滿海草，被稱之為「血腥沼澤」的那片海。

「嗨，南西。」

「嗨，殷凡特。」他認得這種口氣。他對南西的口氣，比對他那兩個前妻的口氣還熟。她準備丟壞消息給他了。

「有話直說吧，南西。」

「我們那個傢伙決定要開金口了。今天。」

「我今天晚上就回去。不能等嗎？」

「我也這樣想，可是藍哈德特說我們要哄她開心。他要派我去陪她。我想他是擔心媒體，一旦她媽媽出現的話。沒人料到她會這麼快從墨西哥趕來，只不過接到一通電話，而且……嗯，我們可沒辦法這麼容易控制那個媽媽。我們沒有罪名可以安在她頭上。她想和誰談都可以。」

自由，白人，滿二十一歲，就像托利佛說的。

「沒錯，什麼狗屁倒灶的事都來了。」他們竟然可以無聲無息地進行了這麼久，也實在是不可思

55 Alamo，位於德州聖安東尼，係西班牙傳教士建立之據點，十九世紀初有百餘人為抵抗墨西哥入侵而殉難，為德州最重要的歷史遺跡。

議，算是他們唯一的好運道吧。「他媽的，真是。那個媽媽什麼時候到？」

「晚上十點，比你晚一點。還有一件事……」

「唉，少來。還要我去接她啊？難道才過了二十四小時，我就被降級啦？」

「小隊長覺得如果有人去見她，看起來比較有禮貌，我們不知道這事會拖多久。有禮貌，而且……嗯，也比較妥當。我們不能讓她離開視線，你懂吧？」

「好吧。」

殷凡特惡狠狠地掛掉電話，回頭繼續盯著那片沼澤。戰役顯然沒這麼血腥嘛。在叫什麼簡金耳之戰[56]裡頭，英軍擊退進犯的西班牙人。這個名字拿來替戰爭命名也太不稱頭了吧，但是，他也正在打著他自己這場無意義的戰爭，不是嗎，他在喬治亞到處閒逛的時候，他的前任搭檔已經奪得先機，去主導一場原本應該屬於他的偵訊。殷凡特的左睪丸之役。從某個方面來說，知道南西沒在背後捅他一刀，或幕後策劃一切，才讓他覺得更不好受。她從來就不是城府很深的人。他懷疑是不是那個可能是海瑟的女人知道他來喬治亞，所以才突然想說出一切。

他媽的，他恨布倫斯維克。

56 War of Jenkins' Ear，1739-1742，Robert Jenkins為英國商船船長，因被西班牙指控走私，遭割耳虐待，引發英國輿論不滿，遂於一七三九年對西班牙宣戰，時為英國殖民地的喬治亞州與西班牙領地的佛羅里達州也捲入戰事，一七四二年西班牙從海上進攻聖西蒙島的佛雷德瑞卡堡，在「血腥沼澤」展開激戰，西軍潰敗，戰爭也宣告結束。

第二十八章

「是這樣的，你真的可以幫我們一個大忙。」

韋勞夫畢聽進這些話，瞭解其中的意思，但還是不太想得出該怎麼回答。他被講話的人迷住了，光看她站在那裡，就讓他心蕩神迷，滿心歡喜。一個老派的女孩。韋勞夫畢知道自己實在是有性別歧視，可是他無法不這麼看眼前這位年輕的警探。她曲線玲瓏，身在二十一世紀初，卻有一副十九世紀的體態，臉頰紅紅的好漂亮，頭髮隨意挽成高髻，幾綹金髮飄了下來。他還沒退休之前，警局就已經有女性同仁了。在一九八〇年代末期，有些甚至還辦凶案。但是她們看起來當然和眼前這個迥然不同。

「我一直忙到快凌晨四點，」那位警探，南西，很熱切地說：「檢查看哪些東西應該剔除掉，哪些應該繼續擺在這個案子的檔案裡。可是實在有太多東西要同時兼顧，所以我想你可以幫我集中焦點，注意那些最重要的細節。」

她把兩份列印出來的資料推到他面前。不只繕打清楚，而且還是彩色的，有紅有藍。紅色的部分是已經公開的資訊，藍色的部分是沒公開的。這好像太女孩子氣了吧。不過呢，說不定現在所有的警察都這麼做，因為大家都有電腦。在他那個年代，他肯定不敢用像這樣的分類系統，因為他的同事全都虎視眈眈，想逮著他軟弱或溫柔的蛛絲馬跡。心力交瘁才是精確的用語，但是如果他把心裡的這句話說了出來，同事們就會拿來當證據，證明他真的是心力交瘁了。

「凌晨四點？」他喃喃低語：「現在才中午。妳一定筋疲力盡了。」

「我有個六個月大的兒子。筋疲力盡是我的正常狀態。其實呢，我睡了足足四個小時，所以相對來說，我還算好好休息一番了。」

韋勞夫畢假裝研讀面前的報告，可是他不想專心，不想對這些紅紅藍藍的魅惑女妖俯首稱臣。在這一大堆看似平靜無波的陳年往事底下有個漩渦。他不想再被捲進去，不想再一直想著自己的失敗。從來沒有人責怪他或暗指他犯了錯。他的上司雖然很想解決貝塞尼姊妹事件——沒錯，他們後來一再用這兩個字：事件——但也覺得沒破案只是運氣不好，因為這個案子簡直就像是從《陰陽魔界》（*The Twilight Zone*）裡直接抄襲來的那種離奇事件。甚至連戴夫，一直到最後都沒責怪他。韋勞夫畢離開警局的時候，無論從哪一方面來看，他都贏得了他一心所希望得到的形象。英雄好漢。強悍。不屈。絕不軟弱，當然更不會心力交瘁。

然而，他心中一直隱隱作痛，因為貝塞尼姊妹到底發生了什麼事，他始終沒得到重大突破。而今，這個年輕的女人——天啊，她這麼漂亮，還是個新手媽媽，想想看哪——告訴他說，有個警察被指控，一個他們自己的人。一個他自己的人，顯然是和他差不多同期的人。他不記得史坦・丹罕，這個小妞南西說他一九七四年從竊盜組退休，但是沒啥差別：還是讓警界很難堪。他知道，如果珍．杜伊，那個女人，說的是實話，整個案子會怎麼發展。一直就近在他們眼前啊，這麼多年來。可能會讓人懷疑他們官官相護，必有陰謀。大家都愛陰謀啊。

「這個。」他的手指指著一行藍字，一行大寫且標上線的字。「妳抓到重點了。這就是妳要的。知道所有細節的只有幾個人：我，蜜麗安，戴夫，那天晚上和我們在一起的那名年輕員警，還有可以進入證物室的人。」

「人也不算少囉。何況，被指控的是個警察，說不定他在警局裡有內線。」

「你覺得她不是她自稱的那個人，但還是認為史坦有可能涉案。」

「現在什麼事都有可能。這——」她頓了一下，把思緒整理好。「這個案子是活的，以自己的方式活著，會成長，會改變。從我開始處理陳年舊案以來，我對資料的看法就變得不一樣了。那就像樂高積木，你懂嗎？有各種不同的方式可以組裝，但是有那麼幾塊永遠拼不到一起，無論花多少時間想破腦袋，就是沒辦法擺進去。」

擺在他倆之間桌上的茶開始變涼了，但他還是啜了一口。他堅持要泡茶，慎重其事地拿出兩個馬克杯，放進兩包立頓茶包，她隨他去忙，很可能以為他寂寞，希望拖長她留下來的時間。他並不寂寞，一點都不，而且除非必要，他也不希望她多留十分鐘。他的目光飄到妻子的舊書桌上，聽見伊登華德的屋簷上有隻小鳥哀痛悲鳴。來不及了，來不及了。

「這件事呢，」韋勞夫畢說：「抓走兩姊妹的那個人未必知道，而且幾乎可以肯定不會記得。對他來說無關緊要。但是女孩子——女孩子會記得。妳知道，妳會不會記得呢？在那個年紀？」

「這個嘛，我比較像個男人婆，你或許早就猜到了，可是沒錯，我會記得。」

「所以追查這一件事。好好搞清楚，仔細思考她的遣詞用字。妳只需要這麼做。可是妳懂啊，對不對？妳說妳以前在凶案組，在妳請產假之前。」他發現自己竟然臉紅了，彷彿對這個女人提起她的生理功能，提起她的生殖作用是很不禮貌的事。「妳知道該怎麼去偵訊的。事實上，我敢說妳一定厲害得很。」

輪到她喝一口涼掉的茶，拖一會兒時間。再年輕幾歲，他或許不會被她吸引。二十幾歲時候，他喜歡的是他那個階級的女人，就像他那位勢利的母親說的，瘦到快碎掉的女人，像凱瑟琳．赫本那型的，走路時骨盆前傾，屁股稜角尖銳得像會割傷你似的女人。愛芙琳就是這樣的女人，不論從哪一個方面來看都優雅十足的女人。但是溫厚自有其優點，這個南西．波特有張宛如洋娃娃的臉，紅撲撲的臉頰和淡藍的眼睛。農婦身材，他母親會這麼說，但是他的家族裡應該要有些比較強壯的基因才對。

「我們覺得——他們覺得——藍哈德特小隊長，也就是殷凡特的上司，也兼副局長——我們覺得你應該在場。」

「妳的意思是在場旁觀？」

「或許也……一起談。」

「這樣合法嗎？」

「有時候退休的員警也還是替局裡工作。非正式任命，諮詢之類的工作。我們可以這麼做。」

「親愛的——」

「南西。」

「我不是有性別歧視——我只是一時想不起妳的名字，想要掩飾。事情就是這樣，妳看不出來嗎？我已經六十幾歲了。我老是忘東忘西。我不像以前那麼敏銳了。我記不得所有的細節。現在，妳對這個案子比我還清楚。我沒什麼可貢獻的了。」

「只是你在場或許會讓她打算騙我們的時候多想一想。因為殷凡特在喬治亞，而那位媽媽要晚上才到——」

「蜜麗安要回來？你們找到蜜麗安了？」

「她在墨西哥，和你說的一樣。她在德州還留有一個銀行帳戶，我們從那裡拿到聯絡資料。藍哈德特昨天晚上找到她，可是我們沒想到她會這麼快就回來。他一直想說服她別來。她得飛一整天才能回到這裡，但是等她一到，我看不出來我們有什麼方法可以攔得住她。我們本來不打算今天偵訊的，但是我老闆覺得這或許是個機會。」

「妳的意思是，如果她是假的，她或許會騙蜜麗安，然後神不知鬼不覺地從蜜麗安身上套出情報。」他搖搖頭。「她騙不了蜜麗安的。沒有人可以騙得了蜜麗安，什麼事都騙不了。」

「我們倒不是擔心這個。如果發展到那個地步，我們還有上皮細胞。但是我們如果可以很明確地排除她的可能性，用事實來逼她現出原形，也不是壞事吧。」

「上皮……」

「DNA。我只是很愛現科學名詞，不過用得也不太精確就是了。」

「DNA。當然啦。警察新交上的好朋友。」他又啜了一口冷茶。所以蜜麗安沒告訴他們，他們也沒問。她推斷，他們也推斷。他們怎麼可能不這麼想呢？有些事情沒說出口，但心裡卻已經斷定了。是他的錯，他想，這些年來，他想過好多次，希望自己沒這麼做。但是他欠戴夫這麼多。

他用力把報告推開，好幾張紙片從他那張桃花心木茶几光滑的桌面掉了下去。因為有這個活力四射的年輕女人在場，他才注意到，這張茶几蒙了一層灰，蠟也上得過多了。

「這樣的事情很難想像，對不對？你以為精力是取之不竭用之不盡的。俗話說戰馬一聞到煙硝就有反應。可是到底指的是馬想去打仗還是想避開戰爭啊？我一向認為是後面這個說法才對。我幹警探的時候做得還不錯。退休的時候，我已經接受事實，知道這個案子還沒破，知道有些事情永遠無解。我甚至——別笑喔——想過超自然的解釋。外星人綁架。有何不可？」

「但是如果有答案……」

「恕我大膽，但是我打心底認為到頭來會證明是騙局一場，白白浪費每一個人的時間和精力。我替蜜麗安覺得難過，飛回到這裡來，強迫自己去思索她幾乎不容許自己相信的事。戴夫才是懷抱希望的那個人，希望害死了他。蜜麗安是接受事實的人，她找到方法活下來，繼續過她那逐漸凋零的人生。」

「你的大膽——正是我們需要的。和我一起待在偵訊室裡，和她四目相接。副局長說他會再和你詳談，如果你覺得這樣有差別的話。」

韋勞夫畢走近窗邊。天陰沉沉的，很冷，即使以三月溫度的標準來說，還是算冷。然而，只要願意，他還是可以去打高爾夫球。高爾夫，永遠也無法打到完美的球賽，每回都提醒著你有多少缺點，有多像個人的球賽。他以前老是說他絕對不玩高爾夫球，絕對不過那種他與生俱來就有權利過的俱樂部生活，但是退休之後空盪盪的日子裡，他還是踏了進去，現在更已經無法自拔。他退休的時候四十五歲。誰會在四十五歲退休？

失敗的人。

他從來沒打算要當一輩子警察。很久以前，他的計畫是當個五年的警察，然後轉到州檢察官辦公室，打著瞭解法律各層面運作的旗號，投入檢察總長選舉，或許有一天還出馬競選州長也說不定。年紀輕輕，剛從維吉尼亞大學法學院畢業，他信心滿滿地規畫他的未來——五年計畫，十年計畫，二十年計畫。三十歲那年他成為專辦凶案的警察，決定再多留一段時間，或許辦一兩個知名的案子來讓履歷更亮眼。第一年，他拿到貝塞尼的案子。他又留了五年，然後又十年。

不僅僅是因為貝塞尼的案子，不完全是。但是，司法正義對他來說越來越不重要。法庭不是個提供答案的地方。那是個收場的世界，架設一個舞台，讓參與的各方人馬可以用完全相同的事實，拼湊出各自想要的模樣——這個年輕女人是怎麼說的？沒錯，就像樂高。這是我的版本，那是他的版本。哪一個最能吸引你？樂高。有無數種方法可以組裝。他想起聖誕時分的市區圖書館，窗口擺滿本地建設公司做的巨型樂高模型。他想起自己曾經多麼輕率的以為他總有一天會帶著子女，然後是孫子，走過這些窗子前面。結果呢，他的妻子無法生育。「你們可以領養。」戴夫這麼對他說。而韋勞夫畢不假思索地說：「可是你又不知道你會養到什麼樣的小孩。」

戴夫顧全他的顏面，只說：「永遠沒人知道，崔特。」對戴夫的歉疚壓在他的心頭沉甸甸的，而且他一直沒彌補，也永遠彌補不了。他才一花力氣想彌補，就惹來這團大混亂——蜜麗安坐上飛機，警探們以為科學可以幫得上忙，就算其他的一切都搞砸了，他們也還可以弄張傳票，透過她的血液或牙齒（或者她媽媽的DNA）證明她是個騙子。沒錯，如果能在蜜麗安今晚抵達之前，先拆穿這個女人的謊言，對每個人來說都會比較好。

「我陪妳去。」他終於說：「我不會進去，但是我會在外面看看聽聽，妳有需要的時候也可以要我提供意見。不過我需要吃頓午飯，而且妳最好灌我一點咖啡因。這個下午會很漫長，我習慣在用餐過後打個盹的。」

他知道自己雙手奉上了讓她可以取笑的素材，關於餐後的那句話。她很可能會在局裡到處轉述。「他不像普通人那樣說：『吃飽飯後』——他說的是『用餐過後』。」但這向來是他警察角色的一部分。他很刻意地讓其他警察不時對他嗤之以鼻，給他們理由來嘲笑他的高貴，他的儀態。

他們對他的敵意，他們對他來當警察動機的懷疑，向來讓他很不解。最頂尖警探會愛自己所做的工作，會引以為榮。他們大可以做其他工作賺更多錢，但是他們選擇當警察。崔特也只不過做和他們一樣的事，而且他的愛還來得更加純粹。可是他們從來就搞不懂。到頭來，他們還是不相信不需要月俸支票的人。這個臉頰紅潤的女孩也沒什麼不同。現在，她需要他的協助，或者她以為她需要。但是等事情過了，她還是會在背後嘲笑他。隨便吧。他這麼做是為了戴夫——還有蜜麗安。

他很想知道她添了多少歲月的風霜，她的黑髮裡添了多少灰白，墨西哥的氣候在她可愛的橄欖色皮膚上留下了多少痕跡。

第二十九章

護照上的空白一片，讓蜜麗安想起自己這十六年來有多麼少走動，連聖米蓋都很少離開，更別說是要走出墨西哥國界了。事實上，在九一一事件發生之前很久，她就沒搭過飛機了，但是如果不是事先就打定主意要好好觀察，她也不確定自己會不會注意到這些變化。就算是在最承平的年代，從達拉斯－沃斯堡的海關入境都不是什麼特別愉快的經驗。她一點都不意外，他們待她的態度這麼粗魯，他們看她的眼神這麼奇怪，再加上她的護照，再不到一年就要過期的護照。她在一九六三年成為美國公民，因為歸化會讓事情變得比較簡單。和一般人的想法不同的是，公民身分並不會隨著婚姻關係而自動給予。如果不是為了女兒，她或許不會改變她的國籍。即使是在一九六三年，她還是覺得自己不想當「亞美利加人」，美國人向來大喇喇地這樣說，好像亞美利加大陸上沒有其他國家存在似的。但是為了家庭，她還是接受了這個身分。

「妳這次到美國做什麼？」移民官用急匆匆的語氣問她。移民官是個黑人女性，四十幾歲。她顯然覺得這份工作很無聊，肥胖的身軀可能花了好一番功夫才在小隔間裡給她坐的這張高凳上安坐下來。

「呃……」雖然只是不到一秒鐘的遲疑，但是卻似乎正中移民官的下懷，她訓練有素的耳朵一聽就挑出了這個逸出常軌的答案。突然之間，那個女人豎直脊樑，目光銳利。

「妳到美國做什麼？」她又問一遍，這回聲音變了。做—什麼？

「為什麼，我——」還好蜜麗安及時想起，移民官並沒要她站在海關這裡說出她一輩子的故事。她不必告訴這個女人說她兩個女兒三十年前失蹤，被推定遇害，更不必提起現在，在所有的希望都放棄之後，其中一個或許還活著。她不必提起她和鮑格爾坦的婚外情，提起離婚，搬到德州，搬到墨西哥，以及戴夫的過世。她不必解釋她為什麼成為美國公民，為什麼在離婚之後改回娘家本姓，或者她為什麼決定在聖米蓋阿言德定居。她的人生還是屬於她自己的，至少暫時還是。在接下來的二十四個小時裡，情況或許會改變，她或許會再變成公眾的財產。

她所必須說的只是：「私人原因。家務事。有個親戚出車禍。」

「真遺憾。」那女人說：「太糟了。」

「不太嚴重。」蜜麗安要她放心，拎起行李往國內線航站走去，她還得要再熬過茫然麻木的四小時，才能搭上飛往巴爾的摩的班機。

「不太嚴重。」前一天晚上，她從震驚中回過神之後，小隊長這麼對她說。宛如被丟進深不見底的冰冷水中，蜜麗安迷失方向，嚇得茫然失措，她的本能完全發揮不了功能。過了好一會兒，她才慢慢集中精神，做最自然而然的事，衝向水面，破水而出到可以再次呼吸的地方。「我指的是車禍。」那人澄清。「當然啦，她說的事非常非常嚴重。」

「我得要飛一整天，但是如果我馬上就走，明天晚上就可以到。」她說。她眼淚簌簌落下，但沒礙著她的聲音，她的思緒。她心裡飛快盤算著她在聖米蓋的人脈，想著誰可以也會幫她的忙。有一家特別好的飯店，常常接待有錢客人，迎合他們突如其來的怪念頭。他們可能可以幫她訂到機票。沒人會和錢過不去的。

「妳如果可以等一下，真的會比較好……其實，我們並不確定——」

「不，不，我沒辦法等。」這時她才明白他的意思。「你認為她可能是騙子？」

「我們覺得她怪得要命，但是她知道一些只有和案子有密切關係的人才會知道的事。我們正在追查一些新線索，但是還沒有把握。」

「所以，就算她不是我的女兒，也幾乎可以肯定知道一些她的事。珊妮呢？她有沒有說她姊姊怎麼了？」

一陣沉默，凝重的沉默，讓她知道電話另一端的男子也是個父親。「她被綁走之後不久就遇害了。那個女人是這麼說的。」

在墨西哥生活了超過十六年，蜜麗安從來沒胃痛過。但是就在這一刻，她感覺到尖銳的刺痛，是典型的觀光客症候。在這三十年來她允許自己想像的所有事情裡——發現墳墓啦，逮捕嫌犯啦，事件落幕啦，還有，沒錯，在她心裡的某個祕密角落裡，偷偷藏著團圓的可能性，根本就不可能的可能性——這是她從來沒想到過的事。一個回來，但另一個沒有？她使盡全力想壓抑這種極端的感覺，力道之大讓身體彷彿要崩裂似的。海瑟，活著，在這麼多年之後得到期待的答案。珊妮，死了，在這麼多年之後得到恐怖的答案。樸拙的松木餐具櫃上有面錫框的鏡子，她對著鏡子瞥了一眼自己臉上的表情，期待看見一分為二的臉，喜劇與悲劇交融為一的面具。但是她看起來和平常一樣。

「我會到。儘快趕到。」

「當然啦，這是妳的選擇。可是妳或許想先讓我們追查一些新線索。我派了一個警探到喬治亞去追查一些東西。我不想讓妳大老遠趕到這裡之後——」

「聽著，可能性只有兩個。一個是她就是我的女兒，如果是這樣，我恨不得能快一點趕到。另一個可能是這個人知道我女兒的消息，而且想加以利用，不管是為了什麼原因。如果是這樣，我也想和她面對面。更何況，我會認得出來。一看見她，我就會認得出來。」

「可是，才一天沒差那麼多吧，如果我們可以拆穿她……」他不想讓她來，不管基於什麼理由，還不要來，但這只讓蜜麗安更下定決心，非儘快趕到不可。戴夫死了，她該負起責任。她會像他那樣立即採取行動，像他還活在世上那樣。她虧欠他那麼多。

現在，還不到二十四小時之後，拖著行李箱穿過機場大而無當的商店，她再次思索著自己的確信不疑。如果她認不出來怎麼辦？如果她想見女兒的渴望蓋過她身為母親的本能怎麼辦？如果母性的本能只是胡說八道怎麼辦？一心否定蜜麗安母親身分的大有人在，他們不假思索且不自覺地看輕她，因為她和撫養的小孩之間沒有血緣關係。如果他們的看法是對的，如果蜜麗安缺少了某些關鍵性的感知能力怎麼辦？她和沒有血緣關係的女兒感情如此親密，難道就能證明她有此本能嗎？她記得他們以前養的一隻貓，一隻雜色的捕鼠高手。牠結紮了，所以從來沒生過小貓。可是有一天，牠找到一隻海瑟的填充玩具，用真正的貂毛做的小貂。這恐怖的東西是戴夫那位不按牌理出牌的母親送的禮物。如果這隻貂不是他母親送的，戴夫絕不會准海瑟留下。他曾經強迫蜜麗安丟掉她的水獺皮外套，那是她祖母留下來的東西，也是她加拿大生活的紀念，而且非常保暖。但是凡事碰到佛洛倫絲·貝塞尼就成了例外。那隻貓，艾蓮諾，發現了那隻貂，據為己有，拖著脖子到處走，彷彿當成自己的小貓咪一樣，不停地舔著，只要有人從牠身邊拿走就氣得大叫。最後，那隻貂當然是毀了，艾蓮諾濕答答的粗舌頭把貂毛舔得全掉了，只剩一張光禿禿的帆布，真的是醜怪至極。

如果蜜麗安的本能也像那隻雜色貓一樣怎麼辦？她早就學會像愛自己的孩子一樣去愛另一個女人的女兒，如果她拼了命想相信，那麼她還能真的認出任何孩子嗎？她會叼著絨毛動物的脖子，假裝那是她的小貓嗎？

在失蹤的前一年，珊妮問了越來越多關於她「真正」母親的問題。她那時是典型的青春期少女，情緒起伏，陰晴不定，家人叫她是「風暴」，但她還是躡手躡腳探進身世邊緣，然後又縮了回來。她想知道。但是她還沒準備好要知道。「是自己撞車的嗎？」她問。「怎麼發生的？是誰開的車？」他們許久之前說的那個甜蜜文雅的故事，現在全成了謊言，明明白白的謊言，蜜麗安和戴夫都不知道該怎麼改變說詞。在青少年的眼中，說謊是最大的罪孽，是唯一可以拿來對抗父母管教與倫理的理由。如果他們奉上欺騙和偽善的證據來讓珊妮當成武器，那麼她一定變得無可救藥。但是，她終究必須知道的，因為別的不說，僅僅她母親的失足就是個難能可貴的教訓，足以證明不聽父母管教會惹來什麼殺身之禍，而從錯誤中醒悟又多麼值得驕傲。如果莎莉．透納在需要援助的時候能去找她爸媽，那麼珊妮和海瑟就絕對不會成為貝塞尼家的女兒。儘管蜜麗安痛恨這個念頭，但她知道那才是上上之策。不是因為血緣，而是因為兩姊妹的媽媽如果活著，姊妹倆或許也還會活著。

警方花了很長的時間賣力調查生父的家族，但是他在世的幾個親人似乎不知道也不在意這個殘暴的青年生下來的子女會有什麼下場。他是個孤兒，名叫雷歐納德，暱稱雷歐，撫養他長大的姑媽不贊成莎莉，就像艾絲特拉和赫伯反對他一樣。諸如此類的。在女兒失蹤之後的餘波蕩漾裡，很難談什麼尊嚴不尊嚴的，但是蜜麗安真的很討厭他們對女孩的生身父親這麼興趣盎然，甚至比他們刺探她的紅杏出牆還討厭。而什麼方法都想試，連最瘋狂的想法都不放過的戴夫，也被他們的窮追不捨逼得抓狂了。「她們是我們的女兒。」他一再對崔特說：「這和透納家沒關係，而那個白痴什麼都沒做，只是像條發情的狗一樣。你們在浪費你們的時間。」這個問題讓他幾近歇斯底里。

有一回，幾年前，有人——在意外發生之前是個朋友，意外發生之後才現出原形，那人不是朋友，從以前就不是——問蜜麗安，女兒是不是戴夫親生的，是不是他以前和透納家女兒偷偷交往懷下的，等她不管為了什麼原因過世之後，就合謀精心編造了這個故事。沒人覺得她和女兒長得像，蜜麗安早就習以為常了，但是她覺得奇怪的是，這個女人認為她在兩姊妹身上看見戴夫的影子。沒錯，他的髮色很淡，但是又粗又卷。沒錯，他的皮膚很白，但是他眼睛是棕色的，他的輪廓更是完全不同。沒錯，一次又一次，有人說：「噢，女兒比較像爸爸喔。」的時候，總有那麼一晌侷促不安，因為蜜麗安不願意當著女兒的面否認她們的長相，但是也沒辦法容忍別人有這樣的錯誤認知。她們很像我，她想這麼說。她們和我好像。她們是我的女兒，我一手塑造了她們。她們是我的改良版本，強壯，而且更有自我意識，敢於放手爭取她們想要的東西，而不會像我這一代的女人一樣，怕自己顯得自私或貪婪。

四個小時。在機場耗四個小時，然後還要在飛機上待差不多三個小時，而她一路行來已經快八個小時了——從清晨六點，透過喬伊的安排，搭車到當地機場，然後在墨西哥市嚴重誤點。機場書店裡有不少好書，但是她無法想像自己能集中精神看書，而雜誌又似乎太過八卦，和她的生活距離太過遙遠。她甚至連大部分的電影明星都不認得，因為她住的地方沒有小耳朵。那些女明星的臉蛋與身材，看在蜜麗安眼裡簡直相似得驚人，每個都像是亞麗山大夫人娃娃。標題驚爆私事——訂婚啦，離婚啦，生小孩啦。都是崔特的功勞，她想。他對當地的媒體瞞住了那麼多的消息。當年的記者多麼聽話，多麼謹慎。現在，所有的事情都會被挖出來——領養，她的婚外情，他們的財務困境。所有的事情。

還是有可能，蜜麗安明白。還是有可能。如果證明屬實，今天的世界也絕對容不得她們母女私下團圓。光憑這一點，幾乎就足以讓她希望巴爾的摩的那個女人是個騙子。但是她不能忍受自己抱著這樣的期望。她願意放棄一切——她自己那醜陋不快的真面目，戴夫的真面目，還有她是怎麼對待他的——她願意全拿出來，不假思索的，拿來換得再見她女兒一面的機會。

她捧起一疊八卦報紙，決定把這拿來當功課，她人生的下一課。

第三十章

「妳覺得這樣就會結束嗎？」海瑟凝望著車窗外面問。打從一上車，她就低聲哼哼啊啊的，等凱伊一開上外環道，她的聲音就變得更加高亢。凱伊搞不清楚她到底知不知道自己在幹什麼。

「結束？」

「等我把所有的事情都告訴他們之後，是不是就可以結束了？」

凱伊向來就不是伶牙俐齒的人，連最微小的事情都很難從容應對，而這個問題更是格外沉重得讓她答不出話來。會結束嗎？葛羅莉亞打電話來要凱伊——老實說，是交待她，發號施令，彷彿凱伊是她的手下，彷彿她才是大方幫忙的人，凱伊欠她好大的人情——下午四點帶海瑟到公共安全大樓的時候，並沒費事告訴她詳情。現在她們快遲到了，因為海瑟對她的衣服挑三揀四的。她像葛芮絲挑上學的衣服那樣焦躁不安，不管怎麼挑都不滿意。最後，她挑中了一件淺藍前開扣上衣和斜紋窄裙，剛好可以配她自己的那雙厚底黑鞋，這套衣服也是一整個衣櫥裡她唯一還願意穿的。這麼費事讓凱伊覺得很好笑，因為海瑟看起來不像注重外表的人。很可惜，真的，因為她是這麼令人驚豔的女人，有幸擁有天生賦予的本錢——高高的顴骨，沒隨年紀而增添尺寸的纖瘦身材，細緻的皮膚。

「那個男孩的情況沒惡化，如果妳指的是這個。他的傷勢穩定好轉。葛羅莉亞好像很有把握，撞車的事不會被控重罪。」

「我沒想到他耶。」

「喔。」凱伊覺得很不安，海瑟除了自己之外，實在很少想到別人。但是就發生的事情來看，這也是很合乎邏輯的結果——假設凱伊的推理沒錯的話。根據海瑟截至目前為止所給的少之又少的細節，凱伊推斷史坦．丹罕抓走了兩姊妹，但是只殺了珊妮，因為十五歲的珊妮年紀已經太大，不能引起他的興趣。他留著海瑟，一直到她對戀童癖不再有用，然後他又多拘留了她好幾年，讓海瑟身心嚴重受創，好守住他的祕密。怎麼做的？凱伊連想都不願意想。很顯然的，他把她變成某種從犯，讓她覺得自己好像也犯了罪。或者就只是讓她承受恐懼的痛苦，嚇得不敢考慮把發生的事情告訴任何人。凱伊不像那些警探一樣，懷疑海瑟為什麼沒嘗試逃走，或為什麼沒對任何人透露她那六年期間發生了什麼事。說不定他告訴她，她爸媽都死了，甚至說是她爸媽一手安排他帶走她們的。小孩很容易接受別人的說法，很容易被牽著鼻子走。海瑟到現在還不願說出詳情，在凱伊看來也很合理。她的新身分，不管是什麼樣的身分，都是她生存的關鍵。她為什麼要對其他人吐實呢——特別是和綁架她的人在同一個警局工作的男女員警？

「妳想他們知道什麼新東西嗎？」海瑟問。

「新東西？」

「搞不好他們找到了我姊姊的屍體。我告訴他們埋在哪裡了。」

「就算他們找到了——我想這一定會上新聞，因為開挖一座老墳墓，很難不引起注意的——也還要花幾個星期確認遺骸的身分。」

「真的嗎？這難道不是第一優先的案件，他們不能加快速度嗎？」沒得到自認為應得的禮遇，讓她覺得有點屈辱。

「只有在電視上才會啦。」透過和露絲之家的合作，也就是她之所以結識葛羅莉亞的那個管道，凱伊認識一位住在學院園鎮的法醫人類學家，那人哀嘆日常工作受到重重限制，主要是預算的限制，也使得凱伊不像公眾那般懷抱奇蹟出現的希望。「有些東西他們可以馬上鑑識出來——」

「像什麼？」

凱伊知道自己並不太有把握，「這個嘛，有些……嗯，屍體上的傷痕。外力創傷，或是槍傷。我想還有性別，以及大約的年齡。」

「他們怎麼辦到的？」

「我不是很清楚。可是，很顯然的，骨骼在青春期會有變化。無論如何，如果妳們以前的牙醫還住在附近，就可以很快辨識出妳姊姊的身分。就我瞭解，牙醫很容易就可以辨認出他們診治過的牙齒。」

「約翰．馬提耶利牙醫。」海瑟說。她的聲音如夢似幻。「他的診所在樓上，在藥房樓上。那裡有

《兒童文摘》[57]雜誌，當然啦。古佛斯與葛蘭特。如果我們沒蛀牙——我們絕對不會有蛀牙——就可以到街角的麵包店，買我們想吃的東西，不管裡頭有多少白砂糖都沒關係。」

「妳們從來都沒有蛀牙？」凱伊想起自己這一口飽受折磨的爛牙。就在今年，她才進行了冗長的療程，把每一顆補了銀粉的牙齒全都重新補過，現在牙冠也老化了，都是那幾顆牙齒裂開的結果，凱伊覺得全是離婚害的。她一直磨牙，磨到後來牙齒裂開，吃著早餐穀片的時候竟然有碎片掉了出來。後來，牙冠發炎，必須作根管治療，牙醫認為她可能還需要額外的手術。她知道她的牙疾不是她的錯，但是嘴巴裡的毛病讓她隱隱覺得很不乾淨，很不衛生。

「沒有。就連我好幾年沒去看牙醫的時候也沒有——因為我二十幾歲的時候沒有牙科保險——我的牙齒一點毛病都沒有。現在我每六個月去看一次。」她咧嘴露出牙齒。健康的牙齒，很棒的骨架，天生自然的纖瘦身材，漂亮的皮膚——如果凱伊不知道海瑟的來歷，她很可能會有點恨她。

「我們可以停一下嗎？」海瑟問。她捧著肚子，一副胃痛的樣子。

「我們快遲到了，不過如果妳暈車，或者想吃點東西——」

「我想我們可以到購物中心去。」

「購物中心？」

57《*Highlights for Children*》，為美國暢銷多年的兒童雜誌，下文古佛斯（Goofus）與葛蘭特（Gallant）即雜誌中普受歡迎的漫畫人物。

「保安廣場？」凱伊瞄了海瑟一眼。開車的時候很難和人四目交接，特別是正打算併進外環道的時候，但是她從和葛芮絲交手的經驗裡學到，眼神交會並沒有想像中那麼重要。她和女兒直視前方，盯著同一面擋風玻璃的時候，從女兒口裡套出的情報其實要來得更多。購物中心就在海瑟星期二晚上被找到的那個地方的下一個出口。「那就是妳一直想去的地方嗎？」

「我沒這樣的念頭。不過，或許潛意識裡有。不管怎麼說，我都必須去，在我做這件事之前先去。拜託，凱伊？又不是天底下最糟糕的事，不過就是遲到嘛。」

「我擔心的不是警察，是葛羅莉亞。她把自己的時間看得比誰都重要。」

「我可以用妳的行動電話打給她，說我們會晚點到。」不等凱伊同意，海瑟就從座位之間的杯架上抓起電話，用來電紀錄功能找到葛羅莉亞的電話號碼，回撥給她。她輕而易舉地操作電話，像賽斯和葛芮絲一樣輕鬆自在。「葛羅莉亞？我是海瑟。我們剛上路。凱伊的前夫太晚來接孩子了，我們又不能丟下他們，對不對？」她不給葛羅莉亞時間回答：「一會兒見囉。」

多厲害的藉口啊，凱伊想。她推給沒人認識的人，沒人會想到要去質疑的人。

這個念頭一閃，不過就是剎那間的功夫，但是在她轉進保安廣場那條漫長、車流不斷的出口時，隱藏在這個念頭底下更重要的意涵卻似乎也在她的車輪下顫顫震動。

「我以為，隨著年紀越來越大，東西會越變越小。」海瑟說：「這裡看起來卻比以前更大。他們擴建了嗎？」

她們站在迴廊上，據海瑟說，這裡以前是家電影院，有兩個放映廳的電影院。以星期六的標準來看，購物中心的人潮顯得太少，雖然有幾家每間購物中心都有的店——老海軍服飾，一家連鎖唱片行，一家席爾斯百貨公司，一家海斯乳品——但是其他的店都是凱伊沒見過的，整體看起來有點荒廢的味道。角落上原本的百貨公司——海瑟堅稱是郝斯柴德百貨——已經拆掉了，牆都不見了，只剩下手扶梯。手扶梯現在帶著購物客進到亞洲美食街。這個地區的亞裔人口想必相當可觀，因為美食街的名字「首爾廣場」就釘在購物中心南端的外牆上。凱伊覺得首爾廣場的這個部分隱隱有幾分希望的光芒，帶著改變與創新的徵兆。從某個層面來說，這是很讓人興奮的，因為巴爾的摩郡的這個區域需要像這樣有特色的專門店。不過，她對購物中心沒什麼特別興趣，而且這一家又這麼荒涼、破舊，為人遺忘。

她很想知道，在海瑟眼裡這個購物中心是什麼模樣。

「你站在這裡就可以聞到爆米花的味道。」海瑟說：「在中間這個區域全都是那個味道。那是我們那天該碰面的地方。」

海瑟開始走，往前走，彷彿有條線索領著她走。她一直走到購物中心的前院，然後右轉。「風琴店在那裡，靠近書店。縫紉機店——勝家，不是瓊安——在另一頭，和諧小屋那邊。我們應該在健康食物店GNC那裡和爸爸碰面的，五點半的時候。他在那裡買釀酒的酵母和芝麻糖。以前這裡好漂亮。到處都是人，因為是節日。」

海瑟看起來像在預作準備，為接受測驗而溫習資料。可是如果她是海瑟．貝塞尼，為什麼要擔心不能答出正確的答案呢？如果她不是，她必定看出購物中心已經有了變化，所以沒人可以查對她的記憶，反駁她的說法？

「購物中心警衛。」她說，停在一座鑲著玻璃的小亭子前面，看著裡面身穿制服，凝神緊盯多個螢幕的男子。凱伊懷疑她是不是在想，這些人或許可以救得了她，在三十年前。「爆米花店在這裡──不，不，不是。我轉錯邊了。那個新的部分，海斯乳品那邊，把我搞混了。並不是購物中心變大了，而是我被新的空間規劃搞糊塗了，那兩道迴廊改變了方位。」

她開始走得好快，凱伊幾乎要小跑步才跟得上她。「電影院應該是在那邊。」她說，匆匆走過一排商店，然後轉彎，步伐變得更快了。「如果我們的方向沒錯──沒錯，弄清楚了。那個有手扶梯的地方不是郝斯柴德百貨，是美而廉百貨，那個週末還在趕工呢。這裡──這是風琴店，是平察瑞里先生週末工作的地方。」

「這裡」現在叫什麼「童歡」，賣的是類似畢業舞會禮服的童裝，專為那些要出席婚禮之類的正式場合孩童設計的。隔壁是家名叫「往日情懷」的店，凱伊覺得店名好怪異，後來才發現那原來是賣「黑人聯盟」[58]的紀念品，諸如「田園灰衫軍」和「亞特蘭大黑炮」等球隊的昂貴運動衫。

「平察瑞里先生？」凱伊問。

「洛克葛蘭中學的音樂老師。珊妮有一陣子迷他迷的不得了。」

海瑟呆呆站著，身體微微搖晃，又像在車裡那樣輕聲哼了起來，雙手抱胸，好像很冷似的。「看看那些衣服。」她說：「花童，小伴娘。妳有那樣的婚禮嗎？」

「不算有吧。」凱伊勾起回憶，微笑著說：「我們在戶外舉行婚禮，在塞文河畔一個朋友家的後院。我頭上戴著花。那是八〇年代啊，」她的語氣添上一抹歉意。「而且我才二十三歲。」

「我絕對不會結婚，不會真的結。」海瑟的話裡沒有懊悔或自憐，純粹是實事求是。

「嗯，那妳至少就不必離婚啦。」凱伊說。

「我爸媽離婚了，對不對？我一開始沒想到。他們分手了。妳覺得是我的錯嗎？」

「妳的錯？」

「這個嘛，顯然不是我的錯。不過是那……那件事的結果。妳覺得是哀痛讓他們分手的嗎？」

「我覺得，」凱伊說，儘可能挑選精確的字。「哀痛，悲劇，會把任何東西都放大，會掀開原本就已經存在的裂縫。堅強的婚姻會變得更堅強。脆弱的婚姻會因此受苦，如果沒有人協助，很可能就會瓦

58 Negro League，非裔美國人球隊所組成的球賽聯盟，因為美國職棒大聯盟在一九四七年之前都還禁止黑人球員出賽。

解。這是我的經驗。」

「妳的意思是，我爸媽的婚姻從以前就不美滿？」她的語氣好忿怒，完全是女學生的口吻，只要有人對自己的爸媽稍有不敬的意思，就出於本能地挺身捍衛。

「我不可能知道。我也沒辦法知道。我指的是一般的情況，海瑟。」

微笑又出現了，是給直呼她名字的人的獎賞，因為眼前這個人相信她，甚至比以小時為單位收服務費的葛羅莉亞還相信。「我以為每個人都死了。我只是假定每個人都死了。除了我。」

凱伊的目光戀戀不捨地看著櫥窗裡的那些紗裙，這種小公主似的衣服是她家的葛芮絲打死都不穿的。我只是假定每個人都死了。如果他們都死了，謊言就比較容易編下去。但是，有人會為了逃避交通事故的刑責，編出像這樣的謊言嗎？如果是這樣，如今她既然已經知道小男孩沒有大礙，會不會乾脆撤回原本的說詞呢？她的話聽起來如此可信，然而，如果按照凱伊思索的這個邏輯來看，她所提出的事實不也正足以證明整件事有多麼縝密籌謀。

目光凝望前方，凱伊看見海瑟映在原本是風琴店的那面厚玻璃窗上的倒影。淚水滑下她的臉頰，她抖得好厲害，連牙齒，那口完美無缺、沒有蛀洞的牙齒都不由自主地喀喀響。

「就是從這裡開始的。」她說：「就是這樣，從這裡開始的。」

第三十一章

聖西蒙的商業區——「村子」，幫卡文指引方向的當地人是這樣叫的——迷人的不得了。主街兩旁一整排漂亮的店鋪，專賣沒用的東西給那種下意識把購物當娛樂的人。這裡不像卡文十幾歲時打工做園藝服務的漢普頓那樣，充斥著頂尖的名牌店，但是比起布倫斯維克已經算是很高檔了。他現在可以理解，潘妮洛普為什麼不住在島上，對那些舀著冰淇淋、倒著啤酒、賣著櫥窗裡滿眼盡是粉紅配翠綠服飾的人來說，這裡的房地產遙不可及。

他決定在接近傍晚的營業高峰時間，趁晚餐人潮還沒真正湧現之前，到穆雷特灣去。這家附設酒吧的餐廳是典型的渡假村設施，美國夢的另一種變形，吉米．巴菲特版本的美國夢。鸚鵡，熱帶酒飲，小姐別煩惱。很難想像得出來，一個四十歲的女人怎麼融進這裡，這是年輕人廝混的地方，服務生不管男女，都穿著短褲配馬球衫。但是有雙棕色眼眸，皮膚閃閃發亮，甜美動人的經理澄清了他的疑惑，因為潘妮洛普是這裡的大廚。

「她好棒。」她拉長聲調說成「好ㄧㄠㄧㄠㄧ棒」，那份活力四射的熱情似乎是她軟體裡的基本設定。在曲線完美的左胸上方，一條塑膠名牌聲明她叫海瑟，這個巧合似乎是……嗯，某種徵兆。不過話說回來，海瑟本來就是個很普通的名字。「很認真的員工，非常可靠。總是忙到最後一分鐘，有一兩次酒保沒來，她還負責調酒呢。老闆好想好想留住她喔。」

「她為什麼辭職？」

「嗯，她只是需要一個新的開始。在火災和那些事情之後。」就連真心感傷的時候，他的海瑟也還是洋溢著無法克制的熱情，彷彿她的美麗，她年輕細緻的四肢，讓她擁有無窮無盡、活潑蓬勃的喜悅。殷凡特想像著拉起她的四肢纏在他身上，然後嘗幾口如陽光般燦爛的悠遊自得。

「這個女人呢？」他掏出他那位「可能是海瑟」的照片。「她看起來眼熟嗎？妳看過潘妮洛普和長得像她的女人在一起嗎？」

「沒有。可是——我沒真的看過她和誰在一起，連她的男朋友都沒有。她談過他，我也記得他來過一次，但就只有這樣。」她皺起鼻子。「年紀比較大，像個糟老頭。他對我說了幾句話，可是我沒告訴潘妮洛普。反正是醉話。」

「她離開的時候，說過她要去哪裡嗎？」

「沒有，沒告訴我。她先提了辭呈，所以最後一天當班的時候，我們幫她辦了一個小小的派對。蛋糕啊什麼的。可是，你知道，她是很注重隱私的人。我想——」她遲疑了一下，那種不想道人長短的情緒絕對不是裝出來的，讓殷凡特更加喜歡她。他偵訊過的對象裡，有太多人會假履行公民義務之名，趁機詆謗其他人，自願提供各種不相干的是非八卦。

「妳認為她是因為家裡的問題才這麼注重隱私的？」

她用力點頭，如釋重負。天哪，他真想上她。一定會像……像躺在某個地方的海灘，只有想像裡才會有的那種最最柔細的海砂，溫暖而舒適，一點點粗礫都沒有。這個女孩身上沒有一絲酸澀，沒有一丁點人世的滄桑。她爸媽很可能還在一起，甚至還彼此相愛。她在學校裡人緣很好，男生女生都喜歡她。他可以想像得出來，小鳥停歇在她肩頭，彷彿她是迪士尼卡通裡的公主。

「她有一回來上班的時候，臉上有瘀青。我什麼都沒做，就只是看著她，只是盯著她看，她心情很不好。『妳不知道是怎麼回事。』她說。我對她說：『我什麼都沒說，潘妮洛普，可是如果有我可以幫忙的地方，』她就說什麼：『不，不，不，海瑟，妳不瞭解，不是妳想的那樣，只是個意外。』然後……然後——」那女孩吞了吞口水，有點緊張。殷凡特努力把注意力放在她說的話上，雖然他滿心想的都是該怎麼說服她坐上他租來的車，爬到他身上。「她說：『別擔心，這是值得的。我會成功的。』那大約是感恩節前後的事。」

「她那句話是什麼意思？」

「我根本就不知道。我們沒再說過話。這……嗯，我這樣錯了嗎？我是不是應該打電話，想辦法讓她得到協助？畢竟她是個成年人，年紀還比我大。我看不出來我怎麼幫她。」

「妳做得很好。」殷凡特說，逮住機會拍拍她的手腕。這一刻拖得老長，卻一點都不尷尬。

「要我端些東西給你嗎？吃的，喝的？」她的聲音低了一些，幾近沙啞。

「我恐怕不該吃。我再不到一個小時，就該開車到機場去，搭飛機回巴爾的摩。」

他瞥見她偷偷瞄著他的左手。「從傑克森維爾有很多班機可搭。你大可以明天一早再走，沒什麼差別的。你反正就九點到家嘛，管他是早上或晚上。有差嗎？」

「我已經退掉旅館的房間了。」

「噢，這個嘛，住宿的問題可以安排，不難啦。這裡的人很友善的。而且這裡很好玩，聖西蒙。我敢說，你根本什麼東西都沒看到。」

他考慮著。他當然要考慮啦。眼前有個年輕美麗的女子，答應在下班之後和他上床。他可以坐在酒吧裡，喝啤酒，看著身穿卡其短褲的她來回穿梭，任綺想紛飛。她很可能會幫他銷掉酒吧的帳，至少會偷偷從桌子底下塞幾張抵用券給他。有什麼差別——有差嗎——星期六晚上和星期天早上？南西今天就要進行偵訊，他估計，現在應該剛開始。他被撇到一邊了，從頭到尾都不是他的錯。好吧，從頭到尾都沒人有錯，但是絕對絕對不是他的錯。在這種情況下——是什麼情況呢？他心裡開始盤算著，堤道上有車禍，不太嚴重，沒嚴重的上得了新聞，但是卻足以把他困在島上，害他錯過最後一班從傑克森維爾飛回巴爾的摩的班機，誰能證明這事沒發生？——如果殷凡特明天才回去，有誰會在乎啊。你堂堂一個警探，幹嘛要破例去幹機場接送的工作。那個媽媽抵達的時候，讓其他人去當保姆吧，載她到喜來登，好好陪著她。他媽的，藍哈德特聽到他的南方把妹探險可樂囉。那邊的警局有沒有好好請你吃一頓啊？

沒，可是我好好享受一頓啦。

他的指尖輕輕拂著她的手腕，感覺到滿滿的暖意，年輕的活力，和從來沒讓你真的碰上什麼壞事的力量。卡文碰上真正的處女沒什麼用武之地，但是他喜歡這種獨樹一格的天真，因為生來就相信生活會有保障，相信人生會永遠平順甜美。或許這位海瑟過的就是這樣的生活。或許她認識的每個人都活到高壽，在睡夢中過世。或許她永遠不必和丈夫坐在廚房的桌邊，對著他們應付不了的帳單垂淚，或為他不停帶給她的各種失望而爭吵。或許她會有只帶給她驕傲與喜悅的子女。或許。總有人必須擁有這樣的人生，不是嗎？幹他這一行的人很難適應這樣的人生，但是這樣的人生必然得要存在。

他的手從她的手腕滑下來，握著她柔軟的小手掌，然後說再見，刻意透過聲音和表情讓她知道，他有多遺憾不能留下來。

「噢。」她說，很意外。顯然是個習慣要什麼有什麼的女孩。

「或許下一次吧。」他說，真心誠意，明天，下個星期，我很可能會帶個在酒吧認識的年輕女子回家。可是今晚，我急著要去還我租的車，去發揮團隊精神。

出城途中，他在布倫斯維克的烤肉店停了下來，給藍哈德特買了一件T恤，上面有隻肌肉發達的小豬展示著二頭肌：我們的肉沒人比得上。雖然在加油站停下來買個烤肉三明治，但他還是提前抵達傑克森維爾機場，讓他可以想辦法候補搭上前一班飛機，比預定的時間早一個小時抵達巴爾的摩機場，因為直飛班機比他原本要搭的班機省了將近一半的時間。

第三十二章

「你要換張舒服一點的椅子嗎？」

「不，不用。」小隊長呵護備至的提議讓韋勞夫畢很不好意思。他不夠老，也不夠傑出，不該得到這麼多關心的。

「因為我可以幫你弄張好一點的椅子。」

「我很好。」

「我是說，如果捱個幾小時，你可能會覺得不舒服。」

「小隊長。」他刻意讓自己的語氣顯得有尊嚴而自制，但是聽起來卻只有乖戾。「小隊長，我沒事的。」

這幢建築不是他渡過大半職業生涯的那個地方，他覺得自己很慶幸。他不是來這裡憑弔往事回憶的。他是裁判，來這裡裁奪正義與謬誤。一個微有灰塵的馬尼拉紙信封躺在他腳邊，等待上場的時機。下午四點半開始，就歷時冗長的偵訊來說，這還真是個有意思的時間。這是一天裡最昏沉的時刻，因為血糖下降，大家開始想著晚餐，或許還有雞尾酒也說不定。稍早的時候，韋勞夫畢看著那位漂亮的女警探啃蘋果，還有好幾片乳酪，灌下一瓶水。

「蛋白質。」她知道他在看她的時候解釋說。「蛋白質不會讓你馬上活力充沛，但是可以讓你撐得久一點。」

他真希望自己有個女兒。有個兒子也不錯，但是女兒會照顧年長的雙親，兒子只會管老婆娘家的事，至少他是這麼聽說的。如果他生了個女兒，女兒一直到現在都還會在他身邊。還有外孫。並不是說他現在孤伶伶的。直到幾天之前，他的日子都還過得挺快樂的。他很健康，有高爾夫球，還有球伴，要是想找個女人陪，伊登華德裡有好幾個樂意自己送上門來。一個月有兩次，他會見見老朋友，吉爾曼[59]的男生，在約克路上的星巴克，也就是以前的車站舊址，一起談論政治和往日時光。他們管自己叫「ROMEO」——退休老人外食會——每回都聊得他媽的生氣蓬勃。悲哀的是，愛芙琳孱弱臥病太久了，久得讓他無法真的懷念她。或者，應該這麼說吧，是有好幾年的時間，他不時懷念著她，也就是她在世的最後那十年，但是事到如今，他比較常懷想的卻是她真的已經離開人世這件事。

說起愛芙琳還真古怪——她不喜歡他談貝塞尼姊妹的案子。其他的案子，即使是細節更讓人毛骨悚然的案子，也沒讓她這麼不安。事實上，她喜歡他的雙重身分。他當警察的生活讓他在他們的社交圈裡

59 Gilman School，創立於一八九七年的知名私立男校，位於巴爾的摩。

備受敬重，甚至讓他更顯性感，愛芙琳很得意，因為她所有的朋友都纏著他，競相贏取他的注意，追問他工作上的種種問題。但是，貝塞尼姊妹的案子例外，貝塞尼姊妹的案子永遠都是例外。他推斷是因為案情太讓她痛心了。另一對無法生育的夫婦奇蹟也似地擁有女兒，卻又眼睜睜地看著她們被奪走，這是無法生育的她所無法忍受的。然而，此時此刻，他第一次懷疑，真正的問題是出在他沒能破案。愛芙琳是不是對他覺得失望了呢？

「妳遲到了。」葛羅莉亞抓起海瑟的肘彎，怒沖沖地對凱伊說。

「海瑟告訴妳是怎麼回事了。」凱伊說，想讓自己相信她沒說謊，她只是不想拆穿海瑟的謊言罷了。只不過是雞毛蒜皮的小事，犯不著鑽牛角尖。但是她想和她們一起踏進電梯的時候，葛羅莉亞卻擋住她。

「妳不能上去，凱伊。嗯，妳是可以上去，但是妳得留在空的辦公室或會議室裡。」

「喔──我曉得。」她說，不到一分鐘裡的第二個謊言，只不過這回純粹是為了掩飾尷尬。

「要花點時間的，凱伊。恐怕要好幾個小時。我想我可以載海瑟回家。」

「但是妳不順路。妳住在這裡，而我家在西南區。」

「凱伊……」

她該回家的，凱伊對自己說。她和海瑟越來越親近，跨越了所有的界線。光是讓海瑟住在她的家裡——技術上來說，不是在她家裡，但還是在她的產業上——就可能會遭到申戒，甚至危及她的執照。她迷失了方向。但是，既已涉入這麼深，她已經不願再回頭了。

「我帶了書來。《簡愛》。我可以打發時間的。」

「珍愛，哦？我根本沒辦法看她的書。」

凱伊明白，葛羅莉亞是把布朗特的小說和十九世紀的另一個女作家，珍．奧斯汀給搞混了。葛羅莉亞的腦袋裡，除了她的當事人和她的工作之外，大概沒有太多空間容納別的東西了。凱伊應該把她拉到一邊，說出她們到舊購物中心去的事嗎？海瑟會主動坦白嗎？這事情重要嗎？被拋下獨處的她茫然盯著書頁，一頁頁翻著，卻沒真正讀進簡愛逃離桑菲爾德家園，聖約翰牧師拘謹的求婚，還有那對可愛的姊妹竟然是簡愛的表姊妹。

看見偵訊室裡是個女警，她很不高興，雖然她一心想掩飾心中的忿怒與詫異。

「我們要等卡文嗎？」她問。

「卡文？」豐滿的女警重覆她的話。「喔，殷凡特警探。」好像她沒資格叫他的名字似的。她不喜歡我。她討厭我，因為我比她瘦得多，雖然她比我年輕這麼多。她護著卡文。「殷凡特警探有事出城了。去喬治亞。」

「所以應該是和我有關囉？」

葛羅莉亞瞄她一眼，但她才懶得理葛羅莉亞怎麼想。她知道自己在做什麼，也知道自己該做什麼。

「我不知道。對妳來說有特別的意義嗎？」

「我沒在那裡住過，如果妳問的是這個。」

「那妳住在哪裡，過去這三十年？」

「她要引用第五修正案。」葛羅莉亞馬上說。

「我不確定和第五修正案有沒有關係，我們一再告訴妳，我們可以送妳的當事人去見大陪審團，讓她冒用身分的事得到豁免，但是——好吧。」南西假裝打馬虎眼。

我瞭解妳，警探。妳是那種乖女孩，那種會在班上當幹部，甚至當副班長的人。總是會交個大塊頭的運動員男友，午餐的時候玩著他的衣領，才十六歲就像個小妻子。我瞭解妳。但是我知道當個十幾歲的小新娘是什麼滋味，妳不會喜歡的。妳絕對不會喜歡的。

「我們一再重申，這和法律面無關。」葛羅莉亞說：「而是因為你們會去追查，會去刺探。如果海瑟透露她目前身分的細節，你們就會開始找她的同事和鄰居問話，對不對？」

「很可能。我們絕對會透過我們的資料庫進行搜尋。」

他媽的誰在乎啊？

但是葛羅莉亞說：「你們以為她是罪犯啊？」

「不，不是，完全不是。我們只是很難理解，她為什麼一直等到發生車禍，可能被用肇事逃逸的罪名起訴的時候才出面。」

她決定正面挑戰這個警探。「妳不喜歡我。」

「我才剛認識妳。」她說：「我又不瞭解妳。」

「卡文什麼時候回來？他不是該負責偵訊嗎？他不在場，我得把我已經談過的一大堆東西再從頭說起。」

「是妳想要今天談的。所以，我們就來了。開始吧（Let's do it.）。」

「蓋瑞．吉爾摩[60]的遺言——一九七七。妳那時候出生了嗎？」

「我剛好是那年出生的。」南西．波特說：「妳那時幾歲？妳人在哪裡，蓋瑞．吉摩爾被處決為什麼會讓妳印象這麼深刻？」

「按海瑟的年齡，我是十三歲。不過我在外面的年齡是不一樣的。」

「海瑟的年齡？妳講得一副活像狗的年齡似的。」

「相信我，警探——我寧可過得像條狗一樣。」

60 Gary Gilmore，1940~1977。猶他州殺人罪犯，為美國於一九七六年恢復死刑之後被處決的第一個罪犯。他在處決前說的最後一句話是：「Let's do it.」

第三十三章

下午五點四十五分

「珊妮說我可以和她一起去購物中心，可是不准我跟著她。很可能就是因為她那麼說吧，所以我不肯放過她。我跟著她進電影院去看《巫山大逃亡》。開始播預告片的時候，她站起來，走出去。我以為她是去上洗手間，可是一直到電影開演，她都還沒回來，所以我就到大廳去找她。」

「妳擔心她嗎？妳以為發生了什麼事嗎？」

這個當事人——韋勞夫畢還沒準備好要叫她海瑟，他純粹只是出於保護自己的心態，怕在這個女人，在這個破案線索上投注太多希望——這個當事人很仔細思考過這個問題。韋勞夫畢看得出來，她是那種開口之前習慣先思考的人。或許只因為她是個謹慎的人，但是他懷疑的是，她喜歡用沉吟和遲疑來製造戲劇效果。她知道除了南西和葛羅莉亞之外，還有更多觀眾在看她的表演。

「妳這麼問還真有意思。事實是，我的確擔心珊妮。我知道這話聽起來好像有點角色錯亂，因為我是妹妹。可是她——我不知道該怎麼說才對。天真？當時我還不懂得用這個字眼。我只覺得我應該保護她，所以她沒回來讓我很擔心。她買了電影票，竟然會不看，簡直是不可思議。」

「她也可能是走到外面，要求退票啊。」

她皺起眉頭，好像在思索這個可能性。「是啊，沒錯。我怎麼沒想到。我當年才十一歲。何況，我馬上就搞清楚她為什麼要走開。她偷偷溜去看《唐人街》，那是限制級的電影耶。按照大廳的動線設計——那裡只有兩個放映廳——不太容易混進去，因為有人看守。但是如果你利用另外一頭的洗手間——只要你說另一個洗手間客滿啦，或很髒啦——你就可以趁帶位員不注意的時候偷偷溜進去。我們以前就做過，用一張票看兩部電影，但是我們可沒看限制級電影喔。我從來沒想過要去看限制級電影。我以前是個乖乖牌。」

偷偷溜去看限制級電影——現在的小孩還需要這樣做嗎？而且是像《唐人街》這樣的電影，如果你一心希望看見什麼香豔火辣的鏡頭，一定會失望透頂。韋勞夫畢很懷疑，在一九七五年，十一歲的小孩怎麼可能理解其中的曲折離奇和亂倫的主題，更別說要搞懂貫穿劇情主軸錯綜複雜的土地交易。

「所以我看見她坐在後排的座位，看《唐人街》。她看到我好生氣，要我走開。結果引來帶位員的注意，把我們兩個都趕了出去。她真的好生氣。氣得對我大吼大叫。然後她說她受夠我了，本來答應要買給我吃的冰淇淋也不買了，到五點半爸爸來接我們之前，她都不要再看見我了。」

「那妳做了什麼？」

「到處逛。到處看。」

「妳看見什麼人，和什麼人談過話嗎？」

「我沒和任何人說話。沒有。」

韋勞夫畢在他們給他的拍紙簿上做個註記。這是個關鍵。如果平察瑞里記得海瑟，她也應該會記得他。這是音樂老師最後終於托出的少少幾件事之一。他在圍觀的人群裡看見海瑟，看他表演。

南西．波特，老天保佑，也抓住重點了。

「妳沒和任何人說話，很好。可是妳看見誰了嗎？某個妳認識的人？」

「就我記得的沒有。」

「沒看見熟人。鄰居，妳爸媽的朋友？」

「沒有。」

「所以妳就在購物中心裡閒逛，妳自己一個，逛了三小時……」

「小女孩在購物中心裡都這樣啊，從古早以前就是啦。她們到購物中心去，到處閒逛。難道妳不是這樣嗎，警探？」

這句話惹來葛羅莉亞惡狠狠的一瞥，她可不喜歡她的當事人這麼凶狠好鬥。波特警探微微一笑——開朗真誠的微笑，是她偵訊的對象一輩子都不會露出來的那種微笑——說：「是啊，我以前逛的是白沼購物中心，每次都在美食街轉來轉去，就在義拉多媽媽披薩那附近。」

「這店名還真好。」

「他們的披薩也很好吃。」

南西低頭在她的拍紙簿上振筆疾書。都是作戲，韋勞夫畢知道。全都是作戲。

下午六點二十分

「再告訴我一次，那天最後發生了什麼事，就是妳們該碰面的時間。」

「我告訴過妳了。」

「再說一遍。」南西拿起一瓶水灌了一大口。她一再問那個女人要不要喝汽水，要不要休息一下上洗手間，但她都說不要。實在很糟糕，因為如果他們可以弄到她在玻璃杯上的指紋，就可以輸進系統裡，不到幾分鐘就知道能不能找到任何線索。她知道他們的盤算嗎？

「差不多五點鐘的時候，我逛回中間，在那個很大的綠色天窗底下，吃東西的地方。有爆米花店，三一冰淇淋。我還在想，珊妮最後說不定會改變主意，買個甜點給我。我決定，如果她不買冰淇淋給我，我就告訴爸媽說她跑去看限制級電影。不管怎麼樣，我總是有辦法弄到我想要的東西。當年……當年，我不達目的絕不罷休。」

「當年？」

「當了幾年的性奴隸，會把妳的意志力摧毀到什麼程度，妳一定不敢相信。」韋勞夫畢很欣賞波特警探點頭的方式，彷彿很同情，但是又不讓這個訊息阻礙她的進度。是啊，是啊，好幾年的性奴隸，永遠都是這回事。

「那——那是幾點，妳去爆米花店的時候？」

「差不多五點。我告訴過妳了。」

「妳怎麼會知道是幾點鐘？」

「我有個史努比手錶。」一副「妳煩不煩啊」的口氣。「錶面是黃色的，配上寬版的皮帶。其實，那原本是珊妮的，可是她後來不戴了。我覺得那個錶很有趣。可是指針轉動的方式，很難讓人看出正確的時間。所以我只能說，大概快五點。」

「爆米花店在哪裡？」

「如果妳問的是方位，我可搞不清楚東南西北。保安廣場的形狀像個加號。只是有一頭比另一頭長。爆米花店在像被截斷，比較短的那一頭，面對當時正準備開幕的美而廉百貨。那是個坐下來的好地方。就算你沒吃東西，聞起來也有好濃好香的奶油味。」

「所以妳坐下囉？」

「對啊，坐在噴泉邊上。那不是許願池，可是大家還是丟銅板進去。我還記得我曾經想過，如果去把銅板撈起來會怎麼樣，不知道會不會惹上麻煩。」

「可是妳是乖乖牌啊，妳自己說的。」

「就算是乖乖牌也會有這樣的念頭啊。事實上，要我說呢，我們都是這樣的人。我們總是想著自己不敢做的事，想找出底線在哪裡，於是我們就可以走在臨界點上，卻又裝出一副天真無邪的樣子來替自己辯護。」

「珊妮是個乖乖牌嗎？」

「不是，她比乖乖牌更不如。」

「怎麼說？」

「她是那種想使壞，卻又不知道該怎麼做的人。」

下午七點十分

《簡愛》的故事結束了——讀者啊，我嫁給他，他瞎了，他還能有什麼選擇呢？——凱伊這時才意會到，她根本沒帶書來。她的後車廂裡很可能有一本，但是她不敢肯定，如果她離開了大樓，他們會不會再放她進來。她可以找個人問，但是她向來有點怕生，是青春期少年的那種忸怩羞怯，她始終無法完全擺脫的習性。她仔細看釘在佈告欄上的通告，小傳單。DARE——藥物警示教育（Drug Awareness Education）。慢著，不對，是反藥物濫用教育（Drug Abuse Resistance Education）才對。好爛的名詞，在凱伊看來，只是創造了一個沒用的縮寫。看起來反倒像是藥物濫用反教育（Drug Abuse Resists Education）。

先到購物中心繞一圈的事還是讓她很不安。她該告訴任何人嗎？她可以衷心付託哪一個人呢？真有這樣的人嗎？她該離開嗎？但是，在星期六夜晚等著她的，就只有一間空蕩蕩的房子。

下午七點三十五分

「妳要喝汽水嗎？」

「不用。」

「因為我要喝。我馬上就回來，好嗎？我只是去拿瓶汽水。葛羅莉亞？」

「我不用。」

獨處之後，律師對她的當事人說：「他們在聽我們說話，妳也知道。不過，如果妳想和我私下談，只要開口要求就可以了。」

「我知道。我沒事的。」

下午七點五十五分

「那麼，我們談到哪兒啦？」

「談到妳要去拿汽水。」

「不是，我指的是我離開之前。妳談到哪兒啦，那天的事？喔，對了，坐在噴泉邊上，想著那些銅板。」

「有個男人拍拍我的肩膀——」

「做給我看。」

「做給妳看？」

南西坐到她倆中間的椅子上。「我是妳。他是從妳背後過來的嗎？哪一邊？做給我看。」

她從後面走近南西，很快地拍了一下南西的左肩，力道比輕拍稍微重一些。

「所以妳轉頭看見那個男人——他長什麼樣子？」

「對我來說，他就只是個老頭子。頭髮很短，棕色的，有點灰白。看起來很普通。他五十幾歲，但是我是後來才知道的。當時我唯一想到的是，他很老。」

「他說了什麼嗎？」

「他問我是不是海瑟．貝塞尼。他知道我的名字。」

「妳覺得很奇怪嗎？」

「不會，我還是小孩。大人總是知道我的事，我也搞不懂他們是怎麼知道的。大人就像神一樣。當年那時候。」

「妳認識他嗎？」

「不認識，但是他給我看他的警徽，馬上喔，告訴我說他是個警察。」

「那個警徽長什麼樣子？」

「我不知道。就是警徽嘛。他沒穿制服，可是他有警徽，我沒想過要懷疑他說的話。」

「他說什麼？」

「『妳姊姊受傷了。跟我來。』所以我就站起來。我跟著他走過迴廊，有洗手間的那條迴廊。那邊有個出口，標示著：『緊急出口』。我姊受傷是緊急事故啊，所以我們走緊急出口，沒走一般的通道，我覺得很合理。」

「有警鈴響嗎？」

「警鈴？」

「妳們穿過緊急出口的時候，警鈴通常會響。」

「我不記得有。說不定是他關掉的。也搞不好根本就沒有警鈴。我不知道。」

「那條迴廊……在哪裡？」

「在中央廣場和席爾斯百貨中間。有洗手間的那條，也就是他們做調查的地方。」

「調查？」

「顧客滿意度的調查。珊妮告訴過我。回答幾個問題，可以拿到，呃，大概五塊錢吧。可是妳至少要滿十五歲，所以我從來沒做過。」

下午八點四十分

殷凡特溜進韋勞夫畢和藍哈德特觀察偵訊進行的房間裡。

「你應該在機場，等那個媽媽的。」藍哈德特說，但是韋勞夫畢聽不出有什麼惱火咒罵的意味。

「我提早到了，而且根據機場的航班資訊螢幕，她的飛機起碼要誤點兩個小時。我想我有時間先進來一趟，看看事情進行得怎麼樣。」

「南西很厲害。」藍哈德特說：「她慢慢磨。她已經搞了快四小時了。一步步逼近綁架實情的邊緣，然後又拉回開頭。這把她逼瘋了。她急著想告訴我們，不知道為什麼。」

殷凡特瞄了手錶一眼。「我九點半要出發去機場。你想我來得及看到好戲嗎？」

藍哈德特握起拳頭，轉著手腕，瞄一眼捏得緊緊的手指。「神奇八號球說兆頭看起來很不錯。」

下午八點五十分

「所以妳們到了外面，外面……很暗？」

「沒有，天還是亮的。那天是三月二十九日。白天慢慢變長。我們到了外面——」

「門上沒有警鈴？」

「沒有，門上沒有警鈴。外面有輛廂型車。他打開車門，珊妮在裡面。我還來不及搞清楚——來不及搞清楚珊妮躺在車上，被綁起來，來不及搞清楚那不是警車——他就把我抓起來，丟進後座。我拼命反抗，是真的拼命，一個小女孩揮拳打個大男人。根本沒用。我很想知道——妳想他也用同樣的方法，同樣的故事抓走珊妮的嗎？他怎麼會認識我們？妳想得通嗎，警探？史坦．丹罕怎麼會認識我們？他怎麼會拿我們當目標？」

「史坦．丹罕住在史凱斯維爾的一家安養中心。」停頓一晌。「妳知道這件事嗎？」

「我們又不是筆友。」她冷冷的語氣裡有著不屑。但是卻不擔心，韋勞夫畢注意到。他們也早就仔細思考過該怎麼談起丹罕。他們不打算告訴她，他現下已經沒辦法為自己的名譽辯護了。但是，他還活著的這個事實，好像也沒造成他們原本所預期的效果。就算她說的是實話，聽到綁架她，毀了她人生的那個人就住在離她坐的地方僅僅三十哩遠之處，她豈不是應該更震驚才對？

「好，好——他抓住妳的時候，妳……妳掉了什麼東西嗎？有什麼東西不見了嗎？」

「妳這話什麼意思？」

「沒什麼意思啊。妳掉了什麼東西嗎？」

她瞪大眼睛。「皮包。當然啦，我掉了皮包。我好懷念那個皮包。我知道妳聽我這麼說可能覺得很怪異，可是不難懂啦，在廂型車後座，我擔心皮包的程度，還大過去想……」她開始哭了起來，律師遞給她一張面紙，雖然她的那種哭法不是一張面紙所能應付的，她哭得淅瀝嘩啦。

「妳可以形容一下那個皮包嗎？」

「形－形－容？」韋勞夫畢簡直想衝出去，抓住那個警探的手。高潮來了，這是他和南西今天早上一起計畫的時刻。

「是的，妳能形容一下嗎？告訴我，那個皮包是什麼樣子，裡頭有什麼東西？」

她一副思索的樣子，但是韋勞夫畢覺得不太對勁。她知道，再不然就是不知道。

律師第一次開口。「幹嘛啊，南西。要她形容一個十一歲時候帶的皮包，到底有什麼重要啊？」

「她形容她的那個史努比手錶，連細節都一清二楚。」

「都三十年前的事了。大家的記性沒那麼好的啦。我就不記得我昨天午餐吃什麼──」

「丹寧布，滾紅色花邊。」她很肯定地說，高聲壓過她律師的聲音。「附一組木質握柄和白色釦子。那個皮包有個棉布裡套，可以加上不同的外皮，變成不同的樣子。」

「皮包裡頭有什麼東西？」

「為什麼……有錢，當然啦。還有一把小梳子。」

「沒有鑰匙或口紅？」

「鑰匙在珊妮那裡，而且我還不准化妝，只能用小美人唇蜜。」

「皮包裡就只有這些東西嗎？」

「什麼？」

「一把小梳子，小美人唇蜜，還有錢。多少？」

「沒多少。大概五塊錢吧，買了電影票之後就更少了。而且我不確定有沒有帶唇蜜耶。我只是告訴妳說，我只准用那個。我沒辦法想起所有的事。老天哪，妳知道妳現在皮包裡有什麼東西嗎？」

「皮夾。」南西．波特說：「薄荷糖。濕紙巾，因為我小孩才六個月大。口紅。收據──」

「好吧，妳可以。但是我不行。嘿，他們星期二晚上攔下我的時候，我都還不知道皮夾沒在我皮包裡呢。」

「那件事我們待會兒再談。」

下午九點十分

「那麼，一坐進廂型車……」

「我們開車。我們一直開，一直開。好像開了好久，不過也可能是我對時間的感覺消失了。後來他停下來，下了車。我們試著想開門——」

「妳沒被綁起來，像妳姊姊那樣？」

「沒有，他很匆忙。他只顧著把我抓起來，丟進後座。我不知道他是怎麼制服珊妮的。」

「可是妳說：『我們試著要開門——』」

「我幫她鬆綁啦，當然。我沒讓她一直被綁著。他停車，我們試著要開門，可是門從外面鎖上了。廂型車的後座和前座之間隔個網子，所以我們也沒辦法從那邊出去。」

「妳們有沒有大叫？」

她茫然盯著南西。

「他在廂型車外面的時候。妳們有沒有大叫，試著引起別人的注意？」

「沒有。我們不知道我們在哪裡，也不知道外面有沒有人聽得見我們的聲音。而且他威脅我們，告訴我們說會有嚴重的後果──所以沒有，我們沒叫。」

南西瞥了一眼錄音機，但沒開口。幹得好，韋勞夫畢想。她利用沉默當誘餌，等著那女人上鉤。

「我們在鄉下。那裡有……蟋蟀。」

「蟋蟀？三月？」

「有奇怪的聲音。對我們來說很奇怪。也許是因為一片靜悄悄吧。」她轉頭對葛羅莉亞說：「我一定要很詳細談這個部分嗎？真的有必要嗎？」接著，沒等律師回答，就繼續講起她聲稱自己不願談起的故事。「他把我們帶進荒郊野外的一幢房子。一間農舍。他想要……要做。珊妮反抗，他就殺了她。我想他不是有意的。事情發生的時候，他看起來好吃驚，甚至有點悲哀。可能嗎？他可能覺得悲哀嗎？說不定他本來是打算殺掉我們，兩個都殺，可是等事情一發生，他才明白，他根本沒殺人的能耐。他殺了她，然後對我說，我絕對不能離開他。我一定要和他們家住在一起，變成他的家人。否則……嗯，否則，他沒有別的選擇，就只能像對珊妮那樣對付我。她死了，他說。我不能讓她活回來。但是我可以給妳新的生活，只要妳願意讓我給妳。」

韋勞夫畢彷彿看見一條高速公路，像夏末時分偶爾會有的那樣閃閃發亮，空氣彷彿在落日餘暉中隱隱波動。這個故事裡有個類似的特質，雖然他並沒有辦法明確地指出來。就是從蟋蟀的那個部分開始的，雖然她說完又否認了。他只知道她在真相與虛構之間游移穿梭，有些部分精確無誤，其他卻像……

用模子印出來的。塑造出來的。是為了滿足誰的期待？又為了什麼目的？

「他們家？所以還有其他人涉案囉？」

「他們什麼都不知道。我不確定他是怎麼告訴他太太和兒子的——也許說我是他在巴爾的摩街頭發現的翹家女孩，一個因為某些原因無法回家的女孩。我只知道，他到當地圖書館去查舊報紙，找到他需要的報導——幾年前俄亥俄的一場火災。全家人都被燒死了。他冒用那家老么的名字，去申請社會安全號碼。拿到號碼之後，就替我在約克的教會學校註冊入學。」

「什麼都沒有，只有社會安全號碼？」

「那是教會學校，他告訴他們說我就只有社會安全號碼，其他東西都被燒光了，他還要好幾個月才能拿到出生證明。他是警察，很受尊敬的。大家通常都不想得罪他。」

「所以他替妳註冊入學，每天送妳出門，可是妳沒想辦法告訴任何人說妳是誰，妳碰到什麼事了？」

「這不是馬上發生的事。他等到那年秋天才送我去上學。將近六個月的時間，我住在他的屋簷下，一點自由都沒有。開始上學的時候，我已經完全崩潰了。那六個月裡頭，他每天告訴我說，沒有人在乎我，沒有人在找我，我什麼事都只能仰賴他。他是個大人——還是個警察。我是個小孩。我相信他。況且——我每天晚上被強暴。」

「他的妻子容忍這樣的事？」

「她假裝沒看見，他們是一家人嘛。說不定她說服自己相信，都是我的錯，我是個勾引她丈夫的小雛妓。我不知道。過了一段時間之後，妳就麻木了。像家事一樣，是分配給我的工作。我們住在葛蘭洛克和修瑞柏利之間，感覺上離巴爾的摩有百萬哩遠。在那裡，沒有人談過貝塞尼姊妹。那是發生在城裡的事。早就沒有什麼貝塞尼姊妹了。只剩一個貝塞尼妹妹。」

「妳現在就住在那裡嗎？妳一直都住在那裡嗎？」

她微微一笑。「不是，警探。我很早以前就離開了。我十八歲的時候，他給我錢，送我坐上巴士，告訴我說我得靠自己了。」

「妳為什麼不搭巴士回巴爾的摩，找妳的親朋好友，跟別人說妳這段期間人在哪裡？」

「因為我不再存在了。我已經變成露絲．萊比格，俄亥俄州哥倫布市一場悲慘大火的唯一倖存者。白天是普通的少女，晚上是性伴侶。海瑟．貝塞尼已經不在了。已經無處可回了。」

「所以妳用的就是這個名字，露絲．萊比格？」

她笑得更開了。「事情沒這麼容易的，警探。史坦．丹罕把我訓練得很好。我也學會搜尋舊報紙，學會怎麼找出沒人認領的身分，然後據為己有。當然啦，現在比較困難了。大家越來越早申請社會安全卡。但是像我這個年紀的人，還是有很多死掉的小小孩名字可以冒用。而且，妳一定不敢相信，出生證明有多容易弄到，只要有基本資料和一些……技巧。」

「哪一種技巧？」

「這不關妳的事。」

葛羅莉亞點點頭。「聽著，她已經把故事都說給你們聽了。你們都瞭解啦。」

「還有一個問題。」南西說：「到目前為止，她告訴我們的每一件事都是死胡同。農場，事情發生的那座農場？不在了，好幾年前就被拆掉分售了，並沒有挖掘到任何人類遺骸的紀錄。」

「去查那所教會學校，小花聖龕。妳會在在名冊上找到露絲．萊比格的名字。」

「史坦．丹罕在醫院，快死了——」

「太好了。」她說。

「他太太死了快十年了。喔，還有兒子？他三個月前因為火災意外死了。在喬治亞。他和潘妮洛普．傑克森住在那裡。」

「他死了？東尼死了？」

如果韋勞夫畢再年輕幾歲，他或許會從椅子裡跳起來。殷凡特和藍哈德特已經站了起來，全身僵直，往前靠近傳出聲音來的擴音箱。

「你想——」藍哈德特說，但殷凡特也開口了：「她聽到那個父親的事，一點都不意外，對潘妮洛普．傑克森和喬治亞連理都不理，但是那個兒子讓她卸下心防。而且她知道他的名字，雖然南西沒提。」

另一邊，「別再說了，海瑟。」葛羅莉亞說：「現在，南西，請給我們幾分鐘。」

「沒問題。要多久都可以。」

南西走出房間，趾高氣昂加入那群警探的圈子裡。這個女孩對自己很滿意，她也的確應該滿意，韋勞夫畢想。她做得很好。那女人沒提到平察瑞里，是很關鍵的一點。而且蜜麗安也一直強調，去購物中心那天，海瑟帶了比平常更多的錢，因為她留在家裡的存錢筒是空的。

但是還不夠好。在這個房間裡，只有他知道他們已經陷入困境，無法證明她不是海瑟．貝塞尼。他可以賭上生命說她在騙人，可是他無法證明。

「怎麼了？」她對三個男人說。

「我們在等妳。」藍哈德特說。

韋勞夫畢拎起擺在腳邊的信封，打開來，雖然他早就知道裡頭裝的是什麼。一個藍色的丹寧布皮包，滾紅色的花邊。儘管擺在密不透光的信封裡，經過這麼多年，還是稍微褪了色，不過就和她形容的一模一樣，除了裡頭裝的東西之外。但是，那只是因為皮包裡沒有東西。皮包是在一輛車子旁邊找到的，整個由裡往外翻，側面有個輪胎印。想來是海瑟被擄走的時候掉了皮包，然後某個投機的人渣踩到，把裡頭的錢啊什麼的都拿走，空皮包丟在一邊。

然而，他們沒辦法拿皮包裡的東西來質疑她的說法，因為他們根本就不知道。皮包在這裡，和她形容的一模一樣。那麼，如果她是海瑟．貝塞尼，為什麼會不記得見到過她姊姊的音樂老師呢？早在那麼多年前，平察瑞里就在說謊嗎？他之所以崩潰，之所以說出韋勞夫畢想聽的話，是不是因為他想隱藏另一個祕密？他也死了。不管他們往哪個方向轉，每個人不是死了，就是快死了。這是自然的定律，因為已過三十年了。戴夫走了。韋勞夫畢的愛芙琳走了。史坦．丹罕的妻子和兒子走了，那個傢伙自己也快走了。潘妮洛普．傑克森，不管她到底是什麼人，已經失蹤了，什麼都沒留下，只有一輛綠色的瓦利安。而他們唯一能確認的一件事是，在偵訊室裡的這個女人不是潘妮洛普．傑克森。可是，她形容了那個皮包的模樣。這能讓她變成海瑟．貝塞尼嗎？他又想到空氣裡的微微閃光，就在那一刻，他敢肯定，她在說謊。

「他媽的。」藍哈德特說。

「好吧，反正媽媽就快到了。」殷凡特說：「如果我們不必讓她面對這些事，如果她一落地我們就可以告訴她是怎麼回事，該有多好，不過至少還可以做DNA鑑定。等我們弄到了樣本。就算再怎麼趕工，也得要花個一兩天。」

「是啊，」韋勞夫畢說：「這件事嘛……」

飛機好像和乘客一樣無聊得昏昏欲睡。比預定抵達的時間延遲兩個多小時，大部分的乘客都疲累不堪，一肚子氣。蜜麗安坐在頭等艙靠窗的位子，最後一分鐘才買票，不得不享受這樣的奢華。她沒辦法入睡，只能凝望著噴射機底下的雲層。穿越雲層花了很長的時間，但是巴爾的摩終於出現在她腳下，將近二十年來的第一次。好大的城市啊，大得超乎她原本的記憶，燈火蔓延得好遠，好廣。不過話說回來，她從一九六八年之後，就再也沒搭機飛抵巴爾的摩了。在機場還叫「友誼機場」的那年，蜜麗安從加拿大途經紐約回來。那個夏天暴動剛結束，看來是帶女兒回渥太華，和外祖父母渡過一個長假的好時間。噢，她們搭回程班機的時候打扮得多漂亮啊，兩姊妹穿著相配的衣服，是蜜麗安媽媽在霍特藍福瑞買的——條紋洋裝，領子上扣有活動式的領巾。啟程不到二十分鐘，珊妮的衣服就一團糟，但是海瑟一直到落地，衣服都還是整整齊齊的。當時大家都在登機門接人。她記得戴夫在航廈裡等她們，他一臉蒼白，拱背曲肩，被工作壓得不成人形。幾年之後，他對她提起想開家店的夢想時，這幅影像立時浮現在她的腦海裡，於是她毫不遲疑地說好。她要他快樂。即使在她痛苦煎熬的時候，她還是一心希望戴夫能平靜安心。

突然之間，飛機下方一片死寂，幾乎連燈火都沒有，宛如冥府。飛機轉彎，朝向翠沙皮克灣飛去。雖然最後的下降非常平穩，蜜麗安的胃還是再次抽搐，這是她在墨西哥生活這麼多年以來從沒犯過的觀光客胃痛。她在座位前方的袋子裡翻找嘔吐袋，可是找不著。或許航空公司不再提供嘔吐袋了，至少頭等艙沒有。再不然就是有人拿走了，而工作負荷太重的空中小姐沒注意到。在這樣的情況下，蜜麗安只能做唯一可行的事。她忍了下來。

【第Ⅷ部】　真相（1989）

第三十四章

蜜麗安長途跋涉到語言學校的最後一段旅程非常曲折離奇，因為，她還不會講西班牙文。這簡直是真實版的《第二十二條軍規》[61]，她想。此刻站在像個大洞穴般混亂不堪的巴士站，她已經儘量克服語言障礙，買了一張到庫埃納瓦卡的頭等車票。她原本覺得自己好了不起的，因為她一路通過海關，利用墨西哥市的計程車系統來到這裡。只是一離開售票櫃台，顫抖的手裡緊緊抓著前往庫埃納瓦卡的車票，情況就全變了。

在外面那一排排轟隆隆冒著黑煙的巴士裡，怎麼找到她要搭的那一部呢？廣播系統播送的好像就只是一連串的統計數字，無法用任何語言加以理解。她找不到任何詢問處，找不到說英文的人，而她在德州入門課程學的那一點蹩腳西班牙文根本沒什麼用。她結結巴巴提出問題的時候，大家都茫然地盯著

61 《Catch-22》，為美國作家Joseph Heller一九六一年的小說作品，描述第二次世界大戰末期駐紮地中海部隊的荒謬故事，第二十二條軍規明定精神失常者可免除軍役，但須由本人親自提出申請。只是一旦提出，就可拿來證明當事人神志清明。小說廣受好評，曾改編為電影與舞台劇，書名《Catch-22》亦已成為荒謬兩難困境的代名詞。

她，然後就嘰哩咕嚕地吐出一大串話，霹靂啪啦砸在她身上。他們想幫忙。他們面容和善，姿態親切且溫暖。他們只是完全聽不懂她在說什麼。

她仔細端詳她的車票，注意到票是藍色的，於是開始看其他人手裡的票。有個女人的票也是藍色的，一個看起來很疲累的女人，側面輪廓活脫脫是一幅馬雅藝術作品——高貴如鷹的鼻子，平坦的額頭。

「庫埃納瓦卡？」蜜麗安問。

婦人很仔細地思考蜜麗安的問題，彷彿她這輩子碰過太多簡單問題變成危險惡兆的經驗。

「Si，」她說：「Ya me voy。」她轉頭就走，好像以為蜜麗安的問題是個暗示她往前走的命令。雖然拎著兩個大行李箱走不快，但是她回頭瞥見蜜麗安跟在後面就加快腳程。這下蜜麗安就更慘了，因為她的行李箱卡著兩個輪子，所以逐步落後，慢慢跟不上了。婦人再次回頭望，看見蜜麗安死命奮鬥，也瞥見了她手裡的車票，和自己的一樣。

「庫埃納瓦卡。」她說，恍然大悟。她等著蜜麗安跟上，然後帶她搭上正確的巴士。「庫埃納瓦卡。」她又說了一遍，露出微笑，把蜜麗安當成牙牙學語的孩子。「庫埃納瓦卡。」爬上巴士，坐在隔走道的位子上時她又說。然後她又試探地說出新的字彙，蜜麗安知道那應該是她懂的字，是她以前學過卻又忘記的字。婦人再試一次，說得更慢一些。蜜麗安笑了起來，攤開手，嘲笑自己的無知。婦人也笑了起來，似乎鬆了一口氣，慶幸自己不必在往南開的一個小時車程裡，和這個陌生的老外找話講。她靠在椅背上，翻找著行李袋，掏出一個包著蠟紙的東西。她剝開紙，裡頭是個芒果，裹著一層看起來像是辣椒，厚厚亮亮的東西。現在，安穩地搭上巴士，就快到達目的地了，蜜麗安終於可以放鬆心情，用驚歎的眼光看待新奇事物。如果是在五分鐘之前，她還茫然無措的時候，這個芒果一定會讓她覺得噁心想吐。

¿De dónde es?那婦人問她的是這句話。您打哪兒來？現在要回答已經來不及了，就算蜜麗安想回答——她又該怎麼說呢？她今天早上從奧斯汀上飛機。所以她算德州人囉？或者她該說她來自加拿大，她出生的地方？在爸媽過世之後，她在那裡已經沒有任何親人了。她還認為巴爾的摩是她的家，事實上她只在那裡住過十五年，而過去十三年來，德州才是她的家。您打哪兒來？她唯一確定的是，她現在離開德州正是時候，在不景氣宛如駭浪襲捲海岸時逃過一劫。

她是運氣好，而不是精明。她十八個月前賣掉房子，就在房市開始重挫之前。同一時間，她也出脫了爸媽遺留給她的一些長期投資。但是並非因為她預見股市會在一九八七年狂跌，或德州房地產會隨後崩盤。她只是不停轉著提早退休的念頭，所以把錢拿去買CD，和其他可笑的保守性投資。她沒買新房子，因為她不確定自己是不是想待在德州。她的錢在其他地方更好用。現在不想待在德州的人可多著囉，過去幾個月來，他們在蜜麗安的辦公室裡哭訴，對資產負債表的概念大惑不解。「我們怎麼會欠債呢？」有個年輕女人哭哭啼啼地說：「我們買了房子，也按期付款，現在我們賣了房子。為什麼我們反而欠了七千塊呢？」有些比較蠻橫的賣家甚至會說，既然買賣沒讓他們獲利，就不該付房產仲介費。那是段難熬的日子。

但是，就算房市欣欣向榮，蜜麗安還是會作相同的決定。春季正要揭開序幕時，她請了四個星期的假，她樂觀得無以復加的合夥人覺得她簡直是瘋了。「妳怎麼能請假呢？」他們問：「景氣就要回升了。」如果他們知道她根本就不打算再工作，一定會覺得她更是瘋了。她要去上一個月的西班牙文密集課程，然後找個地方住。在美國，這樣的夢想至少還得花上十年才能實現。但在墨西哥，一美元可以兌換一千六百披索的此地，可以夢想成真。並不是說她非墨西哥不住，她也可能到貝里斯，或者哥斯大黎加。

在忙亂準備第一段旅程的時候，她並沒有馬上注意到日期。太多事情要做，太多文件要簽名，甚至比定居需要的手續更麻煩。旅行支票，公寓的轉租合約，賣掉車子。（光憑這點，她的合夥人就該警覺到她不打算回來了。哪個人住在德州不需要車子啊？）但是三個星期之前，她終於訂好機位的時候，那個日期，三月十六日，在她的記事本上狠狠瞪著她。她斷定，這是個好兆頭，在另一個三月二十九日來臨之前離開這個國家。

巴士開過蜿蜒的山區道路，蜜麗安注意到路邊小小的白色十字架。仔細想想，墨西哥不是常有巴士翻下山嗎？這種故事似乎是新聞報導的主要素材。巴士事故，土石流，颱風和地震。從機場搭計程車到巴士站途中，她看見因一九八七年墨西哥市地震而毀棄的建築，它們的命運仍在未定之天。她認識的人大多很愛ＣＮＮ，覺得收看播報這麼多國際新聞的有線頻道是知識份子的象徵。有些人說ＣＮＮ是危機新聞頻道（Crisis News Network），但是蜜麗安覺得創辦人泰德·透納（Ted Turner）最終的用意是提醒觀眾：你該慶幸自己住在這裡。世界的其他地方全顯得野蠻，不可預測，充斥著災禍，衝突與內戰。只要花足夠的時間看ＣＮＮ，就會覺得美國是個可以令人放心的安居之地。

最後巴士終於抵達庫埃納瓦卡市中心。蜜麗安已經訂好了旅館，口袋裡有個地址，但是在真正抵達終點之前，她還有一個語言的障礙要克服。根據學校所給的行程須知，學生必須先找計程車議價，在啟程之前談好車資。可是不會講西班牙文要怎麼議價？她到了計程車招呼站以後，給了司機一千披索，然後再五百，再兩百，可是司機還是一直不答應。等她開始慌亂，也快發火的時候，才發現他們談不攏的價差，換算成美金也不過就是幾分錢。

計程車鑽進擁擠的街道，眼花撩亂的景象讓蜜麗安目光迷醉——科提斯[62]修築的一座城堡，牆面有迪亞哥·里維拉[63]的大型壁畫，在星期天午後擠滿人潮，夾雜著一群身穿本地傳統服飾的男子。最後，她的司機轉進一條陰森森，難以名狀的街道。蜜麗安的心往下沉。她訂的是晨光飯店，按蜜麗安的標準

62 Hernando Cortez，1485-1547。征服阿茲特克王國的西班牙探險家。

63 Diego Rivera，1886-1957。墨西哥知名畫家，以大型壁畫著稱，其與女畫家芙烈達（Frida Kahlo）的情史亦極為人津津樂道。

來看是貴得驚人的旅館，大約相當於機場萬豪酒店的價位。這是她最後的揮霍，最後的奢華。她相信價位可以保證品質，但是司機停在一幢難以名狀的建築前面時，她心頭一驚。「這裡？」她問，然後才想起來：「¿Aqui？」

司機咕噥一聲，把她的行李往人行道上一丟，就開走了。就在這時，厚重的木門翩然開啟，一個打扮得整整齊齊的金髮男子出現，旁邊跟著兩個本地人，一言不發地提起她的行李。被迎進接待室之後，她才明白旅館是刻意設計成一個輝煌壯麗的謎。面街的外表空無一物，但是門內卻有一座奢華的中庭，環繞房間四周的是碧綠如翡翠的草坪，有白色孔雀昂首漫步。她覺得自己像《綠野仙蹤》裡的桃樂絲，拿堪薩斯的黑白世界換得奧茲國的多彩繽紛。

《綠野仙蹤》讓她想起女兒，躲在舊的拼布被底下看這部電影的電視版，是她們每年一度的儀式。每看到其中幾個驚心動魄的鏡頭——好鬥的樹木啦，飛天的猴子啦——就拿被子蒙頭。有趣的是，她們不怕女巫，從來就不怕，雖然女巫剛化身成艾薇拉．葛奇的時候讓她們有點緊張。但是瑪格莉特．漢彌頓（Margaret Hamilton）在咖啡廣告裡的表演，削弱了她嚇人的力道。

蜜麗安的膝蓋一軟，開始哭了起來，靜靜垂淚。不管用的是什麼語言，她都沒辦法解釋她的這個行為。她來到墨西哥，就是希望不用再解釋個沒完沒了。她來到墨西哥，是為了躲開電話，躲開那些沒人出聲的電話。（「戴夫？」她對著空氣大喊：「是誰？你打給我幹嘛？」有一次，只有一次，她忘我地喊了一句：「親愛的？」卻只聽見倒抽一口氣的聲音。）她來到墨西哥是為了重新開始，然而此刻，她卻還是陷在過往的人生裡。真是不可思議，那一層層的疼痛，那細微的震顫，即使過了十幾年卻還是沒有改變。日復一日，蜜麗安忍受著隱隱約約的慢性疼痛，就像某種永久性的神經損傷，因為無法透過手術修復，她只好學習適應。但是無論她有多謹慎，無論她有多細心地保護這些受損的關節與肌腱，總還是有些事情會引發她的疼痛，突如其來且撕心裂肺的疼痛。任何東西都可能觸動回憶，甚至像眼前這樣的嶄新經驗也不例外。她一路尋尋覓覓，原本以為可以找到女兒再也無從側身其間的新生活。但是在墨西哥庫埃納瓦卡的旅館裡，看著白孔雀漫步行過草地，她卻潸然淚下，只因為想起如果孩子們看見了此情此景，該有多興奮。

然而一流旅館的美妙之處，明明只付三十塊錢就可換得一夜安眠卻要花上七十五元的重點在於，旅館員工訓練有素，不卑不亢，彬彬有禮得恰到好處。這位女士一定是因為長途跋涉了一整天，太累才掉淚了，金髮男子對守候一旁的員工說——用的是西班牙語，但是蜜麗安聽得懂他的西班牙文，因為他講得不快，也不會有一大堆捲舌音連成一串。她被帶進一間金碧輝煌的房間，裡面有位女傭端給她一杯現榨柳橙汁。接著，女佣帶她參觀了房間裡的設施。無一不大，無一不奢華，也無一需要解釋。她指著地板上的一條地毯，為您可愛的小腳準備的。她指著一缽水果，如果您有胃口。最後，她在雪白的床上擺上一個小枕頭，要蜜麗安躺下。給您可愛的頭，蜜麗安在心中翻譯道。給您可愛的頭。

蜜麗安比手劃腳地向她要了杯水，就算是在這麼亮麗奪目的地方，她喝的水還是得過濾或淨化。接著，她又嘗試問晚餐需不需要穿正式服裝，她能不能穿長褲，還大費周張地打開行李箱，讓她看折好擺在最上層沒壓皺的絲質長褲。Cómo no，女佣回答。不是為什麼不可以，而是如何不可以，蜜麗安注意到。另一句需要熟練的常用語。

「¿Tiene sueño?」女佣又問，蜜麗安嚇了一跳。但是她問的只是她是不是睏了，而不是她有沒有作夢。

蜜麗安倒在床上，醒來的時候，夜色已臨，旅館的草地上坐滿飲酒用餐的人。她啜飲雞尾酒，輕咬著烘烤松子，努力把她早就瞭解的語言阻隔在外，只容許西班牙文進到她的耳朵，她的心裡。她來到此地，學習新的文字，新的語言，新的存在。今天，她已經學了一些新的東西，在其他人的提醒之下，她也知道自己學會了。她知道在西班牙文裡要說有了餓，而不是會餓。第一人稱只有在加強語氣的時候才用。而且，最重要的是，她會用如何來取代為什麼：¿Cómo no?

Chaper 35

第三十五章

「芭兒，我寫的東西不見了！」

這聲慘叫在午後的這個時刻顯得稀鬆平常，聲音來處也一如往昔，是新聞編輯室角落裡那張亂七八糟的桌子。那張桌子堆滿紙張和報告，堆得像座小山，坐在那位子上的人若非頂著高塔似的髮型，根本沒人看得見她的存在。身材嬌小，時髦程度驚人的軒尼詩太太經常在截稿時間把稿子弄不見。但很少是因為電腦當機或故障，而是因為她的工作習慣。她喜歡另開一個視窗藏起她正在撰寫的稿子，再不然就是用「儲存」鍵複製整個檔案，然後再刪除，眼睜睜地看見整個檔案從她面前的視窗消失。

「我看看，軒尼詩太太。」芭兒想把電腦轉過來。電腦擺在可以轉動的台座上，好讓兩個記者可以共用一部電腦，但是軒尼詩太太耍詐，用一大疊參考書籍把轉盤擋住，所以很少和其他人共用電腦。芭兒在鍵盤上敲敲打打，查看通常出毛病的部分，但是這一次軒尼詩太太說對了：她真的把她寫的東西搞不見了。芭兒在備份系統裡抓出拷貝的檔案，但卻只有一份空白的格式，有著報導的標題和寫作的日期，其他什麼都沒有了。

「妳把妳寫的東西儲存起來了嗎？」她問，明明知道答案。

「這個嘛，我每打完一段就按tab鍵啊。」

「tab鍵沒有儲存功能。妳必須執行儲存指令啊，軒尼詩太太。」

「我聽不懂妳在說什麼。」套句本地的俚語，軒尼詩太太打從上帝還是個小孩的時候就在這裡了。她在《費爾法克斯報》工作了三十五年，從當年所謂的婦女版起家，一路奮鬥，爭取進到新聞部，過去二十年來，一直都負責採訪教育新聞。她的年資無人能及，但只因為在這家報社裡，連最有前途的記者也很少能待超過兩年。謠傳她是納粹大屠殺的倖存者，但就算她手上有什麼烙印或刺青，也全被厚重的金鐲子給遮住了。總而言之，她強悍的像釘子一樣，可是一被電腦打敗的時候，就露出一副小貓般無助的模樣。或者，應該說是電腦被她打敗才對，因為她死都不肯採取最簡單的步驟來保全她的文稿。

「如果妳每寫一段就按F2，電腦就會替妳的檔案儲存一個備份，同時繼續更新。妳從來不儲存妳的檔案。所以在電腦的認知裡，妳寫的東西根本就不存在。它不會儲存它看不見的東西啊。」

「妳是什麼意思，它看不見？明明就在那裡啊。」她說，用那根戴著戒指的手指指著螢幕。「剛剛明明就在那裡。」她修正說，因為這會兒螢幕是一片空白。「我看得見的。這些機器一點用都沒有。」

芭兒總是替電腦系統辯護，雖然明知道這套系統缺點多多。《費爾法克斯報》是一家小報系旗下的報紙，思想之先進與用錢之儉省都無可匹敵，這兩個作風一結合，就讓他們擁有了這套恐龍般的系統，並非為新聞工作設計的電腦系統。「這是工具，和其他東西一樣。妳用打字機的時候，除非放進複寫紙，否則就不會有副本。工匠笨就別怪工具爛。」

這句她爸爸常講的諺語，突如其來地脫口而出。一如往昔，她剎時湧起一股複雜的情緒，既有渴望，又有悲哀與不安，彷彿這樣一句來自記憶深處的回音，就會讓她的生活撕裂瓦解。

「妳說我什麼？」軒尼詩太太的聲音不再像小貓，變得像獅子。「妳好放肆……」接著，蹦出一連串咒罵，不知是德文還是意第緒語，芭兒不確定。「我會讓妳滾蛋。我會——」她從椅子裡爬出來，越過她堆在桌子四周權充圍籬的那一疊疊文件，踩著完美無瑕的細跟高跟鞋，渾身顫抖地衝進編輯有窗景的辦公室，好像被芭兒暴力威脅似的。甚至連她梳得高高的髮髻——每兩個星期就染色修剪一次，讓刺眼的栗紅色底下連一絲髮根都看不見——也彷彿害怕得抖顫。

若非從去年夏天開始在這間新聞編採部工作以來，每個月至少見識兩次相同的表演，芭兒或許會很擔心。軒尼詩太太在編輯辦公室裡暴跳如雷，揮著一雙纖小的拳頭，要求炒芭兒魷魚。她氣沖沖地走出來，不到幾秒鐘，芭兒就被電子訊息叫了進去。

「如果妳可以再圓滑一點，想辦法和她相處……」編輯麥克．巴格雷開口。

「我會努力。」芭兒說：「我真的很努力。妳也要求她和我好好相處嗎？她對我的態度，簡直是把我當她家的傭人。沒錯，電腦不時吃掉她的檔案，但是她絕大部分的問題都出在一個簡簡單單的事實，因為她不肯按程序做最基本的工作。我又不是她的管家。」

「她是，」他四下張望一下，好像怕有人偷聽。「她是個老太太。有她做事的方式。目前我們不打算改變她。」

「所以就讓這條小尾巴控制新聞編採室這條大狗囉？」

體型龐大，一頭淡黃色頭髮隨年紀褪成熱帶魚顏色的巴格雷做個鬼臉。「聽妳這麼一說，我的腦海裡就浮起一幅畫面。軒尼詩太太的尾巴。我的天哪！可是聽著，芭兒。妳在新聞界的資歷再怎麼說都不算科班出身。妳們的技巧絕對不……」

她等著，很好奇接下來會聽到哪幾個字。不存在？不足？可是他根本沒打算說完這句話。

「我們非常仰賴妳。系統故障的時候，我們靠妳搶救，妳的工作幫我們省了好幾萬塊。妳知，我知。所以就讓軒尼詩太太假裝她是個舉足輕重的人，免得我們吃上年齡歧視的官司。去向她道歉吧。」

「道歉？又不是我的錯。」

「妳罵她是個蹩腳的記者。」

「我……？」她笑了起來：「我說笨工匠怪工具爛。那只是一句俗話。我根本沒批評她的報導。不過她的確是，對吧？」芭兒思索著。在這之前，她從來沒想過自己有資格評論她所照管的那些電腦螢幕上的文句。她是報社從分類廣告部門拔擢出來的電腦奇才。她以為自己對那些報導視而不見，可是她的確是看進去了，她很清楚，軒尼詩太太是個蹩腳的記者。

「只要說對不起就好了，芭兒。有時候權宜之計才是上策。」

她眼睛眨呀眨，透過睫毛看著他。你知道我能對這套系統動什麼手腳嗎？你明白我可以讓所有的運作都癱瘓嗎？在她工作六個月後的評鑑表上，巴格雷——他沒有權利督導她，因為他對她的工作內容一竅不通——寫說她需要「發憤工作」。嗯，她的確發「憤」工作，一點都沒錯。每天晚上，她都把憤恨像火種似的儲存起來，當成是她最佳的能量來源。

「那誰向我道歉？」

他摸不著頭緒，不知道她在說什麼。「聽著，我承認，軒尼詩太太很難搞。可是她沒罵妳啊。她以為妳罵她是蹩腳的作家。如果妳道歉，事情就比較容易處理。」

「誰比較容易？」

「是對誰比較容易。」他糾正她。真是渾蛋。「好吧，對我比較容易。老闆是我啊，對不對？所以去說對不起，讓我別再捲進妳們這兩個女人的戰爭。」

她在休息室找到軒尼詩太太。美其名為休息室，其實只是一間陰暗的小隔間，有架自動販賣機，和幾張美耐板桌子。

「對不起。」她僵硬地說。

老太太也同樣僵硬地微微低頭，宛如女王睥睨農民。若不是坐著，她鐵定會這樣低頭瞪著芭兒看。

「謝謝。」

「那只是一句俗話。」芭兒不知道自己幹嘛非說不可。她已經遵照指示做完該做的事了。「我並沒有影射妳文章的意思。」

「我當記者三十五年了。」軒尼詩太太說。她名叫瑪麗蘿絲。這個名字出現在報導的署名裡，但是從來不會在對話裡出現。她永遠都只是軒尼詩太太。「開始在這家報紙工作的時候，妳都還沒出生呢。像我這樣的女人，是我們讓妳有可能開創事業。我報導過種族隔離。」

「真的？那可是大事——」她住嘴，時間掐得剛剛好。她差點就要脫口說出：「那可真是大事啊，在我長大的那個地方。」可是她是芭芭拉．夢露，出身伊利諾州芝加哥。她上的是一所大城市的高中：馬瑟高中。大城市裡的大型高中比小學校來得容易偽造身分，因為在大學校裡每個人都可能被遺忘。可是她不確定種族隔離在芝加哥算不算得上大事。很可能是，但是何必冒險提到太特殊的事呢？「在七十年代可是大事哪，對不對？」

「是啊，沒錯。而且我是單槍匹馬採訪的。」

「好棒。」

她刻意要讓人感受到她的真心誠意，但是她的聲音卻背叛了她。有時就是會這樣。她的話聽起來帶點酸勁，有幾分挖苦的意味。

「是很棒，很有意義。比靠修機器過日子有意義得多了。我為歷史寫下新的篇章。而妳除了做機械性的工作之外，又會做什麼？」

這句應該算是侮辱的話卻讓芭兒笑了起來。軒尼詩太太以為這樣就算尖酸刻薄，簡直是太好笑了。但是她的笑聲給老太太的怒氣火上加油。

「哼，妳以為妳很特別啊，穿著緊身上衣和短裙在新聞編輯室扭來扭去，讓所有的男人都盯著妳瞧。妳自以為了不起啊。」

編輯告訴過她，她很了不起，她不可或缺。「我不知道這和我的衣服有什麼關係，軒尼詩太太。而且我真心覺得妳以前做得太棒了──」

「以前？以前？是一直都是。我做得很棒，妳，妳……騷貨！」

這個老太太所謂的侮辱又讓她再次想大聲嘲笑。然而，這個字眼卻有效得多，正中她的弱點。性，她自己的性行為，對她來說是個敏感的話題。她不想勾引男人，不管是在新聞編輯室裡或其他任何地方，而且她的裙子也不算太短。別的不說，依現在的標準來看，她的裙子算長的囉，因為她身材嬌小，所以裙子一穿起來總是垂在屁股上，比正常的長度來得長一些。而軒尼詩太太頂著吹得高高的髮型，踩著高跟鞋，才差不多和她一般高。

或許這可以解釋她為什麼會覺得拎起老太太的低卡百事可樂，倒在她漂亮抖顫的髮髻上，是一報還一報的公平遊戲了。

他們開除了她。當然。真的，他們要她二選一，不去上諮商課程，就得拿兩個星期的遣散費走人。「沒推薦信。」巴格雷補上一句。好像她會開口要，好像在芭芭拉．夢露消失，另一個女人取代她之後，推薦信還會派得上用場似的。她拿了遣散費。

她在夜裡偷偷溜回來，利用報社原始的不得了的搜尋工具。報社唯一的一位圖書管理員欠她人情，作夢也沒想到芭兒為什麼會想這麼深入瞭解圖書館的運作，圖書館的能耐。事實上，他還受寵若驚地表演給芭兒看，訓練精良的圖書館員靠著電話和市立圖書館的資料查詢處清單可以做多少事。可以查出財產與訴訟紀錄的標題搜尋也很有價值，但是需要時間和金錢，這兩樣她當下都沒有，雖然過去一年來她偷偷從報社帳戶裡A了一些錢。戴夫．貝塞尼還住在艾爾貢昆巷。蜜麗安．貝塞尼還是下落不明，從幾個月前就失蹤了。史坦．丹罕還在同一個地址——可是，她一直都沒和他真的斷了聯繫。

最後，她挑選出她的新姓名和身分，用的是史坦教她的方法。該是重新開始的時候了。不能把這個工作放進她的履歷表裡實在有點可惜，不過她也下定決心要離開新聞界了。一旦取得她所需要的正式訓練，她就可以替自己的技能找個有賺頭的歸宿，找家習慣付酬勞買才華的公司吧。就算《費爾法克斯報》非得趕她離巢不可，她也可以在其他地方有更好的發展。向來不都是如此嗎？就連身在最惡劣的情況之下，她也總是需要其他人推她一把，鼓勵她繼續前進。那天在灰狗巴士車站，她哭得那麼淒慘，而其他人卻微笑點頭，以為她只是個受不了離家之苦，害怕的不得了的少女。

搜尋完成了，她要做的最後一件事是寫一組小小的密碼，她送給《費爾法克斯報》的臨別禮物。第二天，軒尼詩太太登入時，整個系統會全面故障，撰寫中的每一篇報導都會煙消雲散，連那些比較負責任的記者按規矩存下備份的文章也不例外。到了那個時候，她已經在安納寇斯提亞的快餐廳裡，等著史坦・丹罕。他本來想說服她再往北開一點，但是她告訴他，她絕對不會跨越華盛頓特區的界線到馬里蘭去。迄至此時，無論她對史坦・丹罕提出什麼要求，都能如願以償。

第三十六章

「因為她是養女，妳懂嗎？」

戴夫正在排隊買肉桂捲，這句話突然穿破周遭的喧囂，像隻鞋子或一塊小石子似地朝他襲來。這句話並不是對他說的，而是排在他後面那兩個看起來神情自若的中年婦女對話的一部分。

「什麼？」他問，好像以為她們原本就打算把他拉進對話之中。「誰是養女？」

「麗莎．史坦柏格。」其中一個說。

「紐約那個被養父毒打的小女孩啊。那個渾蛋被抓去關真是太好了，可是他們也該把那個女人抓起來才對。親生母親絕對不會呆呆坐在那裡袖手旁觀的。絕對不會，怎麼樣都不會。」

她們點點頭，沾沾自喜，心滿意足，全世界的人她們都認識。她倆臉色蒼白，氣色不佳，分明是鮑霍夫麵包店賣的那些烘焙食品的反廣告。戴夫想起海瑟和珊妮很愛的一本書：《壞男生與臭女生》

（*Beastly Boys and Ghastly Girls*），裡頭還有充滿幻想色彩的插畫，是某位大師的作品。亞當斯[64]？高栗[65]？大概就是這幾個人吧，非常鮮活的線筆畫。其中有個故事是說一個除了甜食之外什麼都不吃的男生，最後被太陽曬融了，化成一灘只剩臉部表情的膠泥。

「怎麼會——」他正要開口，但是當了這麼多年鄰居之後已經摸透他情緒的汪達小姐岔開他的注意力，讓他不致反駁說媽媽也可能把兒子打到頭破血流啊。

「今天來個蘋果酥捲吧，貝塞尼先生，還熱騰騰的。」

「我不該……」他說。戴夫還維持大學時代的體重，但是他的肌肉已經鬆垮垮的了。鬆弛，他怎麼也克服不了的問題。他幾年前就不再慢跑了，因為沒有時間。

「別這樣嘛，裡頭有蘋果。對你很好的。一天一蘋果，就像醫生說的。」就靠著這個蘋果酥捲，汪達小姐讓他在脾氣失控之前離開店裡。熱騰騰的酥捲，像一句溫柔的回答，趕走了他的怒氣。

他一個早上都心神不寧，原因和往常一樣，但也有些不一樣。每年一通的電話今年沒報到。自從幾年前那傢伙說了一句話之後，這些年的電話就只是匆匆掛掉的消極騷擾，但是每年的三月二十九日還是照常打來。擔心他沒打來實在很怪異，但是戴夫很苦惱。那傢伙死了嗎？還是他也放棄了？就算是卑鄙鼠輩也有日子要過吧。然後戴夫打電話給韋勞夫畢。警探沒忘記這個日期，絕對忘不了。他恆久如新的

64　Charles Addams，1912-1988。美國知名圖畫書作家，擅長黑色幽默，代表作為《阿達一族》（*The Addams Family*）。
65　Edward Gorey，1925-2000。知名作家與插畫家，以黑白色調的詭譎鋼筆畫著稱。

體諒是戴夫所期待的，一種不須言傳的安慰。不會說「嗨，戴夫，近來如何啊？」沒自以為是。只說：「哈囉，戴夫，我正在看檔案。」韋勞夫畢不時都在看檔案，但他這麼說是要戴夫知道，此時此刻檔案就在他面前。

這時，韋勞夫畢冷不防丟了個炸彈到他身上。

「我要退休了，戴夫。今年六月。」

「退休？你還這麼年輕。比我還年輕。」

「我們做滿二十年就可以領全額的退休金，我已經做二十二年了。我太太——愛芙琳的健康情形不太好。我得多花點時間陪她，免得——現在有那種地方，你可以自己住，但是等生病之後，你可以留在自己的公寓裡，讓他們來照料你。我們還沒到那種地步，但是再過五年……我想要——他們是怎麼說的來著——和她一起渡過好時光。」

「你還會工作嗎？佛洛伊德說工作對人至關重要。是人之所以為人的關鍵。」

「也許到哪裡去當志工吧。我不需要——嗯，我有好多事可以忙。」

他原本很可能打算說：我不需要錢。但是一直到現在，在認識戴夫十四年，在吐露了親密至極的心聲之後，韋勞夫畢對自己的身家還是諱莫如深。或許他打從大學時代就對自己擁有信託基金的身分戒慎恐懼，所以對戴夫也無法打破習慣。有一次，只有一次，他邀請戴夫去參加聖誕派對，出於憐憫的邀請。戴夫原本以為是吵吵鬧鬧的警察狂歡會。他滿懷期待，事實上，還期待這是一場能帶給他嶄新體驗的派對。結果，卻是一場家族與鄰居的宴會——好驚人的家族，好驚人的鄰居。這種高雅自在的輕鬆社交氣氛，是戴夫年少時代那些派可斯維爾街坊想靠著喧鬧的表演和喝彩聲營造出來，卻苦於財力遠遠不及而無法達成的。格紋長褲，乳酪泡芙，琴酒馬汀尼，蛇腰女子與紅臉男子，個個輕聲細語，無論喝了多少酒都一樣。這是讓他會想形容給蜜麗安聽的那種社交盛宴，如果他們還能談談的話。蜜麗安的電話已經停話了。他知道，因為他昨天晚上試著想打給她。

「誰……誰會……？」他的聲音變得微弱，覺得自己快被驚慌給壓垮了。

「這個案子已經指派人負責了。」韋勞夫畢馬上說：「一個很能幹的年輕警探。我會特別提醒他，要他隨時和你聯絡。什麼都不會改變的。」

這就是問題，戴夫悽然想。什麼都不會改變的。線索會突然出現，但卻像露水一樣蒸發消失。不時有個瘋子或想換得特殊待遇的犯人聲稱有祕密消息，結果都證明不可信。什麼都不會改變。唯一不同的是這個新警探，不管他知道什麼，不管在檔案裡發現什麼蛛絲馬跡，都不會讓我亦步亦趨地隨他前進。從某個方面來說，這比和蜜麗安分手更讓人心痛，當然也更出乎意料。

「我們……還可以談談嗎？」

「當然啦。隨時都可以。嘿，我會繼續追查的。別以為我不會。」

「好吧。」他說。

「當然啦，我當然也得耍點手段的。不能把他逼得太緊。可是這個案子永遠都屬於我。是最貼近我心頭的兩個案子之一。」

「兩個之一？」戴夫不由自主地問。他很震驚，竟然聽到還有另一個案子分散韋勞夫畢的注意力。

「另一個案子已經破案了。」韋勞夫畢馬上說：「很久以前囉。那是……警察工作的大成就，原本看來機會不大的。不能相提並論。」

「是啊，我看得出來，警察工作大成就的案子和我的案子當然不能相提並論啦。」

「戴夫。」

「對不起。只是因為今天。那個今天就是今天，那一天。十四年了，連一點線索都沒有，最近這兩年，一點風聲，一點傳聞都沒有。我還是不知道該拿這個怎麼辦，崔特。」

「這個」指的是所有的事——不只是他身為一件迄今還沒有頭緒的刑案受害者的身分，還包括他這個人的存在。他已經學會該怎麼繼續往前走，因為繼續往前走指的是一條漫長而艱辛的旅程，沒有盡頭，純粹只是慣性的動作。繼續往前走很容易。但是他老早以前就忘了如何生活。多年來第一次，他想起他在五道的朋友，還有焚香與默禱的儀式，他早已放棄了，因為他再也無法假裝自己還活著。在愛麗絲夢遊的仙境裡，遊戲規則是明天不見了，昨天不見了，但今天永遠不會不見。在戴夫的世界裡，卻是沒有今天，只有昨天與明天。

「你所遭遇的事情，沒有人受得了的，戴夫。連警察都沒辦法。我或許不該告訴你，可是——檔案擺在我家的時間多過不在的時間。現在，因為我快退休了——檔案必須歸還，可是那會永遠在我腦袋裡。我向你保證。我會和你在一起。不只今天，不只這一天。我這一輩子的每一天。就算我退休了，也還會住在附近。我不會搬到佛羅里達或亞歷桑納去。我會在這裡。」

警探的話安撫了他，至少表面上是如此。可是他一整個早上都想找人狠狠打一架，這個情緒怎麼也平復不了。自從十八個月前開始佔據新聞標題以來，史坦柏格的案子就讓他抓狂，而上個星期的宣判又重新撩起了他的怒氣。只要是兒童被父母虐待或忽視的案子都會讓戴夫氣得發狂。麗莎．史坦柏格被殺害的兩個星期之前，德州有個叫潔西卡的女孩墜井而死，那也讓戴夫很生氣。爸媽到哪裡去了？說來奇怪，他的切身經驗反而讓他沒那麼有同情心。他把那些人罵得體無完膚，就像其他人罵他一樣。亞當．華許，艾頓．帕茲，好個悲哀而古怪的喪親聯誼會——他不想和他們扯上半點關係。

他走進店裡，風鈴叮噹響。現在大家都簡稱這家店是「tbg」，因為用小寫字體的低調招牌就是這麼寫的。他換招牌的時候想過要寫出整個店名的縮寫：「tmwtbg」（the man with the blue guitar），但是他自己也看得出來，那一大串字唸起來實在太拗口了。現在，服飾在店裡所佔的面積和民俗藝品一樣多。這家店此時此刻的風貌正是當年蜜麗安叨唸著要他轉型嘗試的那種風格，更加平易近人。結果呢，大大成功了。他好恨哪。

「嗨，老闆。」佩珀說。這個活潑的年輕女子是他目前僱的店長，左耳穿了十三個耳洞，烏黑的頭髮在腦後剃得短短的，前額卻留得長長的，長得蓋住眼睛。她正拿著穩潔擦拭玻璃櫃。佩珀對這家店很用心，當成是她自己的店來照顧，戴夫一直到現在都還想不透，她怎麼會這麼年輕就這麼有責任感。她最拿手的就是顧左右而言他，避免曝露心跡。戴夫的個性也是這樣，只不過他知道自己的習性是怎麼來的。說不定佩珀也有過痛苦與心碎的經驗，但是他很難想像這個開朗健康的年輕女子——撇開頭髮和十三個耳洞不談，她其實是個眉清目秀，純粹美式風格的女孩——遭遇過什麼悲劇。他想過要拜託韋勞夫畢進一步查核她的背景，他可以掰個理由，說他認為她之所以想來他店裡工作，是因為她認識某個和他女兒失蹤有關的人，或知道某些內情。可是他從來沒這樣利用過女兒，他也不想就此踏出第一步。

佩珀也很漂亮，是心不甘情不願被拖進店裡的男友或老公會盯著不放的那種年輕女子。但是戴夫僅止於欣賞。無論何時何地，他一認識其他女人就先拿來和女兒比年齡，如果沒比女兒大上至少十五歲，他絕對不會採取進一步行動。珊妮今年就要滿二十九歲了，他心痛地想。因此，他絕對不會考慮四十五歲以下的女人。這對巴爾的摩的中年婦女來說真是個大好福音——有個事業有成的單身男子不想要年輕女人——只是，戴夫的感情關係從來沒成功過。大家常說過去種種猶如包袱，但是戴夫的過往是大得多也重得多的負擔，絕不能當成是拖在背後的單一物件。他的過往猶如騎乘一頭長尾搖擺的怪獸。他縱有滿心不願，還是得攀在上面，因為他知道，只要一沒抓緊，就會被獸腳毫不留情地踩個粉碎。

今天早上很安靜，所以他和佩珀一起檢查書籍。她之所以比以前的員工更投入tbg的工作，最主要的原因就是書。他提起春季藝品展售會，問她願不願意代表他去。她吱吱叫，真的吱吱叫，高興得咬著拳頭。

「可是你會和我一起去，對吧？我好害怕喔，要一個人作決定。」

「我想妳沒問題的。妳眼光很好，佩珀。光看妳陳列東西的方式，妳對店面佈置的重視——我敢保證，就算我買進來的是個爛東西，妳也有辦法讓人想買。」

「我們賣的這種東西——是夢想，你知道嗎？是大家對於自己人生的幻想。沒有人真的需要我們店裡的商品，包括衣服在內。所以我們必須把商品組合起來，變成一個故事。我不知道，我想這話聽起來有點瘋狂——」

「妳說的很有道理。在妳來這裡上班之前，我連一天都很少休息。現在呢，我可以離開店裡……呃……一次最多二十分鐘吧。」

戴夫的工作狂熱是他們不時拿來說笑的老笑話，但是佩珀興高采烈的歡呼，那響亮喧鬧的聲音卻讓他心頭一緊。她很可能不知道戴夫．貝塞尼曾經有兩個女兒，更不可能知道她們的遭遇。沒錯，在後面的那個房間裡，她們的身影還活在他案頭的那個銀質相框裡，但是佩珀從來不問問題。她不是沒好奇心，他相信，純粹只是戒慎恐懼，不過分探究他的過去，免得他也期待她能投桃報李。他真的很喜歡佩珀。他好希望自己能愛她，或者待她像自己的女兒一樣，但是這絕無可能。就算佩珀沒這麼守口如瓶，他也不可能讓自己再對任何年輕女子發揮父愛。過去這十四年來，戴夫有過情人，有女人上了他的床。但是他從未考慮再婚，他也無意和陌生人再生個女兒。佩珀是他的員工，僅止於此。

當然，事後大家都認為她絕非僅止於此。第二天，在戴夫家後面那棵榆樹，那株吊著輪胎鞦韆直到繩子終於腐朽斷裂的枝椏上，急救人員把戴夫解了下來之後，找到一張紙條，要他們到他以前每日晨昏焚香誦經的那個書房裡，搜尋書桌上的那疊文件。沒有人需要我們賣的東西，佩珀說，所以你必須把東西組合起來，變成一個故事。戴夫希望他的組合——他的身體，他的文件，他的支票簿，他整潔得令人心痛的房子——能有人理解。他的信或許不是一封正式的遺囑，但是意思表達得清清楚楚的。他要佩珀接手他的生意，他所有的資產，包括賣掉房子的收入，則交付信託給其他人都認為早已遇害的兩個女兒，等到二〇〇九年再捐贈給特定的慈善機構。

「我覺得很難受。」在沙沙不清的國際電話上，韋勞夫畢吐露心聲。他透過她在不動產辦公室的前同事找到蜜麗安。「前一天我才——」

「別覺得難過，崔特。我不難過。起碼我不覺得對戴夫有罪惡感。」

「沒錯，可是……」這句話雖沒說完，卻聽起來還是很殘酷。

「我也沒忘記。」蜜麗安說：「我只是用不同的方式記得罷了。也就是說，我不會每天早上一醒來就拿蒼蠅拍敲自己的頭，懷疑我為什麼不會頭痛，那是戴夫的解決方法。痛一直都在。永遠都在。不必去煽風點火，也不必去刺激挑動。戴夫和我選擇不同的方式去哀悼，但是我們的哀痛一樣多。」

「我沒說不一樣啊，蜜麗安。」

「我在這裡上語言學校。你知道嗎？我五十二歲才開始學另一種新的語言。」

「我搞不好也會這樣做。」他試探地說，但她沒興趣知道他想做什麼。戴夫起碼還假裝關心我，韋勞夫畢想。

「有好多在英文裡是動詞的字，在西班牙文裡卻變成主詞。Me falta un tenedor。從字面上來說是：『叉子沒有了我』，而不是『我需要叉子』。Se me cayó。Se me olvidó。『從我身上掉出去』，『從我腦子裡遺忘』。在西班牙文裡，有時候也說是事情自己發生到你身上來的。」

「蜜麗安，我從來沒在事後批評妳或戴夫的作法。」

「鬼扯啦，崔特。你只是通常都沒把你的意見說出來罷了，不過也就因為這樣，所以我才愛你。」

他真希望這句話——這麼輕率出口，這麼言不由衷的一句話——沒讓他這麼震撼。就因為這樣，所以我才愛你。

「保持聯絡喔。」他說：「和局裡，我的意思是。如果有任何進展——」

「我不要。」

「保持聯絡。」他又說一遍，懇求著。但他向來心知肚明，她不願聯絡的，永遠不願意。

幾個星期之後，就在他正式退休的前一天，他再一次查閱貝塞尼案的檔案。檔案歸還的時候，兩姊妹親生父母親的蛛絲馬跡已全部抹淨了。戴夫．貝塞尼始終堅持，案情的這個部分是條死胡同。說來倒和艾爾貢昆巷有幾分相似，若非正好位於開發得比較早的拉金公園邊緣，這裡就只不過是城市中央一塊比較荒僻的地方罷了。在兩姊妹剛失蹤的初期，不時有好奇或冒失的人慢慢把車駛過貝塞尼家門口，一直開到街底迫不得已必須掉頭的時候，就讓他們湊熱鬧的意圖曝露無遺。還有些人到他店裡去，買些小東西來減輕他們的罪惡感。這些人讓戴夫受了多少苦，傷得他多重啊。「我真是他媽的怪胎秀。」他對崔特抱怨過不只一次。「記下車牌號碼。」崔特建議他：「如果他們開支票或刷卡，就記下名字。你永遠不知道誰會開車過來。」而戴夫，永不放棄的戴夫，乖乖照他的話做。登記車牌號碼，記下每一通掛掉的電話，像搖著雪花球般搖晃著他的家庭生活，然後放回桌上，等著看球裡的景色會如何變化。但是過去十四年來，無論他怎麼晃怎麼搖，所有的東西最後都物歸原位——除了蜜麗安之外。

【第Ⅸ部】 星期天

第三十七章

「我們可以騙她說找到骨頭了。」殷凡特說。

「可是我們又沒有骨頭。」藍哈德特說：「我們找不到骨頭的。」

「一點都沒錯。」

殷凡特，藍哈德特，南西和韋勞夫畢在喜來登的大廳，等著接蜜麗安．托爾斯去吃早餐——吃早餐的時候，他們會坦白告訴她，對那個她希望今天能見面，那個她飛了兩千哩來見上一面的女人，他們一點頭緒都沒有，還搞不清楚那個女人的身分。她可能是蜜麗安的女兒。再不然就是個高明的騙子，決定花個一兩星期把每個人耍個團團轉。為了什麼目的？為了錢？窮極無聊？徹頭徹尾的瘋子？或者，她之所以對目前的身分密而不宣，是怕那個名字會扯出她因案受通緝的事實？對殷凡特來說，這是唯一說得通的理由。什麼保護隱私，他連一分鐘都不相信她的鬼話。就他的觀察，她喜歡別人注意她，她很享受他們的每一次接觸。不，她一定還有別的事要隱瞞，她躲在海瑟．貝塞尼的身分後面，利用這個罪大惡極的陳年凶案來分散他們的注意力。

「我們之所以一心想找到骨頭，是因為如果有骨頭就可以釐清所有的事情。她們的父母不是親生的，但是兩個女孩是親姊妹。對吧？」

韋勞夫畢點點頭。二十四小時之前，根據南西的說法，她花了一番甜言蜜語才能把他哄來觀看偵訊進行。現在他們不能甩開他，藍哈德特小心遷就他，不敢冒著傷害他的情感，眼睜睜看他登上夜間新聞的風險。殷凡特還是沒辦法忘懷他把案件檔案據為己有，還暗暗鼓動他們在搞清楚誰是誰，什麼是什麼之前，就把蜜麗安帶回巴爾的摩。這個傢伙到底在想什麼？他怎麼能擅自湮滅這麼關鍵的資料？殷凡特思來想去，還是不能排除任何的可能性。南西曾經對他談到陳年舊案都有個共通點——名字永遠都在檔案裡。

「我們已經告訴她，我們沒找到骨頭。」藍哈德特說。

「我們告訴她的是，我們沒在她所供出的地點找到骨頭。可是我們剛從喬治亞回來，對吧，也就是東尼．丹罕住的地方？她也知道，那兒子有可能在老爸賣掉地產之前挖出骨頭帶走，免得被別人發現。」

「故事編得可真高明啊。」藍哈德特說：「我連叫我兒子去割草都叫不動咧。」

「正經點——」

「我很正經，你的話我聽進去了，只是想考慮清楚。所以我們告訴她說找到她姊姊的骨頭了。你認為，如果她是在扯謊，就會投降，因為她知道她會被要求去作檢驗，而檢驗會證明她們沒有血緣關係。

可是她很會臨機應變的，這個女人。如果她說：『喔，那可能是別人的骨頭。誰知道史坦．丹罕幹過多少票，殺了多少個女孩啊？』那怎麼辦？」

「還是值得一試啊。我已經試過所有的方法，想儘快從她身上得到答案，好讓那位媽媽可以不用捱過和她見面說話的痛苦，好好安下心來。如果我們能讓她坦白招出……」

「這個嘛，我們是不可能在早餐之前搞清楚任何事的。」藍哈德特說，瞄了韋勞夫畢一眼。「我們得告訴她，這整件事還懸在半空中。她不該回來的，但是我想我可以明白，身為父母，我們一打電話，就沒有什麼事可以攔住她。」

殷凡特最恨藍哈德特炫耀他為人父母的身分，特別是此刻南西還一本正經地點頭，他們是同一國的。不過，這一回藍哈德特之所以這麼說似乎是要減輕韋勞夫畢的罪惡感，所以殷凡特沒那麼介意。

南西朗聲說：「不管怎麼樣，她都會順著我們告訴她的話掰下去。這是我的觀察。你們看過有線頻道上的節目嗎，那個戴眼鏡即興演出的胖子？」

三個男人全盯著她看——藍哈德特和韋勞夫畢一臉茫然，而殷凡特則因為曾和南西搭檔工作，馬上猜到她指的是什麼。「那個爛節目？妳付我錢我都不看。雖然我很喜歡看那個黑人，超級好人的那個，在另一個節目裡搞笑。偉恩．布雷迪一定要掐死那個臭婆娘嗎？實在很好笑。」

南西臉紅了。「嘿，半夜裡被小貝比吵醒，你就只能有什麼看什麼囉。我之所以提起這個節目，是因為她讓我聯想起來。她反應很快，想都不必想，而且她比大部分的騙子都高明，知道犯點小錯沒關係，因為大家不時會說錯話。就像蟋蟀那件事？我點出當時是三月的時候，她也沒被嚇倒。她繼續說她的。小隊長說的對。你拿骨頭的事在她身上試，她連眼睛都不會眨一下的。」

電梯門打開，蜜麗安．托爾斯很快地環顧大廳，認出殷凡特。前一天晚上，殷凡特在機場和她碰面的時候，他以為會見到某個穿著更……嗯，更有墨西哥風味的人。當然不會戴寬邊草帽啦，他沒這麼無知。但是也許會穿花色豔麗的褶裙，或者是繡花衫。他也以為她看起來會比實際年齡，六十八歲，來得更老。可是蜜麗安．托爾斯的時尚品味就像他小時候到紐約去看到的那些都會仕女一樣——銀髮一絲不亂地挽個齊頜的髮髻，戴著大大的銀耳環，別無其他首飾。他看見南西瞥了一眼自己的衣飾，粉紅色襯衫配上一條原本穿起來該稍微寬鬆一些的卡其裙，他知道她覺得自己邋遢，俗氣。他敢說，蜜麗安．托爾斯常讓其他女人自慚形穢。她不算真的很漂亮——她很可能從來都沒漂亮過。但是她很優雅，而且保持一副苗條的身材。

他感覺到站在他身邊的崔特．韋勞夫畢稍稍挺起身子，甚至倒抽一口氣。

「蜜麗安。」老警探說，他的態度有點僵硬。「能再見到妳真好。雖然見面的時機顯然不太對。」

「崔特，」她說，伸出手要和他握手，讓老警探洩了氣似的。他原本希望的是親吻臉頰，一個擁抱？好怪異喔，看見這個六十幾歲的老傢伙因為神魂顛倒而渾身顫慄。這會有結束的一天嗎？應該結束嗎？近來，所有的廣告好像全和陽萎有關——ＥＤ，廣告裡是這麼說的，好像以為這樣比較好聽——但是殷凡特覺得和身體搏鬥簡直是蠢斃了，在他看來，能讓小弟弟躺平休息不再工作，算得上是一種解脫。他自己的這根永遠不會嗝屁，當然啦，他對自己瞭解得很，如果因為某些藥物的副作用而造成不舉，那裡就會有種灼熱的感覺。但是他還是相信，甚至還有點期待，終有一天，這種情慾衝動，這種在乎別人怎麼看你的意亂情迷，都會結束。看著韋勞夫畢時，他頓時恍然大悟，這和萬事萬物一樣會結束——在死亡來臨的那一刻。

蜜麗安低頭瞪著她從自助餐台上拿來的那盤黯淡無光的水果，不太當令，又硬又小。她不想像那些討人厭的傢伙一樣，永遠覺得自己的生活方式最好，但是她已經開始想念墨西哥，想念她十六年來已視為理所當然的那些東西——水果，濃烈的咖啡，可口的點心。這乏善可陳的自助餐讓她覺得很難堪，但是這四位警官卻好像當成一頓饗宴。連那名年輕女子都吃得津津有味，只是蜜麗安注意到她盤子上堆的全都是蛋白質。

「不管怎麼樣，我都非回來不可，」她對他們說：「我一聽到關於皮包的那個細節之後。沒錯，到了這個節骨眼，我希望你們的情報能更……更明確，能搞清楚是非黑白。可是就算她不是我的女兒，她顯然也知道我女兒失蹤那天的事。甚至可能知道所有的內情。我們接下來要怎麼做呢？」

「我們想整理出妳女兒的詳細資料，包括只有她自己才知道的細節。房子裡的陳設，家族的故事，家裡的笑話。妳記得起來的所有事情，所有東西。」

「那要花好幾個小時，或許還要花上好幾天。」而且要害我再傷一千遍的心。三十年來，蜜麗安已經瞭解，她必須和調查人員分享她家裡最悲哀的祕密——她丈夫搖搖欲墜的生意，她的婚外情，珊妮和海瑟成為他們女兒的曲折過程。但是她小心翼翼地守護那快樂的回憶，那平凡無奇、家常平淡的細節。那是專屬於她和戴夫的回憶。「你們何不先告訴我她說了什麼，看看有什麼事讓我覺得不對勁？你們何不讓我見見她呢？」

那位女警探，南西——同時見到這麼多陌生人，讓蜜麗安很難招架——飛快翻閱她的筆記。「生日啊，上的學校，你們家的地址啊，她說的都沒錯。這些東西大多都可以在網路或新聞報導上找到，只要挖得夠深，付費進檔案庫搜尋，都不難找到。有一次，她提到去佛羅里達的假期，有個人叫波波……」

「沒錯。戴夫的媽媽。她自己創了一個化名，因為她受不了有人叫她媽媽或奶奶。她很不喜歡當媽媽，當奶奶更是要了她的命。」

「不過這也不能真的算是只有她才知道的事，對不對？海瑟可能會告訴學校裡的同學，比方說。」

「但是三十年後還記得？」蜜麗安問，然後又回答了自己的問題：「如果你見過波波，一輩子都忘不了。她真是個人物。」

韋勞夫畢微微笑了起來。

「怎麼啦，崔特？」蜜麗安問，語氣尖銳得超乎她自己的預期。「你幹嘛這麼樂？」

他搖搖頭，不想說任何話，但是蜜麗安逮住他的目光，緊緊抓牢。今天早上她不該是唯一回答問題的人。

「妳和我記憶中一模一樣。那麼坦率……一點都沒變。」

「變得更糟了，我覺得。我已經是個老太太，不在乎別人怎麼看我了。好吧，所以這個人知道波波，她也知道海瑟的皮包長什麼樣子。那麼，你們為什麼不相信她呢？」

「這個嘛，因為她不記得見過那個音樂老師，可是他招認說他看見她了。」南西說：「在最初的報告裡，妳告訴調查人員說，海瑟房間裡有個小盒子，擺她生日和聖誕節收到的禮金，可是那些錢──大約有四十到六十塊錢，妳是這麼說的──全部都不見了。所以那天海瑟把錢全帶到購物中心去，可是我們問皮包裡有什麼東西的時候──」

「皮包找到的時候，裡面是空的。」

「沒錯。我們知道。不過呢，海瑟不知道，除非她是自己把皮包掏空丟掉，大家都覺得這不可能。可是，這個女人沒提到那件事。她說皮包裡只有一點點現金，一把梳子，和一條小美人唇蜜，因為她當時還不准塗真正的口紅。」

「對於化妝這件事，我們並沒有什麼規定。我告訴她，年輕女孩化妝看起來好可笑，可是她可以自己做決定。不過，她好像是有小美人沒錯。不管怎麼說，好像都煞有其事的樣子。」

南西嘆口氣。「她說的每件事聽起來好像都煞有其事。起碼她對事情發生那天的說法是如此。她說起綁架的經過和……」她有點遲疑。

「珊妮遇害的事。」蜜麗安很快接口說：「妳不想對我提起這個部分。」

「只是有點太過聳人聽聞了。」那位年輕女子說：「像是電影裡的畫面。那天的細節——早餐吃了什麼東西，怎麼搭第十五號公車到購物中心去——還有一些新聞報導裡提到的事，例如帶位員記得她們被趕出《唐人街》放映廳——這些事情應該都是真的。可是被警察綁架，帶到荒郊野外的農舍，在海瑟目睹姊姊遇害之後，那個條子決定放海瑟一條生路，不殺了她？她談到這個部分的時候，細節全不見了，故事聽起來就不太像真的了。」

「是因為警察的部分？」蜜麗安問：「是因為這樣才不可信？」

為了自己的名聲，這四個警探，無論是現任或前任，都沒這麼快也沒這麼好整以暇地抗議，沒指天誓日地說他們可以輕鬆承認自己人是個殺人凶手和性侵嫌犯。最英俊的殷凡特，在機場接她的殷凡特率先開口。

「警察的部分反而有點道理。這是可以同時誘拐兩個女孩的好方法——給她們看警徽，說你帶走了姊姊或妹妹，她有麻煩了。小孩是會乖乖跟著警察走的。」

「在一九七五年，戴夫．貝塞尼的孩子可能不會——戴夫老是罵警察是豬，在我們發現自己欠了警察大大的人情，在崔特變成好朋友之前。」這是她刻意送給崔特的禮物，是她彌補先前口氣太衝的方式。「不過，好吧，我懂你的意思。」

「只是這個警察，和這個案子不太能扯上關係。」殷凡特繼續說：「他以前在竊盜組，好人一個，人緣很好。我們都不認識他，可是認識的人聽到他可能涉案都不敢相信。此外，他現在已經意識不清了，是個再適合不過的人選。」

「丹罕，」蜜麗安說：「史坦．丹罕，你說的是這名字嗎？」

「是的，他兒子叫東尼。這個名字對妳有任何意義嗎？」

「丹罕這個姓很耳熟。我們認識叫丹罕的人。」

「妳以前沒對我們提過。」崔特說，他的語氣帶著自衛。她把手擺在他的手腕上，想安撫他，同時也是想要他別再說話，讓自己可以順著思緒繼續回想。

「丹罕。丹罕。討債丹罕。」蜜麗安看見自己坐在艾爾貢昆巷那幢房子的廚房餐桌旁。那張餐桌搖搖晃晃的，不算什麼古董，是波波搬離巴爾的摩的時候，從她舊公寓裡搬來的。硬生生介入他們的生活，蜜麗安這麼想，更多東西搬進這間已經塞滿太多東西的房子裡。好一段時間，她覺得她穿過屋子的時候一定會撞上桌子、凳子，或戴夫拖進家裡的其他什麼東西。戴夫給餐桌漆上像計程車那樣的鮮明黃漆，還讓女兒貼上花朵貼紙，起初那兩個星期看起來很棒，但是之後貼紙開始剝落，留下黏答答的印子，還黏掉了一些漆彩。綠色的支票簿在桌上看起來好刺眼。或許看起來之所以刺眼，是因為她每個月付帳單的時候總是憂心忡忡，看著洞越來越大，盤算著哪一筆帳該這個月付清，哪一筆帳可以再拖點時間。他們老是為開支吵架，可是什麼費用是真的非花不可，他們完全沒有共識。「牛油又花不了什麼錢。」如果蜜麗安說五道是家裡再也負擔不起的開銷時，戴夫就會這麼說。「妳幹嘛不接女兒上下學？」她會反駁：「我現在有工作，這個家需要的工作。我不能把工作一丟，忙著接送珊妮上下學。」

妳可以早上送她去……可是下午誰接她回來？……反正那個傢伙就是要整死我們，把下午的路線顛倒過來……我們得找個辦法削減開支。

那年他們幾乎每個月都要這樣吵上一架，蜜麗安每個月都佔上風，一再把支票開給位在賓州葛蘭洛克的梅塞交通公司。她連葛蘭洛克在哪裡都不知道。但是支票送回來的時候，兌現人的名字是——

「史坦．丹罕是那家私人巴士公司梅塞的老闆，珊妮每天搭那家的巴士上下學。」

「那個農莊登記在梅塞公司名下。」南西尖叫起來。「這一家股份有限公司，是地產開發公司進駐之前的地主。我以為是丹罕把農莊賣給梅塞公司的，可是他一定只是把產權轉給他自己的公司。該死，我不敢相信我竟然漏掉這個線索。」

「可是我們查過那個司機。」崔特說：「他是我們第一批清查的人。女孩失蹤那天，他有很具體的不在場證明。史坦不是司機。妳從沒對我們提過史坦的事。」

蜜麗安瞭解他的挫折，因為她自己也有相同的感覺。在搜尋兩姊妹的過程中，沒有任何人是神聖不可侵犯的，沒有任何人被推定清白。他們把他們的生活上上下下、裡裡外外攪得天翻地覆，查詢姓名和關係。親戚，鄰居和老師都被懷疑過，無論他們是不是知情。保安廣場的員工只要被查到有過最輕微的性犯罪前科，就被送去接受警方偵訊，好像買過春的人必然也會涉嫌綁架兩名青春期少女。她的同事，戴夫生意來往的朋友。他們甚至還追查那天開十五號公車的司機，那個蜜麗安始終覺得是載她女兒步向死亡的男人，宛如希臘神話中划舟載亡者跨越冥河的船夫。懷疑無窮無盡，但是精力與時間卻有窮盡之日。戴夫有著深沉狂亂的恐懼，怕他們沒竭盡所能做好每一件事，怕永遠還有些其他的事是他們應該去做，去核對，去調查。就是這樣的憂心苦惱，讓和他共渡生活變得難以忍受。

而事實證明，戴夫的看法一直是對的。討債丹罕，他老是掛在嘴邊。丹罕又要來討債了嗎？那人一向很客氣，但是態度堅定，他們很快就知道，最好別把他擺進那堆可付可不付的每月帳單裡。他們承擔不起得罪他的後果，因為他會把珊妮從巴士路線上除名。可是丹罕只不過是一個簽名，一個又黑又粗的名字，簽在每個月從某家賓州銀行送回來的支票背面。

第三十八章

藍哈德特還在忙著計算這頓早午餐該付多少小費的時候，殷凡特已經打電話給值日法官，要求簽發搜查史坦．丹罕在史凱斯維爾那個房間的搜索令。他們在克羅斯奇斯飯店外面和法官碰面，因為他在那裡吃週日早午餐，不到一個小時，殷凡特和韋勞夫畢就上路前往安養院了。卡文原本不想讓老警探跟來，但是他無計可施，只能遷就他。有些東西遺漏了，有個細節被忽略了，在那麼多年以前。不是誰的錯——司機的嫌疑一被排除，還有誰會想起遠在賓州那個兌現支票、不知是圓是扁的傢伙？不過，他看得出來，韋勞夫畢還是很自責。

「你知道我們是怎麼查到潘妮洛普．傑克森和這個案子的關係？」殷凡特問。韋勞夫畢望著窗外，盯著高速公路北側的高爾夫球場。

「靠電腦搜尋吧，我猜。」

「沒錯，是南西查到的。第一天我用傳統的方式查——NCIC和所有的資料庫。可是我沒想到要查他媽的報紙，看看有沒有微乎其微的機會，那個潘妮洛普．傑克森沒留下前科卻上了報。如果南西沒這麼做，我們不可能查出東尼．丹罕和史坦．丹罕的關係。而我們連明知道自己在查什麼東西的時候，也還是漏掉了時間順序。丹罕的律師告訴我說，他在幾年前賣掉地產，可是我沒追問日期。我以為他說的是把地產賣給梅塞，可是他說的是梅塞賣給開發商。」

「謝謝你，卡文。」韋勞夫畢淡淡地說，彷彿殷凡特給他的是顆薄荷糖還是什麼微不足道的小東西。「可是你談的是你針對那個肇事逃逸的可疑女人，在最初二十四小時進行調查時的疏失。而我在貝塞尼姊妹的案子上耗了十四年，如果丹罕這條線索沒錯，就表示我在貝塞尼姊妹失蹤的事情上連一點重大的進展都沒有。想想看哪。所有的心力，所有的時間，我其實什麼都不知道。可悲啊。」

「南西開始調查陳年舊案的時候，她對我說，最諷刺的是，名字始終在檔案裡，無論如何都在檔案裡。可是史坦．丹罕的名字不在檔案裡。你打電話到巴士公司，他們給你開那條路線的司機名字，你調查之後發現不可能是他。況且，我們也還什麼都不知道，除了史坦．丹罕和貝塞尼家有某種關係之外，我們一無所知。」

「某種小孩不可能會知道的關係，因為十一歲的小孩不會知道是誰兌現了支票。」韋勞夫畢又轉開視線，望著窗外飛逝的景色，雖然沒什麼可觀之處。「我拿不定主意，是該更相信或更不相信這個神祕的女人。你知道，她很可能是史坦．丹罕信任的人，不管原因是什麼。再不然就是東尼．丹罕信任的人，這個可能性比較高。親戚啦，朋友啦。南西告訴我，她很堅持要你們查學校紀錄，說我們會在約克的天主教學校註冊紀錄裡找到露絲．萊比格。」

「但是，我們不能因為有個露絲．萊比格存在，上那所學校，就證明她是露絲．萊比格。你知道，大家都說你無法證明不存在的東西，可是要證明這個活生生的女人是誰還真是難哪。如果她又搬出另一個身分，然後又一個，那怎麼辦？反正露絲．萊比格也死了。這個女人還真是死亡女王咧。」

他們下了高速公路，往北開。在殷凡特搬到巴爾的摩之後的這十年裡，郊區擴展得越來越遠，但是史凱斯維爾還是保有鄉村生活的蛛絲馬跡。不過安養院本身倒是很新穎，空曠而摩登，甚至比韋勞夫畢住的地方還醒目。一個沒有信託基金的老警察怎麼住得起這樣的地方？這時殷凡特想起賣掉的那筆賓州地產，丹罕在身體還康健時對養老保險就有興趣，律師是這麼說的。這傢伙計畫周詳，無庸置疑。唯一的疑問是，他是不是也像規劃晚年財務方案那樣，精心策劃他的犯行。

被帶進丹罕住的安寧病房時，韋勞夫畢有些遲疑。殷凡特起初覺得很意外，接著就想起：韋勞夫畢的妻子就在這樣的地方過世，年僅五十幾歲的她，從公寓移住安寧病房，僅僅幾步之隔，就此一去不返。

「丹罕先生現在差不多沒辦法說話了。」陪他們進去的那位年輕貌美的看護塔莉說。護士——他應該更常找護士約會才對。她們和警察是天生絕配。他真希望她們還是穿以前的那種白色洋裝，合腰的洋裝，配上兩頭尖尖像翅膀的小帽子。眼前這位穿的是薄荷綠的長褲，花色上衣，醜斃的綠色厚底木屐，卻還是美若天仙。「他偶爾會發出一些聲音，表達他的感覺，可是除了基本的需求之外，他沒辦法做其他的溝通。他已經是末期了。」

「這是他轉到安寧病房的原因嗎？」韋勞夫畢問，有點說不出話來。

「除非病人的生命預估只剩不到六個月，否則我們不會把病人轉到安寧病房來。丹罕先生三個月前診斷出肺癌第四期。可憐的人。他運氣真的很不好。」

沒錯，卡文想。可憐的人。他問：「他有個兒子，東尼。他來過嗎？」

「我不知道他兒子還活著。他的律師是我們唯一的聯絡人。也許他們關係不好吧。常有的事。」

也許兒子不想和老爸扯上任何關係。也許兒子知道多年之前發生的事，他告訴女朋友，潘妮洛普，然後她告訴某人，某個剛好開著她的車的人。

卡文早就知道得阿茲海默症的患者不可能提供任何有意義的情報，但是看見史坦．丹罕的時候，他還是很失望。套著花格睡衣和睡袍的這個人，空有一副軀殼。他身上唯一的生命跡象是頭髮上的髮梳痕跡，以及剛刮過的鬍子。是護士幫他打理的嗎？看見她的時候，丹罕的眼睛一亮，目光淡淡地掃過殷凡特和韋勞夫畢，又回到護士身上。

「嗨，丹罕先生。」塔莉的聲音開朗熱情，但又不會太過響亮或孩子氣。「你有兩位客人。以前和你一起工作的人。」

丹罕還是看著她。

「我沒和你一起共事過。」殷凡特學塔莉的語氣，但聽起來卻像是精力充沛的汽車銷售員。「可是這位崔特有。他在凶案組。你記得他嗎？他最有名的就是辦貝塞尼姊妹的案子，貝塞尼案。」

他緩慢細心地重覆最後四個字，但是什麼反應都沒有。當然啦。他知道不會有反應，但就是沒辦法不抱一絲期望。丹罕還是盯著漂亮的塔莉看。他的眼神像隻狗，充滿愛戀，全心仰賴。如果這個人是綁走貝塞尼姊妹的人，那他一定是個怪物。但是，就算是怪物也會變老，也會變得衰弱。就算是怪物也終須一死。

殷凡特和韋勞夫畢開始有條不紊地翻開抽屜和衣櫃，尋找任何蛛絲馬跡。尋找所有的東西。

「他的東西不太多。」塔莉說：「因為他已經……」她的聲音越來越小，小到聽不見了，彷彿坐在椅子上，專心一意盯住她臉龐與聲音的這個老人，聽到自己快死的消息或許會很意外。「不過有一本相簿，我們有時候會一起看。對不對啊，丹罕先生？」

她從躺椅底下拉出一本很大的布面相簿，原本光滑的白色封面已經褪成黃色了。封面上有個包藍色尿布的寶寶在歡呼：「是個男孩！」殷凡特翻開相本，裡面的字跡顯然是女人的筆跡，整齊流暢的草寫字體，記錄著安東尼．朱利斯．丹罕從出生（六磅十二盎司重）到受洗，到高中畢業的生活點滴。他的母親，和其他人的母親一樣，不厭其煩地記下兒子的每一項成就。暑期閱讀班的結業證書，註明他在阿帕拉契營榮登中級泳者的紅十字卡。成績單——乏善可陳——用黑色的三角形釘在頁面上。

照片讓殷凡特懷念起他自己的爸爸。不是因為殷凡特的老爸和比較年輕力壯時的史坦．丹罕頗有相似之處，而是因為照片裡補捉的平凡時光，是每個人都曾體驗過的家庭生活。家裡的喧鬧玩笑，假期裡的地標，典禮上迎著陽光瞇起眼睛。每一張都有相同的女性筆跡細心標上時間地點。「史坦，東尼，和我，海洋城，一九六二年。」「東尼校外教學，一九六五年」「東尼高中畢業，一九七〇年」。短短九年之間，這個兒子從理平頭身穿條紋T恤的黃毛小子，變成蓄長髮眼看就要成為嬉皮的小夥子。對警察來說一定很不好受，殷凡特想，特別是在那個年代。可是不管東尼怎麼打扮，一路支持他的爸媽還是以他為榮。

最後一張照片——東尼身上穿的應該是加油站的制服——標上「東尼的新工作，一九七三年」。相簿到此結束，雖然後面還剩下好幾頁。在兩姊妹失蹤的兩年前。為什麼這個女人不再記錄兒子生活的每一個階段呢？他一九七三年搬出去了嗎？他爸爸在一九七五年帶女孩回家的時候，他還住在家裡嗎？史坦．丹罕是怎麼告訴他們的，是怎麼解釋這個前青春期女孩突如其來的現身？

「卡文，看看這個。」

韋勞夫畢把堆在衣櫃上層的幾個枕頭拿開。這幾個枕頭不知道是不是用來藏住後面那個大大的硬紙板箱用的。塔莉伸手幫忙，但是箱子的重量讓她一踉蹌。殷凡特忙用手扶住她的肩頭，幫她站穩腳步。她用逗趣的眼神瞥了他一眼，好像她常玩這種把戲，讓他覺得自己又老又蠢，又一個在她照護之下想趁機佔便宜的好傢伙。

箱子裡裝滿學生愛蒐集的零碎雜物。成績單，課表，校刊。殷凡特注意到，全都是小花聖龕學校的東西，而名字是露絲・萊比格。無論露絲是什麼人，箱裡都沒有她的相簿，雖然她的成績比東尼好。也沒有照片，沒有任何日期早於一九七五年秋季的東西。有張畢業證書，是一九七九年的。最奇怪的是，有個老式的錄音機，鮮紅外殼，形狀像個皮包。他壓下按鈕，什麼聲音都沒有，當然啦。裡頭的錄音帶是「傑索羅陶爾樂團」的「水肺」（Aqualung）專輯。錄音機的底部有張同樣老式的標籤，那種用打碼槍打出來的標籤。上面寫著「露絲・萊比格」。

殷凡特翻到箱子深處，找到更奇怪的東西：一張結婚證書，日期也是一九七九年。露絲・萊比格和東尼・丹罕，見證人是他的父母：艾琳與史坦・丹罕。

東尼死了？據南西和藍哈德特說，這是偵訊過程裡讓那個女人吃驚的消息。然而她並不哀傷。震驚，沮喪，甚至忿怒。但是一點都不哀傷。此外，她從未提過東尼，沒指名道姓。

「怎麼回事？」殷凡特問史坦・丹罕。他的聲音，好響亮的聲音，似乎嚇了老人一大跳。「露絲・萊比格是誰？你是不是綁架了一個小女孩，殺了她姊姊，搞上她，一直等她到了法定年齡，又把她當成禮物送給你兒子？農場裡發生什麼事了，你這個變態的老不修？」

護士嚇壞了，如果他在這一兩個星期之內打電話給她，她絕對不會給他好臉色的。記得我嗎？我是那個警探，把妳覺得很貼心的老頭罵得狗血淋頭的那個警探。想和我一起出去嗎？

「警官，你不能這樣說——」丹罕似乎一點都沒注意發生了什麼事。

殷凡特翻開相簿。指著東尼的最後一張照片。「他死了，你知道嗎。被火燒死了。或許是謀殺。他知道你幹的好事嗎？他的女朋友知道嗎？」

老人搖搖頭，嘆口氣，望著窗外，彷彿殷凡特才是發瘋的人，是該視而不見的大瘋子。他能理解任何事嗎？他知道任何事嗎？事實是鎖在他腦袋裡，還是永遠消逝了？無論事實在哪裡，殷凡特都摸不著碰不到。史坦·丹罕回頭望著他的護士，好像要她保證，甘擾他作息的混亂很快就會結束。她用溫柔撫慰的聲音對他說話，輕輕拍著他的手。

「我們不能這樣做。」她憂心地瞄了殷凡特一眼。「像這樣摸病人。可是他人好的不得了，是我照顧的病人裡，我最喜歡的一個。你們根本不懂。」

「是啊，」卡文說：「我是不懂。」如果妳是在十幾歲的時候碰見他，天曉得他會對妳做出什麼事來。

崔特·韋勞夫畢繼續翻找箱裡的文件，然後又回頭查看畢業證書和結婚證書，他戴上玳瑁框的老花眼鏡仔細端詳。

「有點不對勁，卡文。不能說是絕對，但是非常不可能，就這些文件看起來，露絲·萊比格不可能是海瑟·貝塞尼。」

第三十九章

凱伊的餐廳有扇雙扉的玻璃門，隔開餐廳與客廳，這些年來她注意到，她的孩子似乎以為門一關就沒人看得見他們。她常利用這個優勢，坐在她最喜歡的閱讀椅上，一抬眼就能瞥見最沒防備的葛芮絲或賽斯，這是隨著一年年過去，越來越罕有的時光。青春期宛如碩大的傷痂，或是痕疤組織，一步步掩蓋住太過柔軟的靈魂，但一掀開就露出本質。她喜歡葛芮絲寫數學作業時咬著頭髮的模樣，那是凱伊記得自己少女時期也有的習慣。十一歲的賽斯還是喜歡自言自語，用不疾不徐平靜自若的獨白描述自己的生活，總讓凱伊聯想起高爾夫球賽的球評。「這是我的零食。」他一面把餅乾排成一列或堆成特定的形狀與結構，一面說。「奧利奧，如假包換的奧利奧，因為你不能仿冒奧利奧。這是牛奶，低脂，巨人牌，因為牛奶就是牛奶。是——啊！」關於牛奶的這個部分，是凱伊自己說過的話，就像回力鏢似的又轉回到她身上來了。剛離婚的那段時間，她不時擔心錢的問題，於是放棄所有的名牌商品，獨好超市的自有品牌，她甚至還遮掉品牌讓孩子品嘗比較，好證明他們根本分辨不出各種品牌薯片與餅乾的差異。事實是，他們的確分得出來，所以她只好讓步。餅乾、薯片和汽水得挑有品牌的，牛奶、麵條、麵包和罐頭食品則是超市自有品牌。

有時候，孩子們會逮到她透過玻璃看他們，可是好像也不太在意。說不定他們還很樂在其中呢，因為在這樣的時刻，凱伊從來不會笑也不會揶揄他們。相反的，她會帶點罪惡感地聳聳肩，回頭繼續看她的書，就像她只是不小心被逮到似的。

然而，今天在餐廳裡的是海瑟，她一看見凱伊在玻璃門的另一邊，就很不高興地皺起眉頭，儘管海瑟除了看週日版的報紙之外也沒做什麼，而凱伊心裡唯一想著的是，海瑟在這種灰色調的光線裡顯得好漂亮。她手伸得老長，好像有點遠視地看著報紙，額頭一絲皺紋都沒有，下巴的線條平滑緊緻。只有雙眼之間那道深刻的凹痕，洩露了她的凝神專注。

「星期天的漫畫版什麼時候開始不連載瓦利安王子啦？」她問。凱伊端著裝咖啡的馬克杯走進餐廳，假裝這是她進來的唯一目的。然後，在凱伊還沒回答之前——這並不是說她就有答案可以回答——海瑟自顧自地說：「不對，連載瓦利安王子的不是《燈塔報》。是《星報》。我們以前週一到週五早上都看《燈塔報》，可是星期天的時候，我們就兩份報紙都看。我爹是個有新聞癮的人。」

「我已經好幾年沒聽到有人提過《燈塔報》了。那家報紙在八〇年代就併進《光明報》了，差不多那個時間，《星報》也關門了。可是巴爾的摩人就是巴爾的摩人，有人還是習慣叫《燈塔報》，好像那家報紙還在似的。妳一副老巴爾的摩人的口氣。」

「我的確是老巴爾的摩人啊。」海瑟說：「不管怎麼說，至少以前是啦。我猜我現在該算其他地方的人了。」

「妳在這裡出生的？」

「怎麼，妳在Google上找不到嗎？妳是替妳自己還是替他們問的？」

凱伊臉紅起來。「這樣說不公平，海瑟。我並沒有選邊站。我是中立的。」

「我爸爸以前總是說沒有中立這回事，光是採取中立的行為本身，就是一種選邊站。」她對凱伊提出挑戰，想控她的罪，可是罪名是什麼呢？

「我們昨天去購物中心的事，我沒告訴其他人。」

「妳幹嘛要告訴其他人？」

「嗯，我不會說，可是……妳看得出來——這件事或許有點重要性。我是說，如果他們知道……」

凱伊很慶幸電話及時響起，打斷了她結結巴巴的話，雖然她搞不懂為什麼慌亂尷尬的會是她自己。樓上不知道什麼地方，傳來葛芮絲興奮異常的聲音，是電話鈴聲讓她樂昏頭了。「我接了！」然後，寂寥冷淡的音調，昭告滿心期待已碎成千千萬萬片。「有個叫南西．波特的，她要找海瑟。」

海瑟走進廚房，把旋轉門在她背後砰一聲摔上。儘管如此，凱伊還是聽見她短促尖銳的回答：什麼？幹嘛這麼急？不能等到明天嗎？

「他們要我回去。」海瑟說。她用力把門一推，推得開開的。「妳能載我去嗎，半小時之內？」

「還有問題？」

「我不確定。很難相信他們還有更多問題要問，他們昨天都已經盤問過我了。可是我媽來了，他們要我去見她。好個大團圓哪，哦？在警察局的偵訊室裡，我們說的每一個字都會被錄下來，被人偷聽。我敢說，他們花了一個早上給她做簡報，告訴她說他們覺得我是騙子，求她證明我不是我自稱的這個人。」

「妳媽媽會認出妳來。」凱伊說，但是海瑟在她的語氣裡聽不出一絲要她放心的意味，這弦外之音證明凱伊一點都不中立。凱伊相信她。事實上，凱伊甚至想，如果海瑟不是這麼急於證明自己的可信度，可信性一定會更高。她談起星期天的漫畫和她爸爸說的話時，完完全全就是她自己的本色。

「聽著，我要回我的房間去，刷牙梳頭，然後我們就走，可以嗎？我等一下在後面和妳會合。」

她踏上穿過後院通往車庫的石板小徑。車庫位在後院邊緣，緊鄰後面的巷子。提到Google的事真是蠢。如果他們去看凱伊的電腦，追查她的行動怎麼辦？任何有能力的技術人員都可以找到她公司的網址，以及她寄給老闆的電子郵件。凱伊在注意她嗎？她是不是要到樓上去一趟？畢竟，房裡沒有什麼她需要的東西。警察擋下她的那天晚上，拿走了她的鑰匙圈。當時她好慶幸鑰匙圈沒辦法洩漏她的身分。那個鑰匙圈上只有一條鑲著松玉石的銀桿，是在二手商店買來的，沒什麼特色的東西。不言自明的，她從來不用彰顯個人色彩的物品，不在東西上繡姓名縮寫，雖然在她十幾歲和東尼・丹罕「訂婚」的時候，還被叮囑要在茶巾和圍裙上繡名字。「沒問題，嬸嬸，我想要幹他媽的嫁妝箱想的要死。」因為這句「幹他媽的」，她挨了一巴掌，但是真的「幹」倒沒事。這是什麼家庭啊。在窗台迎風招展的矮牽牛和花格棉布窗簾後面，是個什麼亂七八糟、狗皮倒灶的地方啊。

她真希望她有些錢，或至少有張信用卡。喔，如果她的皮夾沒丟掉——被潘妮洛普偷走了，她現在更加肯定，那女人耍陰的，不知感恩——在第一個晚上她就不會那麼困惑，那麼不知所措。她就可以用個交通違規還是什麼的理由脫身，就算沒有駕照，或車子登記在別人名下也無所謂。雖然以她對潘妮洛普的了解，如果車子牌照過期，或者因為併排停車被註記在某處的市政府電腦裡，也不足為奇。

她回頭往後看。凱伊還在廚房裡，站在水槽邊喝她的咖啡。她一定得上樓去，終究。然後呢？

很難，要單手撐住老舊破損的木材，打開浴室窗戶很難，但要擠過狹小的窗縫，跳下一整層樓，更是難上加難。腎上腺素真是奇妙的東西。拍拍長褲的膝蓋處——這其實是葛芮絲的，她覺得很不好受，雖然做過這麼多的事情，但是偷走少女最愛的長褲，把膝蓋弄得髒兮兮，她還是覺得很不好受——她找出自己的方位。最近的一條鬧街是愛德蒙遜，在她右邊。那條路可以直通到外環道，可是她總不能在外環道上遠足吧。她應該試試四十號道路，可是那條路是東西向，而她要去的地方在南方。她搞清楚了。她最後總是可以把事情搞清楚的。

她開始快步走，搓著雙臂。太陽下山就會變冷，可是她說不定運氣不錯，那個時間就已經到家了。如果可以搭便車到機場去搭火車──本地的火車週日也開嗎？美國國鐵是開的，如果他們沒在新卡羅頓逮住她，她就可以一路暢行無阻。就算搭的是本地火車，她也敢說她可以躲過幾站，騙驗票員說她的車票掉了，或者是被扒了，可是這樣做也有風險，因為他可能會要她去向警察報案。如果她在星期二搭上火車，往她該去的地方去就好了。她可以告訴驗票員說她和……和男朋友吵架，他把她推下車，就是這樣，所以她身無分文，她必須回家。她可以拿這個故事來賣。真是該死，她有一回看見一個漂亮的女人，從里奇蒙免費搭到華盛頓，一路還嘰嘰喳喳說她要去見總統。他們不太可能半路趕你下車，如果可以坐到聯合車站，她就有機會了。她可以打電話給同事，必要的話甚至可以打給老闆，或者跳過地鐵驗票口，任何方法都可以，只要讓她再次回家就好。她唯一能做的就只是別小跑步衝進車流熙來攘往的鬧街。她覺得自己宛如奔向真實的世界，一個變動混亂，讓她可以再次消聲匿跡的地方，她必須全速前進，突破那道分隔真實世界與她過去五天以來居住的這個虛擬王國之間的高牆。

可是她一來到巷子口，有輛巡邏車往前一煞，擋住了她的去路。那個揚揚得意的胖警探下了車。

「我用行動電話打給妳的。」南西．波特說：「我們不確定妳會不會逃走，可是我們很想知道，我們要妳見蜜麗安的時候，妳會有什麼反應。殷凡特在巷子的另一頭。而且，妳知道的，前面一直有制服警員守著。」

「我只是散散步。」她說：「這也犯法嗎？」

「今天下午殷凡特去看史坦．丹罕。他挖到一些有趣的事。」

「史坦．丹罕根本不能對任何人說任何事，就算他想也沒辦法。」

「看吧，妳竟然知道，這就有趣了，因為妳昨天還想盡辦法不提他失智的事，我也刻意不提，因為我原本希望妳以為他能反駁妳。昨天妳說妳已經好多年沒和他聯絡了。」

「我沒說。」

警探打開後車門。這是一輛標準警車，前座和後座之間有鐵絲網。「我不想銬住妳，因為妳的手受了傷，也因為妳沒被控罪——還沒。可是這是妳最後的機會，把貝塞尼姊妹發生的事從實招來，露絲。假設妳知道的話。」

「我不當露絲已經很多年了。」她坐進車裡的時候說：「在我所有的名字裡，我最討厭的就是露絲。我最討厭當露絲。」

「好吧，那妳今天就給我們妳現在用的名字，否則就到女子看守所裡蹲一個晚上吧。我們忍了妳五天，現在時間到了。妳老老實實告訴我們妳是誰，告訴我們丹罕家和貝塞尼姊妹的關係。」

如果她必須給現在的感覺冠上名字，那麼應該叫作解脫，因為她知道一切都要結束了，永遠結束了。可是，結局或許駭人至極。

第四十章

「我們可以讓妳看看她，透過閉路電視，」殷凡特對蜜麗安提議：「或者帶她在走廊上和妳錯身而過，讓妳看她一眼。」

「她真的不可能是海瑟嗎？」

「如果她是露絲·萊比格的話，就不可能是海瑟。她已經承認那是她的名字了。露絲·萊比格一九七九年從賓州約克的高中畢業，同一年嫁給丹罕的兒子。海瑟當年才十六歲。婚姻應該是合法的，特別是有丹罕見證。可是海瑟有可能提早兩年高中畢業嗎？」

「這一點是我提出來的。」韋勞夫畢說，但是殷凡特不在乎讓他搶走一點小功勞。殷凡特遲早都會注意到日期的漏洞。可是諸如貝塞尼姊妹出生日期之類的資料一直在韋勞夫畢腦袋裡沸騰，雖然這老傢伙一直不願承認。

「不可能，海瑟是很聰明沒錯，可是沒聰明到可以跳級兩年。」蜜麗安說：「就算是賓州窮鄉僻壤的教會學校也一樣。」

殷凡特以前也上教會學校，他覺得教會學校非常嚴格，可是他這會兒可不想和蜜麗安唱反調。

「那麼，我女兒到底怎麼了？」蜜麗安問：「她們在哪裡？這和史坦・丹罕又有什麼關係？」

「我們的推測是，他綁架而且殺害了妳的女兒，然後他兒子的老婆露絲，不知道怎麼打探到內情的。」殷凡特說：「我們不確定她為什麼不肯透露目前的身分，有可能是她因為其他的案子被通緝。再不然就是她知道是潘妮洛普・傑克森縱火燒死東尼・丹罕，而她想保護潘妮洛普，雖然她一直撇清她和那個女人的關係。我們一問到車子，她就拿出第五修正案當擋劍牌。不管我們問她什麼事，她都提第五修正案。」

南西傾身，把一杯水推到蜜麗安面前。「我們告訴她，如果她供出潘妮洛普・傑克森在喬治亞謀殺東尼・丹罕的事，我們或許可以交換條件，給她的肇事逃逸或其他的罪行減刑，就看事情有多嚴重而定。可是她除了承認她以前是露絲・萊比格之外，什麼都不肯說，連對她的律師都不肯透露。葛羅莉亞逼她談條件，把她知道的事全說出來，可是她簡直像得了僵直性精神分裂症。」

蜜麗安搖搖頭。「那我們兩個可真是一對。我完全麻木了。我一直告訴自己，這絕對不可能，她一定是個騙子。我以為我……早就和希望絕緣了。可是現在我才明白，我希望這是真的，我以為只要回到這裡，就能讓這件事變成真的。」

「妳當然會這麼想。」藍哈德特說：「身為父母的人都會這麼想。聽著，明天，星期一，我們就能把更多線索拼在一起。我們就可以追查看看東尼和露絲有沒有離婚，在哪個法院的轄區，諸如此類的。」

我們會追查學校的人，雖然現在教區已經不存在了。這是我們第一次掌握到線索，具體的線索。」

「她不是海瑟，」韋勞夫畢插嘴說：「可是她有答案，蜜麗安。她知道發生了什麼事，即使只是聽別人轉述。說不定丹罕在被診斷得病之後對媳婦吐露實情，也許他很信任她。」

蜜麗安攤在藍哈德特的椅子裡。她現在看起來真的有六十幾歲了，甚至更老一些，她優雅的儀態不見了，雙眼凹陷。殷凡特很想告訴她，她能到這裡來已經幫上大忙了，她的長途勞頓是值得的，但是他不確定這是不是實情。他們終究還是會去搜索丹罕房間的，無論蜜麗安有沒有指認出他和貝塞尼家的關係。因為癡呆症的緣故，這老傢伙的名字初次浮現時，去不去看他好像沒有什麼迫切的需要，可是他們很快就會開始挖出他的過去。真是該死，在今天下午之前，除了東尼．丹罕和逃逸無蹤的潘妮洛普．傑克森之外，殷凡特都還不相信史坦．丹罕和任何人扯得上關係。他們以為他只沾得上一點邊：從神祕女子扯到潘妮洛普．傑克森，到東尼．丹罕，再到史坦．丹罕。

然而，如果他對自己夠誠實，就該再思索一下，他為什麼沒在聽到史坦．丹罕這個名字時，馬上決定去看他。是因為史坦．丹罕是警察嗎？他之所以遲疑，之所以錯下決定，是因為他無法相信自己人會涉入這麼病態的罪行嗎？他們是不是應該在第一天晚上就把她關起來，讓女子看守所的膳宿給她足夠的刺激和盤托出真相？她玩弄他們所有的人，甚至包括葛羅莉亞，她自己的律師，她讓他們陷入泥淖，想盡辦法不告訴他們她是誰。可是她膽子不夠大，再不然就是心腸不夠壞，沒辦法這樣玩弄這位媽媽。或許這是她僅有的一絲良善，是她給自己畫下的底限。她之所以要逃，是因為她不想面對這位媽媽。

或者，她之所以要逃，是因為她相信蜜麗安只要瞥她一眼，就可以做到他們過去一個星期一直做不到的事——斷然排除她是海瑟．貝塞尼的可能性。

「帶她走過我身邊吧。」蜜麗安輕聲說：「我不想和她說話——老實說，我是很想，我想對著她尖叫，問她千百個問題，然後再多尖叫幾聲——可是我知道我不該這樣做，我只想看看她。」

蜜麗安在公共安全大樓的大廳等候。她想過要戴墨鏡，可是這種製造戲劇高潮的想法讓她自己也覺得好笑。畢竟，這個女人又不認識她。如果她見過蜜麗安，一定也是多年以前的照片，雖然蜜麗安知道自己並不顯老，但是也絕對和三十八歲時的樣貌不一樣了。事實上，她三十九歲時的樣貌就和三十八歲的時候不一樣。她還記得，事發後一週年，報紙登出她的照片時，她就注意到自己的變化。她的面容已經永遠改變了。不是因為年齡或哀痛，而是某些更深刻的東西，她宛如遭逢意外，重建顏面骨骼，讓她的容貌雖然與以往相似，卻有些微妙的差異。

電梯慢得讓人不耐，她搭下樓的時候就已經發現了。在大廳的等候似乎無止無盡。可是，終於，殷凡特和南西踏出電梯，一人一邊，輕輕架著一個纖瘦的金髮女子。她的頭向前垂下，所以很難看清楚她的長相，但是蜜麗安端詳著她——這就是露絲？——蜜麗安竭盡所能地打量她，看著那窄窄的肩膀，纖瘦的臀部，可笑的少女長褲，套在人近中年的女人身上實在很不對勁。如果她是我的女兒，蜜麗安想，應該更有品味才對。

那女人抬起頭，蜜麗安抓住她的眼神。蜜麗安沒打算和她四目交接，但卻沒辦法轉開視線。她緩緩起身，擋住這三個人的去路，嚇了殷凡特和南西一跳。這不是原本的計畫。她應該靜靜坐著，靜靜看著，僅止於此。她答應過的。他們大概以為蜜麗安會打她一巴掌或推開她，咒罵這個只是為了自己好玩就把蜜麗安的人生故事據為己有的最新冒牌貨。

「蜜——媽。」殷凡特說，及時更正，沒說出她的名字。「我們正在押送犯人。因為她受傷，所以沒上手銬。請讓開。」

蜜麗安沒理會他。她抓起那女人的左手，緊緊捏著，彷彿在說：這又不會痛，然後拉起她身上那件毛衣的袖子，小心地不碰壞手腕上的繃帶。在上臂，她看見她要找的痕記，一個好淺好淡但又醜又大的牛痘疤痕，那是有一回拿蒼蠅拍打蒼蠅沒打著，卻弄破了痘疤，化膿流血，拖了好幾個星期才癒合的傷口，雖然一再叮嚀別摳傷痂，但還是照摳不誤，留下了這個永遠褪不去的疤痕。就是這個，醜怪的疤痕，顏色這麼淡，其他人絕對不會注意到的。事實上，這女人手上很可能根本沒這個疤痕的，可是蜜麗安相信自己看見了，所以她也真的找到了。

「噢，珊妮。」蜜麗安說：「這到底是怎麼回事啊？」

第四十一章

巴士的輪子轉啊轉，轉啊轉，轉啊轉。

他們想知道她在想什麼，她腦袋裡在轉什麼念頭，而這就是她想的，千真萬確：在她搭上十五號巴士的那個下午，這首兒歌回到她腦海裡，和她隔個走道坐著的海瑟哼哼啊啊地說她快樂的不得了，不得了的快樂。海瑟還是個小女孩。珊妮不是。珊妮就要蛻變成女人了。這輛巴士，十五號巴士，像平常一樣，載著其他人到購物中心，但是卻也要載她去見她的丈夫。

巴士有著魔力。是另一輛巴士帶她來到人生的此刻，這個萬事萬物都將改變的時刻。她要私奔，就像她媽媽一樣。她真正的媽媽，那個和她一樣有著金髮碧眼的媽媽。她真正的媽媽一定是個能瞭解她的人，可以讓她傾訴所有深鎖在心頭的事，所有的祕密，那些衝擊性大到讓她不敢寫出來，連日記上都不敢寫的祕密。珊妮．貝塞尼十五歲，她愛上了東尼．丹罕，她聽見的每一首歌，她聽見的每一個聲音，似乎都在傳揚這個消息，連巴士轟隆隆的輪子也不例外。

巴士的輪子轉啊轉，轉啊轉，轉啊轉。

事情就是從另一輛巴士開始的，那輛校車。因為其他家長堅持不讓步，所以放學的校車逆轉下車順序，讓珊妮每天下午孤伶伶地待在車上最後一個下車。

「我開收音機沒關係吧？」有一天司機問。他是代班司機，年輕英俊，和平常開這條路線的麥迪森先生完全不同。「可是妳得保密喔。我們是不該開收音機的。我爸爸，這家公司的老闆，他管得可緊囉。」

「沒問題。」她說。聲音尖銳刺耳得讓她自己都覺得很難為情。「我不會說出去的。」

後來——不是他下一次代班的時候，或是再下一次，或下下一次，而是第四次，十一月，天氣已經變冷的時候。「妳何不坐到前面來，陪我講講話呢？自己一個人坐在這裡，好孤單喔。」

「沒問題。」她把書抱在胸前，沒想到車子駛過一個坑洞，害她的屁股重重撞上一個座位。她覺得自己好蠢。可是東尼沒笑她，也沒嘲弄她。「我的錯。」他說：「我該把車開得更平穩一點，我的小姐。」

另一次——第五次，還是第六次吧。他們會面的次數已經多到搞不太清楚了，雖然她一個月頂多見到他兩三次。「妳喜歡這首歌嗎？歌名叫〈寂寞女孩〉。這讓我想起妳。」

「真的？」她不確定自己喜不喜歡這首歌，可是她很仔細地聽，特別是最後一句歌詞，關於寂寞男孩的那一句。這難道表示——可是她的眼睛還是死盯著筆記本，一本藍色的活頁本。其他女孩會在筆記本封面上寫著心儀對象的名字，但是她從來沒這個膽。幾個星期之後，她試著在右下角潦草畫上小小的「TD」兩個字。「這是什麼意思？」海瑟問，喋喋不休的海瑟，老是窺視刺探的海瑟。「觸地得分（Touchdown）。」珊妮說。後來她把那兩個縮寫字母畫成立體的字樣，用的是她在幾何學課學來的畫法。

襯著音樂，東尼越來越常談起自己的事。他想過要加入軍隊，去越南，可是他們不收他，他媽媽鬆了一口氣，卻害他好失望。珊妮不知道竟然會有人想去打仗。東尼有心臟病，什麼二尖瓣膜脫垂的。她不敢相信他心臟有問題。他的頭髮柔軟如羽毛，不時用塞在牛仔褲口袋裡的小梳子梳得整整齊齊的。他身上戴了一條金鍊子。他抽Pall Mall，但都是等其他孩子下車之後才抽。「別打我的小報告喔。」他在後照鏡裡對她眨眨眼說：「妳實在很漂亮。有人告訴過妳嗎？妳應該留像蘇珊．戴伊[66]那樣的頭髮。不過妳已經夠可愛的了。」

巴士的輪子轉啊轉。

「我真希望我們可以在一起。真的在一起，不只是坐在巴士上。如果我們能單獨在一起，豈不是太棒了？」她想或許吧，可是不曉得該怎麼辦到。爸媽雖然嘴裡說他們很自由開放，可是她不問也知道，他們絕對不會答應她和二十三歲的校車司機去約會的。不過，她也不確定，他們最介意的是什麼——是他已經二十三歲，是他當巴士司機，還是他想去越南打仗。

66 Susan Dey，1952-。美國金髮女星，以演出《洛城法網》（*L.A. Law*）著稱。

最後，東尼說他想娶她，如果她可以找個星期六到購物中心和他碰面，他們就可以開車到艾克頓，去紐約人大老遠跑來結婚的那間教堂完婚，因為那裡沒有等待期，也不需要驗血。不，她說。他不可能是認真的。「我是認真的。我要娶妳。妳這麼漂亮，珊妮。誰會不想娶妳呢？」她想起她的媽媽，她真正的媽媽，十七歲的時候就私奔嫁給心上人，珊妮的親生父親。而且現在孩子比較早熟。她不時聽爸媽這麼說。現在孩子比較早熟。

下一次她再見到他，三月二十三的那個星期，她說好，她會去和他碰面，而此刻，僅僅六天之後，她坐在另一輛巴士上，準備去見他。她今天晚上就要去度蜜月。一想到這件事，她就打了個哆嗦。他們以前頂多就是親親嘴，而且次數也不多，但已經讓她內心狂亂飛騰。東尼的父親對他的班表一清二楚，只要他晚回家，就盤問個沒完沒了，還會到巴士裡東聞西嗅的，問他有沒有抽菸。說來好玩，身為巴士公司老闆的兒子，東尼非但一點特權都沒有，而且還被管得死死的。他二十三歲還住在家裡，唯一的原因是怕搬出去住會害媽媽傷心。

「可是，等我們結婚之後，就不和他們住一起了。」他說：「她不會期待我們還住在家裡的。我們可以在城裡弄間公寓，或許在約克吧。」

「像史努比裡的佩蒂那樣？」

「像史努比裡的佩蒂那樣。」

巴士的輪子轉啊轉。

可是海瑟要跟去，壞了所有的計畫。她不只跟著珊妮到購物中心，還跟著她溜進《唐人街》的放映廳。珊妮原本是要在那裡和東尼晤面的──沒錯，晤面，東尼是這麼說的。一被趕出電影院，珊妮就慌了，不知道該怎麼辦。這下子她該怎麼找到東尼？她走到和諧小屋。畢竟音樂是他們共同的嗜好，是讓他們在一起的東西。他最後還是找到她了，可是他很火大，暴跳如雷，好像計畫毀了全是她的錯。然後，海瑟找到他們，看見珊妮在和諧小屋裡，站在「誰人樂團」的唱片前面，挽著一個男人的手。海瑟開始小題大作，說這個男人剛才在風琴店前面找她搭訕，這人是個無賴。她說她要昭告天下。他們只能帶她走，對吧？如果他們把海瑟留下，珊妮對東尼說，她會去向爸媽告密，所有的計畫就都毀了。他們答應給海瑟糖果和錢，說他們結婚之後她就可以回家，她可以當花僮，當見證人。當花僮的這段話似乎打動了她。可是一走到停車場，海瑟又說她不想去了，東尼只好用點暴力，抓住她，推進車裡。在推拉之間，她的皮包掉了，可是東尼不肯回頭去找，所以在高速公路上她一路哭哭啼啼的，嚷著要她的皮包。「我掉了皮包。我的小美人唇蜜。我的梳子，那是在雷霍伯斯海灘買的紀念品啊。我掉了皮包。」

只是他們到了艾克頓之後並沒有婚禮。法院沒上班，所以他們拿不到結婚申請書。東尼假裝很意外的樣子，可是他已經在艾伯丁的一家汽車旅館訂了房間。為什麼你急著訂旅館，卻沒查查法院的上班時間呢？珊妮一陣反胃，和她親吻時感覺到的那種悸動完全不同。和東尼與海瑟待在房間裡──東尼很不高興，因為他沒辦法和珊妮獨處，而海瑟還在哭著要她的皮包——珊妮覺得自己被設計了，腦袋裡一片混亂。她不知道自己是氣海瑟破壞了她的蜜月，還是覺得如釋重負。整件事開始像個愚蠢至極的念頭。她想上高中，然後唸大學，像爸爸那樣揹起背包環遊世界。她自告奮勇到對街的快餐店去給大家買晚餐。不過她也決定不提她用的是從海瑟存錢筒裡偷來的錢。

快餐店名叫「新理想」，卻是她爸爸最愛的那種老式風格，所有的東西都是現點現做的。這種店裡的漢堡要等很久，但是值得等。事實上，她爸爸只有在快餐店裡才點漢堡。即使是迷信養生的人，他說，偶爾也會放縱一下。那天早上他做巧克力碎片鬆餅給她們吃，她沒吃完。她真希望自己吃得一乾二淨。她真希望可以回到那天早上，可是不可能了。不過，她還是可以回家。她要回到旅館房間，求東尼載她們回家，編個謊言，說服海瑟支持她的說法，用海瑟的錢收買海瑟。

她付錢買了乳酪漢堡，一點都沒想到在「新理想快餐店」等候的時候，她的人生已經結束了。

珊妮回到房間裡的時候，海瑟躺在地板上，一動也不動。意外，東尼說。她在床上跳來跳去，吵得不得了，我要她別跳了，想抓住她的手臂，結果她就摔下來了。

「我們得請醫生來，或者送她去醫院。說不定她還沒死。」一點希望都沒有，面前是海瑟顯然已死的軀體，後腦杓像萬聖節隔天的南瓜一樣摔得粉碎，曾經閃亮亮的金髮底下，一條毛巾滲滿鮮血。為什麼他要在她的頭底下墊上毛巾呢？光是跌下床，頭怎麼會傷得這麼厲害呢？但這些是珊妮在接下來的好幾年裡，連想都不敢想的問題。

「不行。」東尼說：「她已經死了。我們應該打電話給我爸。他知道該怎麼處理。」

史坦．丹罕很親切，一點都不像他兒子這幾個月來在校車上吐露心聲時所形容的那種暴君。他沒大吼大叫，沒高聲驚喊，也沒像珊妮媽媽不時那樣喊道：妳是怎麼想的，珊妮？妳為什麼不用用大腦啊？珊妮看得出來，他或許很嚴格，但是並不可怕，一點都不可怕。如果你真的惹上麻煩，你會希望找像史坦．丹罕這樣的人談。

「我是這樣想的，」他坐在汽車旅館的雙人床上，手垂在膝上。「有個人死了，我們無法起死回生。如果我們打電話報警，我兒子會被逮捕，判刑。沒人會相信這是意外。而珊妮這一輩子都要和怪罪她害死妹妹的爸媽住在一起。」

「可是我沒……」她抗議：「我沒……」

他抬起手，珊妮立刻住嘴。「可是妳爸媽很難不這麼想。妳不懂嗎？父母也是人哪。他們不願意恨妳，可是他們就是會恨。我知道。我也為人父母。」

她低下頭，不再辯駁。

「可是我是這樣想的，珊妮？沒錯吧，妳是珊妮，是吧？妳和東尼偷偷訂了個計劃。我不確定東尼是不是知道，在本州，十五歲的女孩除非有父母同意，否則是不能結婚的。」他瞄了兒子一眼。「不過你們既然是這樣計畫，我們就想辦法完成吧。做自己想做的事是很了不起的。妳來和我們一起住，改個新的名字。在家裡，妳可以當東尼的妻子，就像妳原本打算的那樣。你們甚至可以住同一個房間。我沒意見。但是離開了家，妳必須用別人的名字，再上學一陣子。等妳夠大了，就可以辦個像樣的婚禮。我會安排的。我會把所有的事都搞定。我保證。」

他像個抱起沉睡孩子的父親，抱起海瑟，捧著她破碎的頭，靠在他肩上，然後走出旅館，上了車，叫珊妮緊跟著他。她無法置信，自己竟然乖乖聽話——踏進那輛車子，踏進另一個人生，另一個世界，在那裡，她永遠不會再是害死自己妹妹的那個女孩。東尼留下來，清理房間，然後按照原定計畫住一晚，讓汽車旅館的人不致懷疑二四九號房發生了什麼事。東尼從來沒打算娶我，坐在史坦．丹罕的車裡，妹妹的屍體擺在行李箱，珊妮不得不面對現實。他打算帶她到高速公路旁邊的齷齪旅館，和她上床，然後載她回家，吃定她會因為羞愧難堪而不敢告訴別人。

原本也很可能行得通的。她原本可以回艾爾貢昆巷，隨便編個故事，解釋她為什麼會好幾個小時不見蹤影。可是她現在不能回去了，沒有海瑟，她不能回去了。丹罕先生說得沒錯。他們絕對不會原諒她的。她絕對不會原諒自己的。

他們叫她露絲，告訴別人說她是個遠親，在全家人葬身火窟之前並不認識他們。出了家門，她就只是個遠親，一個或許有也或許沒有和新相認的表哥墜入情網的遠親。可是，打從跨進門檻的那一天起，她就已經是東尼的妻子。她和東尼同床共枕——她很快就發現自己一點都不喜歡。共乘巴士那段時間的甜甜蜜蜜，溫言婉語——全都不見了，取而代之的是猴急但不算太野蠻的性愛，無歡無愛，只有匆匆了事。等她覺得想家，等她鼓起勇氣說她或許該回家，或許有其他辦法可想的時候，史坦·丹罕告訴她說她已無家可回了。她爸媽離婚，各奔東西了。她爸爸一敗塗地，她媽媽水性楊花。況且，她已經變成共犯了，幫忙掩飾罪行的共犯。如果她去投案，就會被判刑。「我以前是警察。」他說：「我知道警方的偵訊調查是怎麼回事。妳最好還是和我們待在一起。」

她知道，丹罕家是她近年來一心渴望的那種家庭。正常的家庭，她會這麼說。爸爸有份真正的工作，媽媽留在家裡烤蛋糕，洋裝外面套著鮮亮的圍裙。事實上，艾琳·丹罕的圍裙好像還比洋裝多呢，她一週七天，天天烤糕餅。她烤的派皮有口皆碑，她揚揚得意地告訴珊妮，但是那副志得意滿的神態如果出現在別人臉上，艾琳可是絕對無法忍受的。儘管她的派有諸多比賽優勝的加持，可是吃在珊妮嘴裡卻形同嚼蠟，從來沒辦法吃完一塊。艾琳對珊妮好像不怎麼關心，出了任何事都怪到她頭上，不管兒子做了什麼都護著他。

等珊妮漸漸長大，東尼想做愛的時候，她偶爾會說不。於是他就動粗，有一回把她的眼睛打得烏青，還有一次打歪了她的下巴，有時候甚至使勁捶她的肚子，讓她痛得以為自己再也無法呼吸了。有一次，最後一次，他差點殺了她。不過，老實說，是她先拿客廳壁爐的火鉗打他的，她之前也用那根火鉗砸爛了艾琳心愛的娃娃。

那天是他們正式結婚的新婚之夜。

接近半夜時分，年長的丹罕夫婦一如往常入睡了，可是，東尼房裡的吵鬧聲吵得讓他們無法坐視不管。艾琳．丹罕不由分說地挺她兒子，雖然他除了臉頰上的一道鮮紅血痕之外，根本毫髮無傷。血痕是珊妮拿火鉗打出來的。但是她只打了這麼一下，東尼就搶走火鉗，開始揍她，踢她。史坦．丹罕走到她身邊。就在他走近身邊，和她眼神交會的那一瞬間，珊妮明白，他知道，他一直都知道。他知道兒子殺了海瑟，他知道她的死不是意外。她沒跌下床摔破頭。東尼揍她，再不然就是把她摔到地板上，捶她的頭捶到稀巴爛。為什麼？誰知道？他是個飽受挫折，有暴力傾向的人。海瑟是個毀了他的計畫又多嘴的小女孩。這個理由或許就夠了。他所做的事，或許再多理由都不夠。

「妳得離開。」史坦．丹罕告訴她，就算他的家人以為他這麼說是一種懲罰，是一種放逐，但是她心底明白，他是想拯救她。第二天，他替她找了個新名字，教她怎麼篡用早夭小女孩尚未申請的身分。「找個出生年份差不多，在還沒申請社會安全卡之前就死掉的人，那就是妳需要的。」他給她買了張巴士票，告訴她說他永遠在這裡等她，史坦．丹罕是個絕對說話算話的人。她二十五歲那年，決定要學開車的時候，他好幾次利用週末到維吉尼亞來，耐性十足地在空蕩蕩的校園停車場教她。一九八九年，她決定要接受必要的訓練，找份合適的電腦技師工作，他也幫她出錢。等艾琳過世之後，史坦不必再顧忌妻子的怨妒和監視，於是幫珊妮買了一筆保險年金。金額不大，但是讓她可以付清汽車貸款，而最近則存進她的銀行帳戶，她希望等房地產價格稍微回穩之後，能買一間大樓公寓。

直到一個星期之前，潘妮洛普．傑克森出現在她門口的時候，她才知道東尼．丹罕也有一筆保險年金。東尼喝醉酒的時候，提起他犯下的罪行和他年輕時的婚姻，告訴潘妮洛普說她永遠別想逃離他身邊，因為他殺過一個女孩，在他爸爸和女孩親姊姊的幫忙之下湮滅罪證。

「妳看，他抓掉了我這一塊頭髮。」潘妮洛普讓她看耳後那塊光禿禿的頭皮。然後，敲敲灰黃的大門牙。「這是假牙，而且是很差的假牙。我一頂嘴，那個殺千刀的就把我從門口的台階推下去。我發現他老爸也幫另一個女人買了保險年金，就想呢，我該來拜訪拜訪她，看她是怎麼從丹罕家挖到這一大筆錢的。因為東尼給我唯一的保證是，如果我敢離開他，他就會追我到天涯海角，把我給宰了。他現在就在追我。妳一定得幫我，不然我就去找警察，把我聽說關於妳的事全抖出來。妳掩護謀殺案，也就等於是凶手。」

整整三天，她耗費了大半的時間，靠著史坦．丹罕多年前教她的方法，替潘妮洛普找到了一個新名字，取得必要的文件，創造了一個新的人生。她還從活期存款裡提領五千元給潘妮洛普，同時訂了一張從巴爾的摩－華盛頓國際機場飛西雅圖的機票。她求過潘妮洛普選擇另一家航空公司，從杜勒斯或國家機場啟程，可是潘妮洛普硬是要搭西南航空。「搭他們家的飛機累積哩程換免費機票真的很快耶。快速回饋，他們是這樣說的。」

於是，將近二十五年來第一次，珊妮跨越波多馬克河，進入馬里蘭，然後開上巴爾的摩－華盛頓大道。「車子妳想要就留著吧。」潘妮洛普說，可是珊妮可不敢這麼做。她該怎麼解釋這輛掛北卡羅萊納車牌的舊車啊？她的計畫是把車停在機場，搭火車回華盛頓，然後再搭地鐵回家。可是，來到離家這麼近的地方，她看不出來再往北開個幾哩有什麼大不了，反正再循原路回來不就結了。更接近七十號公路的時候，她開始考慮去探視史坦，這是她以前想都不敢想的事，不管他病得有多重，因為去探病就表示要簽名，也就會留下痕跡。可是潘妮洛普說他情況很糟，神志不清，快死了。如果他們不看身分證件，她可以隨便給個假名。也許她可以開車經過艾爾貢昆巷，看看那裡是不是真像她夢中那個心愛的家，或者只是巴爾的摩不起眼角落裡一幢衰頹的農舍。

就在這時，車子掙脫她的控制，她的人生逃出她的掌控，在驚慌迷惑之中，她開始吐露實情，但話一出口她就後悔了。「我是貝塞尼家的女兒。」如果她告訴他們其他的詳情，他們就會把東尼帶回來，逼她對全世界承認，她妹妹的死全是她的錯。況且，誰知道東尼會扯什麼謊，會對珊妮使出什麼暴力？所以她把所有的事全賴到史坦頭上，因為她知道他根本不會有什麼麻煩。然後她說自己是海瑟．貝塞尼。海瑟沒做過什麼大不了的壞事，頂多只是窺伺刺探她姊姊的隱私罷了。她們兩個長得很像，而且珊妮對海瑟的生活瞭若指掌。冒充海瑟應該很容易的。

一聽說蜜麗安還活著，她就知道自己的身分會被拆穿。但她還是厚顏無恥地繼續掰下去，想辦法給他們似是而非的答案，讓自己可以在蜜麗安抵達之前溜走。艾琳死了，史坦也已經不可能接受任何法律的制裁了。如果她早知道東尼也死了，她或許就不會猶豫不決，遲遲不和盤托出。可是潘妮洛普說東尼還活著，說她需要錢，因為他決心要逮到她，讓她後悔離他而去。潘妮洛普說東尼之所以還活著，還能追殺另一個女人，全都是珊妮的錯，這難道不是事實嗎？如果那天晚上在汽車旅館裡，她打電話報警。如果她放聲尖叫，引來其他房客，引來經理。可是她驚嚇害怕得發不出聲音，她相信還有辦法可以不必告訴她爸媽說海瑟死了——這全是她的錯。「好好照顧妳妹妹。」她爸爸說過：「有一天妳媽和我都會死，妳們兩個就只能相依為命了。」但是事與願違。

「可是——」蜜麗安開口，然後又噤聲，她支支吾吾的，彷彿橫亙在她面前的是一樁不可能的任務，彷彿有太多的問題必須問，讓她不知道該從何問起。珊妮想起媽媽們日復一日問著的問題：妳到哪裡去了？妳做了什麼？今天學校裡有什麼事呢？她記起升上九年級，遇見東尼之後，媽媽的好奇心讓她有多生氣，還有她是怎麼利用青春期少年的惜字如金築起高牆，把所有的情緒和祕密全隱藏起來的。沒去哪裡。沒做什麼。什麼事都沒有。現在，她很樂於回答媽媽的每一個問題，只要她媽媽能搞清楚自己想知道的是什麼。珊妮決定吐露她擁有的那個最簡單也最私密的資料，那個她始終不甘願放棄，始終相信是她所擁有的最後一個也是唯一僅有的東西。

「我是個資訊人員，在維吉尼亞雷斯頓的一家保險公司工作。我用的名字是卡麥蓉．漢茲，可是同事都叫我小醬。」

「小江？」

「小醬，蕃茄醬的簡稱。漢茲蕃茄醬啊，懂了嗎？她死在佛羅里達，一九六〇年代中期，火災。火災很好用。我只是想繼續當那個人。可是現在我知道妳還活著，所以我也想當珊妮，和妳在一起。我有辦法同時維持兩個身分嗎？我已經當別人這麼多年了，我還能再要回我的身分，而且不讓其他人知道嗎？」

藍哈德特說：「我想，只要妳會耍點小手段，就可以辦得到。」

「我想，事實已經證明，」珊妮說：「我會耍的可不只是一點小手段而已。」

兩個星期之後，巴爾的摩郡警局發佈聲明指出，搜屍犬在賓州葛蘭洛克找到海瑟．貝瑟尼的骸骨。這是個漫天大謊，可是記者和大眾卻輕易信以為真，讓藍哈德特大樂——搜屍犬找到埋藏三十年之久的骸骨，而身分竟然可以迅速且自動地辨識出來，好像他們沒有成堆的ＤＮＡ等待檢驗，好像科學理論上的可能性可以擊敗現實的限制，工作負荷過度的工作人員和緊縮的州政府預算完全沒造成任何阻礙。他們說經由祕密消息來源提供的線報，讓他們可以確認埋屍地點。這在技術上來說倒是事實，只要把卡麥蓉・漢茲當成是祕密消息來源，而且和珊妮・貝塞尼扯不上關係就成了。警方也斷定凶手是東尼・丹罕，他的父母也涉案，共謀湮滅他的犯行，並拘禁倖存的姊姊珊妮。珊妮已逃離魔掌，但逃脫的時間未便透露，目前仍在世，以另一個名字展開新生。她透過律師葛羅莉亞・布斯塔曼特籲請記者尊重她的隱私，讓她與其他性侵受害人一樣保持匿名身分。她不願談論過去發生的事。無論如何，很愛對記者發表高論的葛羅莉亞說，她的當事人已定居異鄉，與她唯一在世的親人，她的母親同住。

「說的有夠實在。」藍哈德特後來對殷凡特說：「維吉尼亞的雷斯頓真是我想得到最遠的異鄉囉。看過那個地方沒，全是辦公大樓和停車場？誰到了那裡都可以躲得無影無蹤。」

「任何人都可以在任何地方躲得無影無蹤。」殷凡特說。

畢竟，這三十幾年來，珊妮・貝塞尼就是這樣躲得無影無蹤的——她是教會學校的學生，是「瑞士殖民地」的售貨員，是小報社的分類廣告職員，是電腦大公司的資訊人員。她宛如住進廢棄鳥巢的小鳥，把過世已久的女孩人生據為己有，料定沒有人會盯著她，而這個世界竟然也就這樣迫不及待地賜與她這個特權。經過精心設計，她成為一個隱姓埋名的女人，每天走過人潮川流不息的街道、購物中心和辦公大樓——很有魅力，值得多看一眼，卻也因此轉移掉所有的注意力。像殷凡特這麼善於給女人分門別類的頂尖高手，在她種種的偽裝身分之下，還會注意到她嗎？很可能不會。然而，此時，他不厭其煩地看著她，非常仔細地看。他發現珊妮・貝塞尼的長相和電腦模擬珊妮・貝塞尼增添年歲之後的長相，像得驚人，只是電腦模擬圖在皺紋方面的預測有點失準，眼角的魚尾紋太多，嘴角的細紋也太深。如果她真要謊稱年齡，說年輕五歲，甚至十歲也有人信。可是她只減了三歲。

原來如此，殷凡特想，一面關掉有兩姊妹肖像畫的電腦視窗，珊妮·貝塞尼沒有笑紋。

【第X部】 SWADHAYAYA

五道的最後一個步驟是swadhayaya，亦即透過對自我的認識：我是誰？我因何而來？來達到解放。

——摘自火祭的多篇教義

第四十二章

卡文．殷凡特一跨進南西．波特節日派對門檻的那一瞬間，就嗅到今天有安排相親的味道。他遠在一哩之外就看見了那個運道不佳的小姐——褐髮深膚，一身鮮亮紅衣，沒怎麼盯著門口看。她夠漂亮的了。其實呢，是漂亮的不得了，是其他女人會覺得很有魅力的那一型：身材苗條，雙眸明燦，秀髮如雲。看得出來，她是南西挑的，他不得不承認南西的品味實在很不賴。不過呢，他很討厭這種「把他們湊在一起，看看會怎麼樣」的作媒手法，好像暗示他沒辦法靠自己找到女人似的，再不然就是嫌他不會挑對象。

就算他真的很不會挑又怎樣？他是個大人囉。南西應該讓他自己去想辦法啊。

他在屋裡到處探頭探腦，找個能插進去的對話，讓自己更難接近一點。拿這些事來和女主人哈啦，一點道理都沒有。南西在廚房和餐廳之間忙碌穿梭，搬出更多盤子，在自助餐台上堆起更多菜餚。藍哈德特還沒就定位，而南西的丈夫向來就對殷凡特冷冷淡淡的，當年哪，安迪．波特對每一個和他老婆天天獨處好幾個小時的男人都沒好臉色，就算他們處在最沒情調的環境之下也不例外。到處找啊，找啊，感覺到那個褐髮女子靠得越來越近了，殷凡特的目光突然落在一張熟悉的臉龐上，雖然他還需要多想個一秒鐘才能認出這個女人——圓圓臉，和善可人。她叫凱伊什麼的，是那個社工。

「哈囉。」她伸出手說：「我是凱伊．蘇利文。聖阿格涅斯醫院。」

「沒錯。是那位——」

「是啊。」

他們侷促不安地站了一會兒。卡文明白，如果想擺脫（即使只是暫時）南西的撮合，他得再加一把勁才行。

「我不知道妳和南西也熟。」

「我們是在露絲之家認識的。她來演講，介紹本郡最老的懸案，鮑爾斯案。」

他記起那個案子。他向來忘不掉自家人的。一名年輕女子和丈夫離婚，為監護權爭得你死我活。她有天下午下了班，從此連車帶人消失無蹤。「噢，那個案子啊。多少年啦？」

「快十年了。他們的女兒都十幾歲了。妳能想像嗎？她一定知道自己的父親是頭號嫌犯，雖然一點證據都沒有。我都忘了他在當私人保全之前是個警察。」

「嗯。」

又一段尷尬的沉默，因為殷凡特很納悶，凱伊．蘇利文幹嘛提起這件事。她是暗指巴爾的摩的警察天生就聲名狼藉嗎？史坦．丹罕只不過是包庇一樁謀殺案。

「你曾經……？」凱伊問。

「沒。」

「你又不知道我想問什麼。」

「我猜妳要問的是珊妮·貝塞尼。」凱伊的臉紅了起來，好像很難為情。「我們沒聯絡。我想老韋勞夫畢不時和他媽媽聯絡。說到這個——」

他轉頭張望，因為他知道韋勞夫畢一定也會獲邀來參加派對。他看見穿著菱格毛衣的韋勞夫畢，喔——正和那位一身紅豔的褐髮女子聊天。韋勞夫畢對女人很有眼光，打從殷凡特開始和他一起打高爾夫球之後就發現了。讓他很意外的是——雖然不願承認，但他的確還有幾分感激——韋勞夫畢喜歡有他為伴，更甚於麋鹿嶺那些自以為了不起的傢伙。畢竟，他骨子裡的警察本色還是多過於世家子弟的習氣。不過他也是那種喜歡有美女環繞的公子哥兒。他很喜歡南西，一個月至少請她吃一頓飯。他很可能想帶褐髮女子到槲寄生葉下，來個輕吻粉頰。「我該去打個招呼。」

「當然啦。」凱伊說：「我瞭解。不過，你要是有珊妮的消息……」

「嗯？」

「告訴她，如果她能把葛芮絲的長褲乾洗補好寄回來，就太好了。我會很感激的。」

她的語氣聽起來孤伶伶的，但是很認命，彷彿早就習慣在社交場合被拋在一旁。他從盤子裡拿了一塊波蘭餡餅，沾了些酸奶醬——感謝南西的波蘭祖先，這小妞還真的知道該怎麼辦節慶宴會。上個春天的事件對他來說只是份內的工作，但是對凱伊．蘇利文來說一定很刺激，對她這種一輩子……嗯，一輩子都在醫院當社工的人來說。整天和醫療表格奮戰吧，他猜。

「葛芮絲？」他問凱伊：「是妳的女兒嗎？她多大？妳只有一個女兒嗎？」

凱伊的臉龐亮了起來，開始講起一雙兒女的大小諸事。殷凡特聽得頻頻點頭，一面拿更多的波蘭餡餅。有什麼大不了的？褐髮美女又跑不掉。

「¿Como se llama?」藝廊外面的那個男人問，珊妮刻意避開不盯著他嘴巴上方的那個窟窿看。媽媽警告過她，說第一次看見哈維爾的時候會覺得有點不安，而珊妮就自然而然地以為他會因為畸形而喪失講話的能力。在維吉尼亞忙著準備這趟旅程的時候，她想像他是個啞巴，是用咿咿呀呀、嗯嗯唉唉溝通的鐘樓怪人。

她的目光從他臉上轉開，但是他不畏縮也不驚懼，很可能早已習慣他人迴避的眼神，說不定還心存感激呢。換作是她就會。「Es la hija de Senora Toe-lez,verdad?」

您叫什麼名字？您是托雷茲夫人的女兒，對吧？雖然珊妮聽西班牙語教學錄音帶好幾個星期，也大致看得懂簡單的字句，可是每聽到一句話，她還是得逐字翻譯，用英文想出答案，再翻譯回西班牙文，真是沒有效率。媽媽說不會永遠這樣的，如果她決定留下來的話。

「Soy，」她說，然後又糾正自己。不是「我是」，而是「Me llamo」，「我叫我自己」。「我叫我自己珊妮。」哈維爾才不管其他的名字和身分呢，不管她的駕照上用的是什麼名字，或是和她的護照還是高中畢業證書吻不吻合。「卡麥蓉．漢茲」是她駕照和護照上的名字，因此一路伴隨她從一個機場飛到另一個機場，再搭上計程車，最後來到聖米蓋阿言德的這條街上，和她媽媽十六年前的那趟旅程極其相似，只是珊妮當時還不知道罷了。她是後來和媽媽一起到庫埃納瓦卡的時候才知道的。這段期間，遠在美國的葛羅莉亞．布斯塔曼特正在等「卡麥蓉小醬芭兒席兒露絲珊妮」決定她要當哪個人。這是個很複雜的選擇，而在這年夏天史坦．丹罕過世之後，變得更加複雜。因為丹罕留下了一筆小小的房產，葛羅莉亞認為珊妮應該出面爭取，因為她是丹罕的直接受害人，也曾經是他的媳婦。她可以主張繼承權嗎？她該這麼做嗎？如果她用本名取得史坦．丹罕遺留的財產，她的真實身分還能隱瞞多久呢？珊妮比任何人都清楚，只要在電腦上敲過一個鍵，就一定會留下痕跡。

然而，在這裡，她想叫自己什麼名字都可以。接下來兩個星期都是如此。

哈維爾大笑，指著天空說：「¿Como el sol?Que bonita.」（跟太陽一樣啊？好漂亮。）

她聳聳肩，一頭霧水。用英文聊天已經夠困難的了。她推門進店裡，撞上了一串小巧的風鈴。「帶藍吉他的人」店裡也有一串風鈴，她記得，雖然聲音聽起來更低沉，更厚實。

她媽媽——她媽媽！——正在招呼客人，一個矮矮胖胖、嗓音刺耳的婦人把一副耳環在櫃台上推來翻去，好像那東西很不得她歡心似的。「這是我女兒，珊妮。」蜜麗安說，但是櫃台和客人的身體擋住了她，讓她沒辦法走向前來擁抱女兒，雖然她很想。她真的想擁抱我，對不對？那婦人很快地打量珊妮一眼，又回頭繼續虐待那副首飾。耳環似乎在她的觸摸之下失去了光澤，被她粗短的手指弄得暗黑彎曲。珊妮很懷疑自己會不會停止用這樣的眼光去看陌生人，會不會繼續挑別人的毛病，想儘快弄清楚其他人是想幫她還是害她。這個人顯然對她沒什麼好處。

「她一定長得像爸爸。」婦人說，珊妮想起當年在報社休息室把一瓶百事可樂倒在軒尼詩太太頭上的快感。她是曾經做過一些懊悔莫及的事，可是這一樁不是。事實上，那還算是她很得意的一刻呢。她要把這個故事說給媽媽聽，在旅途上。仔細想想，這還真是她少數幾個可以分享的趣聞之一，一個不會讓她倆覺得悲哀或苦惱的故事。

她的確是有點緊張，不知道該找什麼話題和媽媽聊，可是結果證明，比她原本的預期來得簡單的多。第二天搭火車到墨西哥市途中，她們會開始討論潘妮洛普．傑克森。這女人下落不明，不過她在抵達西雅圖的四十八小時之後，就不再用珊妮的信用卡了，謝天謝地。等她們換搭巴士到庫埃納瓦卡的時候，蜜麗安會鼓起勇氣問珊妮是不是認為潘妮洛普真的殺了東尼，珊妮會說沒錯，但不是為了錢，潘妮洛普在東尼死後想繼續申領保險年金，卻發現他一死就沒得領了。「不過她絕對有能耐殺掉一個男人。她的眼神好邪惡……媽。我好怕她。從我看見她的那一瞬間，不管她叫我做什麼，我都會照做。」

她們會談論韋勞夫畢警探，他老是寄電子郵件，暗示說要來墨西哥打高爾夫球，還問聖米蓋阿言德附近有沒有好的球場。蜜麗安說她不想慫恿他，可是珊妮覺得她應該要，也許就只是稍微敲點邊鼓吧。

又有什麼壞處呢？

終於——不是第二天，不是第三天，而是好幾天之後，太陽下山之後，她們坐在晨光飯店的暮色中飲酒，看著白孔雀在稀微的天光中昂首闊步——珊妮問蜜麗安，好幾個月之前凱伊說過，悲劇會讓一個人或一個家庭的強度或弱點無所遁形，凱伊說那叫裂縫。蜜麗安覺得事實果真如此嗎？

「妳想問的是，」蜜麗安說：「妳爸爸和我分手，是不是妳的錯。珊妮，這絕對不是孩子的錯。真要說起來，妳們失蹤，反倒讓我沒那麼快離開。我早就痛苦了好幾年了。」

「可是我還是很難釋懷，」珊妮說：「我回想起來的時候——在我離開的那幾年——我告訴自己，我們是個幸福的家庭，我真是笨死了，才會渴望有不同的生活。記得我們在樹根和灌木叢裡找到的那些家家酒碗盤嗎？記得爹地買了兩本《野獸國》，拆掉裝訂，貼在海瑟房間的牆上，完整呈現麥斯和他的歷險過程嗎？我覺得艾爾貢昆巷的房子很神奇，可是妳卻覺得像監牢。我們之中一定有個人是錯的。」

「不見得，」蜜麗安回答說：「順便提醒妳，在海瑟房間貼故事書的是我。可是如果我不告訴妳，妳的回憶就會出錯，妳爸爸對妳的愛就會少一點嗎？我想不會吧。」

最後，等天色暗了，真的很暗很暗，暗得看不見彼此的臉的時候，花園裡只剩她們兩人，或者應該說感覺像是只剩她們兩人，她們就會開始談起史坦．丹罕。「如果說妳和海瑟犯了錯，」蜜麗安說：「那妳爸爸也很可能會忍不住想保護妳們。」

「我——」珊妮說，但是她媽媽不想聽。

「父母都是這樣的，珊妮，想修正孩子的錯誤，保護他們。父母痛苦的時候，孩子還可能快樂。但是孩子不快樂的時候，父母怎麼樣都快樂不起來。」

珊妮在心中咀嚼這句話。她會牢牢記住媽媽的這句話。她有自知之明，她不是為人母親的料。她不喜歡孩子。事實上，她還憎恨大部分的小孩，彷彿他們偷走了她的人生，雖然她知道這麼想真是沒道理。她才是偷走人生的人，她偷走別的女孩的名字與來歷，那些沒辦法活著上小學的女孩。

「不過，我還是覺得妳爸爸絕對不會像史坦．丹罕帶給我們痛苦那樣，給別人帶來那麼大的傷痛。」蜜麗安說：「妳說他對妳很好，這一點我很感激。可是他對我們做的事，讓我永遠沒辦法原諒他，就算他現在已經死了也一樣。」

「可是妳原諒我了啊。」這是她永遠無法不觸摸的瘀傷，就像她沒辦法不摳那個痘疤一樣，所以才會讓傷口久久不癒，被海瑟的蒼蠅拍一打就發炎。

「珊妮，妳當年才十五歲。沒什麼需要原諒的。我當然不會要妳負責任。妳爸爸也不會，如果他還活著的話。而且，不是，絕對不是妳的錯。」

「海瑟會怪我的。她會要我負責任的。」

讓她很意外的是，媽媽竟然笑了起來。「她是有可能會。海瑟很會記仇，把怨恨抓得像硬幣那麼緊。可是我想，就算是海瑟也知道妳從來不希望她受傷害的。」

一隻孔雀啼了起來，聲音竟然如此近似人聲，讓人不寒而慄。是海瑟開口說話嗎？雖然媽媽一再希望她相信，但是珊妮還是無法肯定妹妹是不是能死而瞑目。

可是這些對話都是後來才出現的，是在時間、旅途與暗夜讓她們變得親密之後才出現的。此時此刻，她們在藝廊裡，還對彼此有點陌生，有點生疏。蜜麗安突然在那個難搞的顧客頭上無聲無息地扮了個鬼臉，眼睛滴溜轉，伸出舌頭來。這就是我做的鬼臉啊，珊妮恍然大悟，只要有人因為亂下載而當機，害我必須像清道夫一樣去修理的時候，就會有這個表情。

「是啊，她像爸爸。」她媽媽說：「她第一次到墨西哥來。我們打算到庫埃納瓦卡過聖誕節，我們要住晨光飯店。」

「妳花錢請我去庫埃納瓦卡玩，我都不去啊。」那婦人說：「而且晨光飯店太貴了。」她從櫃台邊抽身離開，好像吃了一頓很不開心的飯，推開桌子走人似的，連句再見或謝謝都沒說就乒乒乓乓離開店裡。

「妳想得到嗎，」蜜麗安繞過櫃台來擁抱珊妮。「我差點就說出口，邀請這個迷死人的女士和我們一起去旅行。妳這一路還好吧，珊妮？累了嗎？妳想到我家裡去睡一下，還是想先吃飯？妳今天早上幾點起來的？到這裡來真的很遠吧？」

只花了三十年哪，珊妮很想說。三十年，外加高速公路上的一灘油。

但她沒這麼說，她選擇了比較簡單的答案，她選擇了她知道媽媽可以瞭解、符合她媽媽，任何一位媽媽需要的答案。就像《野獸國》裡的麥斯，她厭倦了野生世界的紛擾喧鬧，回到家裡，脫掉她的狼皮外衣。她想要回到有人愛她最深的地方，雖然她相信許久之前她就已經不夠格要求無條件的付出了。

「我餓了。」她說：「飛機上不再供應像樣的餐點了，經濟艙沒有。不過話說回來，我已經很久沒搭飛機了，上回搭飛機是和妳一起回渥太華，那時候我還小。」畫面閃現，海瑟和她穿著相配的洋裝，珊妮被自己那包M&M巧克力搞得髒兮兮的，海瑟卻一絲不苟，完美不紊，她倆永遠像女生版的「古佛斯與葛蘭特」。該死，海瑟第一次看見東尼，就知道他是個無賴。才十一歲不到十二歲的她，比十五歲的姊姊聰明得多。「我們可以找個地方吃飯嗎？」

兩個女人手挽著手，走進亮晃晃的混亂街頭，一輛巴士駛過，哈維爾得拉高嗓門才能讓人聽見他的聲音。珊妮聽不懂他說的話，但是靠著他精心比劃的手勢，哈維爾好像是說她倆長得很像，她們好漂亮，漂亮的媽媽和女兒，終於在一起。他手指交纏，比喻她們的緊密關係，讓珊妮想起嘉年華會裡的那種吸管，如果太用力扯，手指就會被纏住。

她迎上他的目光，不再害怕他的臉，因為她已經知道窟窿在那裡，缺的又是什麼。如果她也能這麼坦然地讓世人看見她的缺憾該有多好。誰的目光會迴避她的臉？誰無法直視她的眼睛？

「Gracias（謝謝）。」她說，然後想起這句世界上最重要的話，即使是在偽裝欺騙，在受之有愧，在錯得離譜的情況下，對她來說都還是意義深遠。為了假扮海瑟，妮珊想辦法讓海瑟起死回生，再次帶著令人抓狂的自信出現在世人面前，這是她永遠不會後悔的事。在她以前所扮演的諸多角色，甚至是未來可能扮演的人裡面，海瑟．貝塞尼是她最喜歡的一個。「Gracias，哈維爾。」

作者後記

二〇〇五年球季開幕那天，我和一群朋友去看華盛頓國民隊（Washington Nationals）比賽。四十幾歲的我們，都是在巴爾的摩和華盛頓地區長大的。經過惠頓廣場（Wheaton Plaza）的時候，談笑聲嘎然而止，我們面面相覷。

「你們記得嗎——」有人說。我們全都記得。我們才十幾歲的時候，萊恩姊妹，雪莉亞與凱瑟琳（Shelia and Katherine Lyon），在惠頓廣場附近失蹤。日期是一九七五年三月二十五日。她們的失蹤謎案始終未破。萊恩家除父母之外，還有一對兄弟，和貝塞尼家的情況完全不同。那麼，這既然是一本完全虛構的故事，我為什麼要把兩姊妹失蹤的日期訂在萊恩姊妹失蹤的四天之後呢？

我原本沒這樣打算的。雖然我必須把日期定在復活節的週末，但是我以為我可以把背景設在一九七〇年代中期的任何一年。只是在讀過那個年代的報紙之後，一九七五年卻是最符合我這個故事發生的年代。我必須再次重申，這本小說純屬虛構，與萊恩家的悲劇完全無關。但若說我不知道日期的近似，也肯定是欺世之言。

出版社是作家成功的關鍵，這好像不該挑明說，但是我的編輯Carrie Feron和她的助理Tessa Woodward對這本書貢獻良多，且Morrow and Avon的每一位——包括Lisa Gallagher、Lynn Grady、Liate Stehlik和Sharyn Rosenblum都全力協助。特別感謝Harper Collins位在賓州史可南頓的配銷中心的男女同仁，蛋糕點心實在非常精緻。

提供技術建議與協助的是Vicky Bijur、David Simon、Jan Burke、Theo Lippman Jr.、Madeline Lippman、Susan Seegar、Alison Gaylin、Donald Worden、Joan Jacobson、Linda Perlstein、Marcie Lovell、Bill Toohey、Duane Swierczynski、Sarah Weinman、Joe Wallace、James R. Winter，還有許多位加入回憶計畫（Memory Project）的人士，慷慨分享他們對於一九七五年的回憶。我要感謝Enoch Pratt Free圖書館提供便利完整的本地報紙檔案，也要感謝馬里蘭資料室的Kristine Zormig。對於特別注重細節的讀者，我有幾點說明：請記住，《唐人街》電影不時在電影院上映，特別是在贏得奧斯卡獎之後，所以沒錯，一九七五年《唐人街》的確在保安廣場電影院播映，而一九六六年風雪暴時，《真善美》也的確在市區的電影院上映。此外，我也要特別請南方的讀者瞭解：喬治亞的布倫斯維克是我非常喜愛的地方，因為那裡是我父親的出生地。書中卡文·殷凡特對於布倫斯維克出言稍有不遜，純粹是因為這個北方佬警探那天心情不佳。我本人算得上是那個地區的人，每年春天也必定造訪。

本書要獻給兩位在我投身小說創作生涯之初就提供支持與友誼的女性，Fellows是位老師，Norris是圖書館員。但最重要的是，她們是熱情洋溢的讀者。除了她們兩位之外，我也要將本書獻給所有的讀者。

貝塞尼家的姊妹 *What The Dead Know*
作　　者　蘿拉・李普曼
譯　　者　李靜宜
美術設計　聶永真
行銷企劃　林芳吟
行銷統籌　何維民
執行編輯　吳佳珍
總 編 輯　李亞南

發 行 人　蘇拾平
出　　版　漫遊者文化事業股份有限公司
地　　址　台北市中正區重慶南路一段121號5樓-18
電　　話　（02）23758628
傳　　真　（02）23756506
讀者服務信箱　service@azothbooks.com
漫遊者部落格　http://blog.roodo.com/azothbooks

發　　行　大雁出版基地
地　　址　台北市中正區重慶南路一段121號5樓-10
劃撥帳號　50022001
戶　　名　漫遊者文化事業股份有限公司
初版一刷　2008年 10 月 23 日
定　　價　台幣360元

貝塞尼家的姊妹／蘿拉・李普曼（Laura Lippman）著；李靜宜 譯
初版. —台北市：漫遊者文化出版：大雁出版基地發行, 2008.10
432面； 14.8 x 21 公分
譯自：What The Dead Know
ISBN 978-986-6858-55-0（平裝）

878.57　　　　97008135

ISBN 978-986-6858-55-0（平裝）